suncolor

suncolor

suncolor

suncolor

詹姆斯．薛利丹 著
JAMES SHERIDAN
謝佳真 譯

潘朵拉處方
The Pandora Prescription

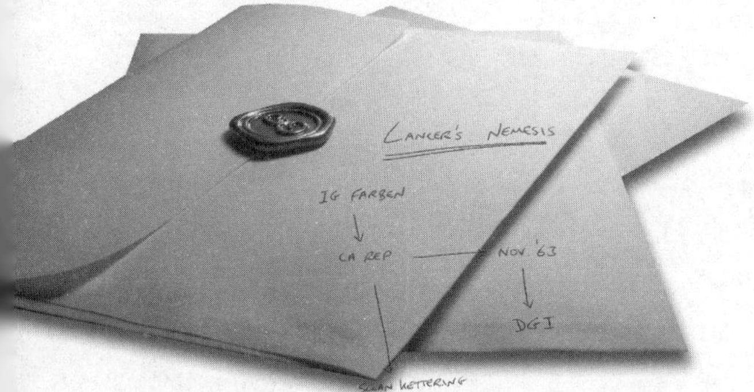

suncolor
三采文化

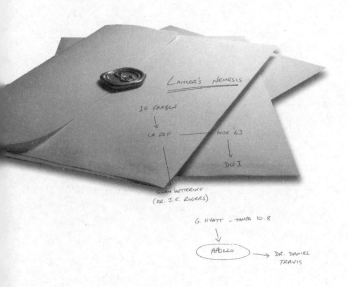

〔推薦序〕

醫藥界有什麼「不能說的祕密」？

台灣醫療改革基金會執行長 劉梅君
國立政治大學勞工研究所教授

這是一本很引人入勝、欲罷不能的懸疑小說。

然而這篇短序目的不在談它奇巧高妙的懸疑情節，老實說，就情節的懸疑性而言，的確看頭十足，也很吸引人，但都不若這本小說藉著懸疑情節的鋪陳，所揭露出來的資本主義這套政治經濟社會體系的幽暗面，更讓人驚悚與震慄。

過去二十年世界經濟遭逢巨大的變動，無論讀者個人的意識型態為何，或對「全球化」一詞的定義及理解為何，大概都不得不承認跨國大企業在其中的支配地位與影響力。製藥這個產業，在全球政治經濟的舞台上一直佔有顯著位置，動輒百億、千億計的市場，讓國際大藥廠為維護既得利益或潛在利益，而使出激烈的攻防保衛戰。其中有多少「不能說的秘密」攸關著生民百姓的死生與苦痛？做為局外人的我們無緣親窺，不過所幸這幾年來已陸續有人開始挑戰這龐大的利益集團，揭開其中的一些內幕與迷思，如德國醫藥記者 Jorg Blech 的力作：《發明疾病的人》（Die Krankheitserfinder，左岸出版，二〇〇四年）及《無效的醫療》（Heillose Medizin，左岸出版，二〇〇六年）；美國一位醫師 Marcia Angell 的《藥廠黑幕》（The Truth About the Drug Companies，商周出版，二〇〇六年）；出生美國長期居住澳洲的暢銷作家

Jeffery Robinson的《一顆價值十億的藥丸：人命與金錢的交易》（Prescription Games: Money, Ego and Power Inside the Global Pharmaceutical Industry，時報出版，二〇〇二年）。

這些著作詳細地剖析現代醫藥產業如何運用科學權威，與操弄實證研究，製造出令人憂心的「疾病」名稱與源源不絕的醫藥需求，精彩地揭露出醫藥科學所建構出來的疾病迷障與醫療陷阱。就這點而言，儘管這本小說的懸疑情節有若干虛構性，但不容否認的是，《潘朵拉處方》再度精彩地將大藥廠為確保一己私利不擇手段的惡劣勾當，活靈活現的展現出來。這些現象已經是事實存在了許久，也必將繼續存在，只要醫藥產業選擇走營利的路，服膺資本邏輯，那麼這些醫藥黑幕醜聞仍將繼續上演，只不過戲碼不同而已。

台灣是不是存在類似的黑幕？可能有讀者很感興趣會問，但這個問題的探究與否，其實已非重點，因為這些醫藥界所爆發出來的醜聞，老實說是病徵，病徵可以從不同的地方冒出來，處理各個病徵並不能從根杜絕病徵的再度出現，唯有找到病灶，才能一勞永逸地讓這些令人扼腕憤怒的事情不再出現。容我大膽地說，病灶就在醫藥產業的營利化與商品化，當利潤率成為念茲在茲的目標時，我們如何期望「病人中心」的醫療核心價值能有生存的空間呢？

成立於二〇〇一年十月的「台灣醫療改革基金會」（簡稱「醫改會」）已走過七個年頭，七年來對台灣醫療體系的問題，有更多更深切的瞭解後，我們更確信醫療體系若不再堅守應有的基本理念與價值，回歸非營利本質，這個體系不僅將背離民眾的健康福祉愈來愈遠，這個曾經讓台灣百姓敬重與信賴的體系，終將崩壞，希波克拉底誓言（Hippocrate's Oath）也將成為空谷足音！

〔作者中文版序〕

給台灣的讀者……

很榮幸向台灣讀者介紹我的初試啼聲之作《潘朵拉處方》。根據我目前得到的熱烈迴響，各位即將踏上一段黑暗卻刺激的旅程，探索許多現代世界的切身議題。有時候，各位將會懷疑這不再是虛構作品，覺得情節確有其事。從我巡迴簽書會的情況判斷，這本書顯然達成了我的寫作目標。讀者不僅閱讀愉快，也對什麼是**真相**、什麼可能是**真相**深感不安。承蒙三采文化請我在中文版為各位台灣朋友撰寫前言，我想利用這個機會分享這本書的源起。

一九九二年，我剛剛進入一家小型的商務運輸公司，擔任初級飛行員，駕駛出租飛機和貨機進出邁阿密國際機場。別懷疑，美國政府就是選擇了一家小公司載運祕密外交郵件到古巴哈瓦那。當然，當年的飛行計畫並不公開。

他們為什麼要將這種重責大任託付給我這種新手？我只能猜測原因，但最可能是我來自異鄉（我是英國人），如果出事的話，他們大概可以犧牲我，並否認一切。我不是全職員工，而是約聘飛行員。我第一次飛到古巴，便看出資深飛行員為什麼不願意承攬這項工作：士兵包圍飛機，疑心重重地護送我進出航站，讓人覺得萬一自己從此失蹤，也不會有人知道。但那不是本文的重點。

重點在於美國政府一向會派一位美國外交官護送郵包。在那些飛行途中，那位外交官和我漸漸培養出友情。他告訴我一九六三年約翰・甘迺迪總統暗殺案的一些真相。

儘管當時我聽了大受震撼，但我只想在航空業求發展，沒有理會這件事。這件事便像一顆種子，在我心裡休眠十三年。

到了二〇〇五年，我除了飛行工作，也創立了成功的副業，便退休移居佛羅里達。這時，我決定提筆寫小說，一償多年的夙願。

身為在美國定居的英國人，我覺得醫療保健體制令人惶恐又疑惑，處處充滿雙重標準。原本可以快快樂樂退休去的人，為了得到醫療保險，爭相到超市充當包裝員。儘管如此，美國公眾仍然一副盲目信賴醫療機構的模樣。或者他們其實心存疑慮？

輿論熱烈討論醫療保健的成本問題，辯論這些費用究竟該由個人負擔，或者該設定為社會保險。一如美國的常態，兩派人馬凝聚成立場迥異的陣營。我有幸身為外人，可以跳脫框架提出第三個選項：**要是我們根本不需要這麼多醫療保健機構呢？**

世界各國想必都探討過類似的議題，而我的命題也適用世界各國，因為美國藥品主宰世界市場。確實，要是美國向一個國家實施經濟制裁，這個國家便可能無從取得這些寶貴的藥品。

不過言歸正傳……

有一件我始終覺得很矛盾的事。就各位所知，有哪一個組織的使命是自我毀滅？有哪一位高階主管以失業為己志，連帶葬送工作的福利（包括醫療保健！）？

各位能想像這種荒謬的情況嗎？世間絕不可能有這種事吧？

但再仔細想想，那些號稱致力尋找癌症解藥的組織，其實就在做這種事情。這些組織的基層人員及贊助人，無疑都真心相信自己在打有意義的一仗，但他們高層的實際情況如何？我了解這會是有趣而且具有高度爭議性的小說主題。雖然當初我鎖定的是美國市場，但我拋出的議題顯然已經得到各國人士的共鳴。

各位閱讀這本小說的時候，自然會見到我大量研究醫學報告的成果。儘管角色與情節出於虛構，主角揭露的卻是關於書中史實的**真實**陰謀。

我披露的陰謀屬於公共領域，不容置疑，而精彩絕倫的故事則渾然天成。但還沒動筆，我便立刻遇到一大難題。

我該如何化解公眾的懷疑？連我在研究階段時，也對挖掘到的資訊感到難以置信，那麼我的讀者又會如何反應？我必須解決問題，設法提升說服力，否則這本書便不能發揮我想要的影響力。這時，多年前的古巴經驗正巧派上用場。

我著手研究當年往返古巴飛行時得知的事情，卻發現我的醫學研究結果與甘迺迪暗殺案有奇怪的關聯性，而且某個名字更是讓兩樁陰謀搭上線。

最要緊的是，八成的美國人（和世人？）相信美國政府參與隱瞞甘迺迪暗殺案的真相。因此，我在書中一再提起甘迺迪暗殺案，藉此不斷提醒讀者政府也會說謊，希望能大幅提升讀者對於本書中醫界陰謀的接受度。

再繼續介紹，便會透露太多情節，所以我要就此打住，但各位當然會擁有刺激的閱讀享受。我要鼓勵看完書的讀者，為書中提到的知識盡一份心力。該怎麼做呢？只要請人閱讀本書就可以了。歷史已證明一件事：一個民主國家的人民只要團結一致，便能帶來改變。將知識散播出去。將錢用在刀口上。站穩立場。

最要緊的是，評論家告訴我這部驚悚作品內容精彩，結構嚴謹，敬請享用《潘朵拉處方》，續集必然會問世。由衷希望有朝一日能與大家見面，例如在貴國舉行簽書會之類的活動。在有機會見面之前——

祝福各位

詹姆斯・薛利丹

寫於美國佛州奧蘭多，二〇〇八年九月二日

獻給路克

在任何讀過歷史的人眼中，不服從是人類原始的美德。
就是藉由不服從與反叛，才有了進步。

——奧斯卡・王爾德

FACT

事實：

一九七〇年代晚期，一群醫師在醫療體系中暗中成立「第五縱隊」①。他們自稱第二意見地下組織。

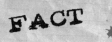

Prologue
序曲

東京　女王蜂俱樂部　一九五七年

這是替廣島報仇。

上空女郎「星」跨立在木椅上，準備執行震撼世界的復仇行動。她完美的軀體暗藏永遠不會癒合的創傷；傷口太深了。

那種痛苦，她要世人也嚐嚐看。

穿著制服的征服者扔出美鈔。她一個迴轉，一條光滑的大腿順勢勾上椅子，烏亮的長髮猛地往後甩，觀眾席爆出一陣喝采，彷彿有人命令他們叫好似的。星咧嘴笑起男人真可悲，反應總是千篇一律。

沒有人注意到她目光疏遠，只癡癡望著她的胴體，不曾察覺她其實心不在焉；她只是在雪茄煙霧、標價過高的香檳和西洋音樂中，獻身崇高的使命。

這份低賤的工作令她的靈魂千瘡百孔，直到他們找上門，為她帶來生命的意義。況且，他們支付的酬勞遠遠超過女王蜂俱樂部。至於他們會如何處置她雙手奉上的獵物，她毫無概念，只知道這項殘忍的任務平息了她的苦楚，就像冰水緩解燒傷的疼痛。無論她的主人有多邪惡、野心多陰險，至少她知道怎麼應付他們。

星的褐色眼眸轉為晦暗。時候到了。

業報需要催化劑。

星跪下來，用擦了鮮紅蔻丹的指甲輕輕滑過小褲邊緣，同時掃視觀眾席。這是她第一次迎視客人瞪大的眼睛。儘管將身軀放低到客人的高度令她作嘔，卻有其必要。他們墮落的臭氣撲鼻而來，但她用勾魂的笑容掩飾內心的嫌惡。

星不去理會喧囂，眼角瞥見觀眾裡有一張格格不入的臉孔，便轉身面對他。他深色眼眸裡熾熱的目光直盯著星。

他比一般客人年輕許多，臉孔蒼白，深色的頭髮，頂多約十八、九歲。從制服判斷，應該是美國軍人，而且是空軍。太好了。

她四肢著地，將臀部翹得半天高，匍匐爬向一瓶溫熱的清酒，準備表演招牌動作。

星攫住酒瓶一躍而起，從容地來到年輕士兵面前，和他四目相對。他很守規矩，沒趁星在舞台邊時佔她便宜。她嬌小的身軀聳立在他面前，將清酒含在嘴裡。

她像乞求親吻似地嘟著嘴，朱唇對準目標，令他張開口，以便承接溫潤的美酒。

星釋出酒液，注入即將淪為俎上肉的少年嘴裡。少年盡可能嚥下酒液，眉開眼笑。觀眾瞬間鼓譟起來，吹口哨叫好，炒熱她妖豔表演的氣氛。

清酒用完後，她撇下酒瓶，全心為美國少年獻舞，看著他被自己迷得渾身酥軟。在那一刻，星把他當成俱樂部裡唯一的男人看待。她清楚少年招架不住這種攻勢。

---

①第五縱隊（fifth column），指深入敵營臥底的人員或通敵的內奸。典故出自西班牙內戰，一名叛軍將領摩拉派遣四個縱隊攻打馬德里，透過一群在馬德里支持叛軍的人裡應外合，成功攻克馬德里。摩拉把這群人稱為他的「第五縱隊」。

他已經是甕中之鱉。

樂聲漸漸隱沒，觀眾頓時大嚷「再來啊」。星輕巧地步下舞台，準備完成致命的任務。她注視蒼白少年的眼睛，扭腰擺臀地走向他。少年不敢相信星會單單挑上他，他那喜出望外的表情令星很得意。

星停在他面前，甜美的口音令她的話語更加撩人。

「帥哥，你叫什麼名字？」

「我叫奧斯華，小姐……李・哈維・奧斯華②。」

有些創傷永遠不會癒合；傷口太深了。

②刺殺甘迺迪的兇手。

Monday
星期一

1

華府 現在

克林頓‧勒布蘭覺得發燒，但清楚自己無病無恙。波多馬克廣場公寓電梯輕輕晃著升向三樓。他胸前口袋裡的信封令他心情沉重，但信封裡的文件其實很輕。一個小小的信封即將永遠改變世界。

他獨自在電梯裡踱步，想起他曾經如何夢想著在這一天踏上隨後的幾步路，從電梯門口走回他的公寓。

到家了。

木已成舟。

電梯鈴響，三樓到了，但他仍然在發燒。回家不曾帶來他想要的慰藉。他仍舊沒有安全感。今天他犯下背叛政府的行徑，令他不禁強烈質疑自己。

醫生聯絡他的時候，他堅定地覺得這麼做並沒有錯；他只是報復摧毀父親的惡魔，以茲紀念亡父。

但復仇行動違逆了父親相信的一切……

當你擬定計畫，便沒有灰色地帶可言。計畫付諸行動後，就沒有黑白之分。

勒布蘭來到三〇九號公寓的門前，伸手拿鑰匙。他知道踏進玄關後，迎面就是亡父和甘迺迪總統的合照。十六年前，他母親寄來這張照片，之後死於心碎。

他父親的靈魂早在肉體死亡之前便消散無蹤。父親是甘迺迪的守護天使，但甘迺迪最需要他的時候，他卻無能為力，淪為「折翼」的天使，慘遭惡魔的毒手。

克林頓·勒布蘭追隨父親的腳步，努力擠進特勤局①，擔任隨扈，不由自主地努力洗刷家庭的恥辱，彌補過去的憾事。但子彈始終沒有來。看來，沒有人想暗殺副總統。特勤局並不如父親浪漫想像中的完美。

當你攬鏡自照，卻看不見反射出來的人影，彷彿你的存在毫無意義，那就表示你的內心深處出現裂痕。

勒布蘭打開前門，看父親與甘迺迪總統合照的眼神卻不若平常。他只感到怒火中燒。熊熊怒火取代了自我懷疑。

他們才是叛徒，我不是。

怒火是否來自恐懼並不重要，重點是他有資格憤怒。老爸是枉死的。勒布蘭願意付出一切代價，只求能再和父親下一局西洋棋，甚至吵一架也好。這些永遠無法實現的願望令他興起復仇的念頭，而這次機會來得正是時候，簡直是天助他也。

木已成舟。

①原文 Service，指「美國特勤局」（United States Secret Service），隸屬美國財政部，負責保護正副總統、前總統、下任總統及其家屬。

他拍拍放著信封的胸前口袋。這是今天他第十七次這麼做了。信封烙著他的胸口，召喚他復仇。

勒布蘭原本要順手摔上門，但臨時改變主意。在特勤局多年培養出來的第六感令他察覺家裡有異狀。他不清楚問題何在，也許是一個氣味、一個聲響、一道人影，總之感覺就是不對勁。現在他似乎真的發燒了，緊皺的眉頭冒出汗珠，血液從胸膛衝上臉龐。

他們在這裡嗎？

他們怎麼會知道他打破了規矩？如何發現他的祕密？

其實那也是意料中事，卻還是讓他訝異。他們以為自己算哪號人物……

外面傳來車輛駛離的輪胎聲，打斷了他專注的思緒。勒布蘭重新集中精神，關注眼前的情況：不速之客才剛走嗎？或者仍在屋裡？

他心一揪，胸口劇烈起伏，從槍套拔出制式Sig Sauer手槍，同時拉開保險。他照著特勤局的訓練，在腦海裡將家裡劃分成幾區，迅速察看每個區域，暗禱一切都是自己疑心生暗鬼。

走廊電燈照例是開著的，明亮的燈光照進廚房和客廳，這兩處都沒有異狀。他目光順著走廊看過去，檢查剩下的兩個房間和……

他不由自主地嚥口水，被口水嗆到。

書房的門敞開，但那扇門向來是關著的。書房的燈沒開，安靜無聲，但那不代表什麼。

勒布蘭退向牆壁，小心地避開會吱呀響的地板，溜向門口，到另一邊黑暗的房間。

他蹲下，從槍管後面審視書房的暗處。

沒有動靜，悄無聲響。

他深呼吸，鎮定心神。一股淡淡的陌生異味證實了他的懷疑。

有人。

他站起來背對牆壁，一手持槍，另一手伸向電燈開關，在按下開關時竄進書房，肩胛骨貼著牆壁再次蹲下，槍口不斷俐落地變換瞄準的方向，掃視書房，尋找入侵者。

這裡沒人。

他心臟仍然狂跳不已。他站起來再深吸一口氣，暗嘆平常空有訓練，實際上場的經驗卻少之又少。他沒有在發怒時開過槍。

勒布蘭才鬆了一口氣，又驚恐地想：一定有人來了又走。書房的門不可能自動開啟。無論是誰，對方必然在尋找信封裡的寶貴文件。

現在怎麼辦？快想。

該死。他衝向電燈開關，讓書房重新陷入黑暗。

勒布蘭知道入侵者沒有找到文件，一定會等他回家。

他移到能看見大樓門口的書房窗戶，匆匆看了一眼大樓前面的街道。

只有平常那些路邊停車……

等等。

勒布蘭整個人一震，醒悟到這是他再熟悉不過的特勤局標準突襲模式。

他們即將發動突襲。

要命！當他打開書房電燈時，他們必然已察覺他在家——而他們就是在等他打道回府。

但現在，他們也失去奇襲的先機。

好好好，想想法子！他們還沒破門而入，可見仍在布署人馬，等待大家各就各位，防堵所有的出入口，透過狙擊鏡監看每個窗戶。

壓低身形溜出去，快走！

勒布蘭覺得天旋地轉。

萬一被逮到怎麼辦？岌岌可危的不僅僅是自己的生命。一旦他公開在胸前口袋放了一天的文件，世界將永遠改變。

城府最深的陰謀就此拆穿。千千萬萬的人命就此得救。

在接下來的幾分鐘逃亡關鍵時刻，無論情況如何，一定得設法披露真相。

但當人人都是共謀，連街上的行人也不例外，你該如何揭發真相？

2
紐約市

燈光落在丹尼爾・崔維斯臉上。他不禁皺起眉頭，準備再次承受逃不掉的電視錄影折磨。他被困住了，無路可逃。他在椅子上動來動去，覺得自己活像待宰羔羊。

反抗只是白費力氣。

他眼睛適應了燈光，看著燈光後面詭異恐怖的人影走動，各就各位。要錄影了——無論如何，他即將面對人類最大的恐懼。他心臟怦怦跳，喉嚨乾澀，腦袋抽痛。儘管覺得窒息，他仍然試圖調勻呼吸。

黑暗中傳來可惡的字眼：「倒數五、四……」最後三個字「三、二、一」只有無聲的嘴形和手勢。

雖說他上過幾次電視，每回仍舊怕得魂不附體。電視是一個表裡不一的世界。

這次巡迴打書，崔維斯很難專心工作。他惦記著即將在今天住院的母親，為了母親罹癌的診斷而心煩意亂，生怕母親踏上父親的後塵，死於癌症。

得等母親的化驗結果出來，才知道子宮頸癌是否已擴散到淋巴結。崔維斯下巴顫抖。

馬上就知道化驗結果了。深呼吸。

今天的主持人蘇西・史賓塞坐在崔維斯旁邊，說話沒條沒理卻傲氣十足，刺耳得像指甲刮過黑板。

「歡迎各位再度收看節目！大家準備好前往另一個星球了嗎？」

蘇西停下來向一號攝影機眨動睫毛，繼續浮誇的辭令：「您有不解之謎希望有人能解答嗎？您想揭開神祕的面紗，解開所有的著名謎團嗎？我也想！很高興今天早上的節目能夠再次訪問丹尼爾・崔維斯博士，也就是書迷口中的『謎團大師』。」

二號攝影機的紅燈亮起，蘇西笑著轉向崔維斯。崔維斯從未見過如此虛偽的笑容，甚至比她平常的假笑更假。她轉身時，燙蓬的金色「鮑伯頭①」幾乎文風不動。她簡直像紙板人。崔維斯暗驚蘇西本人竟比電視上蒼老那麼多，連濃厚的舞台妝也掩飾不了年紀。他緊張地微笑，讓蘇西說完開場白。上一次來錄節目的時候，他打斷了蘇西的話，惹得蘇西大發雷霆，他不敢再招惹她。

「丹尼爾，歡迎大駕光臨！」

「我們又見面了，蘇西。」丹尼爾從沒笑得如此勉強。我得入戲一點。

「現在我——」

「很高興來上節目！」該死，冷靜一點，丹尼爾。

「是……真高興你能來上節目。你的新書想必已經上架了。我也是紐約客，我覺得你的書很精彩。」她舉起書讓攝影機拍攝。「《紐約未解大謎團》。」

崔維斯怕她話還沒說完，謹慎地等了一下才接腔：「是的，蘇西，我這次的作品很有地域性。紐約處處充滿驚奇，深埋的祕密絕對超乎你的想像。不過只要看了我的書，祕密便不再是祕密。」

「想必如此。待會兒要請你接聽幾位觀眾的電話，但我能先請教一個問題嗎？」

「儘管問吧。」崔維斯說，啪地合攏雙手，佯裝熱忱。

「你最有名的專業領域是家喻戶曉的謎團，例如亞特蘭提斯、超自然現象與金字塔，因此，讓大蘋果②躋身這些謎團不太尋常。為什麼你要這麼做呢？」

崔維斯在座椅上動了動六呎一吋的身軀，拉拉外套。蘇西低頭讀寫字板上的資料，記誦下一道問題，甚至不聽崔維斯的答案。

電視是表裡不一的世界。

「蘇西，我對著名謎團的興趣永遠不會減少，以後也會繼續發表新出土的證據。我只是想擴展領域，研究跟一般人比較切身的謎團。這就像提醒大家，怪事和謎團經常出現在意想不到的地方，說不定，你我行走的水泥地底下就暗藏玄機呢。」果然是打書打得越久，廣告詞背得越流利啊。

蘇西笑著抬頭，不再埋首寫字板，直視崔維斯的藍眼睛。她真恐怖。攝影機鏡頭移回去拍她的臉。「說得好，不簡單，你的世界真的很引人入勝，而且你才四十二歲，成就卻很可觀，出版了好幾本書，還在世界各地發表這個主題的演講。」

---

①鮑伯頭是維達・沙宣於一九六三年設計的著名髮型。前額是有弧度的瀏海，後腦則順著頭形剪出流暢自然的線條。

②紐約別名。

崔維斯笑著點頭。拜託你入戲一點，丹尼爾，你其實喜歡引人注目的。

「請為錯過上次節目的觀眾說明一下，你對研究謎團的興趣是從哪裡來的呢？」

「其實，那時我年紀很小，蘇西。」她又悶著頭看寫字板的資料，但崔維斯沉浸在亡父的回憶中，沒有理會她的失禮。「我父親帶我去邁阿密近海釣魚，竟然看到海平面上有一艘大船起火沉沒。我們只能收聽緊急頻道上的消息，看著海巡隊從殘骸救出生還者……」

「你小時候一定覺得很震撼吧。我知道你也深入研究鐵達尼號沉沒之謎，這讓我百思不解，因為我以為撞到冰山不算是謎團！」

蘇西向攝影機微笑，輕輕鬆鬆引得現場觀眾哈哈大笑。

崔維斯撇下客套。「那是一回事。不過，為什麼一座冰山能重創鐵達尼號，讓船迅速沉沒，其實到今天仍是謎團。有各種推論，有些涉及陰謀論，但今天我們不談那些。」

崔維斯相信陰謀確實存在，水門醜聞就是一例，但他認為談論這類事情容易吸引狂人。一旦和狂人沾上邊，他的著作和深究得來的真相就會被貶低價值，因此他不在公開場合談論這類主題。

他繼續說父親的事。「總之，那天後來，我父親說沉船的地點是在百慕達三角。大家都知道，那裡以船隻和飛機的離奇失蹤而出名。就這樣，我從那一天迷上了謎團，直到現在。」

「好，工作人員已經篩選了幾位幸運的叩應觀眾，他們很希望請教你問題。準備好接電話了嗎，謎團大師？」

「當然，蘇西。」她快把我逼瘋了，節目到底還要錄多久？怪不得她一個月換一個個人助理。崔維斯開始玩自己的手。

蘇西・史賓塞對著攝影機堆滿笑容，沉浸在現場觀眾對她的熱愛中，向他們說：「請第一位叩應觀眾發問！愛荷華州的麥克……麥克，請說！」

「哈囉？哈囉，是崔維斯博士嗎？」來自愛荷華州的蒼老聲音說。

「你好，麥克。」

「崔維斯博士，我知道你一定能解釋這件事情……我太太說她上星期二在沃爾瑪超市停車場看到貓王艾維斯，想也知道，我跟她說不可能有那種事，我說的沒錯吧？」

崔維斯如釋重負。他一度以為愛荷華州的麥克會提出嚴肅的問題。崔維斯由衷地輕笑，回答：「沒錯，當然沒有那種事情，麥克。你想問我什麼？」

麥克接口：「我……我也是那樣跟她說的，簡直胡來嘛，她不可能在上星期看到貓王，因為貓王在七〇年代就被外星人綁架了。這就是我要問的，你能談談這件事嗎？外星人到底會把貓王帶去哪裡？」

崔維斯愣愣望著蘇西。蘇西笑中透露厭煩，氣惱工作人員沒有過濾掉這通電話，但也只能見招拆招。

「好……丹尼爾，你有什麼看法嗎？」她在鏡頭移開後皺著眉說。

崔維斯今天有話直說。「對不起，麥克，你——」

蘇西用緊張的笑聲打斷他。「好的，丹尼爾，你和麥克的看法不一樣……我們來接第二通電話。」二號攝影機的燈亮了，鏡頭對準崔維斯，拍攝他的回應。蘇西冷眼一瞪，瞪得崔維斯回答：「好。」

「現在輪到第二位叩應觀眾，是堪薩斯的柴克。柴克，歡迎，你有什麼問題要請教名震天下的謎團大師丹尼爾・崔維斯博士？」

崔維斯憋住呵欠，眼睛洩露他昨晚因為擔心母親而失眠。

堪薩斯的柴克在電話裡說：「嗨，丹尼爾。我想問發生在羅斯威爾的飛碟事件……我覺得政府很可恥，不讓大家知道外星人迫降，難道我們沒有知的權利嗎？」

不可思議。每次都一樣，大家只會追著我問外星人的事。

崔維斯仍然在氣前一通貓王的電話，講話毫不客氣。這是他們自找的。「姑且說政府的確隱瞞了外星人在羅斯威爾迫降的事實，但政府的做法應該沒錯。」

「怎麼說？」蘇西問，鬆了一口氣，節目似乎總算回歸理性。

「不然的話，會造成集體歇斯底里，坦白講，民眾會在慌亂中送命。此外，外星人存在的事實牴觸了很多宗教的教義，那會惹惱很多人，最低限度，也會有人謀殺傳遞信息的人，也就是總統。事實上，羅斯威爾事件前不久，廣播電台播出科幻大師威爾斯的《世界大戰》，不料竟引發群眾恐慌。」

蘇西・史賓塞匆匆翻閱寫字板上的資料，假笑著插嘴：「可是丹尼爾，一九九七年CNN和《時代雜誌》的聯合民調顯示，八成的美國人認為政府隱瞞事實，不讓大家知道外星有生物。你是說，那些人全錯了？也就是我們大部分的觀眾都錯了？」

好一記變化球。

崔維斯不慌不亂。「我知道那項民調。其他的現象也有很多人寧可信其有，但那些現象多半沒有實際的證據。請聽我說，羅斯威爾事件確實有點詭異，但我們不能因此驟下結論。這就是我的觀點。」

「好，回到麥克的問題，你對羅斯威爾飛碟事件有何看法？」

「我很重視事實，而事實就是幽浮事件直到最近五十年才忽然變多。以人類在地球上生存的年代來看，五十年是非常短暫的時間。太空這麼遼闊，要讓其他銀河的生物知道我們的存在，只能靠發射高頻率的無線訊號，而我們發射訊號才七十年。就算外星人接收到訊號立刻來找我們，而且他們用光速旅行，能在一九四七年到達地球的恆星系統也只有四個。此外，現在一般人都同意，地球出現生命是一連串奇怪事件的結果，照這樣看，那四個恆星系統出現生物的機率也微乎其微。我們充其量就是有一些難以解釋的幽浮奇聞軼事。」

蘇西蹙起眉頭，電視臉皺成一團。崔維斯納悶她的妝會不會龜裂。「羅斯威爾的人明確指出那是飛碟，你怎麼說呢？」她說。

崔維斯料到她會有此一問。「在第二次世界大戰的尾聲，政府進行一項最高機密任務，叫做『迴紋針行動』（Operation Paperclip）。政府追蹤並接走頂尖的納粹科學家，讓他們投效我們。他們就是在一九六九年送我們上月球的科學家。信不信由妳，在大戰晚期，希特勒已經在生產飛碟形狀的飛行器，由賓士公司的布拉格工廠製造。這些先進武器叫『宏內布』③，甚至有美國專利號碼，名稱則是旋轉噴射飛行器。」崔維斯一邊說，一邊翻閱一個大卷宗。「在這

③ Haunebu，全名 Hauneburg-Gerate（宏內堡裝置），Hauneburg 是試飛地點的地名，後為加強保密，簡稱為 Haunebu（宏內布）。

裡，專利號碼二一三五二九、二八〇一〇五八——」

「你想說什麼？」蘇西插嘴。

崔維斯覺得她很煩人。「蘇西，我是說我們政府晉用的納粹科學家，大概繼續他們的研究，而在羅斯威爾墜毀的東西最可能是宏內布。值得注意的是，幽浮目擊報告是到羅斯威爾事件後才大量出現。軍方當然樂於讓公眾認為羅斯威爾有外星活動，因為那能分散民眾的注意力，不去追究那件事的真正祕密。誰知道呢？說不定軍方的『洩密』，正是為了這個原因自導自演的。」

崔維斯大發議論，但他不在乎後果。「當領袖不提供確切的事實，社會大眾就會自然而然往壞處想。小學灌輸的『美國是閃閃發亮的世界典範』的思想已經淡薄。每一件挫敗，無論是越戰或水門事件，柯林頓性醜聞或佛州重新計票，在在讓人覺得政府說謊，於是陰謀論就被炒得火熱。」

「可是丹尼爾……」

「蘇西，重點是這種事本來就是信者恆信。當政府遮遮掩掩地裝神祕，一切就不得了了，我們幼稚的一面活躍起來，思緒天馬行空，陰謀論就此誕生。羅斯威爾出了事，武裝軍隊迅速出現，奉命格殺勿論。哪天大家不再言行幼稚，也許政府就不會繼續把我們當成小孩看待。如果真的有高等外星生物在看我們，我猜他們覺得我們的文化不成熟、暴力而多疑，情願對我們敬而遠之。」

蘇西・史賓塞專心地聽耳機，製作室叫她進廣告。崔維斯打破沉默：「我們是不是該繼續錄下面的節目？」

＊＊＊

之後不到一小時，磨難結束。崔維斯覺得電視台應該不會再請他上節目了。他向現場指導說：「剛剛很對不起，崔西……我只是太累了，心裡很煩。」

崔西的橢圓眼鏡遮掩不住眼裡的怒火。「聽著，我知道你最看重事實，只是……」

「只是怎樣？」崔維斯慍慍地說。

「只是有時候，大談事實對收視率沒好處。總之，謝謝你來錄影。」她露出假笑，匆匆去忙下一段節目。

崔維斯深呼吸，寬慰地想明天再上最後一次電視，就能打道回府，回巴爾的摩陪在母親的病榻旁。

崔維斯絕不知道他永遠出席不了明天的錄影。

3

德威特・葛林瞪著電話八分鐘了。他知道時間，是因為他在計時。他看看電話的兩側和後緣，確認擺放的位置分毫不差，距離桌邊一吋。

非得距離一吋不可。

他位於角落的辦公室擺設簡單而整齊。這是當然的——這裡可是他當大家長、主持家務的控制室。

特勤局就是我的家，是我永遠的家。

這是他選擇的家，絕對不允許亂七八糟，容不下廢物！廢物必須一概摒棄在外，才能維持井井有條的秩序。

老天！這個渾帳勒布蘭到底是誰？

葛林咬著下唇，鼻子像即將張口咬人的鯊魚似地皺起，眼神化為陰沉。

沒事沒事，黑暗中總有一線光明。他讓右手的手背拂過辦公桌黑色玻璃桌面，鎮定心神。事情很容易解決，只要逮回勒布蘭，將不屬於他的文件拿回來就行了。

勒布蘭怎麼會以為背叛國家後，能夠全身而退？

葛林是一座火山，會在瞬間從休眠中爆發。就醫後，他才明白情緒失控的原因，那是他一時受制於黑暗的情緒。但今晚的爆發合情合理。今晚，他的世界岌岌可危，全都得怪一個叫克林頓・勒布蘭的小雜碎叛徒。一個人怎能讓那麼多人陷入險境？

我的家庭、我的國家啊。

他瞪著電話，滿臉陰沉，想把電話扔向牆壁，砸爛……

沒事沒事，黑暗中總有一線光明。

心理治療發揮了作用。

他擠出笑容，將鐵灰色的頭髮往後腦梳，不再盯著電話。他向來在下午兩點四十五分洗第二次臉和刮鬍子，而現在已經下午兩點五十一分了！他想再盥洗一番。他的盥洗包裡面有一面鏡子、一罐 Just for Men 快速染髮劑，平常鎖在最底層的抽屜。但現在他不能離開桌位。

克羅根死哪去了……

好不容易，電話響了。

葛林一把抓起話筒。「我是葛林，說吧。」

「長官，克羅根報告。公寓裡沒有勒布蘭的影子……但他的車還停在外面。我們正在搜查整棟公寓大樓和周邊地區。」電話另一端的聲音急促地說。

葛林如連珠砲地說：「那輛車隨時都要有人看守，監視那一帶的全部車輛。他要嘛在公寓裡，要嘛在附近。定出搜查範圍。他走路不可能走遠的。」

葛林停口，閉上眼睛，揉壓太陽穴，等待組長的回應。「報告長官，已完成命令。」

「等一下。」葛林厲聲說：「好好搜查那間公寓，查查最近有沒有打出電話。」

「報告長官，我已經自作主張，查過今天從那裡打出去的電話。」

坐著的葛林上半身霍然向前傾。「有查到嗎？」

「報告長官，在我們衝進門不到兩分鐘前，公寓裡才傳真一份東西到一個巴爾的摩的號碼……看來是私人住家。」

好消息。勒布蘭非但不可能走遠，而且還奉上了一條線索：一個共犯。葛林明白那份傳真不可能是被竊取的資料，因此事情仍有轉圜的餘地。

「傳真是發給誰的？」

葛林十指敲打著桌面，等待組長詢問他的屬下。

回音總算來了。「長官，傳真是發給一位崔維斯博士，丹尼爾・崔維斯博士。」

「很好。繼續執行任務，逮捕勒布蘭。事關國家安全。隨時向我報告任務的最新發展！」葛林說，狠狠掛斷電話，再猛然按下快速撥號鍵，電話一接通便粗聲粗氣地下達命令。

「諾曼，立刻給我巴爾的摩市的丹尼爾・崔維斯博士的完整資料，他的詳細家庭狀況也盡快給我。叫組長一進入屋子就跟我回報，羈押崔維斯。如果他不在家，調閱一切必要的紀錄查出他的行蹤。不計手段。」葛林掛斷電話，深信命令能順利執行，不會出問題。

德威特・葛林嘆了口氣，癱在豪華皮椅上，轉向辦公室的窗戶，望著外面的華府景色。今天將會很漫長，但勒布蘭與共犯崔維斯會在黃昏前成為歷史。

4

崔維斯在旅館酒吧啜飲酸蘋果馬丁尼。他一向投宿第七大道的喜來登酒店，以紀念他在這裡簽下的第一本書合約，重溫往日工作壓力小的美好回憶。

自從發現母親罹患子宮頸癌，千奇百怪的回憶便紛紛湧上崔維斯的心頭。例如小時候被惡夢驚醒，母親常唱著披頭四的歌曲哄他入睡；有一回他幫狗狗契斯特洗澡，而小傻狗嚇得跑掉，撞倒了母親；還有一次……

別再想了。淚水湧上眼眶。

崔維斯惶然無助。他知道母親一定希望他專心工作，不要牽腸掛肚。他母親的自尊心很強。在這種時刻，崔維斯真希望能有兄弟姊妹陪他共度難關。

好，明天再上一次電視就回家。他暗想專心工作，吸吸鼻子，灌下酒。

稍早他在十一樓的房間聽見街上喧囂的市聲，覺得自己該享受一下生活。地面的生活召喚著他，於是他下樓來到酒吧，不留在房間裡靜靜看書。

再說，這樣也能讓他暫時撇下心事。為什麼坐在旅館房間裡，似乎總讓人愈來愈擔心惦念的事？

若不是他有輕微的眩暈問題，他會訂比十一樓高很多的樓層，以徹底阻隔警笛和車輛喇叭的噪音。自我成長CD說眩暈是「既恐懼墜落，又渴望墜落。」這算哪門子的二元性？

他週末在亞歷桑納州鳳凰城講課，前一夜搭機到甘迺迪機場，旅程順暢，但那也有可能是暈機藥的功勞。崔維斯不服藥便無法搭乘飛機。

全程最辛苦的部分是在車陣中殺出血路。大眾運輸系統罷工幾乎癱瘓全城交通。他看著酒吧電視播放的新聞，發現塞車嚴重。幸好旅館距離電視台不遠，如果明天交通沒有改善，至少他能安步當車。

冰涼的伏特加順喉而下，感覺很舒暢。我果然需要來兩杯。難不成我有酗酒傾向？喝來喝去，還是伏特加對味，調酒就不行。

崔維斯常為小事鑽牛角尖。現在他硬是讓思緒從牛角尖轉出來，轉身面向窗外，看著人們拚命想在尖峰時段的車陣中前往某處。現在罷工正如火如荼，交通迅速惡化，一片混亂，而眾人的恐慌讓情況雪上加霜。

直到這種時刻，你才能體會紐約市的地理位置脆弱。由於曼哈頓島人口多到不可思議，完全仰賴橋樑、隧道和渡輪的暢通維持命脈。只要一場大眾運輸系統罷工，紐約便動脈阻塞，罹患冠心病。

根據本地新聞報導，市政府和大眾運輸員工工會的談判再次破局，雙方不願妥協，為了醫療險及節節上漲的保費而相持不下。

現在只能靠車輛或船隻進出曼哈頓島。但陸路大塞車，至於史坦頓島渡輪之類的船隻，從電視最新畫面來看，船上人滿為患，似乎隨時會將船壓沉。等待水上計程車的人大排長龍。新聞播出布魯克林橋的畫面，橋上淨是步行的通勤族，他們的頭頻頻上下點著，有如起跑槍聲響起後的徒步馬拉松比賽會場。

外面的交通一片混亂，計程車司機在第七大道各顯身手。崔維斯的思緒被叫喚他名字的酒保打斷。「請問有沒有一位丹尼爾・崔維斯在這裡？」

「我就是。」崔維斯舉起右手說。

「有您的電話，先生。」酒保指著吧台尾端的酒吧電話。

太誇張了吧，我這麼快就被找到了。稍早，崔維斯關掉手機，想和外界切斷連繫一、兩個小時。

他疑懼地將聽筒靠到耳朵上，卻發現對方是陌生的女子。

「崔維斯博士，你好。」她的嗓音輕柔卻急迫。

「妳好，小姐，我是崔維斯博士……有何貴幹？」

「我是索妮雅・勒布蘭，《紐約時報》的記者。聽說你只有今晚在這裡，如果你能撥出一點點時間，為我今晚截稿的報導提供資料，你就幫了我大忙了。不曉得你方便嗎？我一個小時內就能到。」背景似乎鬧哄哄的，但她的聲音清晰。

「妳的報導主題是什麼？」他向來小心翼翼，以防記者要他談論不熟悉的主題，浪費他的時間。

「是……百慕達三角，博士，我們幾點在吧台碰頭？」

崔維斯覺得她咄咄逼人，有點討厭，但那是記者本色。儘管百慕達三角是老掉牙的主題，而且「謎團」也有合理的解釋，但百慕達三角在他心中的地位特殊。

「唔……我可以叫妳索妮雅嗎？我在酒吧，妳直接過來找我。妳知道我的長相吧？」

「那當然，博士。我就在幾條街外。」她說。

「幸好如此。」崔維斯說。

「怎麼說？」

難道這女人不看新聞嗎？「大眾運輸系統罷工啊！」

「噢……對，待會兒見。」她掛斷了電話。

崔維斯掛回話筒，讚嘆記者真是神通廣大，百折不撓。他穿梭回到吧台，向酒保道謝。接受採訪能讓他為明天上電視做好心理準備，是不錯的消遣活動。

＊＊＊

還不到四十分鐘，正當崔維斯盡義務地察看剛到酒吧的人，注意到大廳裡有位小姐正在照巧妝鏡，準備進入酒吧。她笑瞇瞇的，似乎清楚自己令人驚艷，而且知道美貌讓自己無往不利。黑髮配上無瑕的白皙肌膚，整個人有如白雪公主。崔維斯笑了。

她高䠷而曲線玲瓏。她應該不到三十歲吧？

正是我喜歡的型。崔維斯藉著第二杯酸蘋果馬丁尼的酒膽，展露自信的笑容，一邊納悶自己是否很不應該，怎能在母親癌症臥病時對女人感興趣？

她抬頭掃視吧台。崔維斯移開視線，假裝看電視，玩起愚蠢卻必要的「沒有看來很飢渴」遊戲。與她共度今夜的可能性令崔維斯怦然心動，覺得很愉快。

然後，他聽見電話裡的嗓音叫喚他的名字：「崔維斯博士？」

他循著聲音看過去，是白雪公主，顯然她正是索妮雅。她從容地走過來，笑容燦爛，那眼神彷彿兩人相識多年。崔維斯感覺一切都很不真實。

「妳好。」他盯著她。「妳是索妮雅？」

「對。」她顯然認得崔維斯。現在她距離崔維斯比較近，而且直視他，崔維斯這才發現她比剛剛一瞥之下美麗得多，美得令人難以招架。她走完最後幾步，來到吧台前崔維斯身邊。崔維斯拚了命按捺著別用眼神褪去她的衣物，只盯著她的眼睛。藏青色套裝和白蕾絲上衣裡的軀體顯然很誘人。

專業風範與動物吸引力之間的衝擊令崔維斯思緒紊亂。*算了吧，丹尼爾，她是記者。*

索妮雅的深綠眼眸盯著他的眼睛，坐上他旁邊的高腳椅。

5

克林頓・勒布蘭的鄰居柏金斯太太堆滿笑臉，很高興有訪客上門。

勒布蘭善用追兵未到的空檔，從書房匆匆拿了研究筆記，在底部草草寫下謎語，傳真給他想找來協助公開真相的對象：丹尼爾・崔維斯。勒布蘭從特勤局資料庫調閱崔維斯住家的傳真號碼。此舉當然違紀，但也顧不了那麼多了。

確認傳真完成後，勒布蘭跑過走廊到鄰居家，希望爭取一點時間。

滿頭銀髮的柏金斯太太單獨居住，向來喜歡有人作伴。她的公寓位於走廊另一邊，是避風頭的完美選擇。勒布蘭平常最怕遇到她，但今晚她無意間成了勒布蘭的救星。

「晚安，勒布蘭先生……什麼事？」她應門時驚喜地問。敲門打斷她百無聊賴孤寂的不是別人，正是走廊另一端三〇九號公寓英俊的金髮先生。他看來正值坐四望五的年紀，量身訂製的西裝釦孔上隨時佩戴一枚奇怪的美國國旗別針，國旗上有一個金色星星①。有時候，柏金斯太太會在大廳、信箱前、倒垃圾經過走廊時遇見他；每回偶遇，柏金斯太太都覺得他像影星勞伯・瑞福。柏金斯太太喜歡勞伯・瑞福。

「妳好，柏金斯太太……能借張郵票嗎？」勒布蘭故作鎮定地問。此刻他最需要的東西，恰巧成了臨時來訪的最佳藉口。

正如勒布蘭所希望的，柏金斯太太請他進屋，在一個廚房抽屜翻找郵票，似乎沒注意到走廊另一端勒布蘭的公寓傳出破門而入的巨響。

勒布蘭的一顆汗珠滴落到廚房的流理台。

「你是不是不舒服，勒布蘭先生？你臉色有點差，也許來杯咖啡、吃一塊派？」

「我沒事。」要是一塊派能讓我甩掉麻煩就好了！「剛剛做了點運動。」話說出口，他才想到自己穿著西裝、打著領帶在人家家裡。他暗禱柏金斯太太不會追問。柏金斯太太笑著繼續尋找郵票。

勒布蘭魂不守舍，不時瞄瞄前門，但他仍然注意到這間公寓亂得驚人，瀰漫著貓尿的騷味，卻沒有貓的蹤影。

「妳家真漂亮，那張牆上的照片想必是……」

「啊……那是先夫亞特．柏金斯，六年前得了帕金森氏症，過世了。他很英俊吧？」願上帝保佑她。

勒布蘭十分慶幸柏金斯太太絮絮叨叨地聊起往事。他能躲愈久愈好。

勒布蘭點點頭，心不在焉地聆聽亞特．柏金斯的事情，一邊盤算接下來如何是好。這是他今晚第一次能不受壓力，好好思考。

這樣行得通嗎？

但喘息的時間旋即告終。

---

①特勤局的局徽。

勒布蘭聽見追兵猛捶鄰居的門，不得不採取行動。那麼吵，她怎麼充耳不聞？

他決定了下一步棋，儘管辦法荒唐，勝算卻最大。但他不能躲在鄰居家中避風頭，倒是無庸置疑。

該走了。

勒布蘭擠出最充滿同情的聲音，打斷淚眼迷濛的柏金斯太太。「我們下次再聊好嗎？我今天晚上要搭飛機，一定得在出發前把信寄掉……妳有郵票嗎？」

「有啊……我正在找。」她說，埋頭猛翻抽屜。

勒布蘭從胸前口袋抽出筆和信封。這個寶貴的信封導致今晚的騷亂，令他家被外人闖入。

他寫起信封。

非成功不可。

信封還沒寫好，柏金斯太太的前門便傳來威嚴的敲門聲。

沒時間了！

他還來不及再次催請柏金斯太太尋找郵票，柏金斯太太已經走向門口，又一次興奮起來，難得今晚訪客接二連三。

「柏金斯太太，等等！」

「我去去就來，親愛的。」

我得走了！立刻走！

老太太拖著腳走出廚房，勒布蘭衝向她剛剛翻找過的抽屜，細看裡面奇奇怪怪的物品，強自鎮定地尋找郵票的蹤跡。

敲門聲再次傳來，這回敲得更響、也更兇。勒布蘭明白幾秒後自己便會被逮捕，失去一切。如果他坐以待斃，當代最令人髮指的騙局便沒有被拆穿的一天，而惡人全身而退。唯一的希望，就是崔維斯博士收到他的傳真，而且最要緊的是，崔維斯博士必須擁有採取行動的意願和能力。

就在那一刻，勒布蘭意識到把一切託付給素昧平生的人未免太過愚蠢。不行，我得一肩扛起任務……自己一手包辦。

柏金斯太太叫道「馬上來」，聽來有如喪禮的鼓聲。他發現抽屜裡沒有郵票，挫敗地砰聲關上抽屜，頭轉向前門。「糟了！」

但就在那一瞥，事情出現轉機。富美家牌的流理台上有一台骯髒的小烤箱，烤箱旁邊擱著一疊待寄的信件，最上面放著一個已經付清郵資、可以立刻投遞的限時信封。勒布蘭一把抓起信封。

唯一的出路是三樓陽台的窗戶。事到如今，只能豁出一切。

＊＊＊

兩個穿著黑色戰鬥服的高大男人擠在柏金斯太太的門口，扯開嗓門說：「晚安，太太。我們得搜查妳家，事關國家安全。我們在找三〇九號公寓的勒布蘭先生，我們可以進去嗎？」組長的口吻好像她能拒絕似的。

「真巧，他正好在我的廚房。他來跟我借郵票……」

她還沒說完，兩人便推開她，進入公寓。其中一人掏槍衝向廚房，另一人則急忙用無線電通報同僚。柏金斯太太驚異地站在原地，看著他們老練俐落地佔領她的家。

兩位探員搜查公寓，背對著牆壁，舉著槍檢查角落、碗櫃和縫隙，彼此嚷著：「沒人！」他們衝進廚房，察覺自己根本白費功夫。

惱怒的資深探員回去找柏金斯太太，向她大吼大叫。

「太太，妳說他在廚房？但是廚房裡沒有人，妳什麼時候看到勒布蘭的？」

柏金斯淚眼汪汪地發抖。「他……剛剛還在的……他來跟我借郵票……然後我去應門，再回來就……」

探員們對看一眼。「妳說我們敲門時他還在？這點非常重要，我要提醒妳，欺騙探員可是聯邦重罪……」

「對……沒錯，你們敲門時他還在！」她畏縮地說。

兩位探員心照不宣地對看一眼，竄向廚房的玻璃滑門。

他們一把拉開玻璃門，力道大得滑門脫離軌道，然後衝出去。

＊＊＊

勒布蘭向下攀爬到二樓陽台，聽見直升機飛掠而過。他縱身躍下，一落地立刻滾過草皮，以化解衝擊力，然後抬頭望向三樓柏金斯太太公寓的陽台。兩名黑衣的武裝探員爬出公寓，窮追不捨，嚇得他連忙起身。

死亡的陰影步步逼近。

勒布蘭跑向公寓另一端，利用樹木遮掩行蹤。多年來，他跟在副總統車隊邊跑步鍛鍊出精壯的體魄，此刻卻派不上用場。

他繼續奔過新罕布夏大道，向波多馬克河前進。

直升機和叫嚷的聲音似乎漸漸隱沒，但勒布蘭馬不停蹄，像職業運動員一樣調節呼吸以配合步伐。下一步呢？

第一要務是寄信。

只需要一個破郵筒便能達成任務，但最近的郵筒在他住的公寓大樓，絕不能回去。

用用腦子，快想，快跑。

勒布蘭衝向西南方，拚命想最近的郵筒在哪裡。直升機的聲音再次逼近。

然後他靈光一閃：水門大廈。

在水門大廈那裡，水門旅館旁邊的店家前面有一家郵局。他加緊腳步，又一次渾身是勁。

幾秒後，令人望而生畏的水門大廈已近在眼前。快到維吉尼亞大道時，他明白自己馬上便會進入空中監視看得見他的範圍。一棵棵碩大的橡樹讓他能一路隱匿行蹤，而現在他即將失去這項優勢。儘管如此，勒布蘭竄過維吉尼亞大道，不顧一切地閃躲車輛，過了馬路，翻越樹籬，來到郵筒前，從口袋掏出放著爆炸性祕密的信封及柏金斯太太的限時信封。願上帝保佑柏金斯太太。

勒布蘭氣喘吁吁，將郵筒當成桌子使用，拿筆填好信封。一滴汗珠從下巴落在信封上，他再檢查地址最後一次，不甘願地將信封放進限時信封中，黏好封口，投入郵筒，心情就像將自己想要的禮物拱手他人。起碼，檔案暫時安全無虞。

但這得付出多少代價？

低飛的直升機原是華府的日常景象，卻極少像這一架奧古斯都一〇九型黑色直升機一樣，在低過水門大廈屋頂的高度盤旋。

盤旋的直升機令人膽寒，彷彿在瞪著勒布蘭。

勒布蘭猛吸一口氣，再次拔腿飛奔。他當機立斷，研判繞著水門大廈周邊跑最有可能脫身。只要他能隱匿行蹤，多爭取時間，便能溜到安全的地點，然後啟程去領回他剛剛投郵的檔案。寶貴的檔案……

一切都完了。

勒布蘭拐過轉角，衝下新罕布夏大道，見到兩名黑衣人舉著手槍，守住前面的路口。他被困在他們與波多馬克河之間。勒布蘭聽到對方叱喝他停步。

他的心臟拚命輸送腎上腺素。儘管如此，他覺得喉嚨緊縮，脫逃無望。他衝過一家咖啡館，拐上F街，急著尋找出路。

無路可跑。

他向河邊挺進，左眼眼角瞥見宏偉的甘迺迪表演藝術中心，右眼眼角瞥見水門旅館；左邊深切地提醒他父親為何而死，右邊則令他想起政府的陰謀。就在此時此地，他感到心安理得，完全撇下「違紀」的罪惡感，決心為崇高的使命獻身。

但這成了他最後的思緒。

勒布蘭狂奔過波多馬克公園大道，感覺到右肩胛受到重擊，旋即一陣灼痛。那重擊令他的狂奔減為慢跑。

他被一發高速子彈射中。

勒布蘭腳步踉蹌，穿過馬路到河岸。追兵的叫嚷聲逼近。他跌跌撞撞地向河岸上的一棵橡樹前進，靠著河邊的欄杆穩住身形，轉身面向追兵，伸手拿槍。

他才從槍袋拔出手槍，身體便再度受到重擊，感到一陣灼痛，這回是胸部。勒布蘭舉槍瞄準對方，但視線逐漸模糊，最後只得射出毫無指望的一槍。

他們立刻反擊。

這一次，擊中胸腔的子彈衝擊力令他翻落欄杆，摔進黑暗的波多馬克河。

河水迅速吞噬勒布蘭飽受槍擊的身軀。

黑暗。寒意滲透他的骨髓。

他看見父親的鮮明影像——一個守護天使。他覺得伸手便能碰觸到父親。

燦爛的亮光取代了痛苦。

爸爸，這是為你做的……真相將會公開……

6

蘿絲瑪麗·傑克森是敬業而忠心的管家。她在馬利蘭州巴爾的摩郊區魯斯頓村為崔維斯博士照顧殖民式宅邸，並且樂在其中。

但她現在坐在椅子上，瞪著自動手槍的槍管，完全顧不了老闆的髒襯衫。

不過十分鐘前，這位慈母般的非裔美國太太眼看即將完成一天的工作，門就被撞開，一群像霹靂小組的人迅速包圍房子。她心想，既然他們穿著黑色戰鬥服和防彈衣，想必是政府探員，因此這一定是天大的誤會。

她噙著淚水，無助地看著不速之客在屋裡橫行無阻，將她悉心照料的房子翻得一片凌亂，破壞東西。她不敢開口，生怕一動，用槍抵著她的人便會毫不遲疑地一槍斃了她。要蘿絲瑪麗文風不動並不困難，因為她嚇癱了。

在這幾分鐘時間裡，蘿絲瑪麗的思緒狂奔，不斷想這場旋風式突襲的可能原因。她忖度自己的下場，若她就此喪命，殘障的丈夫該如何度日？

想到這裡，她的恐懼忽然轉為憤怒。

她看到指揮突襲的人來廚房找她，她立刻知道無論如何，等待已經結束。

席克斯組長站在她面前，頭盔幾乎完全蓋住他的臉孔。「崔維斯博士在哪裡？」他說，揮手示意手下把槍拿開。

槍拿走後，蘿絲瑪麗更加怒火中燒。

這是誤會。

「這是怎麼回事？你們是誰？崔維斯博士是好人……」

席克斯彎下腰，湊近她的臉。「妳仔細聽清楚。」他咬牙切齒說：「我們是聯邦探員。妳要跟我們合作，否則就逮捕妳。我們要帶丹尼爾・崔維斯回去問訊，事關國家安全。」

她炭黑的眼睛回瞪席克斯。

「年輕人，你要用什麼罪名逮捕我？你想把崔維斯博士怎樣？看在老天份上，你們到底在找什麼？小伙子，除非你把事情交代清楚，否則我什麼都不會做。」

蘿絲瑪麗看到席克斯站直身體，深呼吸，整理思緒。她見多識廣，看得出他眼裡的挫敗。他似乎壓力沉重。蘿絲瑪麗猜測，他承受的壓力比平常大。他有所隱瞞。

席克斯的姿態放鬆了一點。「太太，我們之間似乎有點誤會。我明白妳必然一頭霧水。」

「小伙子，你才搞不清楚狀況！」蘿絲瑪麗回罵。

席克斯不理會她的無禮，勉強擠出同情的口吻說：「我想妳是管家吧？」

蘿絲瑪麗點點頭。

「妳聽我說，很抱歉打擾妳。我們有急事找妳的雇主崔維斯博士幫忙。他可能有生命危險，因此我們不能冒險。抱歉我們用槍對著妳，還弄壞了東西。」席克斯將槍插回槍套。

蘿絲瑪麗的表情軟化，憤怒化為對老闆的關切。

「太太，妳越早說出他的下落，我們就能越早……」

席克斯被打斷了。一個瘦巴巴的年輕男子拿著衛星電話過來，襯衫上的名牌繡著他的姓氏：戴金斯。「長官，葛林局長在電話上。他要求立刻和您通話。」

席克斯從他手裡抓過電話。「不好意思，太太，我得接這通電話。」

蘿絲瑪麗點點頭。席克斯接了電話，那具電話外觀古怪，像八〇年代的手機。

「長官，我是席克斯。這裡沒有崔維斯的影子。我的人在搜索房子……我正在偵訊……」聽筒傳來葛林的聲音：「我剛剛追查到崔維斯在紐約，所以他不會在家，我已經派紐約的人去逮捕他了。我要今天晚上發到那裡的傳真……你找到了沒？」

席克斯咬唇。「長官，我們正在找傳真。」席克斯將尋找崔維斯列為第一要務，因為從葛林的壓力來判斷，崔維斯必然是持有武器的危險人物。席克斯用手蓋住話筒，低聲交代戴金斯：「去傳真機看有沒有傳真。」

戴金斯像小孩似的匆匆跑走。

「很好，我等你找到傳真……你剛說你在偵訊誰？」葛林問。

席克斯垂眼看蘿絲瑪麗。「是管家，長官。我們進屋的時候她在這裡。」

戴金斯在走廊嚷：「長官，找到了……拿到傳真了！」

席克斯招手要他到廚房，向蘿絲瑪麗綻出得意洋洋的奸笑。

「長官，拿到傳真了。」席克斯對著話筒說。

蘿絲瑪麗察覺了席克斯剛才不是真心道歉，但她繼續敷衍他們，以便為老闆挖點資料。她能清楚聽見電話兩頭的對話。

「傳真的內容是什麼？」葛林問。

「長官……您最好親自過目，感覺像亂寫的紙條，看不出意思……最上面的標題是『蘭斯之勁敵』。」

＊＊＊

傳真的標題「蘭斯之勁敵」令葛林困惑，但能拿到傳真，他仍然很寬慰。如果那是勒布蘭和崔維斯之間的密碼，要不了多少時間，便能交給解碼員破譯。

葛林沒有鬍碴的臉龐綻出今天的第一個笑容。這是會改變臉型的笑，雙頰有如漫畫畫的一樣向外擴張。那瘋狂的笑容停駐了五秒，定在臉上沒有絲毫變化，瞪著空無一物的正前方，嚇得他的個人助理魂不附體。尤其他們知道儘管他笑容滿面，其實隨時可能情緒爆發。

葛林斂起笑容，聽筒仍然靠在耳朵上，站起來俯瞰桌面，呼了一口氣。他總算控制住事態的發展。勒布蘭已經成為歷史，而崔維斯很容易解決。可惜不能活逮勒布蘭，但葛林明白手下別無選擇。遲早能從屍體上找回失物。崔維斯應該不成問題，畢竟他是老百姓。

「立刻把傳真發來給我，席克斯！」葛林對著話筒吼，不等席克斯回答，又繼續扯開嗓門下達新指令。

＊＊＊

「我該吃藥了。」蘿絲瑪麗朝門口走。「我心臟有毛病，服藥時間到了。書房裡有放一些藥，如果你讓我去……」

席克斯正在接聽葛林的電話，點頭示意戴金斯放她出去。他達成了任務，傳真已經到手，而崔維斯則是紐約組員的問題。

蘿絲瑪麗從容地走進用松木裝潢的書房，戴金斯尾隨在後。她拉開崔維斯放阿斯匹靈的抽屜，戴金斯守在門口，但心思主要是在看「崔維斯這傢伙」的稀奇古怪手工藝品。他瞥見從鐵達尼號撈回的銀器組，正在讀下方的鐵牌時，蘿絲瑪麗開口了。

「能麻煩你幫我倒杯水嗎，年輕人？」她說，呼吸沉重，倚著書桌支撐身體。蘿絲瑪麗一向自認是演員。

戴金斯同情地看著她。「好的，沒問題。」說完轉身，朝著廚房慢慢走。

蘿絲瑪麗的機會來了。

不到兩秒，她便採取行動。在這種情況下，她只能做到這麼多。崔維斯博士是好人，不時關心她兒子高爾夫獎學金申請的情況，她起碼該為博士盡點心力。

席克斯講完電話，一抬眼，嚇得合不攏嘴，應該看守那個死管家的戴金斯竟然在倒水！

「你怎麼沒看著她！」他大叫，跟著戴金斯大步走到書房，活像拎著他的耳朵走似的。

蘿絲瑪麗站在書房中，一手拿藥，一邊伸手接水。「謝謝你，小伙子。」她笑著吞下藥。

戴金斯斜眼瞄一下席克斯，彷彿在說：「有什麼好擔心的，長官？」

「算了……不准再讓她落單，戴金斯。還有，刪除傳真機的記憶。我有新的命令。」

＊＊＊

現在傳真到手，葛林該盤算下一步。

葛林目標堅定地走了四步，到窗台拿他為崔維斯博士開的新檔案，從上次看到的地方往下看，試圖找出關聯。他心想：勒布蘭與崔維斯、崔維斯與勒布蘭，一個特勤局探員找歷史學家做什麼？

葛林迅速翻閱丹尼爾・崔維斯生活和作息習慣的機密文件，尋找他和勒布蘭叛節的關聯。在「國土安全」的時代，個人隱私無足輕重。

葛林審慎地走了四步回到座椅，在黑色玻璃辦公桌前坐下，看也不看一眼便將檔案恰恰放在乾淨桌面的正中央，視線落在檔案頁面，盲目地將手探向今天的第三杯咖啡。他邊讀檔案邊將熱咖啡端起，卻忽然鬆手放開杯子，俯身抓起電話，對著話筒吼：「立刻送我去紐約！」

葛林沒理會桌面的髒污（這對他來說可不容易），披上外套朝著門口去了。

7

「我想妳會同意，百慕達三角並非民間傳說中的巫婆大鍋。」崔維斯掛著得意的笑容。

索妮雅靜靜地露出和崔維斯一樣的微笑。

他被女孩搞糊塗了。整場訪談中，她不曾做筆記或錄音……

見鬼了，她對訪談甚至意興闌珊！

「有什麼問題嗎？」崔維斯問。

索妮雅伸手搭著他的肩膀，附耳低語：「時間緊迫，我就單刀直入。其實我不是記者。」

她親了崔維斯的臉頰一下，不容他接腔又跟他咬耳朵。

「麻煩你假裝我們認識，因為大概有人在監視我們。」

她坐回座位，瀏覽雞尾酒單，假裝不過是在評論崔維斯的西裝，或是其他同等世俗的事。

崔維斯既困惑又心動。他氣惱索妮雅謊稱是記者，舉手投足像看過太多間諜電影的人；偏偏她雪白肌膚的誘人氣味，烏亮的秀髮拂過他的臉龐，沙啞的嗓音在他耳內甜蜜迴盪，在在又使崔維斯減了幾分火氣。索妮雅散發著女人味。儘管他懷疑索妮雅神智失常，可是注視她眼睛時，又忍不住要傾聽她的話語。

「如果妳不是記者，那妳是誰？」崔維斯問，湊過去和她一起研究雞尾酒單。「妳說我們被監視，又是怎麼回事？」

索妮雅朝他微笑，向酒保點了一杯骯髒馬丁尼。「我是特勤局的人，我哥哥克林頓．勒布蘭也是……」她頓了一頓，注視崔維斯的眼睛，彷彿指望他會對克林頓・勒布蘭的名字有反應。「但我找你不是因為公務。你不曉得我哥哥似乎在無意間，讓你捲進一場大麻煩。」

什麼跟什麼？

要嘛這女孩精神不正常，要嘛自己當真遇上麻煩，而女孩似乎沒有精神病的跡象。

「然後呢？」崔維斯說，一口喝乾剩下的酸蘋果馬丁尼。

索妮雅從吧台上的碟子抓了一小把洋芋片。「我只知道我哥哥最近幾星期都沒消沒息，直到幾天前，他打電話問我能不能透過我在紐約的門路，聯絡你的出版商，安排你們兩人見面，他不想透過一般的管道找你，怕會走漏風聲。他不肯多說，不願意讓我被捲進去……大概是哥哥保護妹妹的狗屁吧。」

崔維斯點點頭，示意她繼續說，拚命按捺住回頭看的衝動。索妮雅順從地說：「我哥哥應該在今天和我聯絡，告訴我最新情況，卻一直沒他的音訊。我們曾經約過打電話的時間。坦白講，他那個人最一絲不苟了，沒依約聯絡我，想必出了狀況，所以我打電話去他家。」

太扯了！在電視攝影棚遇到滿腦子陰謀論的神經叩應觀眾，現在我走到哪裡都有人跟蹤！

「真遺憾，但那與我何干？」

索妮雅犀利的目光迎視他的眼睛。「我打電話到哥哥的公寓，接電話的人不是他，而是自稱警察的人。他質問我曉不曉得克林頓・勒布蘭的下落，還問我是否聽說過一個丹尼爾・崔維斯博士。」

「到底怎麼回事？」崔維斯問，揉著後頸。

索妮雅緊抓住他的手臂。「聽我說，崔維斯博士。我是特勤局探員。我知道接電話的絕不可能是警察。我哥哥也是探員。他是隨扈，暗中調查某件事，一件大事，而且他要私下和你談。如果他還沒被逮到或送命，十之八九在逃亡。他大概已經死了。我敢說他們已經全面搜查過他的電腦、電子郵件和電話。不論那個警察是何方神聖，他絕對知道我哥哥打算聯絡你。」

崔維斯呼了一口氣，表情和緩起來。「這個嘛，無論哪個政府機構想找我，我一概奉陪。我光明磊落。我跟妳哥哥素昧平生。聽著，我清楚我的專業領域常讓人以為只要是陰謀論，找我準沒錯，但那是常見的誤解。」他說，輕蔑地擺擺手。

儘管如此，索妮雅的話燃起了崔維斯的興趣。他明白自己或許應該走為上策。

「你真是天真得要命啊！」索妮雅打斷他，怒視吧台。

崔維斯既好奇，又惱怒。*真是夠了。她是漂亮，但不是天仙。*「妳說什麼？好，我看妳裝模作樣一個晚上已經看煩了……」

索妮雅一手搭著崔維斯的肩膀，笑嘻嘻假裝歡快，隨後附耳低語：「你打電話回家，看看誰來接電話，你就會明白了。不管接電話的人是誰，那人八成因為我哥哥發現的事情而殺他滅口，而你現在跟他脫不了關係。」

這番話未免太誇張。

崔維斯注意到她努力忍住淚水。他拿起已空的馬丁尼酒杯搖一搖，招來酒保，思緒忙亂得只能說出「一樣的」。

他絕對需要再來一杯。

索妮雅的說法似乎前後一致，警告也似乎合理。況且，她殺出重重車陣，來這裡胡謅這樣一個故事，能撈到什麼好處？

8

崔維斯從西裝口袋掏出手機，掀開上蓋，開機。

「你打給誰？」索妮雅說。

「我的管家傑克森太太，問她能不能去我家一趟。」崔維斯說，按下蘿絲瑪麗的快速鍵。

崔維斯的大眼睛緊盯著索妮雅，聽著蘿絲瑪麗的手機響了不尋常的久，最後才接通。

他聽到的消息令他面無血色。

蘿絲瑪麗尖叫：「崔維斯博士，他們要抓你！他們來找一份『蘭斯之勁敵』的傳真。他們有槍，他們要去抓你——」

電話斷線。

崔維斯關上手機，瞪著索妮雅，忘記合攏嘴巴。索妮雅抿著豐滿的唇，露出陰鬱的得意笑容，彷彿在說：「我就說吧！」

崔維斯試圖理出頭緒，思緒狂亂。*天啊，索妮雅沒騙人。蘿絲瑪麗說的話是什麼意思？什麼『蘭斯之勁敵』的傳真？該死，該死，這是真的。*崔維斯覺得像吞了一塊磚頭。

崔維斯溜下吧台的高腳凳，仍然盯著索妮雅。「我回房間拿一些行李，馬上下來。我得回家了解情況，解決這件事……還有，妳得跟我去。」

索妮雅臉色一亮。「我去買單。」

崔維斯穿過大廳，不時打量四周，提高警覺，握著拳頭。守著電梯的領班瞪了崔維斯一眼。領班以前似乎不會瞪他。崔維斯勉強點頭微笑示意他要搭乘電梯。領班頷首回禮。

崔維斯按下電梯鈕，與六個人一起等待電梯。他覺得自己渾身發熱。

「保持冷靜。」他低聲自言自語。

電梯門開了。崔維斯鑽進電梯，開始整理思緒，異常嫉妒起另外六個人能過正常的生活。但事實擺在眼前。無論事態多麼古怪，他都得採取行動，找出問題癥結，加以解決。那通打給蘿絲瑪麗的電話是真的。

電梯門在十一樓打開。他萬分不願意地離開其他房客，彷彿他們無憂無慮的生活能保護他似的。崔維斯踏出電梯，右轉走向五十呎外的房間。走著走著，他聽見他的房間傳出交談聲。

是清掃客房嗎？

崔維斯放慢腳步。

離房門幾呎時，他驚恐地聽見無線電發送器的靜電噪聲，此外，有人命令另一人：「他不在這裡——檢查抽屜——我們得在他回來前準備好。記得嗎？上面交代不論死活。我不要冒任何風險，懂嗎？」

天啊，這不可能是真的……不，這是真的。趕快想辦法！

他忽然轉身掉頭，動作既不會太鬼祟，也不顯得過於匆忙，從躡手躡腳變成快步走。

崔維斯咬著上唇，走完突然間宛如漫漫長路的五十呎，到達電梯獲得安全。

他連按三下電梯鈕，不知眼睛該看哪裡。

緊閉的電梯門後傳來嗡嗚和叮噹聲，電梯來了。但那美妙的聲響旋即被崔維斯不願意聽見的聲音蓋過去。他房裡的交談聲朝著走廊來了。

崔維斯無助地轉頭，看見自己的房門打開，兩名西裝男子走出來。他別開頭，盡力冷靜地等電梯，假裝若無其事。若無其事是什麼樣子？

崔維斯的腳趾在黑皮鞋裡壓向鞋底。他扒下深褐色鬈髮遮掩側臉，就怕那兩人認出他。地毯上傳來腳步聲。

天啊，他們來了。

崔維斯忖度應該在哪一刻看走過來的人。無辜的人會怎麼做？我是無辜的！

崔維斯聽見其中一人開口，緊張得胃都快蹦到胸口了。

「先生，不好意思……」

慘了慘了！乾脆假裝沒聽見。

崔維斯再次按下電梯鈕。他知道不能接腔回答，又覺得相應不理未免太白痴。他聽到腳步聲加快，又是一聲叫喚，只是這回加重了音量。

「**先生**，不好意思！」

崔維斯聽見鈴響，電梯應聲而開。他鑽進電梯，不給他們開口的機會，狂按「大廳」和「關」的按鈕。腳步聲從走路變成疾奔，又是一聲：「等等！」

崔維斯看著電梯門關起，呼了一口氣，但如釋重負的心情立刻消散無蹤。在門關上時，他看到那兩個人持槍追過來，而且他們瞥見他了。

崔維斯連忙倒退抵住電梯內壁，隨著電梯下樓。

9

在華府威斯康辛大道二六五〇號，雅致的宴會正熱鬧，賓客淨是華府的「大人物」。他們享用最上等的魚子醬點心，幸福快樂，不知道一個足以讓他們生活風雲變色的祕密落入美國郵政系統裡，而那全拜特勤局的害群之馬探員所賜。

關於此事，亞力士•艾達卡遠比其他賓客清楚，畢竟那是他的職責所在。他向上司說策略奏效，但有些意外的枝節需要解決。儘管如此，他仍然感受到來自上司的沉重壓力。他錯在不該呈上捷報後又說事態有異，懊悔自己沒有守口如瓶，等到檔案安然到手再稟告上司。

艾達卡身高六呎三吋，淡褐色頭髮，曬得很自然的皮膚，臉孔異常瘦削。每回侍者端著香檳托盤經過，他一概敬謝不敏。在華盛頓上流社會，大使舉辦的宴會以精緻聞名，他也享受過很多場宴會，可是今晚必須處理正事。儘管他在大使的手下當差，但此次任務太過機密，事關重大，因此無法讓大使知情。

絕不容許失敗。

他與大人物們議論天氣溫暖得不合乎時節，感覺這話題實在太過客套。但與權貴應酬很重要，不能流露出對他們的輕蔑。

儘管如此，艾達卡焦躁地挪移腳步。

他的視線克制不住地微微輕飄，行禮如儀地閒聊，一邊啜著雞尾酒。這時他的一個助理從宴會場地另一頭過來找他。

「長官，您的電話。」助理說。

艾達卡向客人們微笑。「請恕我失陪。」他鞠躬說，藉以掩飾如釋重負的表情。

艾達卡逕自來到一間用原木裝潢的辦公室，拿起聽筒，按下加密線路的發光按鈕。「我是艾達卡。」

一絲不苟的冷漠聲音回答：「已與目標接觸，完畢。」

艾達卡放回聽筒，帶著笑意抬眼。他知道拿回檔案只是遲早問題，這位探員從未讓他失望過。丹尼爾・崔維斯已淪為無助的獵物。

10

不到一小時，丹尼爾·崔維斯的生活便風雲變色。電梯嗡嗚著降到大廳，速度快得崔維斯無暇思考。他踱來踱去，試圖思索剛才的事情。他反覆跟自己說：「這是真的。」思緒在他腦海裡亂轉，先回想蘿絲瑪麗的話，然後盤算如何逃出旅館，離開紐約。

然後他記起了公共運輸系統罷工。

恐懼和困惑如颶風席捲而來，令他喘不過氣。

慢慢來，定出緩急輕重。

電梯門上方的樓層號碼閃爍，宛如世界末日的倒數計時：八、七、六。

第一要務是離開旅館。索妮雅無疑會是重要的無價資源。計畫：盡速和她會合，離開旅館，混進曼哈頓人山人海的混亂街頭。兩名追捕他的男子必然搭上另一架電梯，緊跟在後。

時間咻地飛逝。

電梯鈴響，停止，敞開門扉。崔維斯出了電梯，進入人來人往的大廳，跑向酒吧。他閃過一大群剛到的派對賓客，穿梭來到他和索妮雅稍早坐過的吧台高腳凳，卻沒有見到她。

他洩氣地轉頭看電梯，仍然不見追兵。他衝向旋轉門，索妮雅忽然現身。

「你跑哪去了？」索妮雅質問，擋住出口。

崔維斯抓著她的手臂，拉她進入旋轉門，迅速回頭看追兵來了沒，恰恰瞥見那兩人出現在電梯門口，正在東張西望找他。

「沒時間交代了，我們得立刻離開！」崔維斯急促地說。

「好嘛！」索妮雅看見他在看的人，沒有爭辯。他們穿過旋轉門，來到仍然人潮洶湧的曼哈頓人行道。大家都想在大眾運輸工具罷工中，趕在黃昏前返抵家門。

曼哈頓空氣中仍然飄盪著永遠存在的街頭小吃香味，但那噪音音量令崔維斯心存戒備。愈來愈多心急如焚的人在旅館門外排隊，想搭乘計程車。這些人正好可以掩護他們，讓他們混進人潮。崔維斯大大鬆了一口氣。

索妮雅抓住崔維斯的手臂，向南拐上第七大道。

崔維斯迎面見識到罷工造成的紛亂。置身在騷亂的人群裡，罷工的事才真實起來。車輛喇叭聲和一陣陣警車的警笛聲衝擊著他的身體。路上大塞車，人行道上更是擠滿行人。隨著夜幕低垂，秋涼的空氣染上絕望的氛圍。這一切都令崔維斯安慰，因為他們似乎沒入上千張臉孔裡甩掉了追兵。

繼續走。

「剛剛在旅館是怎麼回事？」索妮雅問。

崔維斯回頭看旅館。

「看前面！」索妮雅下令。「出什麼事了？」

崔維斯像挨了罵的小孩，連忙將頭轉回來。「他們在我房間裡……妳說的沒錯……他們到底是誰？」

「冷靜點，我們可以逃得掉的。真是沒料到他們這麼快就找上門了。我現在知道的情況不比你多。」

他們跟著其他行人走下第七大道，朝時代廣場前進。索妮雅挽著崔維斯，主動挨到他身邊。崔維斯沒有閃開，但不解地轉頭看她。

索妮雅點了點頭。「他們搜尋的目標是一個人，不是兩個人。」

「什麼？等一下。」崔維斯向她揮拳頭。「我連誰在追我都不曉得。我只要去警察局，跟他們說……」

「算了吧！我在酒吧講的話你一句都沒聽進去嗎？追捕你的人就是政府。不管是哪個政府單位在找我們，警察都會把我們立刻交出去。他們八成通報過警方了。」

「他們總不能宰掉我吧！天啊！這太離譜了……」

「醒醒吧，崔維斯！他們可以殺你，而且手下不留情。你旅館房間的經歷是確有其事。他們不會無緣無故追捕一個特勤局探員。他們追的探員打破了執行隨扈勤務的規矩。現在，你和一個造成國家迫切危機的人是共謀。如果你想去警察局碰運氣，請便。或者，你也可以選擇信任我。你打算怎麼做？」索妮雅的口吻與責罵的內容完全不搭軋，聽來倒像是在曼哈頓街頭漫步的情侶閒聊。那是晚宴交談的語調。她很會這一套。

崔維斯咬著唇，和她在慌亂的人群中慢吞吞前進。他全身上下都在說「不會吧」，但眼前的局勢逼得他不得不承認她的話沒有錯。她是對的……沒錯，她是對的。那些渾帳在旅館裡就想殺掉我了！

「那我們是不是該用跑的？」崔維斯問，回頭看。

索妮雅拉他的手臂，彷彿要他乖乖就範。「千萬不能跑！眼睛看前面。我們得盡量混入人群。人群是最好的掩護，用走的就好，還有，關掉手機。」

崔維斯從口袋拿出手機關掉。

「為什麼？」

「我很快就會解釋。我們要去中央車站，再走幾條街就到了。採取行動前，得先甩掉這些人。我想，你有帶皮夾吧？」

「有，我帶在身上。」

要不是幾分鐘前崔維斯遇到的兩個槍手顯然奉命除掉他，這一切感覺實在很不真實。他覺得整個人神志清晰到超乎現實的程度。他決心解開謎團，安然度過難關。他一向了解人類對壓力的反應因人而異；「對抗或逃逸」反應已有許多的文獻研究，而他顯然選擇了「對抗」。今天晚上，他一定要保持思緒的暢通，善用邏輯；唯有如此，他才能擺脫麻煩。他的第一個任務與幾百萬人相同，也就是設法在公共運輸系統罷工時逃出紐約。唯一的差別是他宛如狩獵季被追殺的鹿，而其他人可沒有！

崔維斯不禁慶幸酒吧的電視有開，他才能在索妮雅沒來時看到新聞，現在才會有面對罷工的心理準備。這件事非同小可，他心煩意亂。儘管這位奇怪的女子剛剛才救了他一命，他也要獨自思考，不願詢問她的意見。

時間飛快流逝。崔維斯感覺到獵人步步進逼，絕不能坐等罷工結束才離開，而他們也不能直接過橋，否則更容易落入對方手中。大家搶搭計程車，道路壅塞。史坦頓島渡輪與水上計程車，都有滿懷希望的通勤族在大排長龍。索妮雅帶他到中央車站似乎毫無道理。除非……

兩人混入百老匯大道的眾多行人。崔維斯開口：「為何去中央車站？照之前的電視報導看，根本沒指望搭到車……其他的公共運輸工具也一樣。」

索妮雅相應不理，兀自走向剛剛瞥見的自動提款機。她顯然早有計劃，而且一舉一動都經過盤算，但崔維斯仍在追問：「索妮雅？」

「從反監視的觀點來看，中央車站是我們最好的去處。那裡的通勤列車密度最高，可以離開這裡。現在把你能領的現金都提出來。我們快到了。」索妮雅指指自動提款機。他們倆擠過人行道上的人潮，來到自動提款機前。

他按了幾個鈕，從自動提款機扯出現金。

「別擔心。」崔維斯說：「我們可以從中央車站到下城，我知道路。」

他將第二張卡插進機器，忽然意識到一件可怕的事，臉上的得意消失無蹤。崔維斯對索妮雅的信心瞬間粉碎。如果他的追兵是政府，儘管他只是用自動提款機領出現金，也形同通報政府他的下落。

11

依葛林來看，崔維斯在叛國行動中的角色很清楚：崔維斯明天早晨上電視時，會遵照共犯勒布蘭傳真的密碼指示行事，公開兩人非法取得的國家機密。

公務機滑行到調查站在紐約甘迺迪機場設立的專屬機棚兼控制中心。引擎的轟鳴淡去，階梯放下。葛林昂首闊步地下來，紐約組長墨菲在場迎接。墨菲身材魁梧，擁有愛爾蘭血統，肚皮渾圓，黑髮蓬亂。

他們沒有客套寒暄。墨菲領著葛林穿過機棚後面的幾間辦公室。

「電視台跟你確認取消崔維斯明天的訪問了嗎？」葛林看著手錶說。

「是的，長官，探員正在追捕他。」墨菲畏縮地說。

「正在追捕？」葛林瞪著墨菲。

「是的，長官。崔維斯不在房間，從旅館逃逸。我們正在追捕……」墨菲心想葛林會發飆，連忙補上他覺得比較好的消息。「可是曼哈頓現在像特大號的捕鼠籠，大眾……」

「大眾運輸工具罷工？」葛林打斷他。「是，我全知道。」

葛林的手機響了。

「等一下，墨菲。」葛林說，掀開手機上蓋接聽，又看手錶。

「什麼事，諾曼？」葛林皺眉說。

「長官，您找我？」

「呃……對，把勒布蘭給崔維斯的傳真交給解碼員。我看不懂傳真的內容。」

「是的，長官，但您應該要知道……」

葛林關上手機，又看著墨菲。墨菲帶他進辦公室，有四個探員坐在隔間裡。

「怎麼了？崔維斯呢？」葛林說。

「長官，崔維斯的手機在衛星定位系統上找不到，他可能沒有開機，或者他是用舊機型。不過，他剛才用自動提款機領錢，地點在百老匯大道和四十二街路口附近，這縮小了他可能的位置，但那一帶交通非常混亂。」

「誰管路上車子有多少，墨菲。把他找出來！既然有他的確切位置，現在就去逮人。崔維斯是狀況外的平民。我倒要瞧瞧他會帶我們去哪裡……希望是去拿我們失竊的東西。你只要繼續追蹤他的位置，一路尾隨。他今天晚上沒辦法很快離開曼哈頓的。」

「遵命，長官。」墨菲說，向一個手下點頭，示意他去執行這道命令。

葛林的視線掃過整個指揮站。「凡是能離開曼哈頓島的馬路、火車、飛機和水路據點，包括橋上的人行道在內，通通要設檢查哨，以防萬一。你要加派多少人手都沒問題。紐約市警局、飛航管制中心和海巡隊如果遇到不尋常的事件，也要通報我。現在快讓你的人去崔維斯出現的地點！」

「是的，長官，他們已經上路了，可是……」

隔間裡其中一人向墨菲叫道：「長官，有崔維斯的下落了！他剛剛在中央車站外面打開手機。探員們正在找他。」葛林和墨菲連忙過去那個隔間。

葛林試圖不理睬臨時辦公室的髒亂，將注意力放在電腦大螢幕上崔維斯的動向，而不去看辦公桌上的咖啡漬。既然知道局勢再次獲得掌控，他允許自己小小得意一下。崔維斯絕不是難纏的對手。

崔維斯的光點在螢幕上沿著四十二街向東移動，然後就似乎停止不動。

「他怎麼停了？」葛林質問。

墨菲透過耳機轉問地面監視小組組長，按下擴音鈕，讓眾人能聽到回應。

「看到他了沒？」

兩秒後，一個聲音回覆：「長官，還沒看到……不過從位置判斷，他就在中央車站外面。等候指示。」

墨菲和葛林互望。

「該死！」葛林嘶聲說。墨菲慶幸自己不必主持任務。繁忙的火車站大概是最難以追蹤監視目標的地方。訊號會在地下消失，而且可能的逃逸方向很多。

「很好。」葛林說：「立刻逮捕目標，最好是活逮。」

「遵命，長官。」

葛林轉身面向桌子後牆上的曼哈頓地圖，思忖事情的後續發展。崔維斯即將被拘留。依據《愛國法》，他們可以無限期拘留他而不給他法律諮詢。到時候，自然會有充裕的時間從他身上挖掘真相。此時此刻，探員們正依據手機訊號追查他的確切地點，即將逮捕他到案。

葛林轉身研究地圖上從中央車站發出的通勤列車路線，有如打拍子似的動著腳，等待監視小組回報已經逮捕崔維斯。他暗想今天的事情根本不該鬧到這個地步。他很氣憤自己必須幫別人收拾爛攤子。

擴音器終於傳出探員的聲音。葛林撲向辦公桌，靠到擴音器上面，等著屬下說人已經抓到了。「說吧。」

回應聽來不妙。「長官，看樣子，崔維斯把手機偷放到別人身上。所有出口都有探員看守，我們分派探員到所有仍在運作的月台，月台也沒幾個。這裡已經忙瘋了。他應該還沒走遠。長官，對不起，因為罷工的關係，路上實在太多行人。這裡很亂！」

「白痴！我會加派人手。你最好趕快找到他們的下落，不然你就玩完了，聽到沒有？」葛林沒等這個蠢蛋回答就切斷電話，瞪著墨菲，等他解釋。

「長官，他真的不可能跑太遠。」墨菲說，按下一連串的電腦按鍵。幾秒後，中央車站的監視攝影機畫面顯示出人滿為患的月台。

「長官，中央車站所有可能的出入口都有人看守，只有大都會北方通勤列車維持發車，而且車廂裡人太多，沒人上得了車。就算崔維斯有本事擠上火車，全紐約和康乃迪克的車站都有探員把守。我們會在一百二十五街進入列車檢查，那是列車離開曼哈頓島前的最後一站。我推估過他的全部選項，我看不出他能逃到哪裡。」

葛林的臉上蒙上陰沉的冷嘲。「墨菲，希望你對自己的『推估』有信心。我敢說他們有別的選項，我會想出來的。」

葛林轉身研究起中央車站地圖上的全部通勤列車路線，包括棄用的地鐵線。你哪兒也去不了了，朋友。

12

在中央車站總站深處，通往七號火車的入口擠滿通勤族，吵吵嚷嚷像憤怒的棒球迷。大都會運輸局管理人員分頭把守月台，記錄憤怒通勤族的申訴意見。他們實在太忙，火氣也太大，沒有注意到一對男女從他們身邊溜到月台盡頭，消失在黑暗的隧道裡。

丹尼爾．崔維斯對未解之謎趨之若鶩，正如同金屬受到磁鐵吸引。中央車站也不例外。當他為書中〈中央車站之謎〉那一章做研究時，完全沒料到有一天那能救他的性命。這也是他同意索妮雅的計畫來到這裡的原因。

他們抵達車站，立刻在人潮掩護下遁逃到廢棄的月台，進入黑暗的隧道，穿過公務門到一個鮮為人知的小樓梯。彷彿就在昨天，他才戴著安全帽、由兩個人護送下來，潮溼的電器味道聞起來很熟悉。即使是大都會運輸局最資深的員工，也害怕中央車站這個地標建築下的著名神祕隧道迷宮。沒人摸得清這些隧道的深度和長度。

「不用擔心自動提款機的事，我們會需要現金，不如趁他們還沒空終止你的提款卡，現在趕快領錢。反正，他們在追蹤你的手機。」索妮雅說，拖著腳下了第五段樓梯，一邊用她的鑰匙圈小手電筒的燈光領路。

「我懂了，這就是妳打算在中央車站搭車的原因？」

「車站四通八達，天曉得被我偷放了手機的傢伙要往哪個方向去，希望是離我們遠一點的地方。」

「好，算妳厲害。」崔維斯說：「繼續走。到了樓梯底的門向右轉，就是通往下城的廢棄路線。」

「現在都沒人看守這些隧道了嗎？」索妮雅問，注意到下面樓梯的燈光明亮得多。

「通常沒有。尤其現在罷工，應該更不可能遇到路過的工人。」

到了樓梯底，就是一道金屬門，門邊有一塊已經磨損的大標誌寫著：「警告：小心老鼠」。索妮雅毫不慌亂地敞開門，踏進照明不佳的隧道。「這是哪裡？」她邊問邊右轉到一條廢棄的鐵軌。

「這是一個幽靈車站，也就是廢棄的車站。我們繼續走就對了。」崔維斯小跑步，索妮雅毫不費力地跟上他。

為了寫書來此地研究時的怪異感覺回到崔維斯心頭。他想，這些隧道的詭異之處在於儘管全面停用，卻燈火依舊，令他相信此地確實有人煙，也許是那些噴漆塗鴉的人。但他只聽見自己和索妮雅的腳步聲在空曠的隧道迴盪。現在地上正是一片混亂，這個地下庇護所便成了通往下城的蒙塵捷徑。

說也奇怪，崔維斯內心平靜。

母親的影像掠過他腦海。他看見母親的雙眼，但並非他熟悉的湛藍，而比較像幽深的洞。

我一定得解決這件事！

「妳哥哥在特勤局到底是做什麼的？」崔維斯問，試圖調勻呼吸。他們至少已經跑了三十分鐘，相當於他每天用滑步機健身的時間。

「我說過了，他擔任隨扈。他最近一項任務保護的人是副總統。依照我的直覺，他一定是違紀了。」

「違紀？」崔維斯問，閃躲一條低垂的電線。

索妮雅考慮到崔維斯是平民，用謙遜而體諒的口吻說明：「那是特勤局不成文的守則。探員永遠不能透露執勤時看到或聽到的事情。我說過了，他最近的舉動很反常，我會好好徹查他做過的事。搞不好，他甚至記錄了什麼不該留下紀錄的東西。」

忽然間，崔維斯的腳又溼又冷。他們正踩著地下水向前跑。崔維斯一邊試圖啟動大腦解決問題，一邊提振精力跟上索妮雅。

他回想蘿絲瑪麗趕在斷線前說的話，一份關於「蘭斯之勁敵」的傳真。他思忖：勁敵顯然是終極的敵手，但「蘭斯」是指誰？或者是什麼意思？

自從蘿絲瑪麗在電話裡尖叫「蘭斯」，這個名字便縈迴在他腦海，但他理不出頭緒。崔維斯知道最佳的處理方法與寫作瓶頸一樣：先應付別的事，回頭再處理謎團。

隧道漸漸深入地底，崔維斯耳朵承受的壓力增大。他氣喘吁吁說：「假如妳哥真的記錄了高度敏感的東西，那他們應該是想拿回去，而他們認為我們知道東西的下落。我得回家一趟，想法子弄一份他們要的傳真。」

索妮雅被某個東西絆到，又迅速站直，繼續嘩啦嘩啦踏著水流穩定的地下水前進。「一離開曼哈頓島，就去巴爾的摩。」她說。

「妳怎麼曉得我家在巴爾的摩？」

索妮雅過了兩秒才回答。「我做了調查，你應該曉得自己是名人吧……你每本書的摺口都有你的地址，這是誰都曉得的事，特勤局探員更別提了！」

「妳聽過『蘭斯』嗎？」

索妮雅減慢速度成快步走。崔維斯鬆了一口氣，跟著她前進。

「嗯，我知道蘭斯，他已經作古了，問他幹麼？」

「我的管家說有人發了一份『蘭斯之勁敵』的傳真給我。如果那人是妳哥哥，他怎麼曉得我家的傳真號碼？」話一出口，崔維斯記起勒布蘭是特勤局探員，不論想查哪個平民的個人資訊，當然都能調閱，便迅速自我糾正說：「他是特勤局的人，當然知道傳真號碼。」

「那份傳真就是害你逃命的原因……你被牽扯上我哥哥違紀的事了。」

崔維斯點頭附和：「我們得想法子弄一份傳真。傳真機記憶體裡面應該會有紀錄。如果去我家，妳知道怎麼叫出記憶體的資料嗎？」

「沒問題。」

「妳說他作古了，這個『蘭斯』是哪號人物？『蘭斯』是誰？」

索妮雅繼續直視前方的黑暗隧道，諷刺地說：「說真的，博士，你太讓我意外了。蘭斯是一個特勤局代號，而他是現代最著名的未解謎團。」

索妮雅心裡很爽，一個研究謎團的世界權威竟向她請益。崔維斯由著她去得意，說：「請繼續說明……為我指點迷津。」

「為了安全起見，特勤局擔任隨扈的探員一向以代號稱呼總統。蘭斯是最有名的代號，那是特勤局給過世的約翰・甘迺迪總統的名字。」

崔維斯氣惱自己竟忘得一乾二淨。他清楚那是壓力的緣故。在私底下，他當然無法抗拒調查甘迺迪之謎的誘惑，但由於案情涉及陰謀論，他避免公開談論這樁疑案。媒體將甘迺迪白宮暱稱為「喀麥隆」。蘭斯則是「蘭斯洛特」的簡稱①。崔維斯思忖起傳真的事，但索妮雅先他一步說：「所以，蘭斯之勁敵一定是甘迺迪的暗殺兇手李・哈維・奧斯華，而我哥哥違紀，最可能是他聽說了與暗殺案有關的事。」

崔維斯不願接腔，後頸的寒毛豎立。

索妮雅的話讓他心頭一驚。

我只知道，此事絕不止關乎作古已久的總統命案。

①喀麥隆是亞瑟王的宮廷所在地，蘭斯洛特是圓桌武士之一。

13

德威特待在個人的玻璃隔間裡面，直挺挺坐在辦公桌前排放鉛筆、檔案和筆記簿。儘管這只是臨時辦公室，不先依照習慣整理一番，他便難以專心辦公。

好了，一個秩序井然、對稱整齊的安樂窩。

可以處理正事了。墨菲沒在中央車站逮捕崔維斯，令葛林陷入兩難：只靠墨菲的手下解決這件事嗎？或是要使出他最具威力的一招？

曼哈頓的亂象給了對手逃逸的機會。

目前為止的局勢發展，讓他對墨菲的手下毫無信心。但儘管他的絕招威力驚人，出招前卻得先向上級解釋原因。

他總覺得自己有所疏忽。

葛林緊閉雙目坐著，兩手的食指按壓太陽穴，身體向前靠著辦公桌。

如果我是崔維斯，我會怎麼做？

慢著。

崔維斯怎麼曉得應該扔掉手機？他只是一介平民。或許他不是平民。

他絕對有罪！

附近時鐘的滴答聲震耳欲聾。若崔維斯能避開檢查哨，很快便能離開曼哈頓島。

該做決定了。

葛林撥打電話。若說大眾運輸工具罷工令紐約客感到不便，交通情況即將大幅惡化。曼哈頓島即將接到正式的恐怖威脅警報。

收網時間已到。

14

崔維斯和索妮雅離開宛如教堂的寶靈格林車站，踏進暮色。貝特利公園的枯葉在他們腳下沙沙作響。崔維斯抱著肚子喘氣。

他們跑出拔地而起的車站。此地是紐約市地下迷宮的尖端。索妮雅甚至不曾流半滴汗。她像握接力棒似地拉著崔維斯的手臂，走向港口。崔維斯相信，如果能見到曼哈頓的地底，罅隙和峽谷迷宮必然與地面上地標建築一樣古老。

到達水邊時，索妮雅說：「你在這裡等。」崔維斯從貝特利公園低矮的邊緣看著港口另一邊，強烈渴盼自己此刻是在對岸燈光燦爛的紐澤西。

在崔維斯等待時，索妮雅買了唯一沒人搶搭的循環線渡輪船票。循環線只有觀光客搭乘，從曼哈頓多處發船，但終點站必定是起站：曼哈頓。崔維斯不明白索妮雅為何搭循環線，但索妮雅似乎是現在唯一能信任的人。

崔維斯驚慌失措。索妮雅沉著自若。

有人拍拍崔維斯的後背。是索妮雅。她抓著船票，領著崔維斯走向自由島暨艾利斯島渡輪的安檢入口。

「快，今天最後一班渡輪快要開了！」她催促說。

排隊等待安檢的人不多。大多數觀光客因為大眾運輸工具罷工，都購物洩忿去了。崔維斯和索妮雅通過安檢，進入登船棚。走出棚子時，崔維斯一心只想登上藍白雙色的雙層渡輪。渡輪在港口波浪起伏的水上盪漾。

前一批乘客下了船。阻擋岸上旅客登船的繩索放了下來，崔維斯和索妮雅跳上船，挑了在陰暗角落的位子。

冷空氣從水面襲來，但吹在崔維斯發燙的焦躁身軀上倒是很舒暢。

引擎啟動，船駛離碼頭。

索妮雅神氣活現地走到船上點心吧。渡輪轟隆隆增加速度，駛向自由島。

崔維斯試圖解除神經緊張的狀態。*深呼吸*。他回頭看夜色中曼哈頓雄偉的天際線。鬧區昂然聳立，大樓燈光燦爛。此外，世貿中心舊址可怕的明顯洞口像這個壯麗都會的深深傷口。有些傷口永遠不會癒合。

索妮雅回來時拿著兩份熱狗，腋下夾著幾瓶水。儘管前一小時充滿恐怖和困惑，崔維斯卻細細欣賞起她的美。她體態健美而緊實。儘管跑了那麼遠的路，體香依舊迷人。但她最具女性魅力的部位則是美麗的臉孔。她的臉有催眠的魔力，大眼睛令崔維斯不由自主，任她擺布。

這恍神的片刻被隧道的水打破，他動腳的時候，溼鞋子吱吱作響。

回到恐怖的現實世界。

他彎腰脫掉鞋子，捲下襪子脫掉。索妮雅淺淺一笑，注意力又回到右手邊愈來愈近的艾利斯島。這艘渡輪前往自由島，接著是艾利斯島，再回到曼哈頓。

「你何不利用在船上的時間，跟我說說蘭斯之勁敵？」她說話時眼睛仍舊看著艾利斯島，而不是隨著漸漸靠近而愈顯壯觀的自由女神像。

「我想，你認為命案不是李・哈維・奧斯華殺了他那麼簡單？」她追問。

崔維斯嘆息。「儘管這件事情很耐人尋味，我總覺得事情不是只關乎甘迺迪的兇手。」

索妮雅說話時仍然注視著艾利斯島。「不管怎樣，讓我了解一下情況。反正拿到傳真前，也不能做別的。我哥哥不會無緣無故給你寫了『蘭斯之勁敵』的傳真。」

崔維斯頭埋在雙膝之間。「聽我說，這太離譜了……」

「那是陰謀，對吧？」

崔維斯猛然抬頭，一副要扯下頭髮的模樣，眼睛流露出沉重的壓力。「我正在最可怕的惡夢中，妳卻想上該死的歷史課？妳的死哥哥……聽我說，對不起。」崔維斯閉上眼睛深呼吸。

「你冷靜一點。我們得理出頭緒，才能解決事情。這裡似乎是不錯的討論地點，不是嗎？你接下來十分鐘有事要忙嗎？要趕赴約會嗎？」她問，手搭在崔維斯背上。

崔維斯認輸了，開始講述職業生涯中最奇怪的一堂課。他毫不掩飾自己是被她逼著講的。

「超過八成美國人認為這是陰謀，沒錯……他們沒猜錯，但他們幾乎完全不管事實和證據，而且完全誤解相關的事情。不幸的是，關於這個主題的所有電影和幾乎所有的書也忽略了實證。這一切正是陰謀者的策劃——我們照單全收，隨他們擺布。」崔維斯意識到這是自找麻煩，現在只能解釋下去。

索妮雅坐到椅子上，一副要崔維斯繼續說的表情。

管他的。渡輪引擎悠緩地軋軋響，也沒別的事可做。誰知道呢？也許暫時忘掉煩憂也不錯。而且她說的沒錯——索妮雅的哥哥為何給他一份寫了「蘭斯之勁敵」的傳真？

他換上熱切一點的口吻。「要了解甘迺迪命案的始末和原因，我得向妳說明鮮為人知的第二次世界大戰祕密，還有中情局的曖昧歷史。」

索妮雅忍不住插嘴：「你講得好像你知道是誰幹的。」

她的防備心態出奇強烈，崔維斯心想，一邊說：「如果妳是指確切的罪證，我確實是沒有兇手的簽名供詞。可是如果通盤考量證據，把很多被政府壓下來的證據納入考量，只有白痴才猜不到兇手的身分。」

就在那一刻，一個誘人的想法掠過他垂涎謎團的心：萬一索妮雅的哥哥真的竊取了陰謀的紀錄呢？那麼便不僅僅只是證據，而且也證實陰謀確有其事，亦即陰謀論述成為陰謀實情。陰謀論與崔維斯著名的未解謎團研究免不了會沾上邊，但陰謀論是他不碰觸的領域，至少他在表面上不碰，不僅是因為想像力過盛的丑角們會大幅減損研究主題的可信度，也是因為鑽研陰謀論很少會有什麼結果。有兩個原因。首先，陰謀論通常只有證據，卻無從證實，因此總會有爭議。其次，就算拿得出證明，公眾也多半興趣缺缺。水門陰謀的證據大概是最接近「陰謀實情」的案子，但美國大眾不在乎，因為那對他們的生活影響有限。政客招搖撞騙，為了掌權無所不用其極，而大眾對水門案的反應就是：這有什麼稀奇？

儘管從索妮雅哥哥的作為來看，甘迺迪命案有可能陰謀論變成陰謀實情，但崔維斯心裡仍然不是滋味。

真不敢相信甘迺迪命案的新證據竟然會危及我的生命。

這四十年前的往事不太可能影響政府利益，政府不會因此而找平民的麻煩。

一定得找到更多資訊。

他的注意力又回到索妮雅身上。從他剛剛說人們不知道誰射殺甘迺迪太無知，索妮雅便若有所思地看著他。

「沒料到你也會冷嘲熱諷，丹尼爾。」她說，幾綹烏亮的秀髮被風吹拂過臉龐。

「我哪有——我只是講究實際。如果妳不承認人類永遠追求私利，妳就是否認事實。人類能生存到現在，靠的正是追求私利的原始求生本能。妳是要我說明事實？還是妳情願和大家一樣，擁抱無知的幸福？」他用笑容掩飾內心承受的壓力。

崔維斯的話惹惱了索妮雅。她察覺崔維斯的不快，便打手勢示意他繼續說。崔維斯開口，努力按捺住不耐。

「在第二次世界大戰期間，有一天俄國人一覺醒來，發現遇上大問題。他們備受敬重的弗拉索夫司令帶領自己的軍隊變節投靠德國。德軍當然歡迎他們，派出黨衛軍的蓋倫管理弗拉索夫和他的手下，用於對付俄國。不消說，這種事情不會出現在多數的史書。」

崔維斯的思緒回到以往和歷史學者的論戰。有些歷史學者不願接受任何牴觸自己論點的新證據，否認那些崔維斯在研究過程中不斷發現的新證據。但他們總不希望自己的著作過時吧？

「為了反制這次嚴重的變節，俄國使用了間諜技巧『契卡策略』①，而那是他們從俄羅斯革命以來便用了將近三十年的。」

崔維斯不禁露出陰沉的讚賞笑容，回想俄國情治單位在冷戰期間多麼善用技巧和謀略，將英美情報單位玩弄於股掌之間。

「俄羅斯用降落傘將忠心耿耿的探員伊果．奧洛夫送到敵人大後方。他自稱是俄羅斯叛逃人士，想加入由德國黨衛軍督導的弗拉索夫叛軍。但黨衛軍並不笨，他得花費一番功夫去說服德國人。」

「那他們有識破嗎？」索妮雅問，似乎心不在焉。

「沒有，原因正是我說的契卡策略。伊果・奧洛夫背叛了弗拉索夫軍隊裡的正牌俄羅斯探員，以建立自己的可信度並贏得德國的敬重。不消說，他的策略奏效，不久，他們給奧洛夫一份俄羅斯叛兵的完整名單，允許他調閱與這支變節軍隊相關的所有計畫。」

「他是雙面諜？」索妮雅問。

「對，是雙面諜。德國人以為奧洛夫以俄羅斯叛兵的身分，為德國情治單位效勞，但他仍然替俄羅斯工作。」

崔維斯繼續說：「因為奧洛夫的關係，弗拉索夫的叛逃軍隊從沒有獲派參與重要戰役。奧洛夫讓德國相信這支軍隊裡的俄國間諜太多，不能擔當重任。」

渡輪駛到自由島。崔維斯和索妮雅暫時分心去看凝視大海的自由女神像。她像世界的燈塔，散發著美國立國精神的光芒。

「不管看過她幾次，」索妮雅的口吻宛如複述電影台詞，「她總是讓我屏息。」

崔維斯點點頭，抬眼看雕像，更加決心要完成手上的任務。說來也怪，他覺得自由女神在守護他，向他懇求。

「你繼續說。」索妮雅說，看著幾位觀光客登上渡輪。她聽這些事情的態度，和在旅館偽裝記者的時候一樣興趣缺缺。

① Chekist tastics，「契卡」是祕密警察。

崔維斯繼續說，講得樂在其中，無視索妮雅的索然無趣。

「第二次世界大戰接近尾聲時，我們發現自己面對全新的敵人──蘇聯。德國黨衛軍的將官們亟欲和比較寬容的西線美國達成協議，蒐整手上叛逃俄國人的全部文件，例如其實根本沒有變節的奧洛夫，並提議將資料送給美國戰略情報局，也就是中情局的前身。戰略情報局認為這樣正好可以收編顯然堅決反共產黨的探員，開心地接受了這支叛軍的投降及他們『忠心耿耿』的奧洛夫：對抗蘇維埃的現成間諜網絡。起碼，那是政府的想法。」

渡輪馬達噗噗響，駛往不遠處的艾利斯島。崔維斯繼續解說。

「很少人知道戰略情報局透過『迴紋針行動』匆匆收編納粹的科學家，更少人知道戰略情報局的『國家利益行動』。在這項任務中，政府用美國納稅人的血汗錢追查到幾千個最可憎的納粹戰犯下落，收編他們為戰略情報局效勞，其中甚至包括蓋世太保的頭頭海恩里希・繆勒。在紐倫堡大審戰犯的時候，美國仍然積極收編這些魔頭，完全違反了美國法律和幾項國際條約。重點是美國用來對抗新蘇維埃威脅的情治單位甫成立就被共產黨探員滲透，而這全是拜伊果・奧洛夫所賜。這便為後來的冷戰奠定了基調。戰略情報局後來改制成中情局，中情局完全繼承了這些蘇維埃間諜。」

「但美國贏了冷戰。」索妮雅回答，完全不受他這番揭祕的影響。

「但那只是必然的結果。」崔維斯辯白。「共產體制並不健全，那才是他們輸掉冷戰的根本原因。蘇聯破產了。」

索妮雅站起來伸伸腿，倚著護欄看愈來愈近的艾利斯島，然後才回答。

「好，但這跟甘迺迪命案有何關聯？」

崔維斯被她孩子氣的不耐惹惱了。「我晚點再解釋。現在我要知道妳的下一步。」

在他們上岸時，索妮雅盯著艾利斯島歷史建築的背後。

「你跑兩百公尺有多快？」索妮雅問，綠眼睛在黑暗中發亮。

「什麼？」

「好，聽清楚了，照我的吩咐做。」

15

「他怎麼可能從中央車站消失？他又不是大衛魔術師！」葛林大吼。

仍然毫無斬獲。葛林只能踱步再踱步，讓手下研究勒布蘭的古怪傳真，試圖尋找崔維斯的行蹤。

事情兜不攏。

葛林向來很得意自己執行任務的效率，但今晚的失序令他難以忍受。他在特勤局從來不曾感受到如此龐大的壓力。就連那些涉及國家領袖的危機，重要性也不如找回失竊資訊、加以摧毀。更糟的是，他從來不像這一次這麼施展不開，保密的重要性並不亞於追回資訊，因此不能發出全國通緝令，逮捕崔維斯。

那是他想做的事。

葛林自認是上帝的執法先鋒。敵人全是壞人。他從不質疑壞人為什麼是壞人。如此的赤膽忠心令他迅速升遷到這個神祕機構的高層。他從不停下腳步，看看這一路行來栽在他手裡的可悲弱者。

絕不容這次簡單的搜捕行動破壞他的優良紀錄！

葛林撣掉桌面的一點灰塵，試圖想出別的計謀，希望能有靈光一閃的時刻。

他回想起多年前伊朗軍售醜聞案爆發，危及了雷根總統，他曾質問恩師為何不讓奧利佛・諾斯的證據在國會質詢時提出。當時恩師的回覆在今晚顯得格外有意義：

＊＊＊

「沒錯，我們是民主政體，葛林，但人民不知道什麼對他們最好，為了保護他們，如果有必要，我就會說謊。」

恩師察覺到年輕葛林的困惑，繼續用他悠長的德州腔說：「小老弟，你聽我說，要是讓國會山莊那些人知道一半的實情，什麼事都不用做了！我們守衛的是將死共產黨阻隔在外的防線，外面的老百姓卻在聊天氣、吃起士漢堡、玩樂透！我們保家衛國，讓他們晚上能在家裡安睡，他們有種就來質疑我們啊。小伙子，他們不要真相。他們要的是穩定的生活。千萬別讓人看出你的弱點，德威特，不然他們會回頭反咬你一口。」

＊＊＊

那一天，葛林選擇了不歸路。離婚多年來，他始終奉行：「輕裝上路，才能健步如飛。」同情是弱點。

不管政客在向選民拍馬屁時講過什麼胡說八道的話，他的特勤局、他的家庭、他的國家需要保護。

我是劍與盾、我奉行上帝的旨意、我要不顧一切完成使命。

墨菲緩步送進紐約市最新的現況匯報。這已經是今晚送到葛林辦公桌的第三份了。葛林不抱希望，向墨菲道謝，打發他走開。

葛林嘆著氣瀏覽檔案，手指劃過資料急著看完，才好追蹤崔維斯在中央車站的照片比對狀況如何。

但他看到一筆資料，手指便停了下來，按下對講機呼叫墨菲。

「墨菲，這筆艾利斯島公園警局的紀錄是多久前的消息？」

墨菲拿出夾在腋下的檔案翻看，匆忙回答，急著扳回顏面。「二十二分鐘前，長官，那只是一件小……」

「有人故意在艾利斯島博物館打開滅火器，向人群噴灑！墨菲，從曼哈頓島要怎麼到艾利斯島？」

墨菲拖著沉重的腳步，走到葛林辦公桌後面的紐約市大地圖，指出地點。「長官，要搭觀光渡輪循環線，船從貝特利公園發船，中途會停靠在自由島……」

葛林盯著地圖，視線移向艾利斯島。然後他看出玄機所在，手指在地圖上敲了敲，猛然回頭看墨菲。

墨菲坦承他們的天羅地網有漏洞。「您認為……」

墨菲話才說一半，葛林從辦公桌後跳起來，衝向門口。墨菲主動下令準備好直升機。

葛林跑過機棚裡的臨時辦公室，身體緊繃。*我是刀與盾，而崔維斯即將發現刀與盾向他猛攻而來。*

葛林的直覺鮮少出錯。

16

一八九二年到一九二四年之間，艾利斯島是移民處理中心，幾乎半數美國人至少有一位祖先通過這裡的移民檢查。在全盛時期，艾利斯島是逃離壓迫和貧窮的移民前往自由美國的最後一道門戶，現在則成為博物館及觀光景點，只不過熱門程度不如旁邊的自由女神。而這座小島現在則是崔維斯和索妮雅的仰賴自由之門。

在葛林讀到紐約市最新案件報告的二十二分鐘前，島上的水警和警犬隊去處理博物館主建築的不尋常事件。

＊＊＊

索妮雅和崔維斯走下舷梯，上了艾利斯島，照著索妮雅先前的指示直接進入他們面前的博物館。

接著便是困難的部分。

崔維斯覺得肚子有如一顆氦氣球，肚腹一陣翻攪，似乎快吐出他在渡輪上吃的可疑熱狗。這是他這輩子第一次被迫違法，但就像索妮雅說的：「你想守法？還是想送命？隨便你！」

索妮雅極度冷靜。

他們進入博物館。索妮雅和他分開，走向右側，崔維斯則直直走到博物館另一頭通向紀念花園的出口，在那裡等待。要不了多久，索妮雅就會和他會合，執行逃亡計畫的下一階段。

索妮雅回到博物館內，穿過眾多遊客，就近找到滅火器。滅火器是在人最少的地方。遊客聚集在大廳大門，導覽行程即將開始。

索妮雅拿下滅火器，盡量遮掩住滅火器，回到人來人往的大廳，來到展示物品後方，靠近崔維斯剛剛通過的後門出口。

然後她打開滅火器，朝著大門揮灑。

不等大家驚聲尖叫、警鈴大作，索妮雅便敏捷地走向後門出口。

一到外面暗處，她便跑向崔維斯，拉著他直奔建築物後面，向左彎到水邊，通過一扇敞開的門，進入島上沒人的部分，遠離遊客。

他們在樹木後面安靜地等待，看著他們的目標受到警方船隻的重重守護，旁邊就是紐澤西州立自由公園警局。他們眼前就是通往美國本土的逃亡之路：艾利斯島員工使用的公務鐵橋，但鐵橋兩端都有警察看守。紐澤西州那邊的安檢流於形式，只有一位警察在車上檢查要上島的車輛。

就在這時，索妮雅和崔維斯看著警察衝向博物館，橋口沒有人看守。

索妮雅的聲東擊西法非常成功。

她不給警察時間多想。

「跑啊！」她叫道。他們衝向橋口。

崔維斯覺得腎上腺素湧過全身，咬牙向不遠處的鐵橋衝刺，警察顯然沒注意到他。他跳上橋面，繼續奔向自由。

「橋的盡頭會有一個警衛。他現在應該會嚴加戒備。我們到另一邊的時候，如果他攔下我們，你就往右邊跑，把他交給我應付，懂嗎？」索妮雅向她前面的崔維斯喊道。

「我知道了！」崔維斯說，心臟狂跳，這輩子沒跑這麼快過。他的鞋子踏在沒有照明的金屬橋上發出巨響。

橋另一端的州立自由公園愈來愈近。崔維斯的緊張已在奔跑時消失。這種感覺是興奮嗎？

崔維斯慢慢認出一輛車的後車燈。那輛車停止不動，看樣子正停在兩呎高的活動式金屬柵欄前面，等待警察在檢查後升起柵欄放行。他畏縮起來，準備按照索妮雅的指示向右跑，這時才想到警車裡的警察必然有槍，而且開槍時大概不會猶疑。

剩下不到五十公尺時，崔維斯看到兩盞頭燈劃破黑暗，停在警車前面。

「現在跟我來！」索妮雅說，繼續壓低身形向右跑。警察出警車去檢查另一邊的來車，索妮雅跳過那道小柵欄，右轉進入公園的暗處。崔維斯緊跟在後。

他們來到紐澤西本土。索妮雅帶著崔維斯向他們正前方雄偉的澤西城前進。

* * *

直升機的螺旋槳仍在旋轉，葛林便接到艾利斯島公園警局局長的通報：滅火器事件後不過幾分鐘，紐澤西那一頭的公務鐵橋看守員警，便回報他看見一男一女兩人從島上跑進樹叢。員警當時忙著檢查一輛車，但注意到他們從旁邊溜過去。

兩個人。

看樣子，葛林對艾利斯島的直覺正確無誤，但那女人是誰？

他命令手下搜索州立自由公園和澤西城。但葛林知道該採取下一步行動了。

崔維斯和這個女人的目的地非常明確。

17

亞力士・艾達卡一逮到抽身的機會，便退到他的辦公室，華府菁英單調而虛偽的長篇大論猶在耳際。他嘆了口氣，坐在辦公桌前緩解膝蓋的疼痛，納悶起忠心的探員何時才會回報消息。時間過得真慢。

他決定利用這段時間做點事情。他臉上得意的笑容，來自對屬下的激賞。艾達卡輕按滑鼠，讓電腦從待機狀態恢復運轉，將一條細電線插到巧妙隱藏在腕錶的小孔，讓手錶和電腦連線，進入安裝在手錶內隨身碟的加密檔案。

艾達卡知道儘管防火牆很嚴密，他也不該上線，但他需要的一切都在這裡。今晚情況如此危急，艾達卡覺得他需要讓自己安心，因此再一次回顧這位探員卓然出眾的資歷。

檔案資料從一九七九年開始。即使是在孩童時期，也能清楚看出這位探員長大後注定表現優異。艾達卡興味濃厚地閱讀檔案，在腦海想像這位探員小時候，如何向當局舉報父母的叛國行為。

探員對國家如此赤誠忠心，果然得到了回報。

艾達卡的思緒被電話上的閃光拉回現實，那是加密線路。總算有消息了。他的探員要向他回報最新情況。儘管這是加密線路，他知道對話將會簡短而含糊。他拿起聽筒，說出他慣用的老詞。

「我是艾達卡。」

「已取得傳真。目標的意圖已經九成確定，應是即刻攔截包裹。目標不是單獨行動，可能需要除掉目標。完畢。」

18

索妮雅在澤西城偷了一輛豐田 Camry。崔維斯坐在乘客座，心裡很疲憊。今天的日子還能更怪嗎？

他直視九十五號州際公路，看著前車燈吞噬路面。索妮雅開車南下到崔維斯在巴爾的摩的住家。

誰來打我一巴掌，告訴我一切只是一場惡夢。

有人為了一份我沒見過的傳真而想殺我，發傳真的人則是一個我不認識的特勤局探員。現在我已經犯了兩樁罪，而且媽媽病倒，生命可能不保。他想打電話到醫院，伸手去拿手機時才想到手機已經不在了。

扔掉手機是這場荒謬鬧劇的意外損失！崔維斯捶了門把一下。反正打手機也不會是明智之舉。天啊，我簡直是在演電影。這種倒楣事應該只會發生在別人身上啊！

我又沒做什麼。

無論如何，不管這些人是誰、不管他們要怎麼對付他、又為什麼要對付他，這才是現實。

他們滿腦子只想殺我。

崔維斯的思緒轉回了他尚未送命的原因：索妮雅。這位足智多謀的紐約特勤局外勤探員不惜犧牲事業和自由，也要尋找她失蹤的哥哥。他忽然感覺虧欠索妮雅很多，對她既同情又感激，同時氣憤起政府對自己不公不義，竟想置他於死地。這些紛雜的情緒令他更加堅決，要為自己和索妮雅將真相查個水落石出。

崔維斯心裡有一把熊熊烈火。他感覺自己力量強大，掌控大局。索妮雅讓他安全脫離險境。現在輪到他表現，拿出破解謎團的看家本領。崔維斯明白只有找出事情真相，才能救自己一命。

現在體內的腎上腺素消退，他開始感覺到水泡的疼痛。他脫下不饒人的皮鞋緩解疼痛，任由乘客座底下的溫暖氣流吹拂腳丫子。由於車程有兩小時，他覺得正好能舒舒服服休息一下，讓善於分析的大腦完全犀利起來。

他轉向索妮雅，打破沉默。

「謝謝妳。」

索妮雅冰冷的表情勉強軟化一些，向崔維斯擠出微笑，默默望著黑暗。

「我曉得妳擔心哥哥的安全，但是為了妳也為了我，我們得查出這是怎麼一回事。」崔維斯說。

索妮雅的臉又恢復冷漠，比之前更冷漠。

「他死了，我感覺得出來。這些渾球要付出代價。不論他們要找什麼，我們要搶先一步找到，完成他的遺願。你想出這到底是怎麼回事了沒？」

崔維斯默然。索妮雅受的專業訓練似乎發揮了作用。或許那是她面對喪親之慟的方法。

不要回頭——專心解決眼前的問題。

「我們的行蹤很容易被猜到，他們會在我家等我們。」崔維斯說。

「這個我曉得，而且他們大概也清楚我們知道這一點。這交給我處理。」

「這輛車呢？遲早會有人報失竊……」

「我的反制手段能替我們爭取足夠的時間。」

崔維斯有些詫異地點頭。逃離艾利斯島的高明計畫讓他對索妮雅的信心大增。在澤西城時，索妮雅要崔維斯找顏色普通的熱門車款，要不會引起追兵注意的車。他們找到的白色豐田Camry恰恰符合要求，難的是找到第二輛相同款式的車。

索妮雅仍然沒有解釋原因。

「目前我們只知道妳哥哥給我的傳真標題是『蘭斯之勁敵』……那顯然是指刺殺甘迺迪的兇手。妳哥哥保護副總統，而且大概發現了犯罪事件。」崔維斯停口，因為回顧這些事情讓他想起他仍然少了許多重要資訊，因此拼湊不出事情的全貌。*敞開心扉，放棄成見。*

崔維斯知道唯有放棄成見，才容易有他亡父彼特口中的「我明白了」時刻。崔維斯小時候和父親一起看福爾摩斯的黑白電影，父親曾說福爾摩斯破案的招牌手法正是解決任何問題的最佳方法。福爾摩斯和長期受他折磨的助手華生醫師會不斷陷入絕境，調查似乎一籌莫展。

福爾摩斯辦案的第一步是盡量搜集案情及嫌犯的資料，仔細研究，再運用潛意識破案。但潛意識心靈的一大特色是無法一招即來。唯有休息時，潛意識才能發揮創意魔法。遇到案情膠著時，福爾摩斯會去看戲（放鬆心情），令華生憤怒而困惑。然後就在心情鬆弛的時間，靈光便會乍現。彼特．崔維斯提醒兒子，以「我明白了」這句話聞名的科學家是阿基米德，阿基米德在泡澡時發現浮力原理。

「在有更多資料前，我應該解釋完殺死甘迺迪的真兇，以及殺人動機。」崔維斯說。

索妮雅靠著椅背說：「戰略情報局就是後來的中情局，他們接收了原本就在俄羅斯叛軍裡的蘇維埃雙面諜？」

「對。這件事與甘迺迪謀殺案息息相關，因為這件命案就是蘇維埃情治手段的縮影，直到今天。」崔維斯說。

「直到今天？」

「沒錯。政府或許會改朝換代，但情治單位不變。現在的蘇維埃情治單位SVR不過是把邪惡的前身KGB換個名字，而NKVD則是KGB前身。威脅或許有增有減，敵人或許來來去去，但這些人、手段和動機保持不變。」

崔維斯接著說：「在一九四七年，中情局誕生了。中情局是獨立的機構，擁有絕對的權力自行暗中執行任務。國家安全會議允許創立人杜勒斯透過企業和慈善組織暗中行事，藉此掩飾中情局的權力。戰略情報局的一切、蘇維埃的雙面諜等等，一概由新誕生的中情局接手。」

「奧洛夫那段時間都在做什麼？」

「伊果．奧洛夫？他跟其他的蘇維埃雙面諜使出花言巧語，進入新成立的美國情治單位，靠著相同的伎倆飛黃騰達。他脅迫俄國人加入美國人，變成KGB的雙面諜。然後向美國舉報這些人是間諜，大大增加自己的可信度。」

他們開著偷來的豐田車通過休息站。崔維斯瞥見一輛停著的州警警車，便轉頭看儀表板。

「別擔心。」索妮雅看著鏡子向他保證。「我沒超速。」

崔維斯鎮定心神，繼續解釋，試圖完成自己的目標：說明誰殺了甘迺迪及殺人動機。

「總之，一九五九年時，中情局推出他們迄今最掩人耳目、最大膽的任務。在創立一個代號為ZR/RIFLE的新單位時，就埋下了對甘迺迪的殺機。」

「ZR/RIFLE 是幹什麼的？」

「ZR/RIFLE 的成立目的就是執行『溼行動』。」

「溼行動，你是指……」

「索妮雅，溼行動就是一般說的暗殺。中情局的 ZR/RIFLE 讓美國投入暗殺工作。」

崔維斯滿心困惑。索妮雅對這番揭密為何如此漠然？他轉頭看索妮雅。她在看照後鏡。

「該死，條子在我們後面。」

崔維斯緊張起來。

19

葛林搭乘公務機火速趕回華府。他瞪著費城鬧區的燈光，緊握的拳頭不斷捶打白色真皮扶手，捶打的間隔恰恰是兩秒。

衛星電話鈴聲猛然打斷他這種狀態。

「什麼事，諾曼？」葛林問，視線一動不動。

「長官，澤西城的租車公司都沒有報案。」

「正如我所料。那他們有偷車嗎？」

「長官，目前沒有失竊車輛的報案，不過晚點也許會有。」

「有通知高速公路警察嗎？」

「有的，長官。還沒有任何回報。紐瓦克機場也沒有回報。」

「機場不會有消息的。他們偷了一輛車，正前往崔維斯的住家。跟崔維斯同行的女孩很有兩下子，查到她身分了沒？」

「沒有，長官。自由島公園警察的描述太過籠統。長官，解碼員正在線上，他要……」

「把電話轉給我，謝謝，諾曼。」葛林笑容滿面。對於只和他短暫接觸的人來說，他風采迷人。一秒後，電話線另一頭響起一個年輕許多的聲音。

「哈囉？」

「傳真的內容有眉目了嗎？」葛林問。

「仍然在研究中，不過崔維斯顯然沒有阿波羅檔案。」

阿波羅檔案是勒布蘭偷走的資料代號。

「我有同感。好，我正在回華盛頓的路上，我到了再聯絡。」

葛林掛斷電話，兀自點頭。現在可以除掉崔維斯和女孩了。

他們只是戰爭中難免有的傷亡。

衛星電話再次響起。

「我是葛林。」

「長官，克羅根報告。」那聲音遲疑而緊張。

「怎麼了，克羅根？」葛林的語氣活像克羅根是他失散已久的兒子一樣，口吻溫和，充滿關切。瘋狂。

「長官，我手上有些資料，我想您會很感興趣的……我沒有把這件事寫進報告……我先向您道歉……」

「有屁快放，渾帳！」葛林叫囂，伴隨口水噴霧。火山爆發了。

「關於勒布蘭逃脫的那間公寓——屋主是凱西·柏金斯的那間？」

「是，我看過報告。我知道她是誰。」

「長官，我一個屬下在向我簡報柏金斯的事情時，曾經提到柏金斯說勒布蘭是去她家借郵票的。」

電話那頭沒了聲響。這個小雜碎幹麼回報這種芝麻綠豆大的瑣事……

勒布蘭要郵票做什麼？除非……

「克羅根，你最好感謝老天你現在就把這件事說出來。要是我發現這件事已經來不及挽回，我就把你掛在華盛頓紀念碑吊死！」

「是的，長官。」

「我正要回華盛頓親自處理這件事，給我柏金斯的地址，叫你的人離開她家，懂嗎？」

「是的，長官，請接受我最卑微的……」

「不准再搞砸了，克羅根！」

葛林用白色絲質手帕揩揩耳朵，然後撥電話給他的個人助理諾曼。崔維斯和他的小女朋友愛怎樣就怎樣，不過他們死定了。

我要搶在他們前面拿回阿波羅檔案。

20

崔維斯的腳趾探進豐田汽車的地毯。

紐澤西州州警的黑色道奇 Stratus 在照後鏡漸漸變大，警官大概正在查他們的車牌。

「萬一他要我們靠邊停怎麼辦？」崔維斯尖聲叫。

「別擔心，應該不會。」索妮雅說。

應該？

州警加速讓警車和他們並行。

該死，完蛋了。

索妮雅直視前方，左手擱在門上，架式有如週末夜遊。崔維斯從眼角偷瞄州警，覺得他隨時會閃藍燈要他們靠邊停。

警車和他們並行幾秒，然後加速駛離。崔維斯呼了一口氣去看索妮雅。她的表情平靜，若無其事。

「這輛車大概還沒被報失竊吧？」

「就算有也無所謂。」索妮雅聳肩說。

這不是崔維斯第一次見到她那種表情——上次是在艾利斯島。「好啦，聰明鬼，妳這次玩了什麼花樣？」

「我把車牌跟我們找到的另一輛 Camry 換過了。就算這輛車已經被報失竊——應該是還沒有報案——警方找的也會是另一個車牌號碼。」

「這樣……但既然妳換了別人的車牌，等車主發現……」

「誰會一天到晚檢查車屁股，確認車牌是不是自己的？儘管如此，我們還是很快就得換掉這輛車。」

崔維斯忍不住碰了她：只是真誠的拍拍她的肩膀，嘉許她。她美麗而高明。一路上看著她開車，不斷令崔維斯分神。

觸摸她的感覺真好。她根本沒注意到崔維斯的碰觸。

＊＊＊

進入德拉瓦不久後，崔維斯注意到高速公路的標誌。這一段州際高速公路是約翰甘迺迪高速公路。崔維斯不禁思忖一個人的死，竟能對一個國家影響如此深遠。

他知道甘迺迪和這宗疑案必然脫不了關係，持續回顧案情或許有助於解謎。

甘迺迪高速公路的路牌也給了索妮雅同樣的想法。「讓我先簡單整理一下你講的話，以確認我沒有誤解什麼。」她說：「原本的戰略情報局變成中情局，中情局從戰爭後一成立就被蘇維埃探員深度滲透，原因是戰略情報局收編逃離德國的納粹或是納粹支持者，他們有好幾人其實是為蘇維埃情治單位效勞的雙面諜，而頭號雙面諜則是伊果・奧洛夫？」

「對，大致如此。」崔維斯點頭。

「他們在中情局裡組成了一個特別行動單位，代號是ZR/RIFLE，負責暗殺行動。你就講到這邊，對吧？」

「對。」

「既然 ZR/RIFLE 被蘇維埃層層滲透，他們的一舉一動就根本不是祕密。」索妮雅說。

「是啊，一點也沒錯，妳等一下就會明白這點對案情非常重要。」

崔維斯竊笑。在這種時候，他總是懷念以前的教職。他的學生熱愛這種不正統的課程，令歷史系非常不屑。崔維斯吸引學生的魅力在於不斷教授古怪卻真實的歷史。他曾經告訴學生，加州主權其實屬於英國：一五七九年，法蘭西斯・德瑞克爵士以英國女王之名宣告加州屬於英國領土，美國從未提出異議，英國也從未將加州主權移交給美國。學生們入迷極了。崔維斯心胸開放，調查技巧獨到，一心一意追尋真相，因此他的見解常常牴觸一般公認的史實。他的考據調查讓他和歷史學家爭執不休，尤其是在考古學方面，例如金字塔據說是法老王的陵墓，卻從來沒人在金字塔裡找到人類遺骸：木乃伊不在金字塔。大家接受的見解往往不符合情理，可是由於相關領域的「專家」提出了說法，一切便「拍板定案」。

崔維斯察覺到索妮雅的不耐煩，便不繼續回想往事，又說：「更糟的是，我們蒐集到的情報幾乎沒用。『局裡』的雙面諜給我們來自俄國的胡說八道。我們完全沒料到柏林圍牆會在一夕間出現，當時中情局在柏林有一個基地，大家指望他們好歹也要對事態發展有點概念，可是在一九五〇年代晚期，一百多位中情局探員被 KGB 逮捕或槍殺，沒人知道究竟怎麼回事，也不知道原因。」

見到馬利蘭的青山出現在黑暗中，崔維斯不禁安心多了，似乎有了面對艱苦困境的勇氣。他停下來喘口氣，繼續說下去。

「事實上，由於在柏林的嚴重挫敗，中情局完全撤離柏林，在歐洲的祕密戰爭失敗了。他們得退回到離家鄉近得多的戰爭前線，也就是古巴。在一九五九年，卡斯楚和切・格拉瓦推翻腐敗的巴帝斯塔政府。直到這次政變後，美國政府的疑心才得到確認；卡斯楚是馬克斯主義者，與蘇聯是密切的盟友。人人害怕的共產黨就在佛羅里達南方九十哩，簡直就是在我們自家門口！」

崔維斯瞥見索妮雅盯著他。

他繼續說。

「在柏林失利後，中情局決心不輸掉這一役。他們開始收編邁阿密大學裡反卡斯楚的古巴難民，在那裡設立基地，代號是 JM/WAVE。他們打算用這些反卡斯楚的古巴人在一九六一年從豬玀灣入侵古巴：由 JM/WAVE 招募人力，提供訓練和裝備。這一次的收編行動催生了一些極端的右翼組織，例如阿爾發六十六號突擊隊。」

「是，我聽說過那件事，豬玀灣也失敗了，不是嗎？」索妮雅問。

「是徹底的慘敗，而且失敗原因就是那一個。」

「什麼意思？」

「卡斯楚的情治單位 DGI 是由 KGB 訓練出來的，而且和 KGB 密切合作。由於蘇維埃雙面諜滲透了中情局，DGI 很清楚 JM/WAVE 的事。DGI 也是使用 KGB 教他們的契卡策略滲透到中情局的邁阿密基地。好幾個被收編的古巴難民自稱『反卡斯楚活躍分子』，但其實是 DGI 探員。」

「天啊！」

「是啊。豬玀灣的失敗被歸因於甘迺迪提供的空中支援不足，其實蘇維埃和古巴的雙面諜滲透了中情局，因此豬玀灣事件還沒開始，便注定失敗。」

「那時候的總統不是甘迺迪嗎？」

「對。因為豬玀灣行動失利，他和弟弟鮑比決定嚴密掌控中情局。」

「那甘迺迪終止了全部的祕密活動嗎？」

「恰恰相反。」崔維斯說。「甘迺迪任期內的祕密行動是歷代政府裡最多的。事實上，甘迺迪為 ZR/RIFLE 找到了新任務，並且在他任內改名為『貓鼬行動』。」

索妮雅自認摸索出了遊戲規則。崔維斯會不時停頓，吊她胃口，存心要她不斷請求他進一步說明。

其實崔維斯只是驚魂未定，腦力有點不濟。

「貓鼬行動的目的是什麼？」她問。

「暗殺卡斯楚。命令是不得讓美國公民擔任殺手，暗殺才不會和白宮直接扯上關係。當然，古巴和蘇維埃情治單位早已滲透到了中情局，因此他們從一開始就知道『貓鼬』。不消說，暗殺卡斯楚的行動總是『離奇』失敗。」

「他們用什麼方法暗殺他？」

崔維斯難以置信地搖頭，低聲嘲諷說：「他們雇用了黑手黨。自從古巴成為共產國家，黑手黨的古巴賭場便蒙受損失，因此找他們似乎是不錯的選擇。」崔維斯嘲諷地說。「總之，一九六二年，當時蘇維埃的領袖赫魯雪夫決定運送幾枚核子飛彈去古巴，古巴出現驚爆危機。」

「古巴飛彈危機。」索妮雅推論。

「沒錯。」崔維斯停口，想起父親說在古巴飛彈危機期間，全美國都有人在後院挖掘防空洞。「那是非常激進的舉動，第三次世界大戰隨時會爆發。赫魯雪夫將飛彈運送到古巴，無疑是出於卡斯楚的要求，讓卡斯楚可以在豬羅灣事件和貓鼬行動後保護自己，對抗美國的挑釁。幸好，甘迺迪冷靜地掌控局勢，善用外交手段排解危機。大概就是這次的事情，讓甘迺迪贏得愛好和平的名聲。甘迺迪和赫魯雪夫祕密協議解除了危機，甘迺迪答應不再試圖暗殺卡斯楚，而蘇維埃則要移除古巴的飛彈。甘迺迪下令停止貓鼬行動，但超級強權如果不再對立，很多人將蒙受重大損失。和平並不符合所有人的利益，尤其是中情局。甘迺迪和赫魯雪夫的關係好轉後不久，一九六三年十一月二十二日，甘迺迪在達拉斯遇刺，而且有好幾槍，不是一槍。」

「我知道，我看過很多遍澤普魯德影帶。」索妮雅說。

就在這時，崔維斯記起他曾經和一位特勤局探員談過。這位探員的訓練課程包括觀看亞伯拉罕・澤普魯德拍攝的甘迺迪暗殺影帶。在那致命的一天，澤普魯德恰巧拍攝到甘迺迪在達拉斯的車隊，成為人稱的「澤普魯德影帶」。影片裡顯示一共有好幾槍。崔維斯總是堅決認為，任何神智正常、不帶成見的人必然能看出共有好幾槍。

「事後，中情局和調查局大費周章掩飾真相，對吧？」索妮雅說。

「是啊，那當然，特勤局也有份。至少兩個探員向華倫委員會撒謊。華倫委員會的成立宗旨是調查甘迺迪命案，而最後的報告充滿了錯誤，也有很多前後矛盾的地方。」

「這個現在大部分人都知道。」索妮雅說。

「但原因不是像多數人想的那樣。」崔維斯說，伸長脖子去看索妮雅。

「什麼意思？」

「掩飾真相有兩個原因。第一個原因是調查局、中情局和特勤局無能失職，犯下一連串的疏忽錯誤。沒有人想要顏面盡失，失去政府預算，或者更糟的是讓他們的高層被開除。調查局和中情局在槍擊案前，就有李·哈維·奧斯華的詳細檔案。每件事都互相關聯，中情局當然絕對不想讓人知道他們介入黑手黨、貓鼬行動！調查局知道對甘迺迪不利的阿爾發六十六號突擊隊位於達拉斯，而他們沒有通報特勤局。特勤局探員甚至沒察覺甘迺迪的護駕機車隊隊形有誤。負責維安的探員們回應第一槍的速度也太慢，當然妳早就知道這一點，索妮雅。」

「是，你繼續。」索妮雅說，似乎想抱住自己，雙手都放在方向盤的六點鐘位置。

「那次的安全工作在各方面都做得一場糊塗。車隊路線事先就大肆張揚，而且路線規劃裡也不該有那種急轉彎，導致車隊速度慢到幾乎完全停止。前置作業小組沒把青草丘和德州教科書書庫列入狙擊手可能的位置，結果圍觀民眾四處自由走動。在暗殺前一晚，九個保護甘迺迪的特勤局探員跑去喝酒到深夜……」

「我知道！我父親也是其中一個，行了吧！」索妮雅衝口而出。

老天，她說什麼？

「對不起……我不知道。」他回答。「妳父親是其中一位探員？」或許她比崔維斯料想中更能協助他破解謎團。

索妮雅的眼睛泛出淚光，然後恢復自制，吸吸鼻子。「我沒事。你繼續說。你提到掩飾真相有兩個原因。第二個原因是什麼？」

「好，政府掩飾真相的第二個原因，是不讓美國公眾知道這些殺手的身分。」

「為什麼？」

「因為如果民眾知道誰是真兇，會引發大眾歇斯底里。」

＊＊＊

距離崔維斯家還有幾百碼時，索妮雅將方向盤向右轉，停在一條夾道都是樹木的陰暗泥土路上。魯斯頓村就連白天也很安靜，但在晚上可以聽見生物在灌木叢裡窸窸窣窣。

他們去過我家。

崔維斯張望四面八方，就像他從未來過這裡，淪為在自己家鄉的陌生人，可見這件事情多麼不符合公義。

「我從這裡走路過去。幫我畫一下你家的樓層圖，標出傳真機的位置。還有，告訴我你鄰居的名字，你待在這裡。」索妮雅說，從深藍色外套掏出紙筆給崔維斯。

此時此刻的超現實感，令崔維斯幾乎愣住。他緊張地為索妮雅畫出房屋的樓層格局。「妳要怎麼叫出傳真機的記憶體？」他問。

「沒空解釋了。畫好了沒？」她一條美腿已經踏出車門。儘管這是非常時刻，她知道崔維斯仍然被她迷得心猿意馬。男人怎麼都是這副德行？崔維斯常開玩笑說把那話兒剁掉，生活會容易許多。玩笑。感覺上，說笑話像上輩子的遙遠記憶了。

「喏。」崔維斯將樓層圖交給索妮雅，她另一條誘人的腿跨出了車門，竄進黑暗。

我們得拿到那份傳真。

「如果妳能順便幫我拿換洗衣物，那就太感謝了。」崔維斯喃喃自語。

21

崔維斯握住方向盤的雙手汗溼，打了哈欠。車裡開了暖氣，車外則是馬利蘭州的寒夜，因此車窗全是霧濛濛的。

如果能走進家門，感覺一定很棒。崔維斯整路都想著一到這裡，他就要回家一趟。當然，這是愚蠢的想法。

他坐在駕駛座，瞪著閒置的轉速表，車門上鎖，車燈關閉。沒有車鑰匙，如果引擎熄火，他們就沒有交通工具了。

可憐的蘿絲瑪麗怎麼樣了？她仍在屋裡嗎？還是在某處的潮溼牢房？一切都太可怕了。這些人怎麼有膽子做這種事！我是無辜的，我的家被入侵，我的生命受到威脅……而禍首是我自己的政府。

崔維斯將袖子往後扯，看看手錶。八點十四分。他盯著這支父親送他的精工牌金錶。只要南下一小段路到鬧區，就是他母親住院的地方——港口醫院。真近哪。要是她死了，我就成了孤兒嗎？

崔維斯呼出一口氣，就像試圖吹熄蛋糕上的生日蠟燭，只為了阻擋眼淚湧上雙眼。

很難相信不過幾小時前，他才在全國性的電視節目中說他和父親在百慕達三角的經歷。他不由自主回想起一次邁阿密假期的精彩夜晚。回憶往事似乎太放縱，但令人感到心安。

＊＊＊

「好了，小丹尼爾，來吧，讓我們一起解開謎團。但要解謎就要花足功夫，否則倒不如放棄謎團。檢視事實，敞開心胸。」彼特・崔維斯曾經跟兒子說過，身為陸軍情報部隊的老兵，他做事始終認真而磊落。

小丹尼爾跟父親讀完百慕達三角所有的怪事及可能原因，但丹尼爾仍然有疑問。

這是時間無法磨滅的個性。

「爸，那裡真的沒有神祕可言嗎？」

丹尼爾覺得很失望。許多轟動的著作宣稱百慕達三角擁有神祕的力量，導致船隻沉沒、飛機失事，而真相卻在於該區的異常地形。有些自然現象會導致船隻失去浮力，諸如「藍洞」，亦即海床上湧現淡水的洞口。從空中鳥瞰，百慕達群島外觀都相去不遠，要是沒有導航儀器的輔助，很多飛行員會迷航，而且通常是業餘飛行員。萬一你向東飛得太遠，超出群島的範圍（或許是在飛進雲層後），那麼前方只有大海，遲早會耗盡燃油。再加上該區常有突如其來的強烈雷暴，不出事也難。

「照證據來看，那裡沒有神祕可言，兒子。」這個增進父子情誼的小遊戲帶來了更深沉的轉變。彼特・崔維斯在兒子追根究柢的眼神中見到自己的影子，明白兒子即將踏上的道路。

「那電視跟報紙幹麼把事情講成那樣？」丹尼爾煩擾地皺眉問。

彼特・崔維斯明白自己即將削除一點點兒子的純真。「所以我們務必考量事實，不帶成見，兒子。你聽我說，報紙和電視節目都是企業，他們需要賺錢，而他們賺錢的方法就是說出大家想聽的話。」

「大家想聽的話是那裡很神祕?大家不想要真相嗎?」

彼特嘆了一大口氣。「唉,不盡然。有時候,人們想相信世間有一股比我們強大的力量控制一切。那有點像是成年人拿來用作代替父母角色的東西。我想,大家可以從中得到慰藉吧。他們最想要的是穩定和舒適的生活。」

***

崔維斯在贓車水氣濛濛的車窗上畫星星。「兒子,蒐集事實,刪除不可能的選項,剩下的選項必然就是答案,不論它再怎麼不可思議或不能使人信服。」父親這句話是來自福爾摩斯電影,還是情報部隊,崔維斯並不知道,也不在乎。爸爸是小丹尼爾的英雄。

這時,他記起父親曾經說過一句意義深遠而嚴肅的話,父親的表情冷若冰霜,彷彿他曾有切身經驗。「丹尼爾,你要記住,一個人要解開任何謎團時,都得捫心自問:『誰會做這種事?更重要的是他們的動機為何?誰最能從中得利?』找出問題的答案,你就踏上解謎的正途了。」事後回想,崔維斯很感謝父親給他未來行事的忠告;父親可能察覺了兒子對挖掘謎團背後真相燃起了濃烈的新興趣。

車窗的一陣輕敲,嚇了崔維斯一跳,從童年回憶猛然回到現實。

原來是索妮雅。

她揮著一張紙。

22

葛林的公務機起落架哐啷放下，即將降落在華盛頓杜勒斯機場，衛星電話第三次響起。

「諾曼，什麼事？」

「長官，一切準備就緒。」

「我會彎過去。」

「是的，長官。柏金斯的檔案已經準備好了。我們照您的指示查看過勒布蘭的公寓信箱，信箱是空的。」

「好，克羅根帶他的手下離開柏金斯的公寓了嗎？」

「是的，長官。」

「我待會兒就會在辦公室見你。」

咔嗒。

老天。勒布蘭的老爸要是知道兒子做了什麼，一定會在墳墓裡輾轉不停，葛林心想。他老爸必然為了保守祕密做了不少事情，他兒子的行為卻恰恰相反。

葛林想到了甘迺迪的隨扈探員必須睜隻眼閉隻眼，讓應召女郎及女演員溜進白宮。後來，西摩·賀許探員數度承認甘迺迪曾前往華盛頓的米克森藝廊，由專業攝影師拍攝他和裸女的各種性愛體位照片。此外，他還和女演員茱蒂斯·坎培爾持續風流韻事，這位情婦則同時和黑手黨老大山姆·詹卡納有一腿，而詹卡納正是中情局雇用去暗殺卡斯楚的黑幫老大。

好一筆爛帳。

但勒布蘭的父親保密到家。他是正直的人。

他一定覺得死不瞑目！

葛林想起自己的父親。他一向都受不了自己的父母，從小就如此。

23

索妮雅照著崔維斯的指示，南下駛出巴爾的摩。崔維斯用這輛偷來的 Camry 上昏暗的車內燈研究傳真，一手抓著車窗上方的把手。索妮雅全速開車。崔維斯完全沒想到要問索妮雅如何弄到傳真，因為他腿上的傳真澆了他一桶冷水。*這就是惹出天大麻煩的原因？*傳真只有寥寥幾個字，但對崔維斯來說，那幾個字的關聯性非常清楚：

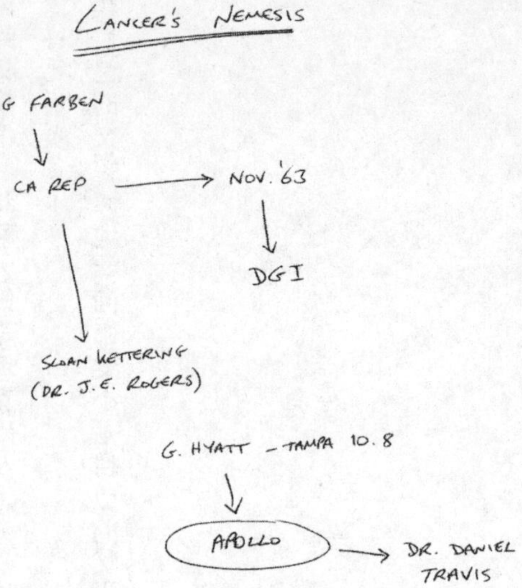

正如蘿絲瑪麗所說，有一份傳真，除非「蘭斯」是指甘迺迪以外的人，否則從「蘭斯之勁

敵」的標題研判，此事確實與甘迺迪命案的兇嫌有關。

崔維斯將這輛贓車當成行動書房，動腦筋拚命分析。

勒布蘭和索妮雅是兄妹，他們父親屬於甘迺迪的保護團隊。而傳真上的日期一九六三年十一月是甘迺迪遇刺的年份和月份。DGI是古巴情治單位的縮寫，他們成功抵擋住貓鼬任務。

勒布蘭是否在執行保護副總統勤務時，發現了甘迺迪命案的實情，而且用某種方式留下紀錄？儘管勒布蘭似乎可能留下了違法事件的紀錄，崔維斯仍然覺得難以置信。現代政客甚至不知道暗殺的真相，更不在乎真相，又怎麼會討論起掩飾甘迺迪暗殺的黑幕？

崔維斯抬頭看眼前的巴爾的摩鬧區天際線（快到媽媽的醫院了），索妮雅因為車內燈光的關係而瞇著眼睛開車，沉默不語。

快想啊。他用指節敲額頭。

崔維斯知道錯誤的分析結論，往往源自不健全的基礎理論。人們常常依據直覺或奇想便驟下結論，而且只接受符合自己推論的事實。許多學術著作就是這樣寫出來的。崔維斯非常了解這種情況。如果一件證據會牴觸歷史學者或科學家論點，令他們的數據失效、必須重新來過，那麼他們便會駁斥或貶抑這項證據。他們在乎的是贏得聲譽和諾貝爾獎，而不是真相。

依據錯誤的前提、錯誤的論理基礎建構理論，就像用紙牌搭屋一樣不牢靠。

崔維斯決心不要陷入這種窘況，尤其是他的生命仰賴面面俱到的結論。可是他的這份決心似乎即將不保。若說這一切是關於暗殺甘迺迪的兇手，未免太容易了，幸虧傳真裡有些不搭軋的字眼令人起疑。

「索妮雅，妳知道以下的字句嗎？『CA Rep.、法本、史隆凱特靈、阿波羅、羅傑斯醫生和坦帕君悅十、八』？」

「不知道，都沒概念。『CA』不是加州的縮寫嗎？『Rep.』是共和黨的縮寫？『阿波羅』是甘迺迪開始的太空計劃，而最後一個聽起來像是一個叫君悅的人，而這個人住在坦帕。也許今天有人跟我哥哥見過面，『十、八』就是今天十月八日。我們現在要去哪裡？」

崔維斯對傳真的第一反應和索妮雅差不多。需要更多資訊。

「去華盛頓，走九十五號州際公路南下。」崔維斯說。

「好，去那裡幹麼？」

「我在那裡有朋友，是我們可以信任的人。」崔維斯說。「我對甘迺迪暗殺案所知的一切，幾乎都是喬治・克雷墨告訴我的。也許他知道命案跟這份傳真之間的關聯。再不然至少在他家可以安全地思考下一步。」

「這個喬治・克雷墨從哪裡得知這麼多內情？」索妮雅不必再瞇著眼睛看路，因為崔維斯關掉車內照明燈。

「記得我跟妳提過戰略情報局的事嗎？」崔維斯說。

索妮雅點頭。「記得。」

「喬治・克雷墨以前替他們工作，後來他進入中情局，還當過反情報小組組長，也就是抓間諜的人，退休很久了——在這裡左轉。」

「好，他還在人世嗎？」索妮雅問，急轉方向盤。

「應該吧。」

該死，最好如此。

24

「我看過一部電影。」索妮雅說，將車駛出巴爾的摩，再次上了高速公路上。「就是依據紐奧爾良地方法院檢察官調查報告拍的甘迺迪謀殺案①……」

「吉姆・葛瑞森檢察官。」崔維斯插嘴。

「對，就是他。在那部片裡面，命案是政變。甘迺迪因為堅持反對越戰，才會被自己的手下幹掉。」

這份傳真令崔維斯的心思更加紊亂。

「那是一般公認的看法，至少在陰謀論的圈子是如此，大概八成的美國人認為這是陰謀，連美國政府也在一九七七年承認『可能有陰謀』。他們說得沒錯，暗殺確實涉及政變。」

「但你說中情局、調查局、特勤局掩飾了真相，不讓美國大眾知道兇手的真正身分，以防引發民眾恐慌。也就是說，中情局、調查局和特勤局不是兇手？」

「甘迺迪被殺，是因為政變，但不是美國的政變。」

「請繼續說。」索妮雅說，碧綠的眼睛盯著前方明亮的柏油路面。

---

①奧利佛・史東執導的〈誰殺了甘迺迪〉。

崔維斯將椅背放低一些。去華府登門拜訪喬治．克雷墨的路途仍然很漫長，他要坐得舒服一點，準備好好回答索妮雅一個接一個的問題。

「妳記不記得我提過中情局有個暗殺的單位，代號是ZR/RIFLE？」

索妮雅點頭。崔維斯繼續說：「蘇維埃也做了同樣的事。一九五四年，赫魯雪夫成為共產黨的總書記，創立KGB，也就是多數人認知中的俄國情治單位。很多間諜小說封面上，都有他們著名的『劍與盾』徽章。總之，赫魯雪夫要KGB的行事能夠快、狠、準，授權他們在世界各地進行暗殺，但前提是兇手和武器必須無法追蹤回克里姆林宮。他們使用其他國籍的人執行溼行動。」

索妮雅看來很不安，但崔維斯見多了這種反應。每個聽他說起這些事情的人都會變得防備心很重，而且不安。

「重點在於莫斯科一九六〇年代早期的情況，因為那是這場政變成形的時刻。一九五九年，赫魯雪夫執掌共產黨大權。在古巴飛彈危機結束前，赫魯雪夫對美國的敵意非常強烈。在一場著名的演講中，他親口說：『我們會埋葬你們。』可是古巴飛彈危機期間，他和甘迺迪差點開啟戰火，之後事情便有了大幅改變。甘迺迪和赫魯雪夫開始協議祕密條約，以減少緊繃的局勢，其中一個祕密協議就是甘迺迪保證終止貓鼬行動。」

索妮雅扼要地重述：「貓鼬就是中情局暗殺卡斯楚的計劃。」

「是的，而赫魯雪夫則要將飛彈運離古巴。他們兩人甚至設立了一條熱線，以便兩人溝通。在俄國那邊，赫魯雪夫準備好好整頓蘇聯，其中一項改革是大幅削減共產黨高層享有的津貼。克里姆林的強硬派原本就不滿赫魯雪夫出賣俄國，軟化對西方的態度，而取消他們的特權則是最後的一擊。他們要把他趕下台，因此布里茲涅夫跟一個權傾一時的女人密謀。這女人叫福爾采娃，她有效掌控KGB。在古巴飛彈危機後，赫魯雪夫已贏得政治家的名望，而他與甘迺迪的關係則賦予了他力量，至少陰謀者如此相信。如果他們的政變要成功，便得毀掉赫魯雪夫和甘迺迪的關係和名聲。但他們不知道，即將有人雙手奉上這樣一個機會給他們。」

「這與李．哈維．奧斯華何干？」索妮雅問，邊開車邊瞥了崔維斯一眼。

「問得好。好，奧斯華的基本資料大致就這樣，他不過是大局裡的工具。大家不斷爭辯奧斯華是否獨自行動，但那只是個方便的障眼法，真正的問題是奧斯華究竟為誰效勞？又為何向那個人效勞？」崔維斯停下來，彷彿是要給索妮雅時間意識到這番話的重要性。

「讓我告訴妳關於奧斯華的資料。一九五九年，奧斯華走進莫斯科的美國使館，正式宣告他要投靠俄國。但他不知道跟他接洽的人是中情局探員。奧斯華一再堅持要正式記錄他的投誠，而他會將祕密一五一十告訴俄國。他的實際說法是：『我在日本服役，我是雷達技師。』據中情局探員的回報，他認為這件事經過高度排練，不自然，他便寫了報告呈上去。」

「這份報告沒讓中情局起戒心嗎？」

「可惜沒有。這也是為何要掩飾真相的另一個例證：掩飾政府在甘迺迪槍擊案中的無能。要是中情局收到報告後有做後續調查，他們便會有所警覺，因為奧斯華的檔案將會顯示他曾在東京附近的厚木空軍基地服役，隸屬陸戰隊一號中隊。這項事實也是甘迺迪謎團的核心。」

「這件事為何如此重要？」

「厚木空軍基地是U2偵察機的基地。奧斯華身為雷達技師，他清楚一切能讓敵人擊落偵察機的知識，諸如彈道、跑道長度等等相關資訊。」

「是，我好像在哪裡讀到過，甘迺迪被殺前，有一架偵察機被打下來？」

「沒錯。U2 偵察機令蘇維埃大感頭痛，是主持偵察任務的中情局的一大勝利。偵察機的飛行高度約在五萬呎，超出當時飛彈的射程範圍，俄國人根本不知道如何阻止偵察機入境，因此偵察機可以自由飛到俄國上空，愛在哪裡拍照就去哪裡。古巴飛彈就是這樣被發現的。赫魯雪夫命令 KGB 擊落一架 U2 偵察機，以結束偵察機的優勢。而我們都知道他們成功了。」

「怎麼會？」

「奧斯華在基地的朋友說他在東京時常常請假。他向一位朋友吐露說，他在一家叫女王蜂俱樂部的高級脫衣舞酒吧認識一個舞女，在和她談戀愛。有一天，奧斯華帶她回到基地，向朋友們證明她確有其人。他們說，她美得驚人。以奧斯華的薪水，絕對沒那個錢找舞女伴遊。」

「他在酒吧遇到一個妓女？那又怎樣？」

「接下來要說的事鮮為人知，卻是證實過的事實：女王蜂俱樂部旗下有五位小姐支領 KGB 的薪水，任務是吸收任何能提供 U2 偵察機資訊的厚木基地人員。其實，女王蜂俱樂部是 KGB 最活躍的人員募集站之一。中情局後來發現幾個中情局官員，甚至 U2 飛行員和那個酒吧的女孩子發展關係。一九六〇年終於有一架 U2 偵察機被擊落，也就不足為奇了。」

「奧斯華被蘇維埃吸收了？」

「他和女王蜂俱樂部的女孩攪和在一起，很難相信他沒被蘇維埃吸收。過了兩年後，他向俄國『投誠』。儘管一般說法是他槍法蹩腳，其實不然。政府總跟我們說奧斯華是幻想破滅的年輕人，一個試圖揚名立萬的理想主義者。奧斯華被捕後說：『我是替死鬼。』一個想留名青史的理想主義者會說這種話嗎？蘇維埃對奧斯華在俄羅斯做什麼的官方說法是，他們派他去民斯克的收音機工廠工作，因為他們看不出他的投誠有任何價值。但他住在豪華公寓，支領與資深蘇維埃官員相同的薪水，享受資深黨員才有的特殊待遇。不用說，奧斯華對他們毫無用處的說法只是精心策劃的掩人耳目說法。」

「那蘇維埃要奧斯華做什麼？」

「在……一九六一年，對，是一九六一年，奧斯華回到莫斯科的美國使館，宣稱他要重新向美國投誠，此時他才剛娶了俄國太太瑪蓮娜。這一切全兜不攏，對吧？」

「嗯，對，湊不太起來。」

「妳還記得咱們的朋友伊果．奧洛夫的種種冒險活動嗎？記得契卡策略的誤導與欺騙手法嗎？」索妮雅點頭。「這一切像不像又是同一個策略？」索妮雅又點頭。

崔維斯笑著說：「奧斯華一回到美國，聯邦調查局攔截到瑪蓮娜．奧斯華寄的信，收件人是華盛頓的臥底KGB官員。後來還有更多信。奧斯華的母親問他怎麼回美國了，李的回應是『連瑪蓮娜也不曉得我回國的原因。』一九六三年夏天，奧斯華搭公車去紐奧爾良，把自己塑造成卡斯楚支持者，同時涉入紐奧爾良的反卡斯楚運動——這又是俄國探員契卡策略典型的誤導與欺騙手法。要緊的是：奧斯華為什麼開始公開支持古巴人？」

索妮雅一臉茫然，繼續開車。

「記得我提到赫魯雪夫和甘迺迪在古巴飛彈危機後的祕密協議嗎？在協議中，甘迺迪答應終止中情局的貓鼬行動，不再試圖暗殺卡斯楚。」

索妮雅點頭。

「但中情局沒有終止貓鼬行動。」

「中情局打破了協議？」

「對。當然，蘇維埃會知道這件事，因為中情局裡有太多俄國的雙面諜。也因此，妳得回顧第二次世界大戰晚期的時局，才能了解誰策劃了甘迺迪暗殺。」

「我看出其中的關係了。中情局承接了戰略情報局的蘇維埃間諜，因此俄國知道中情局打破貓鼬行動的協議。但這和甘迺迪的死有什麼關聯？」

「說得有理。接著，蘇維埃告訴卡斯楚，儘管甘迺迪保證不會再暗殺他，但中情局仍在設法殺他。事實上，布里茲涅夫和福爾采娃告訴卡斯楚這條消息時，可是非常樂在其中的。」

「是，就像你說的，古巴和俄國是共產黨盟友。」

「沒錯，妳覺得卡斯楚聽到這條消息時有何反應？」

索妮雅沒有回答的機會。

「開慢點！」崔維斯叫道。

「什麼？怎麼了？」索妮雅說，一腳踩在煞車上。他們後面的車繞過他們，按喇叭。

「渾帳！我不是說你，是那傢伙。」索妮雅說。「怎麼回事？」

崔維斯眼睛盯著一塊路標，指著進入華府郊區後見到的各個旅館。

索妮雅順著崔維斯的視線看過去。

「君悅！」崔維斯說。「傳真上的君悅不是指一個人，而是一家旅館……君悅。坦帕的君悅。今天妳哥哥一定去過那裡，我們得知道他在那裡做了什麼。妳哥哥的公寓是在華府吧？」

「對，是波多馬克廣場公寓。」

「太好了，我們先去那裡，再去找克雷墨。我們得查出那家旅館的事。」

25

「諾曼，讓解碼員進來，見過他後，我要去柏金斯和勒布蘭的公寓。」葛林朝對講機說。

解碼員挾著檔案夾晃進來。這個小伙子衣著休閒，看來與這裡格格不入。他一頭黑髮，圓框眼鏡，有雀斑，看來像成人版的哈利・波特。

「晚安。」他說，將一張椅子拖過地毯，懶散地坐在上面。

「搞什麼……馬格里歐呢？」葛林質問。

「他生病了。我是他的助理……」

「坐下，有破譯出來嗎？」葛林懶得問他的名字。馬格里歐的病情最好是不死也半條命。

「這個嘛，這份傳真沒有密碼可解。」

「怎麼沒有？」葛林皺眉問。這個小伙子走在危險邊緣。

「裡面沒有密碼或任何內容，看來像一堆研究筆記，是某甲寫給某乙看的訊息，說穿了是勒布蘭寫給崔維斯的紙條。」

「是，這你之前就說過了。崔維斯大概沒有這個阿波羅檔案……」

「崔維斯可能會回家設法取得這份傳真，然後去找檔案。但這些你一定都知道了。」

這小子剛剛插我的嘴？

「對！我都知道，你別打斷我的話。」葛林燦爛的笑容減弱了這句話的兇氣，一邊將面前的空白筆記紙擺正。

「假設你的陷阱成功，而崔維斯和這個女人確實去了他家拿傳真，我想他們接下來便會去找傳真上提到的羅傑斯醫生。不過，他們極可能沒拿到傳真。」

這小子真討人厭，但我需要他。死馬格里歐。

葛林咬著下唇，但眼裡流露出深沉的怒氣。「說明傳真裡其他的條目，還有，你要稱呼我長官。」

葛林的情緒改變，雷射般的銳利目光令解碼員猛然抬頭。「對不起……長官。」

26

亞力士・艾達卡忽然感到一陣噁心，但他不肯定是因為晚餐沒吃，還是因為眼前的探員生平資料。

他解開白色絲質襯衫的第一顆鈕釦，緩慢地走到優雅書房的小冰箱。木質的冰箱門表面巧妙地搭配辦公室的整體裝潢。他抽出一瓶冰涼的伏特加和一罐醃鯡魚。他倒了一整杯酒，沒有稀釋，又悶著頭看檔案。

艾達卡的探員自從進入情報與間諜部門工作，便立刻獲派任務；探員在訓練期間鋒芒畢露，因而迅速拔擢為這次任務的主導人物。這位探員成為雙面諜，滲透到外國情治單位。

艾達卡讀到刑求的部分時不得不停下。

他一口酒還沒嚥下去，私人電話便響了。

「我是艾達卡。」

「進展仍然緩慢，請確認任務維持不變。」

「任務維持不變。」

27

索妮雅和崔維斯正前往勒布蘭的波多馬克廣場公寓，中途停在加油站，索妮雅買了水和零食鑽回車上。

崔維斯抓著公共電話線，活像那是救生索。

「晚安，坦帕君悅。」

「是，請幫我接房客克林頓．勒布蘭。」崔維斯說。

接線生查看房客名單，電話另一頭靜默無聲了一會兒。「先生，查無此人。」

「哎呀……克林頓說他一定會在的。他退房了嗎？」

「請稍候。」

依據傳真上的位置來研判，這家旅館及今天的日期顯然是破解謎團的關鍵。

電話另一頭換了個過分殷勤的聲音——是另一個人，從她的口吻聽起來，顯然是接線生的上司。

「先生，抱歉無法奉告。」

崔維斯得發揮急智。他呆了一呆，改用比較深沉的口吻，講著講著，才意識到自己的語調有多愚蠢。

「小姐，幹得漂亮。我是特勤局探員，很高興妳恪守維安協議。」他拿開話筒，因為自己剛才大膽的謊言而畏縮，暗禱她會聽信。

女人的音調聽來很愉悅。「多謝誇獎。目前為止，會議非常成功。我從沒見過這麼嚴密的安全戒備，但我們完全了解。請放心，明天最後一天的維安也會滴水不漏。希望您明年也會再度選擇我們旅館進行會議。還有什麼需要我效勞的地方嗎，先生？」

「沒別的事了，謝謝妳，祝妳今晚愉快，繼續好好表現。」崔維斯說，試圖壓抑住嗓音裡的狂喜。

他掛斷電話，重撥相同的號碼。他的心臟狂跳，既恐懼又期待。這通電話不必假裝「特勤局」。這樣也好。崔維斯的偽裝功夫很蹩腳。

「晚安，坦帕君悅。」

「請轉訂房部門。」

「請稍候。」另一頭響起音樂，那令人厭惡的冷漠簡直侮辱這緊張的局勢。崔維斯用食指輕敲聽筒。

「訂房部門，晚安。」

「我要訂今天晚上的房間，一間房間。」

「抱歉，先生，我們旅館今明兩天都被包下來舉行私人活動，不開放一般訂房。」

「那酒吧和餐廳呢？健身房也被包了嗎？」崔維斯說，心跳愈來愈劇烈。

「先生，您可能不了解情況。我們整間旅館的設備和花園，都無法開放給您或一般民眾使用。」

中獎了。

崔維斯砰地掛斷，瞪著電話。

汽車引擎發動。他轉頭去看，只見索妮雅打手勢招他回車上。

崔維斯一溜煙鑽回車上。索妮雅駛動車子，彎進幾百碼的路邊停車位，停在加油站明亮燈光照不到的地方。華盛頓紀念碑矗立在他們前方，像在批判著什麼。他們坐在車上吃喝。

「有挖到消息嗎？」

「這線索或許有用。」崔維斯說。「我得查一下一個熟人的電話，但我確定坦帕君悅是今年比爾德堡會議的地點。」就連說出「比爾德堡」這個詞也令崔維斯心驚，但今天的事十足是陰謀。

「什麼是比爾德堡會議？」索妮雅說。「你說要聯絡的那個人又是誰？」

滿嘴的多利多滋洋芋片令崔維斯口齒不清。「每年都有一群菁英政客和企業領袖齊聚一堂，他們是世界上最有權勢的人。他們第一次舉行會議大約是在五十年前，地點是荷蘭的比爾德堡旅館。這就是會議名稱的由來。」

「這個會議有什麼大不了？聽起來挺無聊的。」索妮雅說。

「妳不做隨扈，而是外勤探員，難怪妳不曉得。我想妳哥哥一定很清楚這個會議的事。」

「無庸置疑。」

「比爾德堡會議最奇怪的地方在於隱密性，由武裝警衛重重戒備，而且是在豪華度假中心舉行，地點通常在小鎮，完全不讓閒雜人等接近。」

崔維斯難掩憤怒，說出關於比爾德堡會議最可惡的事實。「媒體知道這些祕密會議——參加會議的那些人基本上控制世界及經濟，媒體卻沒有報導過會議的事。以前就有報社集團的管理階層出席過會議，但嚴格遵守保密協議。我需要聯絡的人是瓦利・普里查德。他是陰謀論狂人，年年都設法查出會議地點，有時甚至假扮成出席者混進會場。他的電話應該不難找。現在我們先去妳哥哥家，看能找到什麼線索。如果我沒猜錯，我敢說妳哥哥今天是去比爾德堡會議出護衛勤務，然後做了你們所謂的『違紀』事件，記錄下他聽到的某件事情，但他為什麼這麼做呢？」

「好，我們去他家看能查到什麼線索。」

車子加速駛下憲法大道，拐向西邊朝波多馬克廣場前進。

「你還沒說完甘迺迪的事。」索妮雅說。

「放輕鬆點。去過妳哥哥家，我們就要去找喬治・克雷墨，妳可以聽當初跟我解釋這一切的人告訴妳結尾。」崔維斯說，滿腦子都在想比爾德堡會議今天究竟提到了什麼內容，而勒布蘭又記錄了多少。

28

柏金斯太太用顫抖的手拉開門閂，見到一位將灰髮梳往後腦的紳士，深邃的黑眼，黑色西裝筆挺。他笑容滿面，像鱷魚。

「有事嗎？」她應聲。

「晚安，柏金斯太太。我相信妳在等我？我是德威特・葛林。」

「啊，對，請進。」她說，拉開門。「到廚房坐坐，要來杯咖啡什麼的嗎？」

「不用了，謝謝。柏金斯太太……妳今晚已經受了一番折騰了吧？」

葛林發動魅力到極限，簡直是擁著她到廚房。他將目光從塞滿這破舊公寓的廢物移開。

別管了——我馬上就可以離開這個小垃圾坑。

柏金斯太太綻出微笑。她累了，可是仍然歡迎今晚這些風波的八卦。他們的對話可以媲美偵探節目〈Murder She Wrote〉，但她似乎沒有注意到。

「對，今晚確實發生了很多事，讓人一頭霧水。勒布蘭先生是不是惹上麻煩了？你的手下不肯告訴我。這真的很難置信，太可怕了……不過大家都說，都是那種安安靜靜的人……」

「別擔心可憐的勒布蘭先生。我只要問妳幾個問題就可以了，然後妳就可以休息。妳方便嗎？」葛林來到搖晃不穩的早餐桌邊，在她旁邊的座位坐下，用指甲修剪整齊的手輕撫柏金斯太太的手臂。

「方便，你問吧。」

「太好了。」葛林說。「妳說勒布蘭先生來敲門，跟妳要郵票？」

「對，沒錯，他好像急著趕時間。」

「想必如此。柏金斯太太，他有沒有說要寄什麼？」

「沒有，但他很堅持要一張郵票。」

「妳有給他嗎？」

柏金斯太太思忖起來，用皺巴巴的手指揉疲憊的眼睛。「沒有，我去翻平常放郵票的抽屜，沒找到……然後你的手下來敲門。你知道那個克羅根真的很沒禮貌。」她說，搖搖食指。

「我有同感，柏金斯太太。我為他的失禮向妳道歉，但他那時要保障妳的安全。能讓我看一下妳找郵票的那個抽屜嗎？」

柏金斯太太撐起身體，拖著腳走向流理檯，指出檯面下中間的抽屜。葛林尾隨她。

「就是這個抽屜。」

「能讓我看一下嗎？」葛林說，指指抽屜。

「儘管看。」

葛林仔細搜查抽屜，但找不到郵票。亂糟糟的抽屜令他望而生畏。路都走不穩的老笨蛋。

「柏金斯太太，妳確定郵票是放在這個抽屜嗎？」

「通常是，親愛的。我剛好有一疊要寄的郵件，就放在那邊……啊！」柏金斯太太的目光定在檯面烤麵包機旁邊，那裡有一疊準備投郵的信件。

「怎麼回事？」葛林說，視線掃過那裡的東西。

「我放在那裡的限時信封不見了。」

葛林髮線往後移，額頭都皺起來了。他最擔心的事已經成真：勒布蘭寄出阿波羅檔案了。小渾帳死了還作怪。可惡！

葛林按捺住甩她耳光的衝動。「妳家裡怎麼會有限時信封？」

「哎呀，我真是糊塗！我今天去郵局，要用限時寄一些重要的投資表格，卻忘記帶表格。那時郵局快要下班了，行員說我可以買附郵資的信封，晚點直接投入外面的郵筒就好。我還沒去寄，勒布蘭先生就來了。他拿走信封了，對吧？真是沒禮貌。」

「柏金斯太太，這件事很重要。勒布蘭先生還說過什麼？他有沒有提到借郵票是要把東西寄去哪裡？」

柏金斯太太真心想幫助這位風采迷人的男士。「我們聊起我先生亞特。他死於帕金森氏症一段時間了，我想我們就只有談那些，抱歉我幫不上忙。」

葛林盯著她的眼睛。

「你真的不要喝點什麼東西嗎，親愛的？」

該穿過走廊，去勒布蘭的公寓了。

「柏金斯太太，謝謝，妳幫了大忙。」

29

崔維斯和索妮雅搭電梯上波多馬克廣場大樓三樓，從電梯門徐徐走出，朝勒布蘭人去樓空的公寓前進。崔維斯心想：勒布蘭的妹妹索妮雅應該不會引起太多注意。

這裡的居住環境似乎很舒適。走廊有家的味道，飄盪著淡淡的烹煮香氣，整體的感覺提供了虛假的慰藉。

「我們要找三〇九公寓，對吧？」

「三〇九號。」索妮雅說，看來有些不安。

崔維斯忖度，她哥哥說不定在公寓裡遇害。

「妳還好嗎？」崔維斯說，拍拍她的背。

「我很好。」

三〇九號公寓門口看來如死神之門一樣不祥。索妮雅伸出纖細的手指要按門鈴，中途停下動作，轉身望著崔維斯的眼睛。她迷濛的綠眸沒有洩露任何情緒。

「聽著，感覺不太對勁，你到電梯口等。」她說。

「怎麼了？」

「前門完好無缺。」

「這有什麼不對嗎？」

「這裡沒有破門而入的痕跡，我很懷疑突襲這裡的人會敲門。我要按門鈴，然後衝進去。

來應門的人不會認得我，我是說如果有人來應門的話。」

「好，我明白了。」崔維斯說，掉頭退回電梯。

走到半途時，他回頭見到索妮雅盯著他。索妮雅將視線移回門上，按下門鈴。

崔維斯走近電梯時，聽見三〇九號的門打開了。他轉身看索妮雅那邊的情況，同時順勢貼牆站著。

屋裡有人？索妮雅看來嚇了一跳。

崔維斯聽見清晰的交談聲。

「誰啊？」門後傳來生氣的聲音。

索妮雅看著站在門口的矮胖男人，男人抓著門。他穿著卡其褲和白T恤，一條餐巾塞在領口，看來完全像是在自己家裡的模樣。

那不是勒布蘭。

她看看門上的號碼，困惑而警戒。「這是三〇九號吧？波多馬克廣場公寓三〇九號？」

「對，有事嗎？」那人說，顯然很不高興不速之客上門。

崔維斯看到索妮雅退了一步。她看來嚇到了。

「這裡是克林頓・勒布蘭的公寓。他住在這裡，他最近兩年一直都住在這裡。」索妮雅口吃地說。

「妳說什麼？我不是克林頓・勒布蘭。我是貝克蕭……我根本不曉得什麼克林頓・勒布蘭。我住在這裡三個月了。妳是誰？來幹什麼的？」

索妮雅瞥見屋裡有些郵件，就擱在門邊桌上。男人說的沒錯，收件人是貝克蕭先生。她向後退，臉色和綠眸一樣。一頭霧水的貝克蕭關上門。

崔維斯和索妮雅各自立在走廊的兩端面面相覷，既困惑又驚恐。

＊＊＊

在走廊另一端的柏金斯太太家裡，柏金斯太太眼看葛林即將離開，情急之下又殷勤地提議要請葛林吃點心，葛林努力禮貌地回絕。

「不用麻煩了，謝謝妳，柏金斯太太，真的……我不餓。」

「那好吧，葛林先生，祝你今晚愉快。」

「謝謝，也祝妳愉快。再次感謝妳的合作……我再和妳聯絡。」天啊，真受不了她。葛林退到走廊，拍掉衣服上的灰塵，絞著手。

等到門關上後，他才轉身走向勒布蘭的公寓。

他看到三〇九號外面有一位美麗的黑髮女郎。她轉身，和他四眼相對。

30

崔維斯不再倚牆而立，讓自己行跡比較不可疑。反正，走下走廊的這個衣冠楚楚男子還沒注意到他——他從公寓出來後是背向崔維斯這邊，一看到索妮雅便愣在原地。*他怎麼沒過來搭電梯？*

這人年近六十歲，灰髮向後腦梳，身材高大，訂製的黑色西裝非常有型，渾身散發著強烈的威嚴氣度。

索妮雅的視線完全沒瞥向崔維斯。崔維斯心想：*她是要避免那人注意到他。*

時間似乎停滯不動。

索妮雅恢復鎮定，禮貌地道了聲「晚安」，走向電梯。

那人回答「晚安」，仍然文風不動地站著打量她。

索妮雅經過那人，那人仍繼續看她，不過還算友善。

「妳來這裡找三〇九號的先生嗎？」那人問。「我一直納悶那裡今天出了什麼事。妳聽說過是怎麼回事嗎？」那人似乎真的很關切。

「你聽說過什麼事？」索妮雅問。

崔維斯看見索妮雅停在男人身邊，顯然打算向這人打聽消息，而沒把他視為威脅。崔維斯恢復輕鬆的站姿，心裡鬆了一口氣，暗禱索妮雅能從這人身上挖出消息。

「嗯，有很多騷動。」那人說得遲疑，一邊摸索外套裡的東西。「我聽到很多人大聲嚷嚷，妳怎麼認識三〇九號的住戶？」

索妮雅的臉孔沒有畏懼。

「這件事很奇怪。」她開口。「三〇九號的住戶說他在這裡住了幾個月了，但他不是我來找的人。」

「也許妳弄錯號碼了。」那人說。

「我們一起去找門房，我來跟他打聽。」

那人指指電梯，索妮雅跟著走，一邊向他道謝。崔維斯向前一步，以便待會兒男人看向他這邊時，索妮雅可以為兩人引介。

就在那一刻，那人瞥見崔維斯，臉都白了，但迅速恢復原狀。儘管那人面露異色的時間不超過一秒，但這似乎很奇怪。崔維斯心想，這人大概直到剛剛才注意到我，因此嚇了一跳。

「先生，晚安。」崔維斯說。

「這是我朋友。」索妮雅插嘴。

「晚安，先生。」那人說。「很高興認識你。」他看來真的很開心。崔維斯從沒見過嘴巴咧得那麼開的笑容。

他按下電梯鈕，靜靜站著，朝索妮雅和崔維斯微笑。他細審索妮雅。他們回以微笑，別開眼睛。這人似乎將空氣中的能量都吸走了。

「希望你能查出今晚究竟怎麼回事。」那人說：「我才跟你的……是女朋友嗎？」

崔維斯和索妮雅尷尬地對看一眼，沒有回答。

「抱歉，我是跟你朋友說，我們一起去問門房今晚的事。」

「先生，你真客氣。」崔維斯說：「不好意思，我沒聽到尊姓大名。」

「克羅根。德威特・克羅根。一點都不麻煩，真的。」

電梯鈴響，三人走進打開的電梯。那人按下大廳的鈕，鄭重向崔維斯和索妮雅點個頭。

電梯門開始關閉，忽然間，一隻布滿皺紋的手伸進門縫，令電梯門彈開。

是柏金斯太太。

「葛林先生！真高興我追上你了。」

那人的臉垮下來，明顯嚇了一跳而且十分惱怒。「可以等一下嗎？柏金斯太太，我現在有急事要辦。我說過會打電話給妳，晚安。」說完話，他便抓著柏金斯太太的手臂，拉她離開電梯，同時用另一隻手撐住電梯門。

她一臉驚愕。

索妮雅注意到那人古怪的性格變化。崔維斯見到她目光不屑，暗暗打量那個人的背影。她瞥了崔維斯一眼。

那人回到電梯裡，掛著誇張的燦爛笑容說：「可憐的老太太。我替她處理遺囑，可是她擔心個不停，不斷跟我吵遺囑的事情，而且總是記不清名字！」

崔維斯擠出輕笑。

那人迅速斂起笑容，緊繃著嘴。

電梯門再次關起，索妮雅按了下一層樓的按鈕——二樓。

「我認識二樓的人。」她挑起眉毛說：「我問問他們有沒有聽到什麼動靜，然後去大廳找你……你是克羅根先生吧？」

現在崔維斯知道事態有異。除非索妮雅認識二樓住戶又沒跟他說，否則索妮雅不認識二樓的任何人。

「是。」那人說。

電梯裡只聽得到電梯運轉的機械聲。氣氛僵冷，二樓似乎永遠到不了。

電梯鈴響，門開了，崔維斯和索妮雅走出去。「待會兒在大廳見，真的很謝謝你的幫忙，先生。」索妮雅說。

「哎呀，不用客氣。待會兒見。」那人回答。

崔維斯和索妮雅踏上二樓。崔維斯覺得眼前的一切變成慢動作，大手槍的把手朝索妮雅後腦敲下去。

她倒地。

崔維斯回頭看那男人，見到同一把槍的槍口近在眼前。

31

崔維斯愣住，呼吸急促得無法控制。他緊緊閉上眼睛。

我死定了。我死定了。

但沒有槍聲。

他猛地睜開眼睛。那人的黑眼睛盯著崔維斯。

索妮雅躺在地毯上呻吟，無法動彈，幾乎毫無意識。

葛林給她銬上手銬，槍口仍然對準崔維斯。

「你這渾帳白痴。」葛林咬牙切齒，朝崔維斯嘶聲說：「東西到底在哪裡？小雜碎，你想死嗎？」他加了把勁，用槍戳崔維斯的臉。

「先生……這……這是天大的誤……」崔維斯口吃，完全是屈服的眼神。

「什麼？你以為我是笨蛋？好險的小渾帳！東西在哪裡？」

「我知道的情況不會比你多……」

「你再不說，你就會出一個小意外。你聽說過《愛國法》嗎？我想怎麼處置你都不成問題。不會有律師。小渾蛋！勒布蘭把該死的檔案寄去哪？」葛林嘶吼，拇指撫過手槍的握柄。

崔維斯舉起雙手，默然無聲，心裡既恐懼又困惑，漸漸明白恐怖的事實：這傢伙不受法律管轄。

葛林不鬆口：「聽著，崔維斯，我知道你的哥倆好勒布蘭今天寄了一封限時信，懂嗎？」

切都結束了。我會找到檔案。現在，你可以乖乖合作，招出他把檔案寄去哪裡，而你大概只要坐一下牢就沒事了。如果讓我費了一番勁才找到檔案……我說過了……我不想在自衛時殺掉你，懂嗎？」

「我什麼都不知道！我根本沒見過這個勒布蘭！那女孩是他妹妹，她請我幫忙。」崔維斯知道他不必為了坦白而有罪惡感，但拿救他逃離曼哈頓的女人冒險，卻讓他過意不去。

瘋狂的笑容改變了葛林的臉孔。他歪著頭，戲弄崔維斯：一個舉槍的瘋子。

「不管死活」是他們在旅館時說過的話。這裡是公眾場所，也許這個葛林不會在這裡殺他，但可以肯定的是葛林不會放過他。從這傢伙眼裡的熊熊怒火來看，這是私人恩怨。

我不要死！

葛林一隻手伸進外套裡，打開手機，同時用槍瞄準崔維斯的頭。

「我是葛林，派一輛車過來。」

現在不動手，更待何時？反正他大概不管怎樣都會宰了你。崔維斯的憂慮因為缺乏打鬥經驗而加劇。這是他有生以來第一次被人用槍抵著頭，更別提持槍的人還是個瘋子。

崔維斯看著葛林疼痛而驚訝地大叫。他踉蹌後退，貼著關閉的電梯門穩住自己。

眼前的一切再度變成慢動作。

攻擊葛林的人一定是索妮雅。她仍然試圖從地上站起來，可是仍舊一副昏沉沉的模樣。她必然是在半清醒的狀態出擊的。

葛林扔掉手機，立刻將武器對準她。

崔維斯悚然一驚。他要開槍殺她了！

崔維斯撞向葛林，用學生在操場打架的手法將他摜向電梯門，令鐵門哐啷作響。

葛林的槍掉了。崔維斯撲到葛林身上，聞到他的古龍水香氣。

崔維斯肚子挨了葛林一拳。他聽見葛林咆哮：「你這個該死的小雜種！」

那一拳將崔維斯擊倒在地。崔維斯掙扎著要站起來。

葛林跳向手槍。「我宰了你們兩個！」

「休想！」崔維斯伸出一條腿，擋住葛林的去路，絆倒了他。葛林怒吼著繼續爬向手槍。

崔維斯驚得發揮了求生本能，挾著原始的怒火跳起來，朝著葛林的背狠狠踩下去。

不是我死，就是他亡。

但葛林化解了崔維斯的攻勢。崔維斯的小腿猶在半空中，便被葛林抓住一扭，完全擊潰了崔維斯的高中生打架策略。崔維斯失去平衡，像殘破的洋娃娃倒地。

崔維斯很清楚，絕不能讓葛林拿到槍。索妮雅恢復清醒，在地上呻吟，幾乎不動，仍然掛著手銬。

崔維斯朝葛林滾過去。葛林只剩幾吋就要拿到槍了。

崔維斯像一個疲憊的拳擊手，攔腰抱住葛林。

「給我滾開！」

崔維斯將葛林拖到旁邊，將他抱得更緊，完全不知道下一步怎麼辦。葛林在這個姿勢下，施展不開身手。兩人都大口喘氣，陷入僵持。

但葛林受過的訓練再一次彌補了因年紀而衰退的體力。

葛林用後腦朝崔維斯猛擊，打中崔維斯的額頭，令他痛得發昏，鬆開了手。葛林翻身滾開。崔維斯奮力一搏，撲向葛林，打算重新抱住葛林的腰。

但葛林這一次的回應逆轉局勢。

他舉起膝蓋，擋在兩人之間，將崔維斯頂開幾吋，那距離恰恰足以讓他用另一條腿的膝蓋撞向崔維斯的鼠蹊部，將他拋向敞開的樓梯間。

崔維斯砰地沉沉落在樓梯邊緣，頭撞上水泥樓梯受傷。葛林也因為這一擊的力道倒地，躺在崔維斯後方不遠處的樓梯門，手槍則在後方。

一切陷入黑暗。

崔維斯眨眼看著第一階樓梯，他滴下的血液迅速匯集成一攤殷紅。他的血。他的頭像剛被敲響的鐘一抽一抽地發疼。

急促的腳步聲朝著他來了。是葛林。他撲向掛彩的崔維斯，準備將他踢下樓梯。

大限已到——他要殺掉我了。

腳步聲停止。崔維斯聽見一個熟悉的嗓音。

「不准動，渾蛋！」索妮雅用葛林的槍瞄準他的頭。「滾開。」不曉得索妮雅怎麼掙脫手銬。是特勤局的訓練嗎？有特殊的裝備？不論她怎麼辦到的，崔維斯覺得他又喘得過氣了。

葛林拖著腳到樓梯間側牆，雙手舉起。他震驚的表情迅速化為卑劣的笑容。「別做蠢事，甜心——妳麻煩已經夠大了，而我的手下隨時會到。」

「我聽到他打電話給手下。」崔維斯嘶啞地說，抱著流血的頭勉強站起來。索妮雅從容地走到樓梯，槍口對準葛林。

葛林端詳索妮雅，露出恍然大悟的神采。她已不再是神祕人。

她是受過精良訓練的專家，怪不得如此厲害。

索妮雅將崔維斯拉起來，仍然挑釁地瞪視葛林。她一言不發，像牽著盲人似地引導崔維斯走下樓梯，槍口鎖定葛林。

葛林綻出瘋狂笑容，無可奈何地看著他們身影消失在逃生門後面。「想逃就逃吧，但你們倆玩完了。」

「你敢追我們，你就死定了。」索妮雅向上面的葛林吼，一邊怒目相視一邊走。

看不見葛林後，索妮雅催促崔維斯跑下樓梯，離開公寓大樓。葛林冰冷的咆哮聲在水泥樓梯間迴盪：「死定了！」

他們衝向車子。崔維斯只用一隻眼睛勉強看東西——另一眼閉起，以阻止血液流進眼睛。索妮雅將他推向乘客座，自己爬上駕駛座，回頭看公寓門口。葛林沒有跟上來。

她將油門踩到底，加速駛離公寓，進入夜色。

崔維斯癱在座椅上，抱著頭納悶自己傷勢如何。他從未打過架。這像是靈魂出竅，就像依據別人生活演出的一場戲。

「你不會有事的。」索妮雅說，將他們在加油站吃東西時用過的紙巾遞給他。「用這按在傷口上。克雷墨的家要怎麼走？」

崔維斯嚇得喉嚨發緊。他渾身發痛，而且不敢置信，不能言語。

「要走哪條路？」索妮雅不放過他。「快講啊，丹尼爾！」

「第二個路口左轉……」崔維斯勉強說出克雷墨家的走法，驚駭得語音含糊。她似乎對華府很熟悉。

他呼吸漸漸平穩後，便提出疑問：「在電梯的時候，妳怎麼會對那人起疑？」崔維斯問，捂著眼。

「我看到他外套鼓了一塊，那是肩式槍帶的痕跡，然後他跟我們解釋他為老太太做的事，但我們根本沒問過他。他的真名顯然是葛林，不是克羅根。」

「厲害。妳的頭怎麼樣了？」崔維斯低語，記起不是只有他受了傷。

「死不了的，只是頭痛罷了。」索妮雅說，揉揉後腦。她看看手上沾的血跡，隨意在座椅側邊擦掉血。

「那雜種剛剛想殺掉我們。」崔維斯說。

「不會吧。」

崔維斯覺得受到冒犯，彷彿就算這件事情圓滿解決，此後的人生再也無法恢復原狀；而事情能否解決，**還很難說**。

「妳趕快開到克雷墨的家。這件事必須做個了結。」

「我在趕路了。如果他要我們的命，我們早就死了。」索妮雅說，加速在模糊光影中駛過華府市中心。「我們棄車地點要離克雷墨家遠一點，以防葛林看到了車牌……這裡左轉嗎？」

「對。」崔維斯回答，驚魂已定，重新集中了精神。

索妮雅稍早說過的話令他想起一件事。

「對了，甘迺迪的兇手也做了一樣的事。」崔維斯對著窗戶說，嫉妒地看著尋常人在鬧區小酒館享受尋常的生活。他覺得像在牢籠裡看世界，這輛贓車就是他的監獄。

「甘迺迪的兇手做了什麼？」索妮雅說。

崔維斯轉向索妮雅。「人家都還沒問他話，他就不斷解釋事情，堅稱無辜。」崔維斯視線又回到窗外。

「克雷墨可以為妳說完故事，而我可以打幾通電話。我只希望他在家。」

天啊，我的頭好痛。要是崔維斯始終無法相信這一切是事實，現在身上的傷勢足可證明這不是做夢。痛楚令崔維斯猛然記起葛林的話。勒布蘭把檔案寄去哪裡了？他為什麼問我……

崔維斯轉向索妮雅，藍眼睛露出恍然大悟的光芒。

「妳哥哥把檔案寄走了！這就是他在找的東西……那雜種……」

「什麼？」索妮雅說，瞄他一眼，同時急轉過街角。

「葛林問我勒布蘭把檔案寄去哪裡……他以為我們和勒布蘭合作，因此我們必然知道檔案會寄去什麼地方。葛林不知道檔案的下落……他說勒布蘭用限時信寄走檔案，如果我沒弄錯的話，限時信在投郵後一、兩天就會送到目的地。但妳哥會把東西寄去哪呢？」

＊＊＊

十一分鐘後，他們在目的地一哩外棄置偷來的豐田車，來到華府東北部一排有陽台的維多利亞式住宅，沿著街道快步走。

「就是那間。」崔維斯說：「八四三二號，克雷墨的家。」

他們走上黑色前門的階梯，暗自希望黑暗的窗戶只表示克雷墨上床睡覺了。

他們擠到門前，崔維斯按下電鈴。沒有人應門。他等了十秒，感覺卻像十小時。葛林遲早會找到他們。

仍然沒人應門。他們行蹤已曝露，葛林此刻大概已在市內布下天羅地網。

「現在怎麼辦？」索妮雅問，彷彿克雷墨不在家是崔維斯的錯。

崔維斯計窮了。「不知道，我們需要安全的地方……」

門咿呀開了，粗重的鐵鍊扯得門板彈動。鐵鍊後方的黑暗中傳來粗啞蒼老的嗓音。

「到底是誰吵我？」

「是喬治叔叔嗎？」

索妮雅困惑地看了崔維斯一眼。

「是你嗎？丹尼爾小子？」老人態度立刻軟化，口吻又驚又喜。

「當然是我啊！」崔維斯脫口而出。

一隻顫抖的皺紋手扯開鐵鍊，打開門。門裡站著的人滿頭銀髮，穿著《花花公子》創辦人穿的紅色吸菸衫。

「老傢伙，你要讓我們進去嗎？」崔維斯說，試圖掩飾急著離開門口的事實。

喬治・克雷墨揪著崔維斯的耳朵，將他拉向自己脆弱的身軀，笑容滿面。「你還沒大到不必踹你屁股，小子……我去對抗納粹的時候，你爸還在包尿布呢！」

索妮雅瞪著崔維斯，挑起了一道細細的黑眉，等著他解釋。

崔維斯用受傷流血的眼睛回瞥她一眼，踉蹌地進屋。「他是我父親的老朋友，進來吧。」

索妮雅跟著崔維斯進門，拍拍她偷插在後方褲口的葛林的手槍。

32

葛林手下的螞蟻雄兵今晚第二度震撼波多馬克廣場公寓。一組人在停駐一樓的電梯上採集指紋。困惑而害怕的住戶在走廊和樓梯上受到訊問。停在外面的雪佛蘭 Suburban 閃爍著紅光，照入用褐色富美家飾板裝潢的大廳。四處都是住戶的喃喃低語，很感動政府竟動用如此的陣仗保護華府的良民。

葛林坐鎮大局。他正高高在上地向組長克羅根下令：「這些指紋分析是第一要務。我還需要知道那女孩的身分。山契斯什麼時候會到？」葛林說，將新手槍插回肩式槍套，扣上固定索帶。他看來像佩帶武器的商人。

「長官，再二十分鐘。」

「很好，住戶有看到失竊車輛的車牌嗎？」

「有，長官，華盛頓警方已經著手處理。」

「很好，有通知杜勒斯和巴爾的摩機場戒備嗎？」

「已經通報了，長官。他們哪裡也去不了。」

「好，繼續執行命令。我要去散步。絕對不許再隱瞞任何案情細節，否則你就完了，懂嗎，克羅根？柏金斯那張郵票是重要線索！」

葛林大步走出公寓，揮手要把守大廳的探員讓開。他與他們擦肩而過時，他們只差沒鞠躬。這些小卒子無疑會納悶他來這裡做什麼，但葛林知道來這裡一趟，能確保他們工作仔細周到；他們不需要知道工作內容以外的事情。

葛林左轉走向波多馬克河，回溯勒布蘭稍早逃跑的路線。但他滿腦子只有崔維斯和那女孩。他媽的女孩。

該死的！

要不是他試圖從崔維斯身上找線索，早就解決他們了。依他的後見之明，他早該斃了他們兩人。仔細想來，崔維斯和那女孩不可能知道檔案的下落——否則也不必造訪勒布蘭的公寓。遊戲規則變了。

勒布蘭用限時信將檔案寄給某人。只要我能比崔維斯早拿到檔案……或從他手上把檔案拿回來……我才不在乎他們的死活。

葛林注視天空，端詳著灰暗的雲朵尋找天啟。上帝站在他這一邊。希望仍未滅絕。檔案明天會送到目的地——星期二——更有可能是星期三。還有時間……

葛林的手機低響。

「我是葛林。」

「長官，諾曼報告。美國郵政那裡沒有好消息。限時信很快便進入郵政體系處理，無法追回。此外，隨時都有太多限時信離開華府，因此不能有效縮小範圍。」

「好，如果我們指明是哪個郵局的全部限時信，他們能不能把信件追回來？」

「他們好像不很肯定。現在時間晚了，管理階層不在辦公室。我可以明天再試，長官。」

「好吧，諾曼，你繼續試。」

咔嗒。

葛林循著勒布蘭最後的逃亡路線前進，來到水門大廈正前方。水門大廈或許會讓多數人覺得裡面暗潮洶湧，但對葛林來說，它黑暗的歷史不算什麼。他親眼見證過太多渴求權力的政客使出的荒謬可笑手段，因此明白尼克森醜聞根本只是小意思。唯一的差別是尼克森笨到被逮到而已。

葛林小跑步通過維吉尼亞大道的車流，重演勒布蘭的最後時刻。

然後他看到了。

日光燈管映照著波多馬克廣場與河面之間的唯一郵筒，那燈光簡直像上帝的光芒。葛林戛然停步，坐在郵筒對面的灌木牆，目光始終盯在郵筒上。

只能伺機而動。

解碼員正在依據勒布蘭的通訊錄清單、勒布蘭給崔維斯的傳真內容，研究檔案的可能寄送地點。他的助理諾曼設法和美國郵政協商，要他們提供目的地的清單。而且，不久他便能知道女孩的身分。

但葛林沒有等待轉機的耐心，尤其是當他知道自己的命運岌岌可危時。

葛林霍然起身，有凹痕的下巴朝下對著白堊鋪面石板，在郵筒邊的人行道上繞著一個正方形踱步。

一定要是分毫不差的正方形。

繞到第三圈時，這項儀式停止，陰沉的目光鎖定剛從縹緲雲層後忽然冒出來的滿月。

幹，就這麼辦吧。

葛林一把拿出手機，打開電池組。在他平常插在手機上的 SIM 卡上另有一張無法追蹤的預付 SIM 卡。

他將兩張 SIM 卡對調，讓接下來這通電話無法被追蹤。這一招不是特勤局訓練教他的，而是從紅杏出牆的前妻那裡學來的。如今特勤局才是他的家庭，因此他撥了這通電話，以保護家庭。

電話才響一聲，便有低沉的東歐口音接聽：「喂？」

「我需要見一面……老地方。」葛林說。

33

菸斗、菸草和昂貴白蘭地的濃郁氣味滲進克雷墨住家的每個角落。牆上掛滿喬治．克雷墨年輕得多時的泛黃照片。走廊上排著四個玻璃展示櫃，每一櫃都塞滿古怪的武器和徽章。有一櫃擺著金屬材質的巨大納粹之鷹，據底座上的文字說明，那來自第二次世界大戰一個要塞。另一櫃則展示著一個前 KGB 徽章。

克雷墨是獵人，而這些是他的獵物。

最後一個玻璃櫃擺放著各種器具，只能說是古董間諜裝備。最棒的收藏品包括一架小 Minolta 相機，還有一個點菸器，其底部露出一個有兩發子彈的彈匣。

克雷墨一手拄著枴杖，一手挽著崔維斯的手臂，帶他們進入一個有書架牆的房間，採用布面及皮革裝幀的精美書籍沉沉堆疊在書架上，爐火正旺。

「我去幫你們兩位倒白蘭地，然後你可以說一下腦袋怎麼腫了個包。」克雷墨向崔維斯說，泰然自若地處理這樁明顯的緊急事件。「坐。」

崔維斯擠出笑容，想起童年的一個笑話：「怎麼，難道你覺得……」

「……這樣不帥嗎？」克雷墨和崔維斯同聲說。克雷墨神情快活，崔維斯恰恰相反。克雷墨將白蘭地倒入三個平底大玻璃杯。

老先生想讓崔維斯放鬆心情，卻完全失敗。

索妮雅扮個鬼臉，以強調她覺得像電燈泡的心情。「這位是索妮雅。」崔維斯說。

崔維斯一屁股坐在柔軟的皮沙發上，覺得旁邊桃花心木桌上相框裡的照片灼烙著左臉。他沒有看照片，但他知道照片在那裡。

一陣陣的罪惡感席捲而來。他伸長脖子，轉頭端詳他畢業時和克雷墨的合照。總是要等回到熟悉的地方時，你才會意識到自己離開了多久。他已經太久沒來這一座永遠為他敞開大門的展覽館。

崔維斯看著克雷墨步履蹣跚，不讓手上的酒潑灑出來，罪惡感不禁化為悲傷。我們年紀愈來愈大了。

儘管上了年紀，克雷墨的腦筋十分靈活。他見多識廣，喜歡單刀直入，因此符合禮數的寒暄、引介索妮雅以及必不可少的「敘舊」一概免了。這位經歷過昔日戰役的慧黠老人並沒有疏忽掉崔維斯的傷勢，以及深夜的突然造訪。

崔維斯喝下軒尼詩XO，感覺很舒服：令人溫暖的萬靈丹。他放下酒杯，深深呼了一口氣，感覺今晚的重擔減輕了。

索妮雅一口喝乾她的酒，將玻璃杯放在側桌。

克雷墨抿著一邊嘴角，盯著崔維斯，眼神活像他仍把崔維斯當成隱瞞事情的小男孩。

「好了，丹尼爾，這是怎麼回事？索妮雅，親愛的，如果妳想幫這個可憐蟲包紮傷口，急救箱在廚房裡。」

崔維斯向索妮雅點頭，指出廚房的方向。

當她離開房間，克雷墨向崔維斯眨眨眼，拍了他膝蓋一下。

「俏娘們，丹尼爾，你在哪裡認識她的？」

崔維斯對克雷墨的嘲笑嗤之以鼻，然後向老「叔叔」說明過去二十四小時的怪事，而索妮雅則清理他眉頭的傷口。崔維斯滔滔不絕，幾乎不敢相信他在談論自己的事。

＊＊＊

「丹尼爾，你真會惹是生非。你從小就是麻煩精。天——」一聲深沉的有痰咳嗽打斷克雷墨的笑語。

崔維斯向索妮雅瞥了一眼，覺得挨了責罰，希望克雷墨不會扯出丟臉的童年回憶。幸好，他接下去說。

「好，先讓我把來龍去脈搞清楚。有個叫克林頓・勒布蘭的人，他是這位小姐的哥哥，也是特勤局保護副總統的探員。你不認識他，但他發了一份傳真給你，提到甘迺迪的兇手們，之後這個葛林一直緊追不捨，因為勒布蘭可能聽到或記錄下不能見光的東西，而且似乎還把東西寄到某個地方。而葛林認為整件事你都有份。」

「差不多就是這樣，叔叔，對。」崔維斯說。克雷墨的簡單複述，令整件事宛如虛構小說，但崔維斯眼睛上方的抽痛卻是千真萬確。他滿心絕望，感覺上他們一籌莫展，處境愈來愈險惡。

今晚他莫名其妙成了逃犯。

「傳真給我看一下。」克雷墨說，伸出凹凸不平、罹患關節炎的手。

索妮雅將傳真交給克雷墨。他們倆靜靜看著克雷墨拿出半月形的閱讀眼鏡。他讀完傳真，只是皺著眉頭，別無表情。

「親愛的，麻煩妳去幫我們倒咖啡，好嗎？咖啡在廚房，已經煮好了。」克雷墨頭也不抬，但說話的對象顯然是索妮雅。

索妮雅不以為然，但還是起身昂頭走到廚房。不知怎的，克雷墨的大男人主義傾向可以原諒——這是老年人的特權。崔維斯試圖用手遮住得意的笑容。

一分鐘後，她大搖大擺地回來，遞給克雷墨一杯熱騰騰的黑咖啡。他一言不發接下咖啡，仍然盯著傳真：

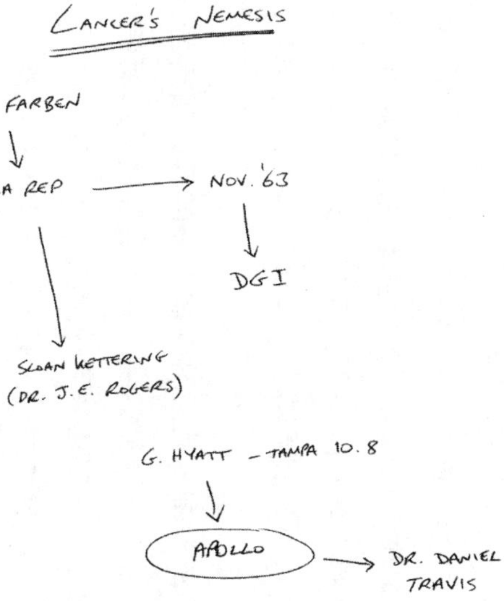

克雷墨的眼睛牢牢盯著傳真。「這裡提到了君悅和坦帕，你說這大概是偷聽到犯罪對話的

時間和地點？」

「對……我相信如此。我得打幾通電話確認。」崔維斯說。

「你等一下就可以去打，丹尼爾……我想你也打算聯絡這個羅傑斯醫生？」

「當然。」崔維斯回答，把剩下的白蘭地一仰而盡。

克雷墨的眼睛完全沒離開傳真，開始咕噥：「法本、法本、法本、好傢伙！」

克雷墨犀利的灰眼睛迎上崔維斯的眼睛。崔維斯滿臉困惑。索妮雅和崔維斯向前坐，希望克雷墨能為他們說明一下。

「我會知無不言。」克雷墨說。「我會知無不言，說明傳真上的東西，但我得先聲明，不是每件事情都解釋得通。這邊這個『蘭斯之勁敵』委婉地指出是甘迺迪的暗殺兇手。『六三、十一』是甘迺迪被槍殺的年份和月份。『DGI』是古巴的情治單位。這些全都吻合。但我想不出『CA Rep.』和『羅傑斯醫生』和甘迺迪槍殺案有何關聯——因此我判斷我們疏忽了某些事情。」

儘管聽來不太妙，崔維斯仍然點頭，很高興克雷墨證實了他的懷疑。

「阿波羅？」克雷墨繼續用偵探的口吻說：「從這個詞的位置和內容來看，應該只是標的物的名稱，也許只是一個行動的代號。甚至可能是勒布蘭錄到的犯罪對話錄音。可愛的索妮雅可以告訴你，要不是上頭不允許，特勤局那些人連上個大號也會用代號。」

索妮雅咯咯笑了。克雷墨的笑話確實有幾分依據。特勤局顯然沒有上廁所的暗語，但此外幾乎每件事都有代號。

「阿波羅。我的第一反應是阿波羅太空計畫。當然，那是由甘迺迪推動的……」索妮雅開始說。

「什麼？妳以為關於政府偽造降落月球事實的愚蠢陰謀可能是真的？不，這與太空計畫無關，我待會兒就告訴妳原因。」克雷墨說，摘下半月形的眼鏡。

「阿波羅是希臘的真理之神。」崔維斯說。

「丹尼爾，心胸要開放一點！希臘神祇常有多重身分。阿波羅也是希臘的醫療之神。醫生宣誓遵從希波克拉提斯宣言，保證一切醫療行為永遠以病患的健康為重，他們以前是向阿波羅發誓的。」

崔維斯困惑地皺起臉。「醫療跟這件事有什麼關係？」

「這就是我不懂的地方。」克雷墨說，像法庭上的老律師，搖搖一隻彎曲的手指。「這份傳真毫無道理可言。它談到兩件截然不同的事。」

「如果你把阿波羅解為真理之神，那整份傳真就只提到一件事。勒布蘭只是在暗示甘迺迪的真相大白，或者更有可能是與暗殺相關的事情。」崔維斯說。

淘氣的笑容拉緊了克雷墨的下巴。「你那樣想，是因為你沒聽說過IG Farben（法本）和Sloan Kettering（史隆凱特靈）。」

崔維斯的後頸寒毛豎立。他感覺到坐在沙發上的索妮雅身體忽地向前傾。「你聽過嗎？」崔維斯說。

「是啊。首先，史隆凱特靈紀念醫院在紐約市歷史悠久，非常有名。我有個得癌症的朋友就是死在那裡。如果把阿波羅也算進去，那就是第三條關於醫療的內容。」

崔維斯開始了解克雷墨為何對傳真大惑不解。「那法本呢？」

克雷墨皺著眉，擠出了一口微弱的氣息。忽然間，和藹老人的臉孔似乎變為冷漠無情的戰士，而這位戰士即將說出一件他試圖遺忘的事。戰爭舊傷剛剛被重新打開了。

「法本以前是極具權勢的德國製藥卡特爾①，這是第三個醫學的條目。法本從第二次世界大戰前便以法蘭克福為據點，直到大戰結束。他們生產氫氰酸毒氣……」

「就是納粹用來屠殺猶太人的毒氣。」崔維斯衝口而出。他知道有一個勢力強大的製藥卡特爾支持希特勒的掌權，而這個卡特爾的名稱才剛剛明朗化。「那就是法本？」他問克雷墨。「就是贊助希特勒的那家公司？」

「對。就我對他們的了解，戰爭快結束時，美國轟炸機要夷平德國城市和基礎建設，作為進攻的序曲，也就是著名的轟炸機大空襲——很多次轟炸是在白天進行。」

崔維斯和索妮雅都在點頭，像在上最愛上的課的學童。

「法蘭克福也不例外，我是說那裡被整個打爛，因為那裡是工業的發電廠。你們猜猜怎麼著？美國戰略情報局嚴格禁止美國轟炸機轟炸法本大樓。」

「為什麼不炸他們？」崔維斯問。

克雷墨傾身敲敲崔維斯的膝蓋。「丹尼爾，還記得我跟你提過的迴紋針行動和國家利益行動嗎？」

索妮雅插嘴。「對，他跟我說過，那是軍事情報局吸收納粹科學家和間諜的任務，甚至連最邪惡的人也不放過。」

克雷墨銳利的目光望進崔維斯眼底。崔維斯知道那個眼色——小時候他就寢前，喬治叔叔偶爾為他讀鬼故事，就會用這種眼神看他。克雷墨即將說出他不知道的事。

黑暗的事。

「迴紋針和國家利益都是在戰略情報局戰後總部誕生的，也就是法蘭克福的法本大樓十三樓。但依據官方說法，那裡沒有十三樓。」

① Cartel，也稱聯合壟斷，亦即一個產業中的各個企業為了避免市場競爭，索性透過協商機制，議定彼此的產量，藉此抬高價格，增加各自的利潤。

34

「長官，我們找到失竊的豐田了！」克羅根從波多馬克廣場公寓大廳另一頭嚷道。

葛林散步回來後，便坐在磨損的仿真皮沙發上休息。現在他立刻站起來。山契斯終於帶著臉部辨識軟體到達，葛林正在向他描述與崔維斯同行的女孩相貌。

「華府警方剛剛才用無線電回報。」克羅根說，希望能在柏金斯郵票事件後將功贖罪。

「很好，全面搜查那個地區，仔細盤查。他們不會離車子太遠。只要市內有失竊車輛的通報，就立刻通知我，以防他們換車！」

葛林一屁股坐在沙發上，看山契斯用電腦模擬畫出保護崔維斯的女孩。

「不對……鼻梁要細一點。」葛林說。

山契斯做了一些調整。葛林很小心，只選擇「節點」的特徵，好讓電腦能夠畫出「臉紋」。這套軟體需要十四到二十個節點，包括雙眼距離、鼻寬和眼窩的深度。

「這樣比較像了……髮色再深一點……頭髮稍微短一點。」

繼續調整。

他們不辭勞煩地持續這個過程，直到葛林看到電腦出現像張真人照片一樣的女孩圖像。葛林拍了山契斯的背一下，活像他們剛談妥一樁交易，並且給了山契斯一個微笑。

「搞定了！這就是她。把這個跟從電梯採集到的指紋一起送去做鑑定，看能查到什麼。」

山契斯抱著他的筆記型電腦匆匆走了。

克羅根走近葛林，這回安靜得多。「長官，您的車來了，梅爾照您吩咐在車上等。」

「謝謝。」葛林說，轉向出口。「照片和指紋一有消息就立刻回報。」

「是的，長官。要不要我把她的長相和崔維斯的照片傳給華府警方，命令他們逮人？」

葛林停下腳步，因為克羅根的請求而氣餒。儘管這是顯而易見的查案方法，可是這件事的敏感性再次令他綁手綁腳。「不行，克羅根，別問我原因，照辦就是了！」

「遵命，長官。」

葛林的司機敞開黑色轎車的後門，葛林上車，便見到梅爾。梅爾有深色的頭髮，深色皮膚，穿著量身訂製的西裝。葛林砰地關上車門，將寫了地址的紙條交給司機。車子疾駛上路。

「梅爾，謝謝你來。」在這些令人不安的情況下，葛林知道他必須小心行事，至少一開始時務必謹慎。

「別客氣，真的。我也想早點過來，只是勒布蘭稍早失蹤後沒有人代我的班。」

「我了解，謝謝你。你是勒布蘭探員的資淺搭檔，負責副總統庫克在坦帕的安全？」

「是的，長官。」梅爾點了一下頭。

「既然我們還有時間，你何不再說一遍事情的經過，以及你為什麼會起戒心，向我通報安全缺口？那次會議究竟發生了什麼事？」葛林說。

35

「等一下。」索妮雅說，坐在皮沙發邊緣上。「你是說中情局的前身戰略情報局與法本有關，也就是贊助希特勒使用毒氣殺害猶太人的製藥卡特爾？所以法本在法蘭克福的總部是少數逃過同盟國轟炸的建築物，而那裡因此成為戰略情報局在戰後用來收編納粹的總部？」

克雷墨拍拍他從個人圖書室拿來的書。「除非一九二八年到一九四六年的幾份參議院和眾議院的報告純屬虛構，否則確實是如此。」他將書遞給索妮雅和崔維斯，攤開的頁面是紐倫堡大審的一張照片，照片的內容是法本管理的奧茲維辛集中營。

克雷墨繼續說：「人們在晚宴悲嘆大屠殺的可怕，卻根本不知道背後的原因。很少人知道，在二、三〇年代，優生學這種偽科學宣稱我們應該隔離劣等種族，以免智識較高等的人類基因庫受到污染，其實這是由美國政府贊助的思想，並且在美國大學傳授給學生，也難怪法本幕後有美國業者撐腰。」

克雷墨拿回書，說明他以前標示出來的部分。「法本成立於一九二六年，創辦人是一個瑞士銀行家和一個德國實業家。到了第二次世界大戰，它成為史上力量最強大的卡特爾，與全世界兩千多家公司擁有錯綜複雜的協議，其中的美國公司諸如美鋁公司、杜邦、寶鹼、福特汽車，名單還長得很。其實它立刻就擁有拜耳、必治妥施貴寶這些大型製藥集團，也因此我說傳真上的法本大概是另一項的醫藥條目。你知道大家以為這些公司真的在互相競爭，而消費者從中得利。其實，那和事實完全相反。」

索妮雅和崔維斯慢慢點頭，將他說的話聽進去。

克雷墨翻過幾頁。「法本最大的結盟案是與洛克斐勒企業帝國的美孚石油公司。」

克雷墨又迅速翻過幾頁。

「啊，這個有意思，而且顯示出法本的勢力：在第二次世界大戰結束前，如果美國哪家報社對希特勒不友善，法本的合夥人和子公司便要遵守合約，撤回在那家報社的廣告，怪不得美國民眾過了那麼久才被說服，加入對抗希特勒的行列。」

崔維斯搖搖頭。「這就是媒體以前……直到現在仍然由大公司控制的方式。電視網或報社都不會播報不利於廣告主的報導。」

「這就是世界的實際面目。」克雷墨說。「總之，這裡還有什麼資料？嗯……好，故事還沒完……從二次大戰前到戰爭結束，數百萬美國投資者的錢透過高盛等投資銀行流到法本。德國的福特汽車在整場戰爭期間都供給希特勒。在戰爭前，法本將全部的外資持股賣給同一個老闆的新公司 IG Chemie，但它位於瑞士，以便維持中立的姿態，並避免資產被沒收，然後那家公司又改名，這回變成了 Interhandel。戰爭結束六個月後，法本的工廠又一次以最大產能運作，而卡特爾的高層在紐倫堡大審不是無罪開釋，就是刑責非常輕。」

克雷墨啜飲咖啡，又翻了幾頁。「戰後，在一九五三年，法本的資產轉移到 Hoechst、拜耳和其他公司，一九六二年，洛克斐勒企業帝國重新掌控他們戰前投入法本的資產。洛克斐勒帝國透過法本，成為美國製藥業的主要玩家，擁有多種有利可圖的專利權。」

克雷墨闔上書本，用中指敲敲書，給崔維斯一個促狹的表情。「我要告訴你我剛想到的事情——是這本書上沒有的事。丹尼爾，你知道艾倫・杜勒斯主持戰略情報局，然後成立中情局。他的哥哥約翰・杜勒斯成為法本控制的美國公司的表決權受託人。」

索妮雅出聲了。「中情局與法本的牽連，就是這與甘迺迪的關聯嗎？這根本說不通……除非，你是指中情局殺了甘迺迪。」

「沒錯，是說不通。」克雷墨說。「與一般陰謀論者的說法恰恰相反，中情局並沒有殺死甘迺迪，但他們照樣掩飾真相，而且掩飾得很漂亮。」

崔維斯現在插嘴了。「這些大家如今熟知的藥品巨人有見不得人的祕密，那又怎樣？」

「藥品對美國的重要性，一如石油之於中東。藥品是對世界貿易和制裁的談判籌碼，舉足輕重。」

「就算是這樣吧，那這和甘迺迪暗殺案又有什麼關聯？」

克雷墨抄起他擱在桃花心木小桌上的傳真，再次仔細研究，然後用手背啪地打在傳真上，將傳真推向崔維斯和索妮雅：

「好，傳真裡的東西是什麼我們大致都知道了，只剩一個『CA Rep.』不清楚。這些東西之間沒有明顯的關聯。感覺上，傳真左邊有關於醫學或製藥，而右邊是甘迺迪的謀殺。」

「沒錯。」崔維斯說。

克雷墨繼續說：「倒數第二個條目是阿波羅，阿波羅也有可能是希臘神話中的醫藥或真理之神，因此可能是指掩飾甘迺迪案的真相，但也可能是醫藥……」

「等一下。」崔維斯說。「你說傳真分成了兩半是說得通，而如果這兩半有關聯，那麼關聯必然是在『CA Rep.』，因為有箭頭將傳真左右兩邊連接起來。」

「講得有道理。」克雷墨讚許地說。

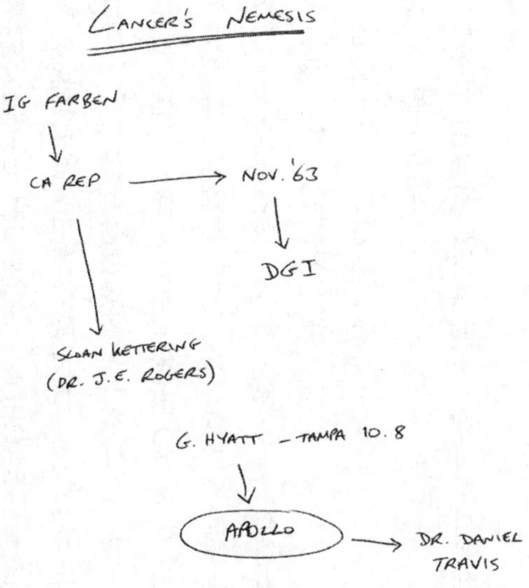

崔維斯伸出手，閉上眼睛。克雷墨和索妮雅直覺地知道要保持安靜，不要打擾他。

「喬治，布雷克怎麼發現法本這麼多事情的？」崔維斯問。

「這是公開的資料。但如果我沒弄錯，特勤局隸屬於財政部，對吧？」

「對，沒錯。」索妮雅回答。

克雷墨繼續說：「我想，在戰爭尾聲，法本所有的檔案紀錄都移交給財政部以及司法部，因此這些東西在特勤局都有存檔。」

「好，太好了。」崔維斯說。

兩個人帶著慶賀的意思相視而笑。

索妮雅像個女學生似的舉起手，連生氣的語氣也像女學生。「不好意思，這些事很有意思，但這些對於找到檔案、甩掉德威特有什麼幫助？」

「說得有理。」崔維斯勉強承認，一拳打在大腿上。「我們只能繼續追查。我們需要更多資訊，首先是這個羅傑斯醫生，也要查出 CA Rep. 到底是什麼意思。一旦我們找出甘迺迪暗殺兇嫌與這些醫藥條目的關聯，我們或許就比較能掌握情況了。」

「他說得對。」克雷墨說：「丹尼爾，你去打電話。」

「遵命。你該不會有網路吧？」

「網路你個頭。快去打電話。」

崔維斯哼了一聲，走了。

「崔維斯提到甘迺迪暗殺兇嫌的事，你可不可以利用這段時間幫我講完後半段的故事？」索妮雅央求著。

「我很樂意，親愛的。」克雷墨說，伸手拿菸斗。「不過要請妳先幫我們大家做一些火腿三明治。妳一定餓了，我的不要加芥末。」

「好。」索妮雅說：「不過先讓我在丹尼爾打電話前，很快借用一下電話查我的留言。」

「請便，那我來做三明治好了。」崔維斯從另一個房間說。

這裡令崔維斯覺得安心又安全。

至少目前是如此。

Tuesday
星期二

36

午夜時，黑色轎車向東駛過憲法大道，經過燈光明亮的白宮。葛林盯著窗外的白宮，繼續聽取梅爾的報告。

「你應該還沒違法告訴別人這件事吧？」

「沒有，長官。我沒有張揚。」梅爾呆板地說。

「很好，非常好。別緊張，你表現得很好。」葛林拍拍梅爾的肩膀。

「我們要去哪裡，長官？」

「我要去城的另一邊開會，請原諒我在車上問你這件事。我時間太趕了。」

梅爾不自在地點點頭。葛林的威名對這位三十出頭的年輕探員仍有一定的影響力。再說，葛林對他不必如此客氣。

「你說勒布蘭在坦帕行為古怪，當你沒敲門便走進會議室，你見到他站在會議桌上，放回一片天花板？他說他是在重做例行搜索竊聽器的工作？」葛林說，拍掉右腿上的棉絨。

「是的，長官。」

「那你怎麼會起疑的呢？」葛林微笑，試圖讓口吻聽來像朋友喝啤酒聊天。他拍了梅爾膝蓋一下。

「您是指除了我們已經清除過會議室的竊聽器？只是因為他的表情。當我進去時，他的反應不自然……他向我解釋他在做什麼，但那應該是我一眼就能看出來的事。而且，他臉紅了，看來很緊張的樣子。」

「所以你後來又自行搜索了會議室，並發現盜錄裝置。幹得好，梅爾。」

葛林像要祈禱似的合攏雙手，對梅爾的直覺滿懷感恩。負責保護勤務的特勤局探員，向來以依照直覺行事聞名。他們只能仰賴直覺，在槍擊發生前就揪出槍手；否則一旦殺手扣下扳機，便來不及了。相反的，探員們不擅長撒謊，大概是因為對政府赤誠忠心、永不質疑的傳統，這既是他們的天性，也是後天的培養訓練。這種矛盾對勒布蘭不利，因此讓他的搭檔梅爾佔了優勢。

葛林的手機響了。

「長官，克羅根報告。崔維斯女性同伴的資料剛出來……您一定難以置信……」

37

崔維斯在喬治·克雷墨的書房，坐在書桌前準備撥幾通重要電話。右眼上方傷口的疼痛感覺其實很棒，提醒他自己仍然活著。在葛林的槍口抵住他的臉之前，他從未與死神面對面。他覺得自己變了一個人，對一切的感覺完全改觀。他變得強悍。準備好反擊。

第一通電話是檢查他的語音信箱，以防在紐約扔掉手機後有人找他。

第一個留言是崔維斯的經紀人。「丹尼爾，我是德魯。怎麼搞的？我剛接到電視台的電話，他們要取消明天的錄影。你回電給我。」

「崔維斯博士，嗨，我是馬丁·科斯洛斯基。只是要謝謝您上週末在鳳凰城的精彩演講。我們明年一定會再邀請您來。再次謝謝，您太棒了。」

「崔維斯先生，只是要通知你，你訂的書來了。」

「嗨……不管你是誰，我們剛撿到你的手機，請和我聯絡。我的號碼是二一二五五五四九三四，我會把手機寄還給你。」

誰說紐約客沒空理別人的？

「丹尼爾，我是德魯。你怎麼不開手機呢？老兄，你回電給我。今天晚上打。」

「嘿，丹尼爾，我是甘蒂絲。」崔維斯和甘蒂絲交往一陣子了——這女孩以為有葡萄酒的餐廳都是高級餐廳。她在每句話句尾都會加上一個惱人的詢問高音，有如在追問什麼。從他現在置身的惡夢中，那段生活感覺很遙遠。

「崔維斯先生，我是你的隔壁鄰居瑪姬。你家裡有很多吆喝聲、很多人忙進忙出。我曉得你不在家，就過去看是怎麼回事。看樣子，那些人是警察，說是接到警報，過來查看的，但我沒聽到任何異狀……對了，你家草坪的草已經超過長度好幾吋了，如果你不介意，可以麻煩你整理一下嗎？」她是崔維斯唯一的鄰居，對村莊裡大小事情瞭如指掌。她是魯斯頓村屋主協會的會員。

「又是我，我是德魯。該死，我開始擔心你了。到底怎麼回事？」

「訊息結束。」

還沒有可憐媽媽的新消息，反正化驗報告星期三才會出爐。

拜託不要有問題。我很快就能去看她了。

讓我們了結這件事。

崔維斯找到陰謀論怪胎瓦利．普里查德的號碼，撥了電話。在他等待瓦利接電話時，他聽見隔壁房間隱約傳來克雷墨和索妮雅的交談聲。

＊＊＊

克雷墨懶洋洋地坐在皮沙發上抽菸斗，吃了一半的三明治擱在他旁邊的小桌上。他如魚得水地招待這位美麗迷人的黑髮女孩，他從未見過更綠的眼睛。看來，他仍未失去魅力。索妮雅坐著傾聽。克雷墨可不是只反芻書裡的內容，而是親身經歷過那段日子。

「妳瞧，親愛的，如今沒有見識過五〇、六〇年代的人，很難想像當時的情況。那時冷戰正處於高峰——我是指大家真的很恐懼蘇維埃。那純粹是歇斯底里，而以我的看法，大家的恐懼不是沒道理的。」他停口，從身邊小桌上的金屬鈔票夾抽出一張二十元鈔票，遞給索妮雅。

「翻過去看背面。」

索妮雅看著鈔票背面。

「妳看『美利堅合眾國』下面那行字是什麼？」

「你是指『我們信靠上帝』？」她問。

「對。多數人認為那句話始終印在那裡，其實那是在一九五五年加上去的，以此向美國人民保證，他們不需要害怕共產黨。政府也在效忠誓詞等等地方增加了關於上帝的話，也是為了同樣的原因。」

索妮雅看出了原因。「KGB 在東京收編了奧斯華，如果這件事被美國民眾知道……」

索妮雅僵住。

克雷墨替她說完想法：「會造成集體歇斯底里，出現戰爭的呼聲——第三次世界大戰。因此，親愛的，中情局、調查局、妳隸屬的特勤局、華倫委員會當然會隱瞞這一切。要命，誰在乎這會不會引發甘迺迪是被美國政府暗殺的陰謀論說法——總比讓大家去想是蘇維埃幹的要好吧！他們也想掩飾自己的無能，不消說，他們……我們……都有高度動機。」

索妮雅笑了，將二十元鈔票遞還給克雷墨。「是，崔維斯解釋過甘迺迪死後那段時間大家都疑神疑鬼的。但那不就是『共產黨就在你身邊』那回事嗎？才過了幾年，中情局搜捕共產黨徒的行動就被認定是荒謬？」

「那只是用來隱瞞真相的便宜作法。真相是，中情局裡有一堆 KGB 間諜。」克雷墨抱起手臂說。

克雷墨以堅定不移的威嚴口吻繼續說：「那一些對蘇維埃滲透的現成懷疑在一九九四年隨著俄諜艾敏斯被捕而改觀。最不得了的是他在中情局擔任反情報工作，他為 KGB 臥底已九年，出賣了很多我們在俄國的探員。」克雷墨垂下頭，有如致哀。他思忖被 KGB 逮去的中情局探員的死法：**史達林式的處決法**。他們會被帶去一個房間，被迫下跪，使用大口徑手槍從後腦槍斃，以便讓他們的臉孔無法被辨識。接著，他們的遺體會祕密埋葬，壙地不做任何標示，以進一步折磨他們的親人。沉默片刻後，克雷墨繼續說。

「到了一九九九年，由於《米托齊檔案》的公開，局勢改觀，中情局只得努力『掩飾』他們內部如何遭到蘇維埃探員嚴重滲透，同時隱瞞很多李・哈維・奧斯華及我們的朋友伊果・奧洛夫的事實，也就是丹尼爾已經跟妳提過的人。中情局贊助的歷史學家試圖貶低奧洛夫和奧斯華所扮演的角色，這件事令他們很掛不住面子。」

「《米托齊檔案》？」索妮雅說。

「那件事情很有意思。瓦西里・米托齊是 KGB 的首席圖書館館員。在一九八五年前，他實際複製了幾乎每一份重要的 KGB 檔案。他小心翼翼地收藏全部文件，等待恰當的時機去投誠。他向英國投誠時，將全部文件交給英國的情報單位 MI6。他們對他做了許多測驗，以確認他的背景，而他全數通過了。再說，我們知道他所言不虛，因為他的檔案填補了許多我們檔案中的缺漏之處。而且，它符合我們自己探員的報告和電子攔截聽到的資料。接替 KGB 的 SVR 至今仍然對這整件事非常不是滋味。每個人都假定我們與俄國的密戰隨著冷戰而結束，其實不然，密戰是加劇的。」

索妮雅在椅子上搖晃身體。「好，那蘭斯之勁敵的後半段故事是怎樣？」

「就來把故事說完，不過我要妳先了解這整件事的背景，不然妳會聽不懂我在說什麼。」

＊＊＊

崔維斯在書房裡，聽著瓦利・普里查德的電話響了又響，但沒人接聽。他重撥電話。

快接啊！

崔維斯的願望實現了。電話另一頭傳來咳嗽聲，接著是一個英國腔的女人聲音。

「哪個渾帳在三更半夜打電話？」

「抱歉，太太，瓦利・普里查德在嗎？」

「你問他半夜在不在家？反正他不在啦——他又為了比爾德堡的屁事跑去坦帕了。依我看，他是在浪費時間，但只要他不招惹我……」

中獎了。

「謝謝。妳知道他住哪家旅館嗎？」

「希爾頓吧。你是誰？」

「我是一個老朋友——謝謝。」崔維斯掛斷電話。除了瓦利，他不希望讓人知道他想打聽的事。他查出坦帕希爾頓的電話，撥了號碼。

「晚安，坦帕希爾頓。您要我轉接到哪裡？」

「瓦利・普里查德——他是房客。」

「請稍候。」

鈴鈴鈴，總算換了另一個英國口音，這回是男人。

「哈囉？」

「瓦利，我是崔維斯博士，丹尼爾・崔維斯。我們去年在……」

「天啊！你好嗎？哇，很晚了耶！你怎麼會想到要找我？你怎麼知道我在這裡？」

「是尊夫人說的……抱歉這麼晚還打電話，不過你有混進今年的比爾德堡會議嗎？」

「有啊，是在君悅。他們通常是在春天舉行，今年改到秋天——但那才騙不倒我。你曉得那些王八蛋又在我旅館房間裝竊聽器嗎？」

「真的嗎？真是不可思議。對了，瓦利，今年的會議有任何不一樣的地方嗎？你有成功混進去嗎？」

「沒有，該死的安全防護。他們跟全部的保鑣提過我可能會去。感覺上，今年的防護比往年嚴密多了，不過我從旅館員工那邊挖資料，又注意看誰來了，顯然來的人個個都是平常那堆不顧一切控制世界的法西斯分子——王八蛋。」

崔維斯不得不插嘴，否則這通電話會講一整晚。「副總統庫克有出席嗎？」

「有，他有來。那就是我想跟你講的事。抱歉，我扯了一堆廢話。他確實有去，把他的特勤局走狗都帶在身邊。我得說，讓副總統參加這種會議很不尋常。」

「是嗎？那你認為副總統出席意味著什麼？」

「我知道就有鬼了，但總統絕不能出席會議。如果真有什麼要緊的事，他會派副手。世界金融、工業、媒體的龍頭老大齊聚一堂，還有比這更讚的會商機會嗎？可恥！真的。我們有權利知道這些王八每年在會議上說了什麼事！他們擺布的可是我們的生活耶！」

「為什麼總統本人從不去比爾德堡會議？」

「層級太高啦。別忘了，這些事情都刻意保持低調。總統每分每秒的時間都得讓人找得到人。他不能神不知鬼不覺地消失兩天，否則會讓人注意到比爾德堡會議的存在，不過副總統的話就沒問題了。」

瓦利繼續激昂地大發議論，崔維斯回想起早在一九〇八年傑柯島旅館便埋下比爾德堡會議的種子。那次會議催生了聯邦儲備局。崔維斯總是覺得這個名稱很諷刺，因為聯邦儲備局不是聯邦政府單位——它是屬於銀行的民間機構，而且沒有儲備金，從來就沒有。

「謝啦，瓦利。真的很感謝你幫忙，再次抱歉我打擾到你睡覺。」

「那好啦，別客氣。很高興幫得上忙，掰啦。」

崔維斯掛斷電話，瞪大眼睛看著書桌前玻璃框中的焦黑納粹旗幟。

這麼說，一切都是真的了。

崔維斯就他所知的情況理出事情大致的樣貌：副總統庫克極不尋常地出席比爾德堡會議，由勒布蘭護駕。勒布蘭顯然事前便知道會議的目的，並極可能得到某項高度敏感的資訊，在死亡前複製檔案郵寄到某處。究竟是什麼樣的敏感資訊，會讓一位忠心的特勤局探員打破保密的規定？

崔維斯汗溼的手由下往上地抹了臉一把。夜深了，努力抵擋前一天逃跑帶來的疲憊，但心裡仍然滿是疑問。

勒布蘭為何會這麼做？那必然是對他個人很重要的事。某件令他情感激越到願意放棄寶貴生命的事。崔維斯想起索妮雅說他們的父親是保護甘迺迪的探員之一。勒布蘭是否聽到某件關於甘迺迪命案的事，一件可以讓父親挽回名譽的事？但克雷墨指出傳真裡關於醫學的明顯暗示，甘迺迪與醫學又有何關？一個副總統有可能在案發數十年後，出席一場比爾德堡會議討論蘭斯之勁敵嗎？

需要更多事實資料。該打通電話到紐約市的史隆凱特靈紀念醫院找羅傑斯醫生了。

拜託別說我得回紐約去。

38

亞力士·艾達卡坐在華府的計程車上，拚命避免讓喀什米爾西裝碰觸到後座。通常，他會搭乘掛著外交車牌的氣派轎車，由司機開車，但這次出乎意料的會面需要完全保密才行。他瞥看車內的裝飾，納悶世界上怎麼有人能把這麼骯髒的車當成代步工作。

但讓筆挺長褲沾染上髒污塵土的風險微不足道。他要處理的問題嚴重多了；檔案怎麼還沒找回來呢？將近星期二凌晨一點了，而他卻坐在計程車上，照著他手下探員的要求到華府另一端會面。不能在辦公室會面，因為竊聽器太多。

計程車司機抱著想要點小費的心情跟他閒聊，打斷了他的思緒。「你是從哪裡來這裡的？」他顯然認出了艾達卡的口音。司機是個矮胖的人，舉手投足都帶著快活的神態。

儘管不可能透露任何個人資訊給司機知道，艾達卡卻覺得司機的打探異常令人心情輕鬆，心想他能藉機一窺靠這種方式討生活的人的心思。這個人在污穢的環境中開車，聽著後座的民眾聊著平凡無奇的話題，然而這司機卻一副快樂無邊的模樣，這令艾達卡感到很好奇。艾達卡從沒見過這種人。

「我在這裡土生土長。」司機得意地說。「形形色色的人哪，我坐在前座這裡看多了，這裡的人生活真的很複雜！」

「是啊，確實如此。」艾達卡說，看著窗外的白宮。「那麼你……」艾達卡看看儀表板上的司機證件，動用他的外交手腕：直呼對方的名字，展露對對方的興趣。人們喜歡聽見自己的名字。「……那你呢，克勞倫斯？你的生活複雜嗎？」

「不會啊，上帝照顧我。」克勞倫斯綻出滿足的輕笑。

「有意思。」艾達卡說。

39

崔維斯已經筋疲力盡，克雷墨倒是毫無睏意，又倒了一杯軒尼詩白蘭地。「目前情況就是這樣嗎？」

索妮雅讚嘆老人擁有的智識能力。「是，差不多就這樣。」

克雷墨安坐好，盯著天花板，沉浸在往事中。他曾是第一線人員。「我永遠忘不了中情局副局長賈斯汀・歐唐諾在成立 ZR/RIFLE 時說：『如果美國使用暗殺的外交政策，我們最好有心理準備，我們的目標也會以牙還牙。』連副總統詹森也警告說會有人來報復。而他們也真的報復了。一報還一報，索妮雅。這叫做『冤冤相報』，復仇的慾望推動了冤冤相報的循環。」

克雷墨向前傾身，閃亮的眼睛盯著索妮雅，品味著他即將說出口的事：一個他顯然也曾用來娛樂其他客人的。「好，讓我們綜觀全局。自從甘迺迪被槍殺，大家爭辯不斷，卻把矛頭指錯方向了。」

「怎麼說？」

「各種專家和想成為專家的人一直想搞清楚一共有幾槍、子彈射進及穿出的傷處、驗屍報告遭到竄改、開槍地點、是在著名的草丘上嗎？有幾個槍手、無趣的廢話，全是胡說八道的插科打諢，而目的就是讓人不去注意真正要緊的事情。」

「是什麼事？」

「事情簡單明瞭，就是甘迺迪被槍殺了。」克雷墨豎起彎彎的食指厲聲說。「問題是誰開

了槍？動機是什麼？這是我們的政府以前沒回答的問題，現在大概也不想回答。想讓人們不去管真相，最佳辦法是鼓勵大家打口水仗，但要限制民眾爭辯的範圍。現在的新聞媒體天天都在做這種事——只要有人爭論，大家就假定那些事情已在處理中，但如果批評的聲浪甚至沒出現在爭辯中，那就不是這麼回事了。大家盡可爭辯有多少槍手，就是別說槍手是俄國人——這就是政府要的結果，而政府也如願以償。」

「我想你的說法有道理。」

「聽好，我說這些插科打諢是胡說八道，原因是這樣的，為了某些費解的原因，甘迺迪暗殺案的分析主要聚焦在於一個全然荒謬的命題：如果是一個槍手幹的，就不是陰謀；如果不止一名槍手，那就是陰謀。已經有很多相關書籍了，全在爭論槍手的人數，並依據這一點隨隨便便提出『權威』結論。依據錯誤的前提進行推論，無異於疊床架屋。在情報界，那可是會出人命的。」

克雷墨搖搖頭，咬著唇。「**單單一個** KGB 或中情局殺手獨自行動——而且他們本來就經常是單槍匹馬，依據政府命令除掉一個目標。那就**不是**陰謀了！」

索妮雅瞪大了眼睛。克雷墨繼續激昂地說。「妳明白了嗎？就算把澤普魯德影帶看到臉色發青，妳也看不出兇手和動機。**這才是問題所在**。」

「所以那是陰謀？」

「那當然。別一副吃驚的樣子——自從世上有人類，人類便本能地照顧自己的利益，我們才能生存。因此，認為沒有陰謀就太幼稚了。」

索妮雅挪動身體。「但在這個國家，這種事情要怎麼掩人耳目？有太多人牽扯其中了。」

「喔，確實很難辦到，所以才有一堆人跳出來談這件事，而且請容我補充，他們很巧的，也都失蹤了。不過，在獨裁政權下，隻手遮天倒是不難；封閉式社會的人民不敢說出任何不利於政府的言論。」

「繼續說。」

克雷墨微笑，從一本他自書架取下的書裡抽出幾張打字的文件。「這是一份一九六三年幾件大事的時間表，也就是甘迺迪遇刺那一年。這幾件事都導致他的暗殺案。」

二月二十二日：莫斯科警告美國，攻擊古巴就要開戰。

二月二十七日：蘇聯說一支一萬人的軍隊會留在古巴。

三月十九日：在哥斯大黎加，約翰·甘迺迪總統與六位拉丁美洲總統誓言對抗共產主義。

四月二十七日：古巴總理卡斯楚抵達莫斯科。

七月八日：美國禁止一切與古巴的金錢交易。

索妮雅研究時間表。「好，這些沒什麼好奇怪的。當時正是冷戰，古巴飛彈危機剛過去，因此氣氛仍然很緊張……但你不是說甘迺迪和赫魯雪夫在飛彈危機後，關係有改善？」

克雷墨眨眨眼，遞給她第二張紙。「現在將它和這個比對著看。這也是一九六三年的大事時間表。」

二月十九日：蘇聯通知甘迺迪總統，將從古巴撤回「數千名」蘇維埃官兵，古巴境內估計有一萬七千名蘇維埃軍隊。

二月二十日：莫斯科提議允許核子測試的現場監督。

七月二十五日：美國、蘇聯和英國在莫斯科草簽一份條約，禁止在大氣層、太空或水下進行核武測試。

九月二十日：甘迺迪總統在聯合國大會的演講中，提議美蘇合作遠征月球。

索妮雅看完時間表，再比較兩張打字的內容。「怪了，內容完全矛盾。這一頁的事情顯示蘇維埃激進好戰，另一張恰恰相反。」

克雷墨引導她的思緒。「感覺像克里姆林跟自己設定的目標起衝突？」

「對，感覺赫魯雪夫一心想要改革，而強硬派則施壓不讓他改革，造成了衝突？」

「對，聽起來像不像政變的溫床？妳注意到了嗎？在每一樁有挑釁意味的事件中，古巴都有份。」

索妮雅點頭。克雷墨繼續說：「妳再看這最後一份一九六三年的時間表。」

九月二十六日：李·哈維·奧斯華搭乘大陸旅途巴士到墨西哥。

九月二十七日：李·哈維·奧斯華拜訪墨西哥的古巴領事館。

「所以呢，親愛的，就像丹尼爾告訴妳的，確實是俄國的政變釀成了甘迺迪的暗殺。現在我們就進入正題，看看究竟發生了什麼事。別太震驚，一個國家的確會設法暗殺另一個國家的領導人。英國人就曾在第二次世界大戰前，試圖暗殺俄國總理史達林。」

＊＊＊

在書房裡，崔維斯正在和史隆凱特靈紀念醫院通電話。

「你說『羅傑斯醫生不在這裡』是什麼意思？你是指他現在沒在當班？」

「不是的，先生，他已經不在這裡執業了。」

要命。「那你能不能幫我轉接給他以前的部門？」

「請稍候。」

漫長的兩分鐘後，電話另一頭傳來不耐煩的嗓音。「喂。」

「晚安，我想找一位羅傑斯醫生。」崔維斯說。

「這樣啊，但他現在不在這裡上班了。您要不要找別的醫生呢？」

「不用了，謝謝。你該不會剛好知道他去哪裡執業了？」

「嗯，他去一家兒童醫院，是在……佛羅里達某個地方。他最近才離職的。」

「是坦帕嗎……？」

「不是……是邁阿密。對，是邁阿密兒童醫院。」

「謝謝你。」崔維斯掛斷電話，撥了四一一查號台。

40

「克羅根，你查到那女孩的什麼消息？」葛林叫道，在後座身體向前傾。

「長官，消息好壞參半。」

「別跟我玩文字遊戲，有話快說！」

「是的，長官。抱歉，長官。好消息是在棄置豐田車附近有個男人去遛狗，他說看到有一對男女徒步離開那個地區，這對男女的外型特徵符合崔維斯和女孩。我們正在問訊，希望他知道他們去了哪裡，或起碼給我們一些可能的地點。」

「好，很好。那個女孩指紋的消息出來了沒？有找到吻合的照片嗎？」

「那是壞消息，長官。他們不願意提供資訊，說是關於安全程序與規定的問題。」

「什麼意思？是文書作業的問題嗎？還是怎樣？」

「不是的，長官。他們比對出女孩的資料，但不願告訴我們她的身分。」

「只是因為大家不同單位就擺架子，克羅根！老天，我還以為九一一事件之後，我們應該合作的咧！」

「是的，長官。也許明天再找層級比較高的人溝通？」

「這件事我會處理……你一從那個混蛋那裡拿到地址，就去把崔維斯跟那個女的逮回來，聽到沒有？隨時向我通報最新情況，懂嗎？」

「遵命。」

「克羅根，找到地址後，不要敲門，直接破門而入。事關國家安全。」葛林緩慢而清晰地說，像是在解釋給嬰兒聽。

葛林啪地掛斷電話，朝仍然坐在他旁邊的梅爾探員堆滿笑臉。「梅爾，你幫了很多忙。我們保持聯絡，記住，這是高度機密。我們從沒會面過，懂嗎？」

「當然，長官。什麼會面？」

「很好。現在你下車，這是最後一站了。」

41

「沒有羅傑斯醫生的登記電話號碼，但我可以給你邁阿密兒童醫院的電話。如果他才剛搬到邁阿密，他的號碼大概還不在資料庫裡。」接線生說。

「好的，麻煩給我醫院的電話就好，謝謝。」崔維斯說，抓著頭髮。

崔維斯抄下號碼。按了十一個鍵之後，電話另一端傳出一個新的嗓音。

「邁阿密兒童醫院。」

「晚安，請找羅傑斯醫生，謝謝。」

「羅傑斯醫生現在不在，你要他的語音信箱嗎？」

「不用了，謝謝。他什麼時間值班？」

「我來查……請稍候。」

直升機低飛的聲音傳進屋裡。崔維斯畏縮起來。

「先生，您在嗎？」

「我在。」

「羅傑斯醫生明天晚上六點值班。」

「沒有其他的聯絡方法嗎？」

「抱歉，其他的聯絡細節是保密資料。」

「好的，晚安了。」

崔維斯掛掉聽筒，俯首在這張古董桌上，瞪著傳真。

一段回憶乍現在腦海，那是他為歷史系學生講述希特勒崛起的一堂課。

法本。卡特爾。

＊＊＊

當時班上有個不識相的學生提出了一個特別無知的問題，崔維斯在回答時按捺不住，告訴學生一個另類而真實的崛起原因。「希特勒需要金主提供資金讓他掌權，一群有動機的金主。」崔維斯在課堂上是這麼說的。

前排一位眼神明亮的金髮女孩吐出教科書上的答案。「但希特勒能夠崛起，是因為德國人民的不滿與貧窮——他就用這些說法，操弄了大眾。老師有不同的看法嗎？」

崔維斯停頓一下，意識到自己即將帶領學生踏入與世俗見解完全相反的世界。此時，他對這一班學生也有一定的了解，知道這八成是他們設計來引他講話的圈套。但在他心裡，歷史是對真相的追尋，因此他繼續說下去。

「希特勒仍然需要大筆資金挹注，而他也拿到大錢。你們現在年紀夠大，也夠聰明，能夠理解金錢會左右政治——誰的競選資金最多、靠山最夠力，就能贏得選戰，對嗎？」

他看著學生們靠著椅背，心甘情願跟著「百變」崔維斯走向引人深思、也常令人毛骨悚然的離題。「各位同學，如果你們同意金錢是掌控政府的關鍵，便能合理地說，勢力最龐大的企業也最佔優勢，能夠選擇符合自己利益的候選人。」

崔維斯凝視窗外的馬利蘭大學校園，提出了別具用心的問題。「什麼樣的組織會支持獨裁政權？」

課堂上靜默了幾秒。然後，一個戴圓框眼鏡的年輕非裔美國男同學回答：「能夠從獨裁體制得到最大利益的人……但在極權政府的統治下，也不會有自由企業，怎麼會有任何企業主贊助希特勒？」

崔維斯臉上綻出壞壞的燦爛笑容。「一點也沒錯。極權政府，全面的獨裁體制，會控制所有的企業。事實上，製造業和零售業一概由政府中央集權管理。各位同學，換句話說，極權政府會完全抹殺健康的企業競爭。」

學生滿懷期待地坐著聽最喜愛的一堂課。「什麼樣的企業體會希望完全消滅自由市場的健康競爭？」

這回靜默的時間稍微長一點，然後同一個年輕小伙子回答：「卡特爾！」

「完全正確，威廉斯先生，就是**卡特爾**。法西斯國家主義的實際情況正是獨占企業控制政府，最後政府控制獨占企業，但當然是以對獨占企業有利的方式控制。這就是納粹掌權的根本之道——權勢龐大的卡特爾當納粹的金主，因為他們明白獨裁政治能除去自由企業，進而消除競爭。」

這番揭示的真相令學生驚嘆，儘管他們明白考試絕不會考這些。崔維斯繼續說：「你們看，獨占事業和卡特爾並不代表自由企業，亦即資本主義——美國的精神。完全不是那麼回事！他們代表的是**連根拔除**資本主義。從這方面來說，他們的目標與共產主義類似。各位都很清楚，法西斯主義與共產主義很相似，兩者的生存都需要有獨占企業、控制媒體、祕密警察與一個國家敵人——一個邪魔歪道。任何讀過喬治・歐威爾《一九八四》的人，都很難說得出『老大哥』究竟是共產主義或法西斯；你只能看出『老大哥』是獨裁……或者，各位寧願說是極權政府也行。」

崔維斯意識到再說下去，就沒時間教這些大孩子考試及格所需的知識，於是他開始收尾。

「那什麼樣的卡特爾會贊助希特勒那樣的人？」

一張張茫然的臉孔，令崔維斯自己說出答案。「除了各家銀行及羅馬天主教會，還有醫療保健卡特爾。俾斯麥是第一位提出社會化醫療保健制度的現代領袖，因而在第二次世界大戰之前許久入主德國政府。這項主張能贏得選票，是因為醫療服務昂貴——諷刺的是，醫療費用居高不下的原因則是卡特爾的固定價格。製藥卡特爾從這件事得到啟發，因此主要是他們在贊助希特勒。極權主義能給他們排除競爭的體制。別忘了，在戰爭時，藥品需求也會上升！」

崔維斯瞥一眼手錶，照例提出他喜歡丟給學生的震撼問題。「各位先生小姐——既然我們應該從歷史的錯誤學習教訓，姑且讓我們回到我們國家的現況，自問『我們的國家依照憲法運作嗎？』如果你這麼想，簡直就像說政客不會回饋那些讓他們贏得選戰、贊助選舉活動的卡特爾和集團，而定出能保護他們的政策方針。大政府基本上是由大企業控制。此外，請各位想想看：你們在總統演說、法庭、郵局看到的美國國旗，都有一圈金邊，那看來像我們熟悉、熱愛的美國國旗嗎？」

「那不是只是讓國旗比較漂亮、比較正式嗎？」前排的金髮女孩說。

「不對，正式政府排場裡的金邊旗幟不是美國國旗。」

崔維斯環視學生，回應他們，投下這顆震撼彈。他逐漸意識到，披露奇怪而鮮為人知的真相是他的天命。他默不作聲，等待學生必然會提出的問題。前排的年輕女孩順著他的心意發問：「教授，那是什麼機構的旗幟？」

「福斯特小姐，那面旗幟……是美利堅合眾國公司。」

崔維斯樂在其中，繼續啟迪學生。「一九三三年，美國政府基本上是破產了——羅斯福發出EO6073、EO6102、EO6111三份行政命令來宣告政府破產。權力強大的卡特爾介入了，買下公債，創造了美利堅合眾國公司，將美利堅合眾國變為一個組織，直到今天。」

就在此時，一個結實的金髮小伙子帶著生氣又困惑的表情說：「崔維斯博士，但我愛我的國家……您不愛國嗎？」

其餘同學鄙夷地轉頭看這位坦率的學生。

崔維斯暗自發噱，再次轉向窗戶，感性地回答這個年輕人。「哈利斯先生，難道一個人不能愛他的國家，但同時不喜歡他們的政府？難道那不是這個偉大國家的立國基礎？假如新世界的移民不是愛國卻鄙視政府——英國政府，哪有今天的我們？波士頓茶黨的動力正是來自相同的情操。正是因為一個人熱愛自己的國家，所以更應該審慎監督、評判受自己託付來照顧人民的政府，最具愛國情操的喬治・華盛頓本人必然會完全贊同我的說法。」

崔維斯現在向全班發言，用音量壓過下課鐘。「你們是新生代，你們必須從過去的歷史記取教訓。人民不應該害怕自己的政府，政府應該害怕人民——否則天曉得下一個希特勒會從哪裡冒出來。」

那是輝煌的歲月，當時崔維斯的聽眾是心胸開闊想改善世界的學生。他情願用這批學生，取代那些困惑的電視觀眾，換掉那些拒絕一切令人頭痛、恐懼的事實的觀眾。現在的人連自己的影子也害怕，更別說是政府了。

崔維斯聽見克雷墨在隔壁扯開了嗓門說話，眨眨眼回到現實，一個他非常害怕自己政府的現實。

＊＊＊

「索妮雅，妳從卡斯楚的角度來思考。當時是一九六二年，妳是一個小國的領導人，妳非常清楚美國策劃暗殺妳。然後，美國跟妳說要放棄暗殺，卻暗中持續進行。這時候，那個照顧妳、保護妳的國家來了，允許妳暗殺美國的領導人，來個殺雞儆猴。這時妳會怎麼辦？」

「我看得出你想說什麼。卡斯楚的情報單位DGI殺了甘迺迪，儘管這似乎說得通，卻不能證明他是兇手，或蘇維埃批准暗殺。」索妮雅說。

克雷墨靜靜盯著她，然後才回答。

「當然，妳說得對。我沒有任何證據。但很多證據都指向這個結論，如果妳無法認同，妳一定是瘋了，不然就是極端無知。人們寧願不相信這種事，因為把奧斯華看成一個瘋子、一個想證明自己觀點的憤怒青年，感覺舒服多了。這就叫**否認事實**，而人們很會否認事實。」

索妮雅忽然改變口氣，察覺自己先前的話聽來充滿懷疑。「抱歉，我明白了。我想那樣說得通。」

「親愛的，更要緊的是，今晚妳的生命受到威脅，是因為某件與甘迺迪兇手、蘭斯勁敵有關的事，所以儘管我沒有兇手的簽名供詞，但我們得確立誰的**嫌疑最重**。」

「是卡斯楚？」

「對，是卡斯楚，不過他得經過蘇維埃的批准，而政變領袖操縱卡斯楚，利用他達成他們的目標。」

索妮雅臉又一沉。「等等，人們已經把卡斯楚當成嫌疑犯，也一次又一次得到他沒有犯案的結論。」

克雷墨料到這項反駁。不待索妮雅繼續說下去，他便回答：「沒錯，妳知道他們怎麼得到那個結論嗎？」

索妮雅搖頭。「不知道。」

「因為卡斯楚公開說，他只有瘋了才會去殺甘迺迪。所以就這樣啦，結案。卡斯楚說不是他幹的，一切拍板定案！」克雷墨誇張地揚起雙手。「有些記者飛去那裡，說他直視卡斯楚的眼睛，當場問他是否殺了甘迺迪，而他說沒有。他們說，卡斯楚不敢殺甘迺迪，生怕美國報復。當然，美國對古巴的報復性侵略絕不會發生，因為蘇維埃公開聲明若美國開打，俄國會加入戰局。也因此，我們中情局的人在邁阿密徵召反卡斯楚的古巴人，並且訓練他們去入侵豬玀灣——這樣我們才能入侵他們，同時說那與我們無關。真是超級笑話。」

索妮雅靜默不語。

克雷墨自己冷靜下來。「索妮雅，我跟妳說，我要給妳一則忠告。這則忠告應用在人生上大致也不錯：『隨時審視妳的資訊來源，捫心自問他們有何居心。』提供訊息的人是否扭曲事實，以從中得利？至於我呢？我沒有居心。我只要真相。說穿了，就算妳說瑪麗蓮・夢露的鬼魂殺了甘迺迪，只要妳拿得出有力的證據，我也能接受！」

「好吧，總結一句話，你認為誰殺了甘迺迪，動機為何？」

「嗯，這是我相信的事。這些話有的是事實，有的是我依據證據做出的結論。也就是接著說完丹尼爾已經告訴妳的事情。」克雷墨說，環顧四周，彷彿要從書本和古董汲取支援。

索妮雅點頭，抱著手臂。「好。」

「赫魯雪夫要改革莫斯科，慢慢與甘迺迪和平相處。布里茲涅夫和福爾采娃密謀趕他下台，克里姆林的強硬派很樂於配合他們，但前提是中情局不顧約定，暗中繼續貓鼬任務，而蘇維埃間諜也向莫斯科稟報中情局確實食言了。布里茲涅夫、福爾采娃將這視為完美的機會——若能讓人覺得赫魯雪夫無法控制卡斯楚，同時停止讓美蘇關係解凍，反抗赫魯雪夫的政變便會發生。」

「是。」索妮雅說。

克雷墨掙扎著要起身，索妮雅過去要扶他，但他揮揮枴杖，不要她幫忙。「奧斯華本來是由 KGB 吸收的，他極可能提供了 U2 偵察機的關鍵資訊。但福爾采娃派他回美國出任務。當時，若能製造奧斯華不為 KGB 工作的假象，當然對她最有利，大家卻天真地把這當成奧斯華獨自行動的證據。接著，他跟古巴人往來，有支持卡斯楚的人，也有反卡斯楚的，而中情局贊助反卡斯楚的人。因此，奧斯華跟古巴人廝混，無疑是要讓人覺得是中情局殺了甘迺迪，複製傳統俄國間諜的混淆視聽手法。他去了墨西哥的古巴領事館（蘇維埃與古巴情報單位的著名交流地點）。他的任務是與 DGI 合作，協助他們暗殺甘迺迪。還有，將奧斯華派往那裡，也是 KGB 表示『我們會當你們的後盾』的方式。」

「是去協助他們？」索妮雅問，歪著頭皺眉。

「對。」克雷墨確認，轉而面對她。「我相信奧斯華真的是他自稱的『替死鬼』。他在德州教科書書庫工作，甘迺迪是從那棟樓房的六樓射殺的，要在那裡偷放一把有他指紋的來福槍很容易。真正的殺手是兩名 DGI 探員，波力卡波和卡薩斯，他們的逃亡有公開的紀錄。」

克雷墨慢慢走向白蘭地酒瓶。「甘迺迪被殺後，美國邊境巡防處封鎖全部國界，但沒有禁止輕型飛機通行。在墨西哥市，一架目的地為哈瓦那的古巴航空班機延誤五小時，直到卡薩斯從達拉斯搭乘雙引擎輕型飛機趕到後才起飛。他沒有經過海關，便登機了。同一年，我們在古巴的探員從卡薩斯的親戚那裡聽說，槍擊案當天他確實在達拉斯。那些探員也回報，卡薩斯忽然變有錢。波力卡波幾天後也走了。」

「那蘇維埃在做什麼？」

「親愛的，他們就是策劃這一切的人，而且布局精巧，但他們沒有扣下扳機。為了維護他們自己及某些美國政客的利益，他們務必確保奧斯華的真相不見天日。甚至，槍擊案都還沒發生，蘇維埃便向世界平面媒體透露奧斯華是槍手——結果，槍擊後大約一小時，他就被捕了。這一定是史上最快的逮捕，而且他們還是在電影院找到他的咧。他怎麼會去電影院？槍擊案都還沒發生，就有一家紐西蘭報社報導奧斯華殺了甘迺迪！那大概是時差造成的錯誤。奧斯華應該是在巴士、火車或任何交通工具上，趕快離開達拉斯，而不是坐在電影院裡——除非，他是去那裡等人，例如他的蘇維埃聯絡人。」

「那奧斯華被槍殺的事呢？」

「妳是指傑克．魯比？那件事仍然有點神祕，但不消說，美俄都要奧斯華死。在那個年代，又是在那種處境，人的壽命很短暫。魯比到底是為 KGB、DGI 還是中情局工作，大概永遠不得而知。奧斯華昭告天下說他只是一個『替死鬼』大概不太聰明——因為那代表了他準備招出祕密。魯比寫信跟好幾個人說甘迺迪被殺是一樁陰謀的一部分，還說他奉命殺奧斯華，而奧斯華只是一個替死鬼。他死在向國會作證的前夕，據說死因是肺癌。他曾說，他被『注射』癌細胞。」

「好，所以蘭斯之勁敵是卡斯楚，也就是古巴人。還是蘇維埃？」

「問得好。我想那要看妳的觀點。但如果是古巴人扣下扳機，那麼就是蘇維埃策劃暗殺，並且高明地掩人耳目，但瞞不過我。」

「繼續說。」

「索妮雅，妳有沒有聽說過一句莎士比亞的名句『這位妃子未免太常辯解了』？」

「有，那是出自《哈姆雷特》吧？」

克雷墨讚許地微笑。「妳真聰明。沒錯。妳有沒有注意到，當一個人為了某件事情心虛的時候，防衛心就特別強？妳有沒有注意到，當一個人談論太多自己的某件事，那件事八成不是真的？活像他們要證明什麼似的？」

「是啊，就像收入低的人喜歡招搖著珠寶？」

「大概吧。」克雷墨輕笑。「甘迺迪暗殺案發生後幾個星期，蘇維埃派了一堆人跟我們說『不是我們幹的。』我們什麼也沒問，他們卻不斷解釋再解釋。簡單講，KGB 核准暗殺，而卡斯楚動了手。布里茲涅夫和福爾采娃發動了政變，將赫魯雪夫趕下台，責怪他控制不住卡斯楚。貓鼬行動終於結束，而跟俄國同一陣線的人從此過著幸福快樂的日子。如果這是開庭審理的案子，我的論點已『排除合理的懷疑』。如果妳心胸開闊，就能同意蘇維埃有動機；甘迺迪死亡對他們最有利，而且證據顯示如此……」

崔維斯端著一杯咖啡走進門內，眼神委靡，垮著肩膀。

「我們得做一個決定。」他說，頹然坐在一張扶手椅上。

42

在一輛黑色雪佛蘭 Suburban 上，組長克羅根坐在後座，帶著四個手下和一具「黃蜂」，也就是單人破門槌。在棄置的豐田車附近，有人見到貌似崔維斯與女孩的男女進入一棟房屋。克羅根和他的人要一舉逮住崔維斯和女孩。

克羅根絕不允許自己再搞砸任務。對他來說，第一要務是在黎明時仍然保住飯碗。Suburban 北上斜斜穿過安靜幽暗的華府。他在腦海演練一遍行動計畫。由於葛林古怪卻嚴格地下令一切保持低調，他並沒有搜索令。嚴格來說，這表示他必須敲門，等上二十秒後才能破門而入。

不過呢，崔維斯的耳力不可能太好，因為克羅根會說自己確實敲過門。只要文書作業不出包，大家會採信他的話，而不會信那些卑鄙傢伙。

他們將悶聲不吭，直接破門而入。

克羅根回頭看後座的三個人，再看看駕駛麥佛森。「還沒有葛林的消息嗎？」克羅根問。

「沒有，我要通知他我們上路了，但找了他四次都沒找到。我們的命令仍然有效嗎？」

「這個嘛，如果我等到聯絡上他才行動，讓嫌犯跑掉，葛林一定會很火大，對吧？」

「葛林怎樣都不爽啦。那傢伙神經有毛病。他怎麼會忽然間一切都自己包辦？到底是在搞什麼神祕？」

「是啊，你以前還說他難搞咧……老天。喂，你知道諾曼嗎？就是他的助理。」

「知道。」

「諾曼跟我說，連他都不清楚崔維斯這筆爛帳到底是在搞什麼。據他說，他的安全權限還沒高到能過問這件案子呢。」

「是喔，沒差啦。依我看，我們還是快把這個崔維斯逮回去，收工回家，一勞永逸解決這件鳥事。」

「一點也沒錯。」

克羅根回頭看後座的弟兄。「我們出手要快、狠、準，守住所有可能的出口。那女的特別難纏，而且已知擁有武器。盡可能活逮他們，不過如果有必要，可以動手殺人。」

「遵命。」他們異口同聲，滿臉堅定不移的忠誠。

克羅根檢查他的武器，舉在面前，又一次注視他們，正色說：「要是搞砸了，我親手斃了你們，懂嗎？」

「遵命。」他們再度齊聲回答，只不過這回帶著笑意。他們知道他是在開玩笑，可是後座那個叫威爾森的菜鳥不明就理。

「長官，今晚到底是怎樣？這是怎麼回事？」菜鳥稚嫩的嗓音問。

「我們只管做事，不問原因，小子，不問原因。」克羅根回答，注視前方。他又何必管那麼多呢？

雪佛蘭車速減緩，接近了目的地。

威爾森猛吸一口氣，嚥了嚥口水。

43

克雷墨倚著壁爐，索妮雅和崔維斯坐在旁邊的椅子。凌晨一點多了，只有克雷墨沒有筋疲力盡。

室內唯一的聲響來自壁爐裡嗶剝的餘火。他們一個個都默然思忖如何解決難題。

克雷墨先開口，用枴杖指著崔維斯說：「如果葛林還沒去找這個羅傑斯醫生，他一定會去的。依我看，醫生是解謎的關鍵。」

崔維斯點頭。「我同意。問題是要等醫生值班時間再打電話找他，還是要火速開車去邁阿密……」崔維斯停口，想起他們沒有代步工具，然後又說：「並且趕在葛林之前找到他？」

克雷墨指出另一個問題。「葛林佔上風，丹尼爾。他握有查出醫生住家地址的管道。」

「那倒未必。」索妮雅說：「如果照崔維斯說的，他才剛搬去那裡，那他可能還沒有長期的住處。也許是旅館或短期的出租房舍。」

「是有可能。」克雷墨說，仍然看著崔維斯，彷彿做出決定是他的責任。「但不管怎麼做都有風險。如果你開車去邁阿密，也許你能搶在葛林之前攔截到醫生，但是……一旦你琢磨出檔案的下落，你的位置可能離檔案很遠。」

克雷墨又研究傳真。「天啊，索妮雅，如果妳哥哥是在設法讓我們知道『阿波羅』是寄到哪裡，他的表達真的很遜。」

索妮雅裝著沒聽到。「我在特勤局有個朋友，是我們可以信任的人。如果我進總部的話，恐怕太冒險，不過他可以用我們的資料庫查出羅傑斯醫生的住家地址……如果他已經找好房子的話。」

「聽來可行。但前提是妳不能透露太多內情，而且確定他是可信任的人。」克雷墨說。

索妮雅一離開書房去打電話，崔維斯便問：「喬治，如果是你，你會怎麼做？」

克雷墨轉向爐火，一邊思考，一邊沉默地用枴杖敲著壁爐。

一分鐘後，他轉向崔維斯，灰眼中閃著憂慮。「勇往直前，丹・戴爾①！如果是我，我會去邁阿密。你可以開我的車——那只是一輛老 Crown Victoria，不過能把你送到目的地。」

「我心領了，但我不要你蹚這渾水。萬一追查到你身上……」

「別扯了！我會預留充足的時間讓你們開到邁阿密，然後再報失竊。要是你老爸還在，他也會為你做一樣的事。」

崔維斯精神為之一振，彷彿父親是透過老友向他說話，與他同在。「那就這麼辦，直接去邁阿密。」

崔維斯轉向書房，正要開口叫喚索妮雅，便見到她已出現在門口。「索妮雅，我們要準備移師了。」

「移去哪？」

---

① Dan Dare，英國五〇年代科幻漫畫英雄。

克雷墨代他回答。「記得帶太陽眼鏡，親愛的，妳要去陽光之州。」

「邁阿密？」

「答對了。」崔維斯說，霍然起身。「喬治要借我們車子。我們輪流開車，連夜趕路，明天白天應該也會趕一段時間。」崔維斯這才想到那是長途車。邁阿密在一千多哩外。

「好。」索妮雅說。「我們先到城另一頭的一個加油站見我的特勤局朋友。見過他之後，我們就開車上路。他會幫我們查到羅傑斯的資料。」

克雷墨昂首闊步到書房中間，指揮他們，快活地享受這項冒險。「好，上樓拿一些毯子和枕頭，索妮雅，把廚房裡你們搬得動的補給品全帶去，我家咖啡最多了！」

「遵命。」索妮雅行了個舉手禮。

克雷墨搭著崔維斯的肩膀說：「到了邁阿密，我要你去找一個人。」

44

克羅根站在麥佛森後面。麥佛森緊握破門槌。要等到所有人都就定位，他們才會破門而入。菜鳥威爾森背對著克羅根。

克羅根聽見屋裡傳出人聲，心臟怦怦跳。今晚真忙，稍早他才去奇襲過勒布蘭的公寓。

克羅根第二次向麥佛森打手勢，舉起握拳的手，拳心向外，表示確認按兵不動的命令。麥佛森拈起食指和拇指做成圓圈狀，以示收到命令，只不過這次的動作更加決絕，彷彿在向他的指揮官說：「我知道啦！」

訊號從屋後傳來。他們已就定位。克羅根發號施令：「上！」

麥佛森破門而入，與克羅根一同大嚷，威爾森尾隨在後。他們的槍口對準各個方向，尋找目標，防禦所有可能潛藏危機的位置。

克羅根聽到屋後傳來一聲尖叫。*第二組人已經找到目標了*。他衝向尖叫的方向。現在，他聽見自己手下叫嚷：「不准動！跪下，用手抱著頭！」威爾森和麥佛森掩護克羅根。

克羅根竄進房間，見到一對男女背向他跪著。

女人有黑髮，男人是褐髮。男人裸體，女人穿著黑色吊襪帶及網紋絲襪。第二組人槍口對準那對男女的臉孔，兩名嫌犯無助地啜泣。

真是丟人現眼。

克羅根神氣活現地走向兩人，收起手槍，很滿意局勢完全在他掌控之下。當他看見兩人的臉孔，志得意滿的心情頓時洩了氣。抓錯人了。

滿室寂靜，只有那對男女的啜泣。

克羅根將隔板牆捶出一個洞。「可惡！」他的手下瞪著他，大惑不解。

＊＊＊

索妮雅從屋後找來毯子和補給品，搬上克雷墨的老福特，完全不知道就在一條街之外，有一對男女被突如其來的軍隊級武力嚇個半死。

崔維斯倚著車子側面，面對克雷墨。

「我好愛這個顏色。我不曉得 Crown Victoria 有做鏽蝕藍的色款。」崔維斯說。

「你十分鐘前還沒有這四個輪子呢。好歹你恢復幽默感了，小丹尼爾。」

「是喔，我都忘掉有人想殺我有多好玩了。不提這個。你說你要我到了邁阿密以後去找一個人？」

克雷墨提高音量，好讓索妮雅也聽清楚。「要是在那邊出了狀況，索妮雅那把小手槍根本不夠看。」

索妮雅驚異地抬眼看克雷墨，給他一閃即逝的微笑。

克雷墨踩著天鵝絨室內鞋搖晃身體，眼神飄來飄去，但一碰到索妮雅，便斂起表情，可是崔維斯曾與喬治叔叔共度許多夏天，清楚喬治的表情變化。

不太對勁。他是在為我擔心嗎？

「丹尼爾，到了那裡，就去找拉蒙・馬汀尼茲。他是個好人——起碼以前是好人。早在豬玀灣時期，他就是我們的古巴探員。他欠我大人情。跟他說是我叫你去找他的。」

「他是那夥人之一？」崔維斯說，害怕起來。

「是是是，別緊張。他是在 JM/WAVE 加入我們的，在古巴替我們做祕密情報工作，但你能信任他。他在那裡熟門熟徑，在緊要關頭時，他的門路將會很有用——他很了解古巴以前的情況，或許能提供一點關於蘭斯勁敵之謎的資料。」

太好了，更多槍火。

克雷墨察覺到崔維斯的恐懼，便靠向崔維斯，低語：「聽我說，我不打算騙你，小子，這件事很棘手，但你沒問題的。我知道你一定能解決問題。你只需要好好發揮專長，不要害怕就行了。好了，我跟拉蒙有一段時間沒聯絡，但他以前開了這家小館子，他一向在那裡。」

克雷墨將寫了咖啡館名稱和地址的紙片交給崔維斯。

「El Hoyo①？」崔維斯讀出紙片上的店名。

「對，在鬧區，不過別擔心，你們開這破銅爛鐵車去，跟那裡的環境很搭調哦！」克雷墨說，拍了崔維斯的肩膀一下。

崔維斯傻笑，但看不出這句話的笑點。他頓時恐懼起來。

---

①西班牙文，「洞」。

「好了，準備上路。」索妮雅說，抱著克雷墨親了一下。

她大搖大擺來到駕駛座車門，克雷墨拍拍胸口說：「妳讓我的老心臟吃不消，親愛的，一路順風。」

崔維斯不需要開口道別——他的表情已說明了一切。老瘋子，我愛你。

但崔維斯轉身要上乘客座時，克雷墨伸手拉他，偷瞥一眼確認索妮雅已上車後才開口。他的瞳孔變大，整個晚上的神色都沒有現在銳利。「小心啊，丹尼爾。我愛你，小子。」

崔維斯抱抱克雷墨，在情緒失控前一把開了車門鑽進去。

「快走吧！」克雷墨嚷道，拍了車蓋一下，彷彿車子是一匹馬。

風扇皮帶發出嘶響，破舊的福特車下了幽黑的車道，上了馬路。克雷墨站在人行道上，舉著枴杖揮手。

等車子駛離視線後，克雷墨的表情轉為嚴峻。今晚的事有些不對勁，令他不安。他得採取行動。他蹣跚地回屋子打電話。他心想，來這裡是一個錯誤。他抿緊嘴唇。

有些事情比家人更重要。

克雷墨要打通電話給中情局的老友。而且，拉蒙．馬汀尼茲一定也會照顧小丹尼爾的。

45

在華府郊區的工業地帶，葛林憤怒地在幽暗的人行道上繞著正方形踱步。這場會晤不是預定行程，而為了安全起見，他必須暫時失聯。

葛林討厭別人遲到，對此深惡痛絕。但這次會面有必要。葛林覺得最痛苦的是必須跟做事拖泥帶水的人打交道；他看不起這種人——根本無法看得起他們。德威特・葛林訂立錯綜複雜的規矩，即使是最親密的同志也永遠不會理解。多數人都不符合他的標準。

但非常時期要用非常手段。

除了我的家庭、我的國家以外，我在人間一無所有。葛林望著天空尋求慰藉，卻只感覺到十月夜晚的淒苦與空虛。

計程車尖銳的煞車聲劃破了寂靜，急急停在對街。一個褐髮、臉孔輪廓分明的高大男人緩緩從計程車下來。他衣冠楚楚。

總算來了。

葛林咬著唇，深呼吸一口氣，漫步到倉庫旁邊，來到約定的會面地點。

幾秒後，一個高瘦的男人湊過來。這人操著外國口音，可能是東歐腔調，不過英語絕佳。「我怎麼有此榮幸，臨時奉召來見面？」他說話時不看葛林，葛林也沒看他。

葛林克制不住情緒。「你遲到。你來晚了，鳳凰。我今天晚上有一堆鳥事要處理，你知不知道？」

「怎麼，你以為我整天閒閒坐著等你召喚嗎？」

魯莽無禮的屁話。葛林捶打胸口三次。別管他的傲慢，達成此行的目的就好。「祕密投放點裡有所需的細節資料。東西放在老地方。一旦你把事情辦妥，我可能還會需要你的服務，你要把時間空出來。」

「沒問題。有進展時我再聯絡你。」

46

索妮雅和她特勤局的朋友見過面後，從加油站店鋪小跑步出來，鑽回車上。「你怎麼還醒著啊？」

「好吧。」崔維斯說。「那我就先睡第一班。幾小時後叫醒我，換我來開車，妳可別開到睡著啊。」

「那當然。」索妮雅揮揮一大杯的咖啡。她發動引擎，急促駛離發出尖響，今晚第二次走九十五號州際公路南下。

「妳的特勤局朋友如何？妳覺得他能查到羅傑斯的事嗎？」

「我不肯定。我晚點再問他看看。別擔心——我做事很小心，我們能信任他。」

崔維斯在後座鋪好毯子和枕頭，試圖不去管鋪蓋上有濃重的喬治菸草氣味。這輛老爺車平坦寬闊的後座在當年可是大受歡迎的舒服配備。「現在車廠都不做這種座椅了。」他說，窩進鋪蓋裡。「這輛老戰艦也不是沒好處……」

引擎蓋裡一陣喀嗒響，伴隨短暫的震動，然後戛然而止。

「是啊。」索妮雅說。「我們只能希望這玩意兒能讓我們安全離開。你睡一下——很快就輪到你開車了。」

「遵命，老媽。」崔維斯說。隨著夜愈來愈深，他對這個女孩的古怪親密感呈等比級數增長。無論情況多艱險，有她在，崔維斯就安心一點。

他蜷腿側躺，閉上眼睛又睜開，沉思著。「索妮雅？」

「什麼事？」

「假設我們找出檔案，並且把風聲放出去。妳覺得大家聽到真相，是會高興還是難過？」

「我不確定你的意思。」她專心地駛上九十五號州際公路，跟著一輛車速快的卡車走。

「嗯，假設檔案裡有嚴重的犯罪內容，人們發現政府欺騙他們。大家不用再吵了，因為證實了政府撒謊是為了保護自己的利益。大家也不用再爭辯，因為陰謀論已經成為陰謀事實。那大家是會開心還是會傷心？」

「我……不知道。」她說。

在崔維斯看來，索妮雅除了想查明哥哥出了什麼事，並沒有思忖過他們這番歷險會造成什麼後續影響。「你在想什麼？」她問。

「我在想人性和人類行為。人們會拒絕接受某些事實的存在，只為讓自己覺得心安一點。他們想要能夠信任領袖，而無視領袖做了什麼。但這個檔案可以改變這種情況。真相會赤裸裸攤開在他們眼前。老天，怪不得他們這麼急著追回檔案。」

「睡吧，時間已經太晚了，你也想得太多。邁阿密頂多只有十五小時的車程。」

崔維斯又閉上眼。

儘管車上空間侷促，輪胎駛過柏油的單調聲響及熱烘烘的暖氣，仍讓崔維斯疲憊的身心有了睏意，恍恍惚惚地進入沉睡，渾然不知許多敵人正在集結，準備對付他。

47

艾達卡小心地鑽回計程車上。「謝謝你等我。克勞倫斯，你是個正人君子。」

「噢，不用客氣，先生。」

此時，艾達卡已讓計程車司機克勞倫斯對他俯首帖耳。艾達卡一向讚嘆，善待這些「小人物」，竟能對他的政治生涯大有助益。克勞倫斯對他不具政治價值，但收買小人物的習慣已深入他的靈魂，即使在公開場合也照做不誤。

「現在要去哪裡，先生？」

「你知道這個地方嗎？」艾達卡遞給他一張寫了地址的紙片。

「當然——我們立刻上路。你的會面進行得怎樣？」克勞倫斯問，從照後鏡注視他溫文爾雅的乘客。

「很好，多謝關心。克勞倫斯，可以請你播放音樂嗎？我得想一些事情。」

克勞倫斯試了幾個廣播電台，找到了輕音樂的節目，讓艾達卡去整頓思緒。他的探員要他提供某些目標人物的身分與蹤跡，現在他的任務是確保這些目標人物無法危及這項任務。

48

葛林的司機送他回家。葛林打開手機，檢查留言。

「長官，克羅根報告。未尋獲目標，我們的線索有誤。」

該死。

下一則訊息：「德威特，我是傑克・倫奎斯特。我是回電給你。你可以打電話到我家：二〇二五五五九八七三。」

葛林回電給倫奎斯特。倫奎斯特在另一個政府情報單位與他地位相當。

電話裡傳來一個帶著睡意的嗓音。「倫奎斯特。」

「傑克，我是德威特，我來回你電話了。抱歉吵你睡覺，但事態緊急。」

電話傳來咳嗽聲。「我收到你稍早的訊息，德威特，關於你要我們追查的一個女孩子。她的檔案是機密。我也無能為力，恐怕我在這件事情上——也是使不上力。」

「少來了，傑克，那是打哈哈的胡說八道，你自己心裡有數。幫幫我吧。」葛林說，努力不讓急切的心情滲進嗓音。但他瞞不了這位經驗老到的政客，因為他和葛林一樣，是一路爬到位高權重的職務的。

「到底是怎麼回事，德威特？你究竟惹上什麼麻煩啦？」倫奎斯特粗啞的嗓音化為密謀的低語。「你不是唯一在今晚為這件事打電話找我的人。我的電話響個不停，實在很煩人。」

不管我們的交情有多久遠，我絕不會告訴他這是什麼事。等一下，他說還有別人打電話給他？那一定是諾曼。

「聽我說，傑克，我只是需要一個老朋友賣個人情。我這邊有幾件事情，上面給我很大的壓力，別這樣嘛，你覺得呢？」

「免談。我這邊並沒有受到壓力。就像我說的，這件事我插不上手。你擔心什麼？自有適當的單位會出面解決她的事。」

咔。在喬治城豪宅的倫奎斯特掛斷電話，重回夢鄉。

葛林狠狠闔上手機，用力踹了車門一腳。我們得改用比較不細膩的手段了。

＊＊＊

在城的另一頭，鳳凰來到墳墓，找到祕密投放點。他打開來，看到目標的臉孔——一男一女。一個標示著「丹尼爾・崔維斯」，另一個則是「姓名不詳」。

49

「爸爸，我好怕。」十七歲的丹尼爾‧崔維斯淚流滿面。

「別怕，兒子，永遠都不要害怕。」

「可是，爸……」

「丹尼爾，我要告訴你一件事，這比我教你的其他事情都重要。」

丹尼爾為他倒了一杯水，讓神志渙散的父親整理思緒。

丹尼爾心不在焉。不敢相信他即將遠離人世。

「丹尼爾，恐懼會帶你走向你最害怕的地方。」

「什麼意思？」

「你的注意力會決定你的未來：你的實際情況。如果你老是把心思都放在最糟的事情上，擔心不已，全副心思都記掛著那些事，那說也奇怪，這些事就會在不知不覺中實現，有點像心想事成。」

我願意付出任何代價，只求再和爸爸共度一週，再一起出門釣魚一次，拜託你。

「我愛你。」丹尼爾再也按捺不住淚水。父親是力量的泉源、是他的榜樣，而他只是個青少年，在父親面前擺不出男人的架式。

「我也愛你，兒子，要堅強。」他說，遞給兒子衛生紙。「永遠不要害怕，將注意力放在好的事情上——注意那些你想實現的事，你的腦袋便會讓你達成目標。相信我……」

＊＊＊

「起床了，睡美人！」索妮雅砰地關上車門，爬到後座，「輪到你開車了。」

崔維斯動動身體，睜開眼睛。外面天色仍然黑暗，眼睛上方傷口周圍的皮膚緊繃。從熟睡中被喚醒的感覺本來應該很糟，但今天不會。索妮雅在這裡。她為他奉上咖啡。

「這是哪裡？」崔維斯喃喃說，撐起身子。看樣子是休息站。

「在北卡羅來納某個地方。你感覺還好嗎？如果你起不來，我可以繼續開車。」

「不用了，我很好。」崔維斯說，伸手拿咖啡，揉揉眼睛。濃郁的咖啡香氣挑逗著他的鼻孔。「妳怎麼知道我早上是什麼德行？」他說。

「嗯，猜的。」

崔維斯心頭一盪。驚悸、恐懼、原始本能。誰曉得呢？

他湊向索妮雅的唇，料想她會閉著嘴、噘著唇回吻。但當他們嘴唇相碰，索妮雅微微張開嘴。柔軟，溫暖，充滿誘惑。

那是他需要的開口。他探進那道開口。

就在同一秒，她的舌頭深深探進他的嘴裡。兩人呼吸濃重。他臉頰微微感覺得到索妮雅的鼻息。她的體香浮動。崔維斯的手臂移向她的腰，一手探向她雙乳之間，另一手伸到她的股溝，臂彎搭著她蜂腰的曲線，感覺兩人身體完美契合。

他將索妮雅抱得更緊。

她捧著崔維斯的臉孔，任由他抱住她的腰，兩人死命攀住的是生命。

50

星期二早上七點十二分，諾曼走向葛林，用葛林的專屬咖啡杯送上剛剛煮好的可娜咖啡，以及一塊辛辛苦苦挑掉杏仁的櫻桃夾心丹麥酥餅。葛林抬頭檢視滿意後，才揮手示意諾曼把早餐放在桌上。

以諾曼的年紀，似乎不該還在擔任助理。他年近六十，灰髮，臉孔宛如住在雇主家的那種傭僕，藍眸流露出疲憊。他向來衣冠楚楚，儀容整潔（葛林絕不允許邋遢的儀表）。諾曼能穩坐這份職務，是因為葛林不將他視為威脅，再說，他辦事效率超高，足智多謀。最重要的是，他能忍受葛林的怪癖。

葛林深深啜飲夏威夷可娜咖啡，一邊打量他的助理。諾曼已經在這個職務三年半，明白只有葛林問他話時，他才能開口。諾曼有時覺得葛林大半天不吭聲，是存心考驗他遵守這條規矩的耐心。葛林的多數規矩是用來逮住別人的缺失，以便用自己的權力修理他們。

「諾曼，有什麼消息？」這個免不了的問題來了。

諾曼呈上一張紙給葛林。「長官，美國郵政仍然沒有回消息，我還在催他們，但坦白講，感覺像白費心機。我也一直在追蹤我們呈上去的生物辨識資料①，看有沒有查出女孩的身分，但那邊也仍然沒下文……」

葛林插嘴，一邊用包裝內的塑膠刀叉將蛋糕切成幾等分，大小適合入口。「那個就暫時別管了。」

「好的，長官。解碼員仍然在研究傳真，但還沒有結果。變數實在太多了，沒辦法確切指出檔案可能寄去的地址。」

「可惡。」葛林滿嘴蛋糕地吐出話語。「勒布蘭的硬碟呢？還有他通聯紀錄裡的那些聯絡人呢？」

「是的，長官。假設勒布蘭會將檔案寄給通訊錄的熟人，我們一共查到七十八個住家地址，外加這些人的公司地址。」

「我們得立刻派探員去那些地點，反正傳真破解前，我們也拿不出別的辦法。」葛林說。

「長官，限時信寄到目的地的時間是一到兩天，因此阿波羅檔案今天或最晚明天會寄到。我們當然可以在這段時間派外勤探員看守那些地點，但相關的調查站將會有人力不足的問題。探員可能會被迫撇下案子，去做這件事……」

「諾曼，這件事是第一優先，懂嗎？不計任何代價，我才懶得管他們會怎麼跟你埋怨。如果他們不爽，就去另謀高就。」

「遵命，長官，我會立刻辦到。」

「諾曼，還有一件事。」

「什麼事？」

①例如臉型、指紋等等。

「邁阿密兒童醫院還有我們的探員吧？」

諾曼已舉步走出辦公室，準備向調查站轉述葛林的命令，但他明白自己最好坐回去，因此又坐下。他儼然一條拴著狗鍊的小狗，他是葛林的奴隸。

「是的，長官。邁阿密戴德郡地區與周遭地區都追查不到羅傑斯醫生的住家地址。他暫時不在資料庫中，但我們已經在醫院布署人力，等他今天值班就能逮人。」

「很好，但是要低調。崔維斯和那女孩會去見這個羅傑斯醫生，我要悄悄逮回他們。」

「我會提醒他們的，長官。」

「好。叫解碼員列出最有可能收到檔案的地點。跟他們說，列出了清單就來見我。」

「是的，長官。」諾曼起身，再次走向門口。可是葛林又說話了，令他第二度停步。又在擺官架子。

「諾曼。」

「是。」

「開除克羅根。」

「是的，長官。」諾曼總算離開了辦公室，急忙開始打電話。

落單的葛林在辦公室裡撥了電話，給前一晚祕密會面的人。

51

特務蓋瑞．瑞斯來到賓州大道九三五號的雄偉胡佛大樓，一陣風似地通過安檢，那股自豪在二十八年來調查局生涯中分毫未減。聯邦調查局這赫赫有名的總部總共有七條街長，十一層樓高──幾個頂端樓層向外凸出，氣勢雄偉，彷彿在監看下方的人，這是出於刻意的設計。

瑞斯的腳步比平日更有勁，輕快地踏進電梯到五樓的情資行動中心（SIOC）。那天早上，一則沒有交代事情原委的語音訊息要他立刻去聽取簡報。自從二〇〇一年九月十一日後，他便不曾感受到哪件事情如此急迫，但今天早晨的差別在於整個調查局只有他收到這則訊息。

瑞斯四十好幾的年紀，穿著普通的黑西裝，打著藍領帶。領帶顏色是這個地方每個人唯一能流露個人特色的服飾配件。他身材結實，五呎十一吋，紅褐髮色，藍眼，曾經斷過兩次的鼻梁時時提醒他周遭的人，他年輕時曾經撂倒一些難纏的罪犯。他慓悍而赤誠忠心，正是飽受媒體攻訐的調查局今天想擁有的形象。

他走到佔地廣闊的情資行動中心，那些天花板低矮的房間每間都像電視台的新聞播報室，有視訊監控螢幕、電子鐘、辦公桌和綠色座椅。他依照指示進入B簡報室。

當他走進簡報室那一刻起，接下來的幾小時，意外連連。

有個人獨自待在呆板的大簡報室裡：聯邦調查局局長大衛．簡森。瑞斯隨手關上門，站在簡森面前。簡森坐在一張大會議桌的桌首看一份檔案。

「坐，特務瑞斯。」他頭也不抬地說。

瑞斯服從地坐下，注意到滿室寂靜。簡森則忙著處理公文。這件事頗不尋常。只有一個探員來聽取簡森的簡報實在太怪了。

好不容易，簡森說：「瑞斯，你的紀錄令人刮目相看。因此，我特別選擇你來負責處理這個案子。」

「長官，您過獎了。是什麼案子？」

簡森看著瑞斯，淡漠的黑色眼睛深嵌在撲克臉上，頭髮已全禿。由於他主持的記者會總是不流露感情，而且酷愛縝密客觀的分析，媒體給了他「史巴克」①的綽號。瑞斯很滿意新上任的簡森改革調查局的方針。簡森拚命想收拾前幾任局長的種種挫敗，革新調查局形象，消滅不可見人的祕密。局裡的人批評他手法殘酷無情，但瑞斯倒喜歡這樣。*不計代價，達成目標。*

瑞斯知道事實。儘管嗜血成癖的各大報社將調查局描寫得很不堪，其實調查局在九一一後除了推諉責任，也在聚光燈之外，默默辦事，表現優異。瑞斯的部門替對手中情局收拾很多爛攤子。

「此時此刻，你先是納悶我在這間辦公室做什麼，其次是納悶為什麼只有你一個人來這裡報到，沒有其他探員。」簡森不帶感情地說。

「我確實是這麼想過，對。」

「這件事高度敏感，瑞斯。相信不必我提醒，你也知道今天的事絕不能說出去。」

「那當然，長官。」

瑞斯太清楚調查局目前資訊外洩的情況；媒體及較不為人知的外國政府一直向調查局內奸購買祕密。

「局裡真的丟不起臉了——事關我們的名譽。這件事必須全面保密，審慎處理，辦事要精準。除了執行任務的必要資訊，什麼都別跟你手底下的人說。不論你在國內任何地方，調查站主任一概任你差遣，但不得讓他們知道你的任務性質。」授權瑞斯調度任何調查站主任，這可不得了。

「我了解，長官。」*到底怎麼回事？*

簡森俐落地起身，昂首闊步地走向瑞斯，坐到瑞斯面前的桌上，交給他兩個人的放大照片和一個檔案夾。

瑞斯端詳照片。男人有點眼熟，但女人則完全不認得。

「你得盡快找到這兩個人，逮他們回來，但你要把事情做對，逮人的程序絕不能有瑕疵，我可不希望讓律師把他們弄出去。瑞斯，你認得這個男人嗎？」

簡森故意不說照片裡的人物姓名或其他資訊，瑞斯也絕口不提，因為所有文件都清楚標示**只供過目**。

「是的，長官。」

「很好，現在你知道為何這件事很敏感，不能讓媒體知道。這個人很出名。我需要能信得

---

① Spock，出自一九六六年美國科幻電視影集 Star Trek（中譯為「星艦迷航記」或「星艦奇航」等等），是一位耳朵尖尖的瓦肯星人，常常一臉嚴肅。

過的探員。這是女孩的檔案。」簡森將一個卷宗砰地摔到桌面照片上方。瑞斯翻開檔案。

他看到女孩為誰效勞，雀斑額頭不禁向上皺起。「您不是開玩笑吧！」

「我沒有幽默感，瑞斯。你在想這兩個人有何關聯。坦白講，我現在也不知道，但不能讓他們完成他們的目標！」

第二份卷宗飛落到桌上。簡森在瑞斯翻看內容時說：「昨天晚上，兩個可靠的獨立消息來源，都向我們通報了這一男一女的事。」

「真是要命的一夜，長官。」

「我想那是合理的反應，瑞斯，沒錯。」

52

見到邁阿密市區的迷人天際線，崔維斯不覺得如釋重負，只感到噁心。星期二下午三點多了。他很難相信自己已經逃亡了將近二十四小時。想到這裡，不禁引發排山倒海而來的疲倦，宛如昨夜腎上腺素激增後的物極必反。他在後座總共勉強睡了五小時，但不時因路上的顛簸及狹窄的空間而醒來，就像搭乘長途夜班飛機一樣，有睡等於沒睡。

輪到他開車時，保持清醒並不難。他思緒飛馳，設法推敲拼湊這場謎團的全貌，因為不但他生命受到威脅，更糟的是索妮雅也有性命之憂。他們熱情纏綿的回憶麻痺了痛苦、疲憊與絕望。索妮雅濃郁的體香猶殘存在他身上，給了他力量。那種感覺及眼睛上方傷口的悶痛誘發了他內心原始的一面。他覺得自己儼然像個戰士，意識到自己變了個人。

而這個人累死了。

他偷看在後座睡覺的索妮雅。她蜷縮成一球，長長的黑髮披散在兩個枕頭上。儘管狼狽，她看來依然美麗。崔維斯一直在等適當時機叫醒她。抵達邁阿密似乎是合理的時間點。邁阿密已經快到了，而他需要提神醒腦的東西。*這藉口太蹩腳了。*

「索妮雅？」

她動了動。「到了嗎？」

「對，妳看。」崔維斯指著愈來愈近的邁阿密摩天大樓，大樓位於大西洋的邊緣，沐浴在薄暮的陽光下。

「克雷墨的破銅爛鐵車達成使命了。」她邊說邊爬到前座。「在喬治亞的加油站車子發不動的時候，我還以為我們完了。拉蒙那間館子的地址在你那裡嗎？」

「對，不過，感覺像開車到惡龍的嘴巴裡去找這個羅傑斯醫生。」他說。

「所以我們得先跟拉蒙搭上線，去找醫生，會需要一些幫手。看到商店街就停一下，我們得買幾樣東西。」

索妮雅口吻很專業，彷彿昨晚他們倆什麼事都沒做。崔維斯努力掩飾心中的失望。這樣也好，還有正經事待辦呢。他心思回到現實，忖度地平線上閃亮大樓底下可能潛藏怎樣的危險。

「對了，你昨晚表現很棒。」索妮雅說，沒有看他，自顧自地檢視她從葛林那裡偷來的那把槍的彈匣。

53

對葛林來說，今天既漫長又充滿挫折，部屬也受到他挫敗的衝擊，被他火力全開地痛批。諾曼今天第七度坐在葛林面前。

「諾曼，怎麼回事？」

「長官，我們依照您的要求，已在今天派出探員去監視勒布蘭的通訊錄和通聯紀錄中的所有可能姓名和地址，但還沒有見到限時信。」

「這麼說，檔案可能明天才會到。」

「是的，除非……」諾曼遲疑起來。他不該說出心聲的，這是一項錯誤。

「除非怎樣？」

管他三七二十一。「除非，勒布蘭把東西寄給不在他通訊錄或通聯紀錄上的人。」

葛林霍然起身，令椅子撞到牆上。諾曼畏縮起來，害怕葛林會抄起桌上的釘書機砸他。但葛林默然走到窗前。

過了大半天，他才開口。

「好，除非我另有命令，否則讓那些人留在原地，以防檔案明天寄到。我們也得另作打算，因為勒布蘭可能會寄給不在通訊錄或通聯紀錄中的人，也就是說，我們得搞懂傳真。」

「是的，長官英明。」諾曼明白遊戲規則。他會提出一個想法，並讓葛林以為那完全是自己想出來的辦法。

「再說一次羅傑斯醫生幾點值班？」葛林說，仍然盯著窗外。

當然沒問題，只是今天第一百次回答嘛。「長官，是六點，探員們正在待命。」

葛林沉吟思考，一隻手指攏過頭髮。「好。如果檔案不是寄給勒布蘭的聯絡人，我們就得仰賴美國郵政、羅傑斯醫生和那個豬鼻子解碼員來查出下落。此外，不能讓崔維斯和那女孩來礙我們的事。」

「是的，長官，說得有道理。」諾曼說，蓋住他在寫字板上畫的木屋塗鴉。

「好，那你應該清楚該怎麼做、該修理誰，諾曼。」

「是的，長官。」諾曼明白那表示葛林要他走開。

葛林重新坐下，撥了一通電話。在接通前，諾曼又進入辦公室。葛林捂住話筒，用無聲的嘴形問諾曼：什麼事？

諾曼低聲說：「有一位瑞斯特務要問幾個問題。」

「我現在沒空。」葛林低聲回答，擺擺手。

終於有人接聽了電話。「喂？」一個外國口音說。是鳳凰。

「是我，查到什麼了？」

「女性的身分。我把詳細資料留在老地方。」

鳳凰掛斷電話。

太好了。

葛林風也似的出了辦公室，經過諾曼的位置。「諾曼，我要再出去。你曉得怎麼找我。」

「是的，長官。」

「我回來後，那個解碼員最好是有點眉目了。繼續催郵局那些白痴——他們必須至少能縮小可能地點的範圍。」

在車庫，葛林的新司機已經開好車門等待。

葛林跳上車。「你知道這個路口嗎？就去那裡。」

「遵命。」

司機讓車呼嘯駛出停車場，經過武裝崗哨到華盛頓。

黑色轎車在首都的繁忙車陣中殺進殺出。阿波羅檔案會在某處出現，可能是明天，但究竟是哪裡？無論如何，葛林心想，絕不容崔維斯和女孩先拿到檔案。

54

他們拋下車子，徒步上路。喬治・克雷墨很快便得通報車子失竊。佛羅里達州南部的熱氣和溼氣立刻襲向崔維斯，與他們途中經過的北方各州清冽的夜晚空氣大不相同。這個地方，絕對是邁阿密的市區貧民地段。多數標示是西班牙文；騷莎舞曲、梅倫格舞曲、嘻哈舞曲像是電影配樂一樣。

崔維斯想起以前聽說過觀光客因為從高速公路走錯出口，遭到槍殺。他心想，怎麼會有人笨到在這種地方搖下窗戶問路，真是不可思議。一切都符合市中心貧民窟的刻板印象，只差背景沒有警笛聲——這裡不像電影演的，並沒有警察。顯然，警方沒笨到在這裡逗留。

崔維斯曾經來過邁阿密度假、出席會議，但只到過光鮮亮麗的南灘地區。白色的沙灘、棕櫚樹、亮麗的男女。那些回憶與眼前景象的差異，已足以讓他納悶這是不是同一個城市。甚至，是否仍在同一輩子都成問題。他思忖人生的一切是否能恢復舊觀。

街角垃圾桶吐出火舌，門廊下散置著舊床墊。一個西班牙老人站在人行道中間，舉著一個封了口的罐子，裡面有某種透明液體，彷彿是要賣人的。他是否只是個瘋子？這問題崔維斯想也沒想過，只顧著看對街的 El Hoyo，也就是據說能找到拉蒙・馬汀尼茲的小館子。

「來吧。」索妮雅說，看看手錶。「羅傑斯醫生上班時間快到了，我們只有一小時五十二分鐘。我們去找拉蒙。」

索妮雅和崔維斯慢慢過了馬路，走向小館。從外面看進窗戶，館子裡似乎沒什麼客人，不過窗戶很髒，而且多半貼著廣告：啤酒、古巴三明治，而肉餡捲餅則是常見菜色。

他們穿過小館子門口的珠簾。頃刻之間，店裡八個老少胖瘦不等的古巴人通通抬頭，停止交談。崔維斯曾經希望自己和索妮雅狼狽的外表能融入環境。

希望顯然是落空了。

小館不過是牆面上的一個小洞，隔絕不了邁阿密悶熱空氣的壓迫。吊扇發揮功能，卻似乎只是將雪茄的臭煙吹得打轉。原是白色的牆壁已被塵垢染得發黃。

櫃台後有個矮胖男人，手毛比崔維斯的頭髮更濃密。那人打手勢示意他們坐下。「Si？」白話文翻譯：「滾出我的店。」

常客繼續做起被打斷的事：玩骨牌遊戲、吃三明治、用西班牙語交談。索妮雅坐下，崔維斯到櫃台問拉蒙在哪裡。他只學過西班牙文的皮毛，但他盡力而為。

「Señor, dónde está 拉蒙・馬汀尼茲？」

「拉蒙係誰？窩沒聽過。吃東西嗎？」櫃台後的人起碼還會講英文，只是口音濃重。

崔維斯並不餓，但想藉由買三明治延長交談的時間。「兩客古巴三明治，謝謝。我聽說拉蒙・馬汀尼茲是這裡的老闆，他多數時間都在這裡？」

「看樣子，那個人跟你說錯了。」

「還有別間 El Hoyo 嗎？也許地址錯了？也許我跑錯地方了？」崔維斯給那人看克雷墨給他的小館子地址紙條。

那人抽著大雪茄，粗魯地將奶油抹到麵包上。「先生。」隨著他開口，菸灰掉落到三明治上。「在尼字條上哪固邁阿密地址只有一家館子，就係這裡。」他將兩個盤子推過櫃台，盤上各有一個溼糊糊的三明治。崔維斯付了錢，端著三明治走回索妮雅身邊。

「我不吃。」他說，一屁股坐在她對面的塑膠椅。

「那就算了，我們自己去找羅傑斯——但我不曉得克雷墨腦袋裡在想什麼，竟然叫我們來這裡。」索妮雅嫌惡地推開盤子。

他們引起了旁人側目。其中一名年輕男子不安地瞪他們一眼。

崔維斯低語：「這實在說不通。」

「什麼說不通？」

「克雷墨不可能隨口胡謅出地址。我們應該會需要拉蒙幫忙。我們現在沒有車，又在人生地不熟的小鎮。那個想殺我們的人八成在等我們。如果真的查出阿波羅檔案的下落，我們得想法子趕快去拿，而且不能丟掉性命。該死！」崔維斯一掌打在桌上，垂下了頭。

「好啦好啦，放輕鬆點，丹尼爾。你說的對。這樣好了，不如你去醫院看看，我在這裡想法子找拉蒙。傳真上有你的名字，你得親自和醫生接洽，讓他相信我們。等我找到拉蒙，我再打電話給你。」

「怎麼去？我需要車。」

「克雷墨應該還沒通報車輛失竊，儘管開車去，不會有問題的。反正，醫院離這裡只有二十分鐘。」她說，一手搭在他手臂。

「好吧，我們先離開這裡——在這裡談這些事情，我覺得不太自在。我們去對街打公共電話給克雷墨，確認地址。」

「我們走。」索妮雅立刻走出去，崔維斯跟著她。

55

在墓園裡，一般人都會緩步慢行，彷彿急呼呼的腳步會打擾死者，但葛林心焦，匆匆沿著主要走道進入墓園，前往鳳凰的祕密投放點。墓園是絕佳的祕密投放點；在任何時間來去，行跡都不會顯得可疑。

女孩的身分即將揭曉。她竟然笨到敢奪走葛林的槍，用那把槍瞄準葛林。最近二十四小時漫長得有如永恆，現在總算有了實質的辦案憑據。知道女孩的身分，要鏟除崔維斯和女孩便比較容易，甚至或許能給他線索，讓他查出勒布蘭將阿波羅檔案寄到何方。

快呀快呀……快點給我閃開呀！

葛林從沿路上的弔唁者之間穿梭前往一座墳墓。東西就在那裡。

葛林跪在墳邊，如禱告般垂下頭。其實他是在看墳墓右下角邊緣約六吋高的青草。

祕密投放點果然如鳳凰所擔保的，在墓地上。一隻空心的金屬釘插在土裡。

他虔敬地伸手將它從地上拔出來，用手劃十字，等了五秒後離開墳墓。

葛林打開空心長釘的頂端。內有行動式 USB 儲存裝置，裡面應該有他需要的資訊。

56

崔維斯站在 El Hoyo 對街的電話亭，只聽見無止無盡的電話鈴響。他解開綠色厚襯衫的領口，這身衣服在這個氣候感覺厚重溼黏。快接電話啊，喬治！

沒有人接聽。

蟋蟀急促的鳴叫聽來像在笑。崔維斯在電話亭裡轉身，見到索妮雅正在等他。希望她在隔壁電話亭打的電話有人接聽。

「他怎麼說？」她問。

「沒人接，他不在，妳特勤局的朋友有消息嗎？」

「那邊也沒有進展。我們照原定計畫行事。」

索妮雅遞了一支已安裝好「易付卡」的手機給崔維斯。他們在進入邁阿密時，曾停在商店街買了兩支手機，她利用崔維斯打公共電話時安裝手機。

「我交代的事你都記得吧？」

「是，我記得，謝謝妳。」

「別忘了氣球。」她說，指著她從購物中心買來的六個顏色不一的氦氣球。「走吧，要小心。」她補上一句。

崔維斯深深望著索妮雅，直覺再也見不到她，但他不敢洩露自己的心情。

「一有拉蒙的消息，我立刻通知你。你在醫院要小心。這個醫生八成還搞不清楚狀況，而且會有人等著抓你。」

她一邊說話，崔維斯邊走回克雷墨的舊福特車，向她行一個友善的舉手禮才上車，在車子拐上馬路時看見她沿著人行道走。她看來很脆弱，但他知道索妮雅能照顧自己。

在前往邁阿密兒童醫院途中，崔維斯在心裡演練自己要如何應付待會兒的局面。

崔維斯深信「觀想」的力量。在腦海中實際幻想一件事情，讓事態依照你的願望發展，如此便能設定你的潛意識，讓你在現實世界中出現應有的作為。崔維斯常常使用這個觀點來解釋一般人輕易視為「超自然」的事物。星象、神蹟、預兆是最常見的例子——如果我們讓自己由衷相信某件事會發生，無論那件事是好是壞，便都可能發生，而當事情成真，你對「超自然」事件的信念便增強了。崔維斯的結論是這其實是自我實現的預言。

索妮雅和他擬定的計畫重點，是盡早到醫院查明如何搶先葛林的探員們一步，在某個地點攔截醫生，帶他到一個偏遠的公共場所。崔維斯在翻查街道圖時，差點闖了紅燈。他心想，最好幻想看見自己盡快到醫院，而且最要緊的是能安然無恙地到達醫院。

＊＊＊

崔維斯穿過西邁阿密，夾道都是棕櫚樹和五顏六色的平房建築，緩緩將車子駛向醫院停車場。這家醫院的地點並不尋常，是藏在住宅區之中。當他駛過時，他覺得入口很諷刺。

邁阿密兒童醫院的外觀看來像小孩子會建造的建築物。色彩歡樂的牆壁和柱子宛如拼花棉被，或者也能說，像是用小孩積木建造的。崔維斯很難相信這個無害的地方，即將上演一場威脅他性命的衝突。

他心臟開始猛跳，想到樂於開槍擊斃他的人可能已在附近。儘管這是公共場所，卻化解不了他強烈的恐懼；政府核可葛林策劃暗殺他。

深呼吸，該上工了。

崔維斯撇下惱人的恐懼，找回心中的戰士。他挺起胸膛，重溫支撐他走到這一步的義憤與怒火，在腦海回溯索妮雅急促的簡扼說明，幾乎瞬間便將注意力導到需要的方向，精神力量強大，源源不絕，頓時覺得自己像一把上了膛的槍。

崔維斯停好車，咬牙戴上索妮雅買的太陽眼鏡，確認自己沒忘了拿後座的氦氣球，儘管氣球會破壞他亟欲營造的刀疤臉形象。索妮雅爭辯說在任何其他地點，氣球會讓他引人注目，唯獨在兒童醫院恰恰相反。此外，氣球讓人不能看清楚他。

崔維斯盯著手錶。再一個多小時，醫生就會來值班了。

崔維斯照著索妮雅的指示，研究戰場。他們討論過了，探員們最可能攔下醫生的地點，會是在他從醫師車庫下車時。醫院裡可能也會有一個探員看守。**只有一個辦法能知道答案。**

儘管崔維斯步履悠閒，當他看著醫師停車場的入口，汗珠積聚在他受傷的眉頭。但他無法斷定流汗的原因是緊張或溼潤的夜空氣，八成兩者皆是。

兩群人在醫院入口會合，其中一群人帶著一隻毛茸茸的大熊。崔維斯頓時鬆了一口氣。他與周遭環境很搭調。

停車場裡的醫師停車區小小的，有遮蓋，而且就在醫院接待櫃台旁邊。崔維斯大膽地踱進停車車庫，昏暗的照明和氣球提供了令他心安的掩護。他直直走向接待櫃台，一邊偷瞄是否有人坐在停放的車輛裡。索妮雅告訴過他，探員的車一定是車頭向外停放，以便迅速駛離，而一般人則多半懶得麻煩，將車頭朝向牆壁停放。

似乎沒有看來像探員的車。他們八成還沒到。太好了。現在他能守在醫師停車場，等待葛林的探員及醫生現身。

崔維斯緩緩走到醫院的接待櫃台區，尋找羅傑斯的照片，以便辨識他。直到索妮雅向他說明計畫的這個部分，崔維斯才意識到自己忽略了這個「小」細節。下一個考量是盤算如果探員把守住主要出入口，他能從哪裡離開。

櫃台的年輕小姐正在聽電話，翻閱一本名人八卦雜誌。她向崔維斯笑一笑，認為他不過是另一名訪客。

崔維斯從櫃台倒退幾步，瀏覽尋找醫師值班表。

但沒有找到，他望向櫃台小姐的深色眼睛。她是一位美麗的西班牙裔女郎，態度可親。

「你們有值班表嗎？」感覺很不真實。他不過是在一家小型兒童醫院問一個合情合理的問題，但他覺得自己像夾帶毒品、試圖闖過海關的走私客。

「有。」她說。「從走廊下去的藥房有一台電腦，可以用電腦看。」

「謝謝妳，小姐。」崔維斯這才想到自從這番風波開始，他還沒有機會上網。現在沒有時間查電子郵件。

「噢，不客氣。」她說：「不過你得佩戴通行證，你有身分證件嗎？」

崔維斯僵住。他當然有身分證件，但這可能會驚動某些人。他連思考模式也變得像逃犯了！他思緒狂飆。他有什麼選擇？沒有指認醫生的其他辦法。

「先生……你有證件嗎？」

管他三七二十一。反正他們八成知道他會來這裡。「當然，在這裡。」

「謝謝，請看鏡頭。」

崔維斯將駕照遞給她，戒慎地讓網路攝影機拍下照片。她印出一張有崔維斯姓名和照片的貼紙。崔維斯道過謝，還沒在襯衫上黏好，便匆匆經過警衛，到藥房使用電腦。他撕下姓名貼紙，塞進口袋。

崔維斯一屁股坐上木椅，面向螢幕，按照指示操作，醫師值班表很快便跳出來了。他往下捲動頁面。頭銜出現了：「J．E．羅傑斯，醫學博士，腫瘤科。」姓名旁邊照片中的人看來年近六十，戴著方框的老花眼鏡，側分的灰髮，藍眼圓臉，表情肅穆。崔維斯注視照片，將醫生的外貌烙在心頭。這個人是解謎的關鍵人物，而他即將現身。

見到「腫瘤科」一詞，他眼前掠過母親的影像。羅傑斯是癌症醫生。

崔維斯跳起來，匆匆下了走廊，尋找替代的出口。走沒多遠，便看到左邊是急診入口。崔維斯走出去，重回佛羅里達溼悶的夜晚，上了克雷墨的車，依照索妮雅的指示，盡量將車駛近他的備用出口，重新停好，然後回到醫師停車場等待。

一切都很順利。

現在他只能等待羅傑斯出現，說服他與一個陌生人立刻離開，而且全程避開葛林的手下。稍早索妮雅向他說明計畫時，聽起來還挺簡單的。

57

索妮雅又低聲咒罵：「拉蒙・馬汀尼茲根本不存在！」沒人聽說過這個雜種。老笨蛋克雷墨八成弄錯鎮名了。雪上加霜的是她的西班文不太靈光，而本地人的主要語言卻是西班牙語。

她考慮用手機打電話問崔維斯狀況如何，又打消了念頭。但她納悶是否應該陪著他去醫院。或許她高估了崔維斯成功執行任務的能耐。

她沒有引起太多注意地走下破敗的街道——布滿五顏六色的店面，全都風華不再，有些則用木板封起。她烏溜溜的長髮和髒兮兮的外表讓她融入了這個環境。她心想，崔維斯才是和這裡格格不入的人。在那一刻，她覺得還好自己包下這樁差事。

一陣異樣的感覺打斷她的胡思亂想。

苗頭不對。

她受過的訓練啟動了，舉止不變，走路姿態和方向完全相同，但她眼觀四面，耳聽八方。接近十字路口時，她明白自己得利用這個機會過馬路。她向右轉，戒慎地只直視對街的目的地。她沒有回頭看，但仍然利用周邊視覺往後瞄。她等車流通過，從容地過馬路，目光定在正前方的商家玻璃櫥窗。

當她到達玻璃前，便看著玻璃反射的影像。

她的眼睛證實了她的第六感。

她被跟蹤了。

58

崔維斯謹慎地待在櫃台與醫師車庫之間的走道。他覺得握住氣球的手血流被切斷，想要換手拿時才察覺自己手握得太緊，得用另一隻手來掰開手指，指節咔啦啦響的討厭聲響提醒他此時此地，生命有多麼脆弱——他的生命。

目前為止，他已經見過三輛車進入停車場，每輛賓士車上都有一位穿著綠色刷手衣的醫生。從他的視角，也能見到任何從醫院前方進來的車輛。不過，仍有三十四分鐘才六點。崔維斯只盼望羅傑斯會早到。

崔維斯見到另一輛車目標明確地從街上駛入醫師停車場。寶馬車上只有一個人。想必是一位醫生。

寶馬車進入停車場，頭燈明亮，停好車，車頭面向離崔維斯最遠的一道牆。一個戴著眼鏡的中年男子下了車。他頂著側分的灰髮，穿著灰色西裝。崔維斯滿懷希望，但他從背後只能看見這麼多。那人轉身，按下車鑰，讓車燈閃爍，車子嗶了兩聲。崔維斯立刻認出那人的臉。

羅傑斯醫生提早來上班！

葛林手下並沒有現身，崔維斯一邊想，一邊回頭看街道確認沒有追兵……

本來已經如釋重負的崔維斯頓時又驚恐起來。當醫生蹣跚走向櫃台，一輛黑色轎車駛過醫院入口。

好，崔維斯，上場了。趕快想法子！

轎車慢下來，彷彿駕駛不確定該往哪裡走。

這不是好兆頭。現在車已駛近，崔維斯看出車上有兩個男人。不妙。

崔維斯神經緊繃，那大概是葛林的手下。他想否認眼前的一切是事實，但他清楚那無濟於事。現在正是採取行動的時刻。

崔維斯按兵不動，腦海裡上演一場光速的辯論。停車場不是說服醫生的地方。循著這條思緒，他意識到自己稍早拿了一張通行證，醫生一定也有通行證，但葛林的探員們可沒有。一個探員會留在車上，另一個則顯然會進入醫院察看。他可能會有某種官方徽章能亮給警衛看，但希望他會被警衛耽擱一下。總會有一些耽擱的吧？

好，到醫院裡面再接觸醫生。

醫生與崔維斯擦身而過。崔維斯再次向自己確認，這就是他要找的人，並且跟上去，回頭看到黑色轎車來到停車場入口。

崔維斯和醫生幾乎同時進入櫃台。但羅傑斯醫生沒有迅速通過警衛，卻停下來跟他說話。

別這樣！崔維斯聽著他們寒暄，轉頭看到黑色轎車停在遠方，在停車場入口旁邊，一個西裝男子下了車。

那輛車的車屁股靠著牆。真是不妙。快呀，羅傑斯，別拖拖拉拉了！

平凡無奇的三十秒宛如三十分鐘。羅傑斯醫生緩緩踏上走廊，崔維斯帶著氣球尾隨。他出神地瞪著醫生的後腦門，抗拒了鑽進腦海的念頭：我怎麼會淪落到這個田地？回想索妮雅的其他忠告：「你得盡快引起他的注意，帶他離開醫院到一個公共場所。速戰速決。」

好吧，採取行動。「羅傑斯醫生！」

醫生停步，回頭看崔維斯。

「什麼事？」

羅傑斯儀態威嚴，但崔維斯堅守陣線。

「醫生，最近是不是有一位克林頓・勒布蘭找過你？」

醫生沒有回答。崔維斯拿出勒布蘭的傳真。「勒布蘭死了，但他傳真這份東西給我，上面有你的名字，我相信你此刻非常危險。請跟我一起走。」哇——我剛剛真的講了這些話？

「你是誰？」

羅傑斯沒叫警衛或直接走開，這令崔維斯膽子變大了一點。

「我是丹尼爾・崔維斯。我向你保證，我對你真的沒有惡意。我的車在外面。我們得立刻離開。要逮你我的人正緊追不捨。請往這邊來。」崔維斯指指他的後備出口，感到一滴汗水從太陽穴蜿蜒滴下，暗禱醫生不會注意到汗水。

醫生目光嚴峻，宛如核磁共振機一般掃描崔維斯。崔維斯再次指指出口。

羅傑斯完全清楚我所為何來。

「好。」羅傑斯說，和崔維斯同行。

太棒了！崔維斯跟在後面一步的地方。

崔維斯轉彎時，瞥見了西裝男子——是那個下了黑色轎車的人。他在櫃台跟警衛說話。崔維斯撇開視線，即將看不到他們之際，卻瞥見警衛用手指著他們。

他沒有等著看下一步發展。

「跑啊！」崔維斯下令，拔腿就跑。「他們來了！」

醫生一言不發，臉色變白，開始跑。

崔維斯拉著醫生的手臂，衝出了急診入口。

「快啊！那是我的車。」他指著福特車。

崔維斯鑽上駕駛座，將鑰匙一把插入點火開關轉動。

毫無動靜。

慘了！

他再度嘗試。醫生鑽上乘客座喘氣。車子毫無動靜。醫生目瞪口呆地望著崔維斯。

崔維斯雙手砰地拍打炙熱的方向盤。「爛車！」

西裝男子從急診門衝出來，東張西望。

快發動啊！崔維斯再次嘗試。引擎發動了，但運轉聲聽來不順暢。

加油加油。

然後，就像克雷墨的車忽然間明白了事態嚴重，疲憊的引擎輕輕一顫，終於發動了。

「太好了！」崔維斯踏下離合器，踩下油門。

西裝男子跑向車子。

「他追上來了！」羅傑斯大叫。

「該死！」崔維斯脫口而出，試圖將油門踩到底。狹窄的街道並沒有轉圜的空間。

砰！西裝男意識到自己追丟了人，一拳打在後車廂，看著他們加速離開。

「我們得拉開距離。他跑回他的車子和搭檔會合了！」崔維斯大叫，其實他只是在自言自語，思忖索妮雅會怎麼做。

醫生急忙回轉過頭，望出後窗，然後坐回來糾正崔維斯。「不對！他的搭檔把車開過來載他了！」

「該死！」崔維斯看著照後鏡。

「在這裡左轉，有彎就拐，這一帶很像迷宮，應該可以甩掉他們——他們還在我們一、兩個街口後面。」羅傑斯說。

崔維斯照著醫生的指示轉彎，完全沒管停止標誌。他們轉彎再轉彎，從住宅區蜿蜒穿梭，完全不見追兵的蹤影。

崔維斯的呼吸慢慢恢復正常，但他看著照後鏡的時間，超過注視前方。

幾分鐘後，他們來到一條商店街。

羅傑斯繼續帶路。「那裡有一家小咖啡館。你最好把車停在別的地方。」

崔維斯很懷疑追兵現在找得到這輛車，但他聽令照辦。車子搖搖晃晃地停穩，崔維斯熄火，引擎已經嘶嘶作響。車子可能再也無法發動，不過他隨時可以打電話給索妮雅，從這裡搭乘計程車或其他交通工具。

崔維斯肩膀放鬆，望出擋風玻璃。他成功了。

「你要來嗎？」羅傑斯叫道。

他們默默走進咖啡館，彼此都不知道該說什麼、又該從何說起，但兩人都明白他們見面的原因。崔維斯想進入室內，待在不會被看到的安全地點——烙在他腦海裡的問題總算可以得到答案了。

一進入小咖啡館，他們點了兩杯咖啡牛奶，坐在角落小桌。總算獨處了。

崔維斯打破沉默，將傳真遞給羅傑斯看，並說出最近二十四小時令他生活天翻地覆的事情經過。崔維斯無條件地信任醫生，一五一十說出一切。

＊＊＊

當崔維斯交代完始末，羅傑斯坐看窗外。雷雨悄悄降臨大地。滂沱的雨勢狠狠擊打外面的車輛。

羅傑斯醫生用紙巾擦拭眼鏡，總算開口了。他的口吻鄭重，伴隨著一記不祥的雷聲。「崔維斯，我們國家正經歷一場無聲的戰爭。不論喜歡與否，你已經捲進戰事了。」

59

諾曼很清楚跟葛林講話的時候，一定要審慎措辭。「長官，瑞斯特務又來電話，還有那個解碼員……」

「晚點再說，諾曼。別打擾我。」葛林厲聲說，匆匆進入辦公室，砰地摔上門。

葛林將USB儲存裝置插入電腦，一屁股坐在椅子上，看著螢幕。

他研究鳳凰奉上的資訊，也就是他那個不夠意思的朋友倫奎斯特拒絕提供的資訊。

葛林將頁面往下捲，血色從他臉上消退。

他僵住，嘴巴半開，眉頭深鎖。*怪不得倫奎斯特被迫將案子移交給另一個部門！*

這個身分不再是謎的女子從螢幕上望著他，眼神挑釁。*邪惡的小妖孽。*

葛林不由自主地嚥了嚥口水。最糟的是，他覺得情況失控。

葛林一掌拍在桌面，回想那女孩如何從一開始便協助崔維斯逃走，終於明白她為何捲入這件事，以及她為何如此厲害。他扯出USB儲存裝置，塞進口袋。

烏雲來了。

葛林明白將螢幕扔出窗外，甚至是用螢幕砸諾曼的腦袋，都無濟於事，但他仍想那麼做。

呼吸。呼吸。他覺得喘不過氣。

*沒事沒事。*心理醫生說黑暗中總有一線光明——你只是需要尋找那線光明。他望著窗外，真的尋找起光明。

過了一分鐘左右，他竄到門口叫諾曼。

諾曼坐下了才開口，活像是一具程式設定精密的機器人。「長官？」

「那個一直打電話找我的特務是誰？」

「是瑞斯，長官，調查局的特務瑞斯。解碼員也在等著見您。」

「很好，叫他過來。趁他還沒到，幫我打電話給瑞斯。」

60

崔維斯覺得像被外面狂暴雷雨的猛雷劈中眉心。他躲在孤寂的咖啡館中，身邊的人素昧平生，卻可能救他一命。在一小時又一小時的困惑與絕望後，謎底似乎總算即將揭曉；至少謎團也能解開一點。

「醫生，你知道勒布蘭可能會把阿波羅檔案寄去哪裡嗎？就你的認知，這件事跟古巴人、蘇維埃或甘迺迪暗殺兇手搭得上關係嗎？」

「兩個問題的答案都是不知道，抱歉。」羅傑斯搖頭。「我對勒布蘭幾乎一無所知。」

崔維斯知道勒布蘭在傳真裡提到羅傑斯必然有原因。

「是什麼戰爭？醫生，你提到有一場無聲的戰爭。史隆凱特靈醫院究竟發生過什麼事？」

「好，你說出了你的故事，現在我來告訴你我的故事。不過我先交代傳真裡『CA Rep.』的意思。勒布蘭最近和我聯絡過，因此你提到他的名字，我就知道你沒騙人。我只能複述一遍告訴他的事。你們正確推論出 CA 是加州的縮寫，但 Rep. 是報告的縮寫。」

「加州報告？」

「對，那是一九六三年十一月公開發表的醫學報告。」

「一九六三年十一月？」崔維斯再次看傳真：

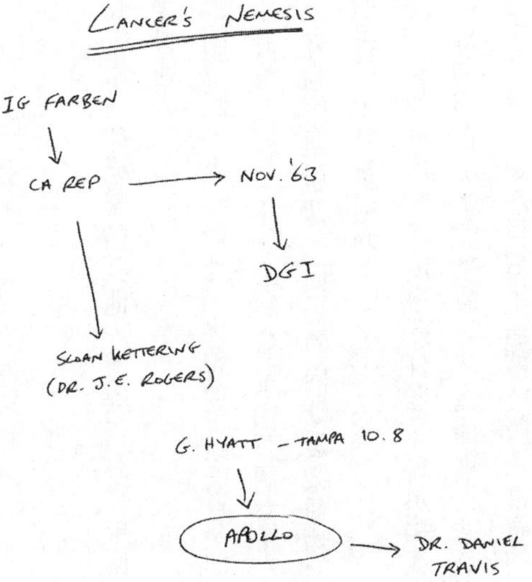

他和克雷墨將傳真中的「加州報告」誤判為與甘迺迪有關，是因為一九六三年十一月是甘迺迪遭到槍殺的年份。因此，這下可有意思了。事實上，現在傳真上的資訊全與醫學相關，唯一的例外是標題「蘭斯之勁敵」及古巴情治單位「DGI」。加州報告與甘迺迪槍殺的關聯，是兩者發生在同年同月？果真如此，這怎麼可能為他指出檔案的下落？

「沒錯。」羅傑斯繼續說：「加州報告發表於一九六三年十一月一日，基本上，它使得一種稱為苦杏仁苷的物質成為非法物質。這份報告在那之前十年便已發表，但一九六三年是法律勒令禁用苦杏仁苷的年份。」

崔維斯知道這席話與甘迺迪暗殺兇嫌無明顯關聯，但他必須照聽不誤。據他的經驗，一條線索常會引出另一條線索，持續追查下去，只要敞開心扉，遲早會找到答案。

羅傑斯繼續說：「委託進行這份研究報告的人是製藥卡特爾，傳真裡用的是製藥集團的舊名法本。要了解史隆凱特靈醫院的事情、明白製藥集團何必費心委託進行加州報告，我得解釋這一切的背景。別誤會，我要說的事情句句屬實，而且是史上最大的醫療黑幕。」

一聽到「黑幕」，崔維斯立刻燃起濃厚的興趣。不論此事是否與甘迺迪相關，他深信自己正是捲入了黑幕。

「崔維斯，癌症有解藥，而且解藥始終存在。」

什麼？不會吧……

爸。

媽！

如果是在平常，如果是由其他人這麼告訴崔維斯，他必然不會理睬。但現在不是平常，而這個人也不是普通人。

崔維斯緊閉雙眼，專心聆聽，儘管他可能會寧願不知道答案。

「一切始於一九五二年。當時舊金山有個醫生，叫做恩斯特‧克雷布斯。克雷布斯主張癌症並不是由外來因素引起，而是體內缺乏某種物質。這缺乏的物質是一種稱為B17的維生素，在杏子的果仁中含量最高。」

這說法是崔維斯聞所未聞的。「什麼？你是指在杏子裡面發現的維生素可以治療癌症？就是超市裡都買得到的杏子？怎麼會呢？這種維生素為何沒有用來治病？」

羅傑斯嘆了口氣，顯然見慣了這種一般人常有的反應。「聽我說，我會有問必答，但如果你不喜歡我的答案，那是你的問題。」

羅傑斯如數家珍地向崔維斯說：「使用維他命C治療壞血病，也曾被認為是瘋狂的理論。一七四七年，一位年輕的英國海軍軍醫發現柑橘類能減輕壞血病的症狀。但科學界太過傲慢，五十年後皇家海軍船艦才開始配給萊姆。這麼做以後，其餘航海國家便無法望其項背。也因此，我們至今仍然戲稱英國人為『萊姆仔』。」

崔維斯覺得自己搖身一變，成了昔日自己課堂上的學生。這正是他學生愛聽的另類歷史。羅傑斯以趣味回應質疑。崔維斯心跳加速，現在不僅事關阿波羅檔案的下落，也與母親的病情相關。

「要知道，科學家所受的訓練是為問題尋找**複雜**的答案，以表示他們訓練有素；對事情提出簡單的解釋，則會瓦解那種形象。醫師成為美國人的偶像，簡直被奉為神明，不容一般人質疑。但他們只是接受了資訊的凡人。他們的價值也就在於他們學習過的醫學知識。但，是誰提供他們那些知識？而提供知識的人又能得到什麼利益？」

羅傑斯停口，向女服務生打手勢示意再來一杯咖啡。

這番詭辯說得通。誰會比醫界中人更清楚醫療體系的瑕疵？崔維斯腦海裡掠過千百個問題，但他按捺住提問的誘惑，不打斷羅傑斯；這位醫生對他的態度很古怪。儘管羅傑斯毫不遲疑地和他一起衝到車上，對崔維斯的困境卻顯然不寄予同情。

「我們砸了數十億元研究癌症幾十年，但癌症猖獗依舊，同樣的觀念也沒改變。如果你天天做一樣的事，卻指望不一樣的結果，那要叫**瘋狂**。崔維斯，造成研究瓶頸的只是愚蠢嗎？或是另有隱情？」

第二巡咖啡來了。羅傑斯鎮定地加糖、攪拌，一邊說話，一邊凝視外頭的滂沱大雨落在人行道上。

「你有沒有聽過喜馬拉雅山上有個小王國，叫做亨札？」羅傑斯問。

「沒有，怎麼了？」

「因為亨札人無意間參與了史上規模最大的苦杏仁苷臨床試驗。當地從來沒有癌症，人民常能活到一百二十歲。在那裡，財富是以一個人擁有的杏樹數量衡量。杏果是主食，應用廣泛，例如食用油，什麼用途都有。如今西方食物漸漸傳到那裡，不幸的是，那裡也出現癌症的初期徵兆。」

「但癌症少的原因，應該是他們不像我們西方世界充滿污染和致癌物吧？」儘管亨札的故事耐人尋味，崔維斯忍不住吹毛求疵。

「言之有理，可惜你是錯的。維他命 B17 或者說苦杏仁苷所含的化合物稱為 nitrilоside，許多蔬果有這種成分，但杏仁的含量特別高。以你看，加州是不是因為充滿污染，所以有許多誘癌因素？」

「對，應該吧。」崔維斯說，想到了像洛杉磯那些烏煙瘴氣的城市。

「那好，在加州的基督復臨安息日教會的會眾遠超過十萬人，他們的癌症發生率不到加州其他地區的一半。倒不是說那裡完全沒有癌症，但狀況比多數地方好。他們和一般人生活方式的差別在於素食，因此他們自然而然，攝取比較多的苦杏仁苷。」

思慮嚴謹的崔維斯琢磨著這些訊息。證據愈來愈多，但他需要更多資料。他感覺得到，羅傑斯仍有很多話要說。令崔維斯困惑的是，這些事情怎麼會讓勒布蘭擬定「蘭斯之勁敵」的傳真標題。

「總之，回到恩斯特・克雷布斯醫生的事情。他依據這些線索，提煉出苦杏仁苷，那是B17的精製形態，是從杏仁萃取的。他必須先做無毒測試，因此他進行動物測試，然後用自己做測試，因為苦杏仁苷含有氰化物。」

「氰化物？但那會要人命的！」

「杏籽和蘋果籽也富含氰化物，超市裡卻隨時都有賣。」羅傑斯諷刺說，然後拿起桌上的鹽罐。「你看這個，你會把它加進食物裡嗎？」

「鹽？當然，鹽是無害的。」

「那好，鹽的化學名稱是氯化納，也就是納和氯的化合物。你會食用氯嗎？」

「當然不會，氯有毒。」

「原因在於氯這種物質，只有單獨攝取時才有害人體。若從鹽裡面將氯分離出來食用，氯便有毒性，但氯與納結合在一起，便只是食鹽。」

「原來如此，但你想說什麼？」

崔維斯察覺羅傑斯暗嘆得向門外漢解釋這一切。崔維斯與醫生談話時，常注意到對方的敵意，他猜那是因為他的博士學位不屬於醫學類。

「崔維斯先生，重點在於除非你是癌細胞，否則苦杏仁苷和食鹽一樣無害。苦杏仁苷與細胞起作用時，會釋出氰化物的成分。如果那是癌細胞，那一個細胞便會死亡；但如果那是健康細胞，細胞則會釋出一種硫氰酸酶的保護性酵素，讓細胞不受氰化物的危害。癌細胞不會分泌硫氰酸酶，會被氰化物消滅。就以你個人的反應來看，不難明白權勢集團要否決苦杏仁苷有多容易。他們只要說出『氰化物』，便終止一切爭議。附帶一提，苦杏仁苷不具毒性，傳統的癌症療法全具有高度毒性，因此用毒性否決苦杏仁苷，實在說不過去。」

「我能理解這一點。你指的『權勢集團』是誰？」崔維斯有如偵探向羅傑斯試探，試圖臆測阿波羅檔案的可能下落。

「我待會兒就告訴你，但只要說一句話就夠了，他們是任何會因為苦杏仁苷被奉為解藥而損失慘重的人……或者應該說，是容不下任何解藥的人。」

「你想說什麼？」

「聽我說，苦杏仁苷是天然物質，是一種維生素。天然物質是不能申請專利的，也因此無利可圖。」

崔維斯想到這席話的走向，便一陣噁心，但他早已失去了天真，不再相信人人都不以財勢為念，做事義無反顧。

「你之前說苦杏仁苷被查禁。為什麼要查禁天然物質？」崔維斯說。

「說到重點了。」醫生露出陰沉的笑容。「一九五六年，有人引介克雷布斯認識一個人脈很廣的商人，叫做安德魯・麥諾頓，他大力推廣苦杏仁苷。麥諾頓的父親是第二次世界大戰的將軍，也是聯合國安理會的前任主席。麥諾頓可說是最大力推廣苦杏仁苷的人。六〇年代早期，藉由麥諾頓基金會之助，第一家苦杏仁苷診所在達拉斯開張營業，療效卓著。」

崔維斯豎起耳朵。「德州達拉斯？」

「對。」醫生說，不明白為何一個地名能讓崔維斯如此興奮。

達拉斯是甘迺迪遇刺的地點。此外，加州報告於一九六三年十一月發表，這是第二個與甘迺迪暗殺案的共通點，卻也是力道薄弱的共通點。一定還有其他牽連。

「然後戰爭便開打了。」羅傑斯繼續說。「麥諾頓槓上癌症產業，癌症產業因而祭出加州報告，想一勞永逸地解決爭端，壓抑苦杏仁苷支持者。可是報告中充滿謊言和矛盾的地方。」

「聽來倒是很像調查甘迺迪暗殺案的華倫委員會。」崔維斯說。

61

索妮雅聽到遠方的雷雨漸漸逼近。溼氣濃重，藍天轉為陰黑，陽光變為陰森的寒光。

她明白如此一來，自己與追兵便無所謂誰佔優勢。

索妮雅只恨自己將槍留在車上的置物箱給崔維斯。她身處陌生的環境，而且沒有武器。她的追兵極可能持有槍械，但以她的經驗及接受過的訓練，通常能化險為夷。

一旦追兵知道自己形跡敗露，便會打破僵局，這可能不利於她。若這名陌生人想殺她，必然早已下手。無論那人是誰，他目前似乎只想觀察她。

索妮雅至少走了七條街的距離，心知不能和那人乾耗下去，否則無法繼續尋找拉蒙。她拍拍放著手機的口袋，暗自希望崔維斯平安無事，好讓她能達成任務。

雨水從烏雲傾瀉而下。她等待的時刻到了。無論如何，她都要找到阿波羅檔案。

前方有一條巷道，她從巷口彎進去，拔腿飛奔，立刻隱遁到追兵看不見的地方。但她清楚追兵必然緊跟在後。

＊＊＊

跟蹤她的男人穿著黑西裝，深色頭髮。他跑進索妮雅消失的巷道，咒罵自己顯然已經敗露了行跡。

這倒還是第一次。可惡，這女人是行家。

他從肩帶抽出手槍，躡手躡腳進了巷道，並用無線電請求支援。

62

崔維斯在紙巾上做筆記。羅傑斯醫生繼續說明苦杏仁苷、克雷布斯、麥諾頓的事情。羅傑斯宛如現代戰艦，論點似乎刀槍不入，不可思議卻可信。儘管如此，仍然難以推斷阿波羅檔案的下落。

「我說過了，一九六三年十一月一日，由於加州報告，號稱自由之土的美國禁止了苦杏仁苷的販賣和使用。可是直到今天，苦杏仁苷在世界上許多國家仍然合法，而且購買容易。事實上，每年都有數千名美國人行使自由權，飛到德國、瑞士、墨西哥等國家治療癌症。我自己也打算這麼做。」

這能救媽媽的命嗎？

羅傑斯啜了一口咖啡才繼續說，舉止泰然自若，不像才剛被人從醫院裡追趕的模樣，令崔維斯大感驚奇，總覺得羅傑斯如此沉著的原因，必然就在他的故事中。

「負責進行加州報告的人是兩位癌症醫生：嘉藍德和麥當勞。麥當勞曾經說菸草絕不可能導致肺癌，媒體甚至引述他宣稱：『一天一包菸，肺癌閃一邊。』因此，我想你會同意，他們的可信度令人懷疑。」羅傑斯說，從雙焦眼鏡上緣嘲諷地望著崔維斯。

崔維斯點點頭。

「猜猜看，那些判定香菸不會導致肺癌的臨床試驗是誰贊助的。」羅傑斯又說，一邊搖搖食指。

「菸草業？」崔維斯說。

「正是。」

崔維斯皺起眉頭，羅傑斯不禁停了口。「但臨床試驗的結果應該很直截了當，要嘛有效，要嘛沒效，有可能操縱結果到那種地步嗎？」

羅傑斯深呼吸一口氣，用受挫的悲傷口吻說：「你有沒有聽說過關於科學成見的研究？」

「沒有，但聽來不是好事。」

「基本上，進行實驗時，如果科學家已經料定結果，或已有想要得到的結果，實驗的結果便常會受到影響。一群相同的老鼠送到兩個實驗室進行測試。一間實驗室被告知那些老鼠是聰明的品種，能快速通過迷宮，而另一間實驗室則被告知老鼠不聰明，通過迷宮的速度很慢。他們回報的實驗結果吻合簡報：號稱聰明的老鼠快速通過迷宮，笨老鼠的速度則較慢，但這些老鼠完全相同。這種例子比比皆是。」

崔維斯向來認為歧見是他專業領域中的職業危險，不料科學界也是如此。在他的世界中，抱持預設立場去尋找真相，便只會看到符合你立場的證據。而這些證據極可能也是扭曲的證據，因為眼睛只看得到你想看到的事物。

羅傑斯繼續說：「但重點來了，儘管嘉藍德和麥當勞那兩個小丑扭曲報告內容，要出了不給老鼠足夠劑量等等伎倆，但苦杏仁苷仍然顯示出療效，只是他們壓下了那些結果。儘管如此，如果你仔細研究報告，附錄三和四其實承認苦杏仁苷的效果。在報告第四頁，他們甚至於不得不承認所有病患的食慾增加，體重上升，感覺身體安康，這些正是科學家用來判斷療效的指標。」

「加州報告為何如此重要？」

「這種有大量背書的報告一旦發表，便等於立下了先例。就像律師援引以往的判例，醫生們會將報告當成參考資料，據此擬定醫療意見，而不會自作主張。你明白了嗎？那兩個醫生基本上埋葬了苦杏仁苷，而這正是他們贊助人的目的。」

「我懂了。這就是事情全貌？」

「不是。儘管苦杏仁苷在美國變成非法，卻很難壓下大眾的耳語議論。人們聽說苦杏仁苷診所在禁令發布前曾治癒癌症病患。麥諾頓財力雄厚，便向食品藥物管理局申請進行測試，準備自己做不會被扭曲的實驗。要是他能讓食品藥物管理局核准苦杏仁苷的使用，所有問題便迎刃而解。他申請了IND……」

「IND？」

「對，也就是新藥的第一期臨床試驗。食品藥物管理局批准試驗，不久又撤回許可，宣稱苦杏仁苷具有毒性，講得好像化療無毒似的。食品藥物管理局也編派了蹩腳的藉口，說苦杏仁苷的臨床紀錄不足，不能展開第一期臨床試驗，但進行第一期試驗並不需要臨床紀錄。食品藥物管理局甚至禁止測試苦杏仁苷。現在問題來了，為什麼他們甚至禁止測試？」

「苦杏仁苷沒半點毒性？」

「如果你一天服用五百顆杏籽，你會生病。過度攝取任何食品都會致病。若以相同的劑量來比較，阿斯匹靈的毒性其實是苦杏仁苷的二十倍。但爭議可沒因此平息，而這時史隆凱特靈醫院登場了。」

崔維斯向醫生湊過去，因為醫生將音量壓低為密謀般的低語。此外，這也是勒布蘭傳真裡提到的醫院。

「他們曾經幾次打壓苦杏仁苷。到了七〇年代早期，打壓的聲勢便強大起來。每次的打壓就像加州報告，統計數據或是被按下不發表，或是以精巧的措辭扭曲。但規模最大的一樁是史隆凱特靈事件。在一九七二年和一九七七年之間，苦杏仁苷由傑出的杉浦兼松醫生進行測驗。他是史隆凱特靈的資深研究員，已有六十幾年經驗，以絕對公正的辦事態度聞名。其他的癌症名醫說，凡是杉浦醫生做的測試，他們絕不會費神測試，因為他們知道他的測驗結果必然嚴謹而可靠。」

羅傑斯諷刺地笑著搖頭。「史隆凱特靈董事會那些渾蛋自大傲慢，竟然聽信苦杏仁苷沒有療效的鬼話，因此他們允許杉浦做測試，以為他會否定苦杏仁苷。不料擦槍走火，丟臉丟大了。出糗後，他們便七手八腳掩藏真相。」

羅傑斯移開空杯和盤子，手勢增加，情緒開始激昂。「杉浦測試結束後，他的結論是苦杏仁苷阻止癌症擴散，改善病患的整體健康，抑制小腫瘤的生長，減輕疼痛，並且可預防癌症。史隆凱特靈隨後聲明：『杉浦醫生在其他化學治療藥物上從未觀察到腫瘤的完全緩解』。」

「他們還能怎麼樣？實驗結果有目共睹！」

「是沒錯，問題在於史隆凱特靈的董事會是由製藥卡特爾的代表組成。杉浦的測試結果並非他們所樂見，會令他們損失慘重，因為醫院的收入很大一部分來自治療癌症。更糟的是，現在這一切已是公開的資料。」

儘管這一切符合邏輯，崔維斯並不願意去想竟有這等規模的欺瞞，不願去想他父親原本可以獲救，而他母親仍然有救！

「接著便天下大亂。杉浦以往的研究報告從未受到質疑，但醫院擔心鉅額利益不保，便質疑杉浦。他們重做實驗，這回換了一批研究員。這些研究員無疑只想飛黃騰達，對探究真理興趣缺缺。問題是醫院裡已經有其他醫生重做試驗。斯托克醫生和雄恩醫生的測驗結果甚至更好！因此，院方另行尋找研究員，史隆凱特靈黑幕便漸漸成形。他們照著加州報告的操作手法，反覆實驗，諸如降低老鼠等等的用藥量。世間最容易辦到的事，就是失敗，崔維斯，而他們也失敗了。他們只需要打壓杉浦，說他的測試粗糙。但苦杏仁苷療效卓著，他們不得不做了幾個扭曲的實驗來貶抑它。最後一場實驗在醫院進行，主持實驗的醫生將老鼠混在一起。一半老鼠使用生理食鹽水，一半老鼠投以苦杏仁苷。他們故意混雜老鼠，結果沒接受治療的老鼠病情比接受治療的老鼠更有起色。從什麼時候開始，生理食鹽水也能治療癌症了？」

崔維斯搖搖頭，皺眉說：「實在很難相信一家醫院……做得出這種事。他們怎麼能指望事情不爆出來？」

「他們也沒抱那個指望呀！我們有些人認為自己立下的醫師誓言，要比追求事業成就或研究經費更重要。這些黑幕讓醫院裡一群醫生義憤填膺，他們暗中組織起來，發行了一份稱為《第二意見》的新聞稿，以匿名方式發送給平面媒體。第二意見地下組織能夠讓平面媒體注意到這件事，大概是因為史隆凱特靈的公共事務副主席也是第二意見的成員。他曾經被迫撰寫新聞稿，說苦杏仁苷不具療效，但在一九七七年十一月，他公開，告訴媒體整樁黑幕的始末。」

崔維斯知道接下來發生的事。「我來猜後續發展。媒體莫名其妙地去追一條大新聞，而冷漠的大眾忘了這整件事？」

「一針見血。媒體很懶惰，不關心真相，只靠聳動的新標題吸引大眾。一條新聞報久了，人們便失去興趣，而且不願相信壞事會降臨。他們情願死於癌症，也不願意心神不寧，去想那些應該保護他們的人竟然辜負他們的信任。他們根本就是草菅人命，謀殺成千上萬人。這是種族滅絕的大屠殺。」

「那麼你在這件事裡又扮演什麼角色呢，醫生？」

羅傑斯沒有看崔維斯，情感激昂地低語，令崔維斯不禁將頭湊過去，以便在外面呼號的雷雨聲中聽清楚。

「我是第二意見地下組織的老成員。反抗仍在持續——事實上，反抗活動正捲土重來。就像我說的，你跟你的朋友勒布蘭一樣，都陷入一場祕密戰爭。」

63

拘謹的腳步聲嘩啦嘩啦，踏過急速積聚的積水。索妮雅用一個丟棄的汽水罐撐開一個大垃圾桶的蓋子，躲到後面。雨水從她鼻尖滴落，宛如水龍頭漏水。她毫無畏懼。

天昏地暗，只有偶爾幾道光線強烈的閃電。若她沒有誤判，閃電足可讓她的追兵眼花。她知道對方會察看垃圾桶，到時她便會出擊。一秒便能解決他。

腳步聲近了，停下來。索妮雅暗自蔑笑，好個外行人，一舉一動都很容易猜到——他們根本不知道自己在跟誰打交道。

她感覺到垃圾桶被打開的震動，聽到空汽水罐叮噹落地。她知道對方的注意力，會被引到汽水罐那邊。

時候到了。

索妮雅從垃圾桶後方轉出來，讓頭部維持在幾乎與臀部同樣低的位置，朝著男人的肋骨踹了一腳。

咔啦！

他驚異地痛苦嚎叫。

他急忙將槍口舉向索妮雅來襲的方向，射出一輪子彈。但索妮雅早已料到他會還擊，已閃到他背後。

索妮雅抬膝朝他背部撞下去，同時抓住他握槍的手朝垃圾桶敲，疼得他放開手槍，無助地咕噥，倒在地上痛苦地蠕動。

索妮雅靈巧地抄起手槍，踹了他鼠蹊部一腳，彷彿是懲罰他。他在溼透的水泥地上尖嚎，蜷縮成一球，雙手護著胯下。

她跨立在他身上，槍口對著他的頭，一腳踩著他的臉，讓他的臉貼著愈來愈深的積水。

「你替誰工作？」她舉起手槍。

「去妳的，賤人！」

她踢中他頭部，他又痛得哀嚎，吐出鮮血，然後笑了。

他為什麼笑？索妮雅看看四周，但在黑暗中什麼也看不見。

接著她聽見子彈呼嘯擊中她旁邊的金屬管。

是狙擊手。

她跪下，將槍口抵住男人的太陽穴。另一發子彈嗖地飛過，擊中金屬管較低處，與她的頭部相同高度。男人又笑了。狙擊手正在設法逼索妮雅離開俘虜。

狙擊手顯然有紅外線瞄準鏡，子彈從巷道另一端射來。索妮雅只能坐以待斃。

「站起來！」她命令。

男人起身時，她也一併站起來，用他當人肉盾牌。

雷擊撼動了天空，雨勢更加猛烈。原本有利於索妮雅的優勢，現在轉為劣勢。她是獵物。

索妮雅向後緩緩移動，離開狙擊手。

她後腦挨了一記重擊，失去意識，頹然倒地。

64

「如果你是反抗的一方，誰是另一方？」崔維斯問。

「你想想，受雇於癌症產業的人超過癌症病人。癌症產業每年都有一千一百億美元的產值，若是一夕消失，那會損及美國經濟。醫院綁在放射線醫學設備的資金有幾百萬，藥商砸在油水多多的毒性化療專利權的資金也一樣多，醫生要保障自己的生活，非營利組織要付薪水，這份名單還可以再列下去。而這些人大多數甚至不知道自己也是問題的一部分，他們和我們其他人一樣無從得知事實。」

這些事真令人不安、作嘔。「你說的『非營利組織』是指什麼？慈善團體嗎？」

「是啊。美國癌症協會和美國國家癌症研究所能夠存在，是因為癌症存在。沒有癌症，就沒有美國癌症協會和美國國家癌症研究所。這些機構裝備有幾百萬美元的大量現金以供花用，重點是美國癌症協會每花一元從事研究，便得付出六塊多的薪水及額外津貼。一九九八年，他們還花了一百萬美元進行政治遊說，此舉完全違反他們非營利的身分。長久以來，他們收到大筆捐款，卻沒有找到癌症的解藥，反而砸錢以抹黑的手法，打壓苦杏仁苷。你聽說過林內斯．鮑林博士嗎？」

「沒有。」

羅傑斯揉揉太陽穴，閉上眼睛。

「林內斯．鮑林兩度贏得諾貝爾獎。他對這件事的實際評語是：『人人都應該明白一件事：所謂的抗癌之戰，基本上是一場騙局，而美國國家癌症研究所和美國癌症協會怠忽職守，辜負支持他們的美國人。』另外兩位諾貝爾獎得主詹姆斯・華生博士和亞柏特・夏茨也說過類似的話。」

「那你們對抗的敵人是誰？」崔維斯說，急著切入重點。

「打壓癌症解藥能讓很多機構獲取暴利，尤其是製藥卡特爾。這些傢伙可以合法推銷藥品。打開電視，就有氾濫成災的廣告叫你詢問醫生某某藥品是否適合你。老天，我甚至看過沒說明藥效的廣告，裡面只有一堆快樂的人，然後叫你向醫生洽詢！當他們向醫生詢問，醫生怕病人控告他醫療不當，便開那種藥給病人；此外，醫生也能從藥商那裡拿回扣。我們的醫療費用怎麼可能不節節上升？為什麼大家看不出箇中關聯？」

崔維斯正想設法消消羅傑斯的火氣，但還沒來得及吭聲，羅傑斯又接下去說。

「任何醫生如果有勇氣獨立思考，讓病人服用苦杏仁苷，或建議病人使用這種療法，便會被吊銷醫師執照，入獄服刑，被冠上冒牌醫生的罪名。冒牌醫生？笑死人了！我們反而是冒牌醫生！」

此時，崔維斯心裡想的主要是母親，而不是勒布蘭的傳真。「你是指癌症的傳統療法是騙人的？」

「完全正確。你聽我說，所謂核可的癌症療法都是針對腫瘤。只要你仔細想想，便會明白那有多無稽。腫瘤是症狀，不是病因，因此腫瘤只有約百分之十五的癌細胞。儘管腫瘤裡的癌細胞不多，我們卻以腫瘤尺寸的縮減來衡量療效。我們以切除、燒灼或毒殺的方式對付腫瘤，自欺那是在治療癌症。天啊，那我們不如用水蛭來治病算了！就算你要以腫瘤尺寸評估療法，苦杏仁苷也能縮小腫瘤。」

羅傑斯在椅子上動了動。「食品藥物管理局、美國醫藥協會、美國國家癌症研究所和美國癌症協會全部受制於製藥卡特爾。藥商的威力無遠弗屆，不論是政府、媒體等等都受到他們干預。這是一場苦戰，原本我們一直節節敗退，直到最近才有了轉機。」

「怎麼說？」

「大環境在改變。自從政府核可的藥物鬧出害死人命的醜聞，大家對醫療機構的信心動搖，不再聽信他們空洞的突破及害死人的藥品廣告，而開始追求有機食品。大家總算明白食用人工垃圾，便會生病。大家終於恍然大悟，有機食品不是一時的健康熱潮，而是食物的天然狀態，不含致癌的化學物質！不過最近有一項多數人還不知情的新發展，也就是第一夫人支持苦杏仁苷。這是一場資訊戰爭，而局勢有了改變。」

崔維斯盯著傳真，希望從中得到靈感。

「這些就是你告訴勒布蘭的事情嗎？……不多也不少嗎？」

「對，差不多就這樣。勒布蘭到底出了什麼事？為什麼阿波羅檔案這麼重要？」

「我要知道就好了。請教最後一個問題，你聽過DGI嗎？」崔維斯問，提起傳真條目。

羅傑斯思忖了片刻。「DGI？我想那是散播性淋球菌感染（Disseminated Gonococcal Infection）的縮寫。那不是我的專業領域，但我想那跟淋病有關，問這個做什麼？」

崔維斯明白這大概與傳真毫無關聯，但照樣記下了病名。

羅傑斯緩緩起身。「好，我要走了。我會保持低調，直到風平浪靜。這是我的電子郵件信箱。別擔心，帳號不會被入侵的。」羅傑斯說，在紙巾上寫下信箱。「讓我知道事態發展。我會叫計程車。」

崔維斯和醫生握手告別。羅傑斯轉身離開咖啡館，走入傾盆大雨中，消失在黑暗中。

該和索妮雅聯絡了。崔維斯在咖啡館裡啜飲咖啡，打了一遍又一遍的電話。十分鐘了還沒有回音，過一會兒再打給她。

崔維斯嘆了口氣，離開咖啡館，暗禱克雷墨的車子能發動。

他轉身背對馬路，關上咖啡館的門。此時一輛黑色轎車從陰溼中呼嘯駛上人行道。

他轉身望向噪音的源頭，沒來得及反應，便被兩人制住。

其中一人用一塊布捂住崔維斯的口鼻。崔維斯聞到化學藥劑味，眼前一黑，渾身癱軟。

65

「謝謝您撥冗接我電話，葛林先生，真是多謝了。」

「不客氣，瑞斯，今天我能為你們調查局做些什麼事嗎？」兩人的地位高低早已確立，從瑞斯與葛林稱呼彼此的方式便能看出來。

葛林起身踱步，與牆壁維持一呎的距離。他的魅力從燦爛的笑容滲透到電話另一頭，威嚴與權勢不減。

葛林和調查局互相憎惡。從葛林神祕的特勤局成立的那一天，調查局便想吞掉特勤局，但始終無法如願。一切全是政治角力，那可是葛林的超級拿手好戲。但瑞斯或許能派得上用場，這是上帝告訴他的。

「葛林先生，我們調查局很樂意協助貴單位追蹤昨晚的那兩名嫌犯。」瑞斯的語調爽快，但葛林知道他有所隱瞞。

「你們真慷慨，瑞斯。你有何提議？」葛林跟他周旋，看瑞斯如何反應。

「首先，如果您說明昨晚遇到嫌犯的始末，以及採集女孩指紋的原因，我就能派人調查。」瑞斯戒慎地避免說出嫌犯姓名，是因為調查局最近的安全漏洞。葛林知道資訊外洩的情況，但他清楚瑞斯是指崔維斯與共犯。

我才不會讓他拿到阿波羅檔案。

「那只是例行調查，瑞斯。當然，如果你能查出女孩的身分，就是幫了我忙了。倫奎斯特絕不會合作的。」葛林知道索妮雅的身分，但他要刺探瑞斯的立場。

「恐怕愛莫能助。我也不能碰她的資料。不管她是誰，她驚動了調查局的人。」現在葛林確知他在撒謊。「你打算怎麼幫忙？調查局怎麼會對這種小案子感興趣？那女的對我非常重要。」

電話另一頭遲疑了片刻。「您也知道我們有豐富的資源可以調度。不論女孩是何方神聖，她的身分顯然很敏感，因此我們對這件事情興趣濃厚。您了解我們調查局是什麼德行。」瑞斯勉強笑一下。「總之，有事儘管吩咐。您知道我的聯絡方式。」

「好的，瑞斯。多謝好意，如果查到女孩的事情，我再通知你。祝你今晚愉快。」好個愛管閒事的小笨蛋。

葛林一把掛斷，盯著電話思忖。時間不夠了。

明天上午，阿波羅檔案應該會在某處出現。

葛林叫諾曼進辦公室。

諾曼進了辦公室，疲憊的臉孔泛出淡淡的笑意，難掩熱情。諾曼難得有這種表情。葛林滿懷期待地望著他。諾曼知道自己得先坐下。

「長官，郵局有消息了！星期一從華府寄出的限時信清單出爐了！」

「太好了！」葛林捶了一下桌面。

「長官，好消息還在後頭。」

「是嗎？」

「您記得您吩咐邁阿密戴德郡警方，若有掛維吉尼亞、德拉瓦或華府車牌的車輛通報失竊，就通知我們？現在有一起通報了。」

「很好，那羅傑斯醫生的呢？」

＊＊＊

瑞斯坐鎮總部，盯著空白的筆記紙。他總算聯絡上葛林，釐清了一點事態。

他打電話給簡森局長。

「瑞斯，狀況如何？」

「他拒絕合作，逮捕逃犯的地點不明。」

「好，你打算怎麼做？」簡森語氣急迫。瑞斯的技藝是他唯一的依靠，這與其說是誇讚，不如說他已經驚慌失措。

「我得跟蹤他，他遲早會自投羅網。我會追查下去，長官。」

「請繼續調查，瑞斯，請加油，需要什麼支援儘管說。」

瑞斯已經知道該開口請求什麼支援。「首先，我要一架加滿油的飛機，而且飛機要具備完全的機動行動能力。」

「沒問題，飛機會在杜勒斯機場等你。」

「全國的調查站主任都任我差遣，對吧？」

「瑞斯，你需要哪個調查站幫忙，就跟我說一聲。要是哪個調查站主任不合作，就叫他來找我。」

「謝謝長官，晚安。」

「瑞斯，你沒達成任務，我不可能睡得著。你儘管大顯身手吧。」

Wednesday
星期三

66

崔維斯從無夢的沉睡中醒來，漸漸恢復意識。他記得的最後一件事令他慌亂不已。

天啊，糟糕。

他本能地起身，卻動彈不得，手腳被交叉的尼龍繩綁住。

是誰抓了我？我昏睡多久了？起碼他仍然活著，但為何沒死？

手機！崔維斯被綑住的手挪向口袋。

手機當然不在了。

崔維斯視覺慢慢恢復，適應了光線。他審視周遭環境。他倒在地上，待在一間磚建的無窗小房間裡，像櫥櫃，周圍有陳舊的繩索和一口空木箱。他嗅到水氣，並不是海，比較像河水。偶爾會聽到汽車或卡車疾駛而過，附近似乎有高速公路或州際公路。遠方隱約傳來吆喝聲，像是在工作，還有搬運箱子的聲響。

崔維斯一吋吋將身體挪到門口，蹬向門板，但蹬不開。恐懼慌亂的陰影湧上心頭，但他硬是捺壓下去。他考慮呼叫，但覺得那或許會招來更多危險。

我沒死必然有原因；他們要留我的活口。現在幾點？他在那裡多久了？他扭動被尼龍繩縛住的手腕看手錶。

糟了！

半夜十二點二十三分。若勒布蘭以限時信寄出阿波羅檔案，應該今天會抵達目的地。此外，今天是母親化驗報告出爐的日子。

而他卻躺在地上，在囚籠中茫然無助。他得想法子。什麼法子都好。

他拖著身子挪過水泥地面，抬起雙腿，猛力往木板門踹下去，踹門的衝擊力竄上膝蓋。他踹了又踹，叫道：「來人哪！」外面的人停止交談，可能是聽見他的叫嚷。崔維斯拉長耳朵，頭躺在冰冷堅硬的水泥地上，呼吸沉重。

他聽見鞋跟擦過地板的聲音。

崔維斯瞪大眼睛看發霉的天花板，呼吸加速，既不知來者何人，也不清楚他們打算如何對付他。門上傳來鑰匙聲，門鎖打開，門扉在不祥的咿呀聲中打開。

明亮的燈光射進室內，令崔維斯皺眉。他辨識出兩個人影，一矮一高，都是黑色頭髮，深色皮膚。

高個子走到崔維斯身邊。崔維斯躺在地上，料想對方手上會有槍。他拉起崔維斯。崔維斯的眼睛適應了明亮的光線，看到他們的手槍仍然插在肩式槍套中。

高個子亮出獵刀抵住崔維斯的臉。崔維斯不禁膽寒，閉著眼睛，屏住呼吸。那人竊笑著扶穩崔維斯。崔維斯睜開眼睛，見到那人用刀割斷腳踝的尼龍繩，然後舉刀讓他看，再將刀插回腰帶。

「敢輕舉妄動，就把你開膛破肚，Comprendez①？」

①西班牙文，「懂嗎」。

崔維斯點點頭，驚惶失措。那人攙著他，領他離開房間。

崔維斯蹣跚地走出囚室。宛如醫療院所的明亮燈光令他蹙起眉頭，任憑兩人牽著他走。他眼睛適應光線後，看出自己身處的位置。一切正如他所料。

這是一間大倉庫，四周是辦公室和小房間。現在，崔維斯在其中一間小房間。他只見到一個出口。那是一道鐵門，大得像一堵牆，顯然像機棚的門一樣有滾輪。建築物看來是水泥的，牆壁草草漆成灰、白和粉紅色。

牆前堆滿大木箱，木箱標籤上的黑色商標印著「蘭朵運輸有限公司」。倉庫裡約莫還有六個人。一個年紀較大的人在門邊的玻璃隔間辦公室講電話，兩人坐在桌前玩骨牌，其他三人在搬箱子，每個人都有配槍，而他們都停止動作，心照不宣地盯著崔維斯，看著他被拖向中央的空地。

倉庫中央擺著一張木椅。崔維斯猜那是他的目的地。

如果他們要我的命，早就下手了。我可以說明這是誤會。

但靠近木椅時，崔維斯見到令人不安的東西：椅腳擺著一具接著電線的汽車電瓶，椅子前面約六呎的地方有一張桌子，桌上的工具看來像手術鉗。

崔維斯覺得頭暈，喉嚨發緊，嘴巴變乾。

那些人按著他坐上椅子，重新以尼龍繩綑綁他。

崔維斯心跳加速，那些東西必然是苦刑的刑具。他努力不去看，卻按捺不住。汗珠逐漸溼透他的襯衫。

高個子坐在一邊，矮個子彎腰拿起汽車電瓶的紅、黑電線，讓金屬夾具相碰，迸發出的火花掠過崔維斯的臉。那人哈哈大笑。

「你想怎樣?」崔維斯脫口而出,毫不打算掩飾驚恐。

那人一言不發,走到玻璃辦公室,向坐在裡面的老人打手勢。老人揮揮手要他走開,結束了電話。

崔維斯看見辦公室的骯髒玻璃門打開,老人走出來。現在崔維斯比較能看清楚老人的長相了。老人的黑髮漸稀。沒有禿,只是黑髮變少,皮膚是淡棕色,從臉頰到頸部布滿了痘疤。臉孔圓胖,約五呎六吋,啤酒肚,穿著皺巴巴的泛白襯衫,釦子只扣到胸口,露出濃密的白色胸毛。半月形的閱讀眼鏡以掛繩掛在脖子上。他穿著不合身的牛仔褲,用腰帶勉強維持褲子應有的形狀。他一定是六十好幾的年紀。

老先生搖搖擺擺走過來,信心十足,半是因為過重,半是因為他是這骯髒生意的老大。他扠腰站在崔維斯面前,黑白分明的眼睛注視著他,目光鄙夷地上下打量一番,這才開口。

「你想不想讓指甲一片片拔掉?」那是外國口音,英語很破,但說得既快又冷靜。

崔維斯目光掠過老人,對著大鉗開口,幾乎說不出話:「不要……不要。」

「朋友,你別打歪主意,省點力氣。沒人知道你在這裡,無論你怎麼叫,都沒人能聽見。保證你有得叫了。」

崔維斯在椅子上蠕動身體。「聽著,我不知道你是誰、你想做什麼,這大概是一場誤會。我無意探聽你們在這裡做什麼,但你們最好是讓我走。我有個伙伴……」

「誰會找你?應該沒人吧。」那人輕蔑地說。

「我向您保證,此刻他們正往這裡來。」崔維斯回答。

胖漢綻出勝利的笑容，向倉庫另一端的高個子同僚點點頭。崔維斯默然坐著，靜候那人去執行天曉得有多恐怖的命令。

三十秒後，崔維斯的希望粉碎，索妮雅坐在輪椅上被人推出來。她被電線綑住，嘴巴黏著膠帶，臉頰上有一大塊瘀血，憤怒的眼神如匕首射向那老人。

「你說的伙伴是指她嗎？」那人問。

崔維斯仔細看她有沒有受傷。見到索妮雅變成這副德行，他激動起來。「你是誰？你想怎樣？」他大聲喊叫。

「不對不對，朋友，我才要問你是誰？你想怎樣？」

「這算哪門子鬼話？你才是綁架我們的人！難不成你不曉得為什麼要抓我們？」惶惑的狂潮橫掃崔維斯的臉孔。

老大看著坐在桌前的手下，驚異地笑了。他們跟著笑。

「別跟我耍笨，小雜碎。你現在還沒推去餵鱷魚，只是因為我想知道你找我幹麼。你們在城裡四處跟人打聽我的事。真聰明哪，你怎麼不乾脆拍一封爛電報給卡斯楚算了？你們緝毒局這個辦案手法倒是很新鮮哪，是吧？」

天啊，他以為我們是聯邦緝毒局的人！

「緝毒局？不是，誤會可大了！」

老人轉頭，豎起拇指，撇向矮個子。「噯，管他的，把這個男的指甲一片片拔掉，然後做了他……女的也宰掉！」

「不要！」

矮個子走向放鉗子的桌子，老闆晃回辦公室。

想想法子！

等等，他為什麼認為我們四處找他？

不會吧！但值得一試！崔維斯為了生命放聲大吼。

「你是拉蒙・馬汀尼茲？喬治・克雷墨要我來找你，所以我們才打聽要怎麼找你呀。我們要請你幫忙，這是還喬治的人情！」

拉蒙・馬汀尼茲，亦即主掌一切的老人，停下腳步，轉身面對崔維斯。

67

葛林通知相關人員星期二要通宵工作。當星期三太陽升起時，郵局會投遞一封小小的限時信給某個人，而信件內容將會粉粹他奮鬥的目標、他支持的一切以及他本人。

今天，世界將改觀，凌晨一點，葛林、諾曼和年輕的解碼員梅納德仍坐在葛林辦公室裡。

「諾曼，再說一遍邁阿密那家醫院的事。怎麼可能沒看到崔維斯或羅傑斯？」

稍早，葛林只顧著應付特務瑞斯、美國郵政的雜事，仍不曾費神細想醫院的事。他滿臉倦容，焦躁的語氣是諾曼第一次聽到。應付葛林不為人知的一面令諾曼提心吊膽，覺得自己的事業搖搖欲墜。

「長官，事情非常奇怪。我已經跟去醫院的那些探員談過三次。警衛說看到羅傑斯進入大樓，但我們的人守在他辦公室，卻始終沒等到他。之後他們一直沒看到醫生，印象中也沒看到任何符合目標特徵的人。」

「諾曼，你知道嗎？」

「長官，知道什麼？」

葛林站起來，身體像螳螂一般向前傾，視線從兩人正中間穿過，抓起桌上的電話說：「我厭倦了……」一開始，他的語氣沉穩，接著便有如火山爆發。「……我的人搞砸事情！」他將電話扔過辦公室，砸到牆上。

兩人抖縮在座位上。

梅納德霍地起身，但諾曼畏縮地保持沉默。

他知道真相，但一時不敢提起。給他幾秒再說。

「長官？」諾曼先試探口風。他清楚自己要說的話正確無誤，但要是他講的方式不對，退休金和醫療福利便會化為一縷青煙。

「什麼事，諾曼？」葛林的語氣軟化，揉著後頸，望著辦公室另一頭的地板。諾曼每一句話都再三斟酌。

「長官，我不禁覺得您太苛求自己了。」

「哦？怎麼說？」

太好了，他引起葛林的興趣，而且葛林似乎很平靜，願意聆聽。梅納德看出諾曼能在這個職務生存這麼久的法門。

「長官，由於這次任務的敏感性，您的身手施展不開。您無法提供足夠的資訊給外勤探員，難以自由調查。他們始終不知道案子的全貌，只能盲目執行任務。替大家說句公道話，我們難得碰到這種窘境。」現在來點甜言蜜語。「坦白說，在這種情況下，您已經將任務處理得可圈可點。」

葛林沒有吭聲。在靜默中，諾曼確定他看見年輕的解碼員在搔頭。小雜碎。

葛林頹然坐下。「諾曼，你說得一點都沒錯。」

諾曼拚命憋著，不敢呼出如釋重負那一口長氣。

「那我們來解決問題，別太強求自己。首先，幫我打電話到醫院好嗎，諾曼？」

「馬上辦，長官。」

諾曼翻過寫字板上的資料查號碼，但意識到葛林的電話在辦公室另一頭摔個粉碎。諾曼掏出手機撥打，彷彿原本就打算使用手機。對方電話開始響後，他便將手機遞給葛林。

「邁阿密兒童醫院。」

笑容躍上葛林的臉龐。「晚安，小姐。我兒子要去切扁桃腺，但我很擔心這個年頭的治安。能請教妳醫院的安全措施如何嗎？訪客是不是都得登記名字？」

「是的，先生。我們會影印他們駕照做成訪客證，必須隨時佩戴，否則就進不了門口。」

「謝謝。」葛林掛斷。

「白痴。諾曼，聯絡邁阿密那些笨蛋，叫他們回醫院問警衛，看我們的目標人物有沒有登記。你去用你的辦公桌。」

「是的，長官。」諾曼步履輕快地離開辦公室。他化解了危機，將葛林的心思拉回正事。辦公室裡只剩下葛林和年輕的解碼員尼克．梅納德。儘管尼克的態度無禮，葛林得借助他；他是葛林僅存的希望。

「尼克，如果要你發揮實力，我想你得自己單獨工作。你覺得如何？」葛林清楚他得耍點小手段，才能讓他全力工作。在葛林眼裡，尼克不過是叛逆的青少年，用權威壓他只會激起尼克的反抗心理。諾曼又回到葛林的辦公室，在椅子坐下。

「應該吧。」梅納德說。

「好吧。」葛林說。「我們來回顧來龍去脈。事態已有許多新發展，我們時間還很多。」

葛林走到白板前，他已在白板上標示出他們的行動和進展。

「基本上，我們已經贏了。」葛林開口。

68

風波尚未結束。崔維斯和索妮雅仍被綁在椅子上，拉蒙‧馬汀尼茲蹣跚地從辦公室回來，拿了張椅子給自己坐。

克雷墨告訴過崔維斯，拉蒙曾是阿爾發六十六號突擊隊成員。在一九六〇年代早期，中情局在邁阿密大學徵召反卡斯楚古巴人。阿爾發六十六號屬於激進的派系。中情局訓練他們，提供裝備，讓他們攻打古巴，也就是災難一場的豬玀灣事件。他們也有些人在古巴內外從事機密行動，包括擔任雙面諜。拉蒙以前是中情局的古巴探員：若說那個世界有合法、非法之分，界線也極為模糊。

拉蒙拖著一張木椅回到崔維斯面前，一邊上下打量崔維斯一邊說話。

「沒人找得到拉蒙，只有拉蒙找你。」

拉蒙使用第三人稱提起自己，暴露出他自以為偉大。崔維斯知道自己受制於人。奉承他準沒錯。

「想必如此，先生。抱歉我們那樣四處打聽您，但時間緊迫。克雷墨希望您能協助我們，反正我們剛好在邁阿密。克雷墨對您評價很高——他說您是頂尖好手。」

拉蒙坐在椅子上向後仰，雙手放在頭後面。

「他說得沒錯！」拉蒙又向前傾，望進崔維斯眼底。「克雷墨是你什麼人？你到底叫什麼名字？你是做什麼的？」拉蒙問，忽然間彷彿正式介紹很重要。

「我是丹尼爾・崔維斯。我是作家。這位是索妮雅——索妮雅・勒布蘭。」崔維斯正要說索妮雅的職業時，不禁遲疑起來，嘴巴仍然張著。

噢，對了，她是特勤局探員。拉蒙不把他們皮剝掉才怪。

拉蒙見到了他的遲疑。「她是做哪一行的……崔維斯？」

該死。趕快想一個答案。

「她是自衛術教練，是我朋友。」

「那克雷墨是你什麼人？」拉蒙起了疑心，在椅子上動了動，等待回應，手擱在槍上。

「克雷墨是我父親的朋友。他們冷戰時一起工作。克雷墨問候你。」

「是嗎？他好嗎？仍然在科羅拉多享受退休生活嗎？他還坐輪椅嗎？」拉蒙忽然間換上晚宴的口吻。

崔維斯立刻識破詭計。「克雷墨退休了，住在華府，從來沒坐過輪椅，但他倒是有用枴杖。我們昨天晚上才去過他家。」

「如果我打電話給克雷墨，跟他複述這些，他會證實你的話？」

「當然。」但前提是你能聯絡得到他。討厭！克雷墨到底在哪裡？

拉蒙的臉皺起來，視線從地板移向崔維斯。

他忽然抬頭，瞪大了眼睛，眼神嚴肅。「見鬼了，你是克雷墨跟我提過的那個小孩——等等，他是怎麼叫你的？丹尼爾小子！」

「對對對，那個就是我！」崔維斯簡直在唱歌。

「拉烏，desatalo y sacalo de esa silla!①」

拉蒙先看看將崔維斯從囚籠拖出來、割斷尼龍繩的矮個子，再將視線移到綁在輪椅上的索妮雅。

「丹尼爾，不久前，你坐在那邊的女朋友把我的兩個手下打得進醫院——一個是跟蹤她，另一個是在綑綁她的時候。她簡直就是瘋狂女煞星。」

「Si, El Diablo!②」矮個子大叫。他顯然是拉烏。

聽到拉烏說索妮雅是魔鬼，崔維斯拚命忍下笑意。他向索妮雅眨眨眼，一邊回答拉蒙。

「現在她曉得你要幫忙我們，不會傷害我們，她不會對你們怎樣的。」

索妮雅向拉蒙點點頭。

「拉烏，dejala ir a ella tambien.③」拉蒙說。

拉烏看來很緊張，文風不動。

「Hazlo ya. No te hara dano!④」拉蒙說，猛向拉烏打手勢，指著索妮雅。

拉烏走近索妮雅，在一臂之遙割斷尼龍繩，活像他在點燃煙火引信似的。

她雙手一鬆綁，便扯掉嘴上的膠帶，挑釁地站起來。拉烏手放在槍上向後退。她似乎得意了片刻。

「有找到羅傑斯嗎？」索妮雅問崔維斯。她看來像是去了一趟地獄又回來，頭髮糾結，臉孔骯髒且嚴重瘀血。

「有，但仍然不曉得阿波羅寄去哪裡，而現在葛林應該已經知道我們在邁阿密。我在醫院接待櫃台時，不得不亮出身分證件。」

拉蒙站起來，打斷他。「好，我不知道你在說什麼，但喬治‧克雷墨救過我的命。他是好人，而我欠他人情。可是，你們來的時間不巧，我們正在處理一大批貨物。你們究竟要我幫什麼忙？」

索妮雅立刻回答。「首先，安全的房子。」

「你們在這裡啊。想待多久都可以。我辦公室有電腦，你們可以用，你們的手機也還給你們。」拉蒙向拉烏點了點頭說：「拉烏，devuelveles sus telefonos.⑤」

「這裡會忙上一陣子，但我們古巴諺語說得好，『Mi casa es su casa⑥』。」

「謝謝你，拉蒙。」崔維斯說。

在強悍的外表下，拉蒙似乎是個好人。不僅如此，崔維斯喜歡他。他有股特殊的魅力讓崔維斯想起了克雷墨。以拉蒙的經歷，他有此魅力不足為奇。人們談論歷史，從中學習教訓，但拉蒙正如同克雷墨，本身即是活歷史。

「好啦，我們來辦正事。」索妮雅說，示意崔維斯去拉蒙的辦公室。

---

①解開椅子上的繩子！
②對，是魔鬼！
③也幫她鬆綁。
④快動手，你不會受傷的！
⑤手機還給他們。
⑥我家就是你家。

69

葛林倚著白板旁邊的牆壁，用麥克筆敲著之前寫在白板上的條目。他已將每個條目講解兩遍，但諾曼和尼克・梅納德知道他在自言自語，希望藉由複述激發靈感。此外，葛林生平最愛做重複的事。

「仔細聽好了，勒布蘭的通訊錄和通聯紀錄是廢物。從美國郵政提供的資料，星期一從華府寄出的限時信收件人、地址全在我們手上，勒布蘭通訊錄上完全沒有相符的人名或地址。」

諾曼點點頭。「是的，長官，我們把美國郵政的資料輸入電腦，與勒布蘭的通訊錄及通聯紀錄做交叉比對，的確完全沒有相符的資料。」

葛林繼續說：「可見阿波羅檔案的下落就在這份清單裡，因此我說我們已經贏了。」他舉起一疊紙，任其掉落到地面。「但探員人數不足以把守全部地址，我們的人力甚至不夠去郵局在送信前攔截。地點太多，遍布全國，變數太多了。」

「沒有錯，長官。」諾曼說。「現在我們的探員按兵不動，等待我們決定要去看守哪些地址。我們得在黎明前做出決定。唯一的替代方法，是讓探員們開車，一一造訪自己負責區域內的全部收件人。這麼做當然有風險，因為無論檔案的收件人是誰，都可能在我們找上門前溜之大吉。」

「無論檔案寄給了誰，必然是勒布蘭信得過的人，而且是知道如何處置檔案的人。不過等他們看了檔案內容，我想應該沒有人會遲疑該拿這檔案怎麼辦。」這會兒，葛林氣惱自己說出這句話。

諾曼認得葛林的表情，試圖消除葛林的火氣。「如果我們的探員行動速度夠快，搶先一步拿到檔案的勝算仍然很大。要是收件人在我們上門前逃逸，我們很快便能追上去。我認為主要的威脅在於崔維斯和那個女的。」諾曼不知道女子的姓名——葛林沒向任何人透露。

葛林嚴峻的表情和緩下來。「很好，有邁阿密的棄置車輛嗎？」

「有的，長官。車子是掛華盛頓車牌，置物箱裡有一把Sig手槍。在距離邁阿密兒童醫院四哩的地方。」

「該死，那一定是崔維斯。登記的車主是誰？」

諾曼再次翻動寫字板上的文件。「是一個叫做喬治・亞瑟・克雷墨的。他昨天通報車子失竊。我們已經查過了。派了一個探員過去，但克雷墨一直不在家。」

「好，崔維斯和女孩在邁阿密。你通報過佛羅里達的全部機場和航空公司了嗎？」

「是的，長官，我還通知了巴士和火車站。邁阿密警方也在通知之列，但沒讓他們知道我們找人的原因。他們插翅難飛。」

「我們在紐約和華府時也是這麼說的。」

「是的，長官，但現在情況不一樣了。阿波羅檔案可能在美國任何地方，很可能會是在他們無法及時開車趕到的地方。以我們採取的種種防堵措施，車輛會是他們唯一的交通工具。」

「姑且讓我們祈禱檔案是寄到西雅圖吧。」葛林說。

「如果是這樣的話，那就太好了，長官。但我們也同時假定崔維斯會找到檔案。我們仍然佔上風。」

「除非他見過了羅傑斯醫生。」

「是，但我們的分析顯示羅傑斯無法告知崔維斯檔案的目的地。美國郵政的清單中並沒有羅傑斯這陣子投宿的汽車旅館，也沒有他的住家或以前和現在的工作地點。」

「好，言之有理。他們要是知道檔案的下落，就不會去邁阿密，試圖接觸羅傑斯？」

「是的，長官。邁阿密兒童醫院回報崔維斯確實跟警衛登記過，因此他在那裡沒錯。而我們會把他困在邁阿密。」

「很好，把他們困在邁阿密。」德威特轉向梅納德。「在此同時，尼克跟我得想出檔案寄到哪裡。諾曼，給我勒布蘭的傳真。」

「喏，長官。」諾曼給葛林一份傳真影本，一邊說：「長官，別忘了，美國郵政清單裡沒有佛羅里達的地址。」

「沒錯……很好。我們真正應該擔心的是解讀這份傳真，好歹也得想辦法縮小一下地址的範圍。」

70

索妮雅匆匆進了拉蒙的辦公室。崔維斯忍不住想跟拉蒙對質。不論拉蒙再忙，都要跟他算帳。拉蒙背對著崔維斯，指揮手下搬箱子。

「拉蒙？」

「丹尼爾先生，什麼事？」他轉身搭著崔維斯的肩膀，彷彿他們瞬間成了好哥兒們。

崔維斯不自在地瞪著拉蒙。

拉蒙沉沉嘆了口氣。「聽著，很抱歉我那樣對待你，真的。但我經營的小生意……還挺敏感的。你能諒解嗎？」

「我不習慣被人綁架，還被威脅要刑求。」

拉蒙臉一沉，閉緊嘴唇。「是，看得出你可能受驚了。」他道歉的語氣並不真誠。「聽我說，你跟我來自不同的世界。克雷墨是很久以前認識我的——現在情況不一樣了。」

拉蒙盡義務地點了一下頭，轉身走開。

「你會幫我們嗎？」崔維斯說。

拉蒙停下腳步，再次轉向崔維斯。「當然！」

「謝了，我們時間緊迫。」崔維斯伸手要從口袋拿出傳真。

「但現在不行，好嗎？」拉蒙說。

「拉蒙……」

「丹尼爾，我的時間也很趕。如果不立刻送諾拉姑婆的貨上路，我的客戶會很不爽，那可不妙。你瞧，我算是中間人，在我們這一行，沒把事情辦好，兩邊的人馬可是會把中間人剁成肉泥的！」

拉蒙邁開大步走了，用西班牙語向搬箱子的人吆喝。

崔維斯完全不曉得「諾拉姑婆的貨」是什麼①，八成也是不知道為妙。他望向拉蒙積滿灰塵的玻璃辦公室，索妮雅在裡面忙著打電話，活像在上班。她揮手要他進去，但崔維斯打出暫停的手勢。

倉庫的機棚式巨大門扉咿呀打開。崔維斯不可按捺地想呼吸新鮮空氣。他又一次經歷了死亡險境。他需要吸一點邁阿密氤氳的黑夜空氣，以確認自己仍在人世。崔維斯踱到外面。

雷雨已消，移師到遠方，偶爾傳來隱約的轟隆雷聲，閃電照亮地平線。倉庫位於邁阿密某條河邊。建築本身是淺粉紅色，從外面看來似乎大得多了。正如他稍早的猜測，旁邊有一條高速公路橫跨河面。三艘大小不等的船隻停泊在倉庫邊的水灣，其中一艘被覆蓋起來。

「這是邁阿密河。」拉蒙從後面說。「位置大概在市區的內陸三哩。」

該進去了。崔維斯吸了最後一口清爽的雨後空氣，匆匆回到索妮雅置身的辦公室。

「狀況如何？」崔維斯問，關上玻璃門。

---

①古柯鹼。

索妮雅從電腦螢幕前猛然轉過頭，不以為然地瞪著崔維斯。「你跑哪裡去了？規劃遊河行程嗎？」

崔維斯立刻回嘴：「聽著，我不曉得妳跟這個拉蒙是從哪裡蹦出來的，但我真的被嚇死了，好嗎？我只是需要一點暫停時間。」說完又軟化態度，想到了一個快慰的念頭。「妳真的讓拉蒙的兩個手下進醫院？」

「樂意之至。要不是我想盤問第一個人，他就沒命了。你去找羅傑斯的狀況怎樣？」索妮雅看著手錶，口吻急迫。這一路上，崔維斯還沒見她著急過。

「很好啊，妳在做什麼？」崔維斯問。

「用網路交叉搜尋傳真的內容。」

崔維斯非常清楚她在做什麼，因為他也使用相同的搜尋技巧。也就是在搜尋引擎將兩個似乎無關的詞組一起鍵入，看會跑出什麼資料。結果常出人意料。

「有查到什麼嗎？」

「沒什麼有用的資料。我繼續查。告訴我羅傑斯說過的事情，我來納入交叉搜尋。」

崔維斯使用他寫在紙巾上的筆記，回想羅傑斯的一言一語。半小時後，他們列出了羅傑斯那邊的資料條目，再加上傳真的內容，但仍然查不到能指出阿波羅檔案下落的資料。

「這根本說不通！」索妮雅說，揉揉後頸。

「什麼？」崔維斯已料到她的答案，但不願先說出任何分析。

「傳真裡的內容全和醫學有關，唯一的例外是DGI，以及標題是甘迺迪的兇手們。唯一的關聯是加州報告出爐的時間，與甘迺迪暗殺案同年同月，而第一家苦杏仁苷診所是開設在他遇刺的城市。」

「目前我也只看得出這些關聯。」崔維斯說。

「無論如何，資料亂七八糟的，怎麼可能告訴我們檔案的確切郵寄地址？」

「是不能，而那是因為我們遺漏了某些事情。妳哥哥要我找到那個地址，而答案就在這些資料裡。」

崔維斯坐下來，垂著頭，雙手插入頭髮。「妳要來點咖啡嗎？」他注意到倉庫另一端髒壺裡有咖啡。

「當然，如果那能喝的話。」索妮雅說，仍在搜尋引擎猛查資料。

崔維斯緩步走到倉庫另一頭，來到髒污凌亂的咖啡機前面。咖啡又熱又黑，也許不會難以下嚥。他將咖啡倒入兩個免洗杯，走回辦公室遞給索妮雅一杯。索妮雅持續打字，螢幕顏色不斷變換，映射到她「白雪公主」的皮膚上。很難相信在紐約時，她只是陌生人。感覺那已是前輩子的事了。崔維斯對她的親密感在短時間內便大增。

該是歸零再出發的時刻了。

崔維斯晃回河邊，啜著振奮精神的咖啡，看著工人仍在碼頭上忙碌。他端詳拉蒙。從某些小地方，他覺得有拉蒙在，自己便似乎離克雷墨近了一點，與父親也近了一步。他抬頭遙望熱帶夜空的星辰，然後閉眼審視內心的幽微之處。

邁阿密。

起初，他只是去那裡釣魚的小男孩，看著那艘船在百慕達三角沉沒。

他忽然清晰記起那場決定命運的假期裡父親的一席話：

「蒐集事實，刪除不可能的選項以得到結論。不論剩下的選項再怎麼不可思議或難以置信，必然就是答案。丹尼爾，你要記住，一個人要解開任何謎團時，都得捫心自問：『誰會做這種事？更重要的是他們的動機為何？誰最能從中得利？』找出問題的答案，你就踏上解謎的正途了。兒子，依據錯誤的前提進行推論，無異於用紙牌蓋房子一樣不牢靠。在我這一行，犯那種錯可是會賠上性命的。你得敞開心胸，永遠不要假定任何事情。」

崔維斯暗暗竊笑，視線回到地面，看著拉蒙繼續忙著將違禁品搬到幾艘船上。

崔維斯從頭頂到脖子一陣麻。那是他爸說過的話：「刪除不可能的選項。不論剩下的選項再怎麼不可思議或難以置信，必然就是答案……依據錯誤的前提進行推論，無異……」

一個想法令他悚然一驚。

不會吧。

天啊！

崔維斯將咖啡倒入河裡，轉身飛奔回辦公室。

「索妮雅，妳聽我說，我們的思路不斷碰壁，是因為傳真的標題與醫學無關，跟癌症更是沾不上邊，對吧？」

「是，應該吧，對。」

「如果傳真的標題是錯的呢？」

「錯的？」

「我們先回溯事情始末，保持心胸開闊，暫且拋開所有定見，重新檢視這件事情。我們假定標題是『蘭斯之勁敵』，只是因為那是我管家說的。」

「好。」

崔維斯從桌上抄起傳真，讓索妮雅也看見：

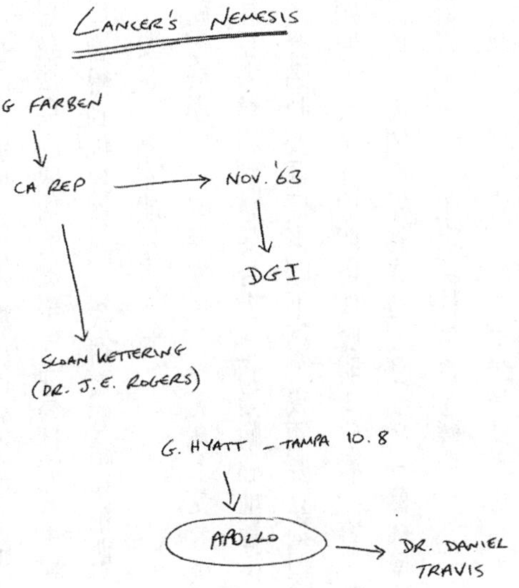

索妮雅看見崔維斯驚得合不攏嘴。「怎麼了？有什麼不對的嗎？」她問。

「好小子！」崔維斯說，不可置信地瞇眼盯著傳真。

「怎麼了？」

「妳哥寫字真潦草。」崔維斯說，拍了一下傳真，將它扔向索妮雅。「上面寫的不是蘭斯（Lancer）之勁敵──而是**癌症**（Cancer）之勁敵！」

71

在葛林的辦公室裡，大家通宵加班，解碼員尼克．梅納德是主角。

「長官，我仍然查不出DGI與傳真其餘部分的關聯。其他的資料都吻合。如果能找出關聯，便可能引導我們走上正確的方法，但我無法斷定什麼。」

「尼克，我明白這種事情沒辦法百分之百準確，而我們已經有取回阿波羅檔案的精明對策。我只是想設法提高成功的機率。」葛林絞著手說。

「您也只能得到那種資訊。我對頁底給崔維斯的留言比較感興趣，那是我正在研究的資料。這部分，要晚一點才能報告。」

「好，就這麼辦，不要混太久。」乳臭未乾的小廢物。

葛林的注意力轉移到諾曼身上。諾曼耐心地等待，看葛林會下達指令，或是再次發飆。

「諾曼，查到阿波羅檔案的下落，我便要立刻親自跑一趟。我沒辦法信賴局裡外勤探員的能力。無論如何，我不要他們自作聰明，偷看內容，甚至複製檔案，那就要命了。老天，連自己人都不能信任，這個世界到底是怎麼了？」葛林暴跳如雷。

諾曼知道答案，但不確定葛林是否想聽。

管他的。他得聽到答案，但要把好話講在前頭。

「長官，您說得對，這是一項危機。」

「對，一點也沒錯。」

「輟學、酗酒、憂鬱症都是破紀錄的高。大家根本不知道九一一讓我們如何疲於奔命。長官，這一切都不是您的錯。」

葛林向諾曼點了點頭。「是啊，我知道。天啊，怪不得我們會有克羅根那種白痴組長。以前，探員為局裡奉獻一生，現在探員卻做不了多久就跑了。再也沒人在乎那些東西了。」

「長官，新生代和我們不一樣。我們從不質疑或詢問原因，我們只聽命行事。」

「一點也沒錯。」

「政府也是原因之一。」諾曼接著說。「一任又一任的總統逐漸改變我們草創時的宗旨。加上新生代的孩子開口閉口都是『為什麼』，我們的社會還能不狀況百出嗎？看在老天份上，我們的人民竟然用油價高低來決定總統是否適任。未來還有什麼希望？」將問題留給葛林、而將一切怪到別人頭上是諾曼生存的竅門。

葛林只是盯著窗外聆聽。他將躺椅轉過去面對諾曼。

「像我說的，我不會把這件事交代給外勤探員去處理。他們的命令維持不變，但我要到場確保事情不會再被搞砸。」

「您打算怎麼做？」

「聯絡我公務機的飛行員，叫他計算出最後名單上全部城鎮的中心點。」

「遵命，長官。可以請教您的計畫是什麼嗎？」

葛林站起來，走向窗戶，盯著夜空。「叫他把公務機變成一台會飛的油桶。我要他送我到中心點，進入待命航線。解碼員要和我一起去。我要你坐鎮這裡。」

「好的，我會吩咐尼克做好準備。」

「叫他把他需要的東西全帶去——包括他的泰迪熊和睡衣。我們要在半空中解開謎團，或是等探員通報阿波羅檔案在哪裡出現，接著便趁著崔維斯和他的小幫手還搞不清楚狀況，衝去拿回檔案。」

72

當崔維斯從不同的角度思忖傳真內容，從醫學觀點解讀，忽然間，羅傑斯醫生的一字一句都染上了新的重要性。時間從未如此稀罕，每分鐘都像秒鐘般飛逝，漸漸邁向黎明。

「但那仍然解釋不了DGI的意思。」索妮雅說，指著傳真上的DGI。

「我知道，我還在想啦。」

「傳真上根本沒有檔案下落的線索，對吧？」

「是沒有……讓我想想！」

索妮雅氣呼呼的，大搖大擺回到桌前的椅子，沮喪又失望。崔維斯整理思緒。「索妮雅，妳父親怎麼過世的？」

索妮雅吃了一驚，遲疑了一下。「癌症——是肺癌。」

「妳父親和妳哥哥很親嗎？」

「應該吧。問這個做什麼？」她似乎很焦躁，防衛心很強。

「我們得站在妳哥哥的立場，思考整件事的來龍去脈。」

「這樣行得通嗎？」

崔維斯宛如辯護律師般踱步，說出他的推論。

「好，假設妳父親死於癌症的事實始終折磨著妳哥哥，他因此決心找出或許能拯救父親的方法——也許起初只是一個以『癌症之勁敵』為題的研究計劃？就像克雷墨說的，你們特勤局的人做事總要取個任務代號。」

「請繼續說。」

「接著他看到史隆凱特靈事件的資料，愈查愈深入——可能找上了第二意見地下組織及羅傑斯醫生。他在研究期間查到兩件事：加州報告與甘迺迪遇刺是同年同月的事，而第一家苦杏仁苷診所位於達拉斯。那一天，他父親在達拉斯擔任隨扈。這兩件事的相似處可能會令他心有所感。最後，他追查到一場比爾德堡會議，而會議內容可能是相關的黑幕，因此他製作了阿波羅檔案。」

索妮雅不為所動。「你的推論很精彩，教授，但仍然解釋不了 DGI 的意義，更要緊的是無法指出檔案的下落。」

「沒錯，因此我不禁要想，這最後一道的 DGI 之謎，是否就是檔案下落的關鍵？」

兩人同時靈光乍現，一起扯開嗓門：「拉蒙！」

崔維斯急著找拉蒙，衝出辦公室門口，卻一頭撞上他。

「哎呀呀——別這麼急嘛，丹尼爾。你們忙完啦？我得進辦公室打電話。」

「拉蒙，我們需要你幫忙，你現在能撥一點時間出來嗎？」拉蒙看看手錶，而崔維斯像滿懷期待的孩子等待答案。

「你們要幹麼？」拉蒙氣呼呼的。

崔維斯擁著他進辦公室，坐到他對面的索妮雅身邊。

「我們需要你回到過去，回想 DGI 的點點滴滴。」崔維斯說。

「DGI？古巴情報單位？那關你們什麼屁事？」拉蒙問。

「拜託，讓我問問題就好？」崔維斯小心翼翼地說。

「好吧。」

「好，拉蒙，DGI跟癌症有何關聯嗎？比如癌症的解藥之類的──有任何醫學關聯嗎？」

拉蒙一臉茫然。「沒有耶，印象中沒有。」

索妮雅和崔維斯面面相覷。索妮雅大失所望，但崔維斯拒絕放棄。

「我想念幾個詞給你聽，請你想想DGI、你與DGI的一切經驗，甚至是你在古巴和邁阿密擔任探員的事──那段時間的一切事情，好嗎？」

「好。」

「如果我提到的事情你有印象，就說一聲，好嗎？」

「好。」

崔維斯拿出他和羅傑斯對談時做的筆記，以及傳真。每念出一個詞便停頓一下，希望拉蒙會打斷他。

「那我們開始了。法本、加州報告、史隆凱特靈、一九六三年十一月……」

拉蒙插嘴了，但崔維斯知道原因。「這是DGI刺殺甘迺迪的時間。」

「好的，拉蒙。我要繼續念。阿波羅、羅傑斯醫生、君悅。」接著崔維斯改念他與羅傑斯面談時做的筆記。「恩斯特・克雷布斯、苦杏仁苷、B17、第二意見地下組織、林內斯・鮑林、安德魯・麥諾頓、斯托克、雄恩、杉浦、杏仁……」

「等一下。」拉蒙說。

「怎麼了？哪一個？」

「算了，那沒什麼。」

「好。克林頓・勒布蘭、葛林。」崔維斯念完了清單，拉蒙仍舊一臉空白。

「抱歉，都沒印象，丹尼爾。抱歉。你念完了嗎？」

「對。」崔維斯說，暫時洩了氣。「總之，謝謝你。」拉蒙從桌上拿起一本筆記，晃出辦公室。

「該死。」索妮雅說。「我怎麼覺得這件事還有得耗？」

崔維斯不理會她的話。「電腦給我用，索妮雅。我乾脆來查信好了。」

索妮雅一躍而起，離開了螢幕。

「妳要不要去睡一下？」崔維斯說。「睡一覺，也許有助釐清思路。」

「我晚點再睡。要不要再來點咖啡？」她問。

「好。」

「你覺得你電子郵件裡可能會有資料？」

「我很懷疑，但這能協助我重組思緒。我從星期一下午就沒查過信了。」

索妮雅走出髒兮兮的小辦公室，又去倒咖啡。崔維斯登入網路，用敲打鍵盤的力道發洩心中的挫敗。

他叫出了電子郵件信箱，意識到他平常為何一天查信三、四次。共有一百零六封新郵件。

崔維斯盡快瀏覽，尋找任何不尋常的郵件，一邊低聲喃喃自語。「垃圾、德魯①、垃圾、大學……」他就這麼念著，但沒有與這場危機有關的信件。他打開垃圾郵件以外的每封信，匆匆瀏覽，但信件內容全無異狀。

崔維斯一向認為電子郵件收件匣是一個人的生活倒影。現在他坐在那裡檢討自己的生活，感覺有如靈魂出竅旁觀著自己。收件匣裡有好幾封信在平常會令他有些驚恐，但這會兒信中提到的問題相形之下只是雞毛蒜皮，倒顯得可笑。現在，我倒情願只需要為了郵件操心。吃過了苦頭，才能體會以往的幸福啊。

索妮雅晃進來，遞給崔維斯一杯咖啡，然後走到倉庫外，沉默不語。

崔維斯撥打了手機的語音信箱，看是否有新的留言。

「抱歉，密碼錯誤。」

他又試了一次，這回小心不誤按到其他鍵。

「抱歉，密碼錯誤。」

他們封鎖了我的語音信箱！渾蛋。

自從捲進這場風波，每回他決心減弱，便會發生這種事，令他再次燃起怒火。試圖阻擋崔維斯的行為，就像對鬥牛揮舞紅旗。這些人以為自己算哪號人物？

崔維斯考慮再打幾通電話，但打消念頭，以防電話被追蹤到。反正他想問的事索妮雅一定清楚，直接問她就行了。

只剩一個帳號要查。

---

① 崔維斯的經紀人。

崔維斯有一個線上傳真帳號。只要有網路，他在哪裡都能看傳真。現在他出門在外的時間那麼長，線上帳號是不錯的選擇。任何傳真到他家的文件，他的管家蘿絲瑪麗都會轉寄到他的線上帳號。她只要按下一個鈕，便能寄出最新的一份傳真。

他鍵入網址，再一細想，又覺得家裡被突襲後，應該不會有新傳真。話說回來，也可能會有別人傳真到這個帳號。

網路頁面跳出來，他登入帳號，裡面有五份傳真，其中三份是垃圾傳真，他直接刪除。一份是他會計師傳來的財務報告書。

最後一份令崔維斯急急嚥下一大口咖啡，差點嗆到。

那是來自他家的傳真，而且是**星期一**寄來的。

蘿絲瑪麗是否在家裡遭受突襲前轉寄出傳真？不會吧！蘿絲瑪麗真行。早知道有這份傳真的話，索妮雅就不用麻煩地從記憶體叫出傳真了。但千金難買早知道。畢竟他們當時在逃亡。

逃亡。他怎麼會淪落到這種田地？

崔維斯打開文件。裡面果然是傳真——那正是索妮雅從他家弄來的傳真，而現在傳真就在他面前的桌上。崔維斯關閉檔案，登出……

且慢。

似乎不太對勁。崔維斯重新鍵入網址，又登入傳真帳號，再一次打開蘿絲瑪麗寄來的檔案，以確認自己不是眼花。時候不早了。*也許是咖啡喝多了吧。*

他做出吞嚥的動作，一口氣喘不過來。

他將頁面捲到底，目瞪口呆。*搞什麼？*

詭異！

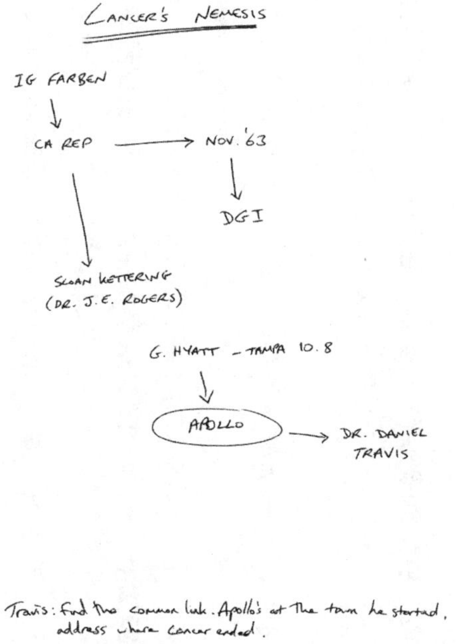

這份傳真和索妮雅弄來的版本不一樣。這一份底部有一些字，筆跡潦草，而且與傳真其餘部分的筆跡相符，應是出自勒布蘭之手。內容是：「崔維斯：找出共同點。阿波羅在他起家的城市，地址是……」崔維斯定睛細看，這是蘭斯還是癌症？「……的結束點。」

崔維斯整顆心激動起來，既興奮又不解。「索妮雅！」

73

在華盛頓杜勒斯機場的偏遠機棚，葛林公務機的機組人員正在準備航班。副駕駛麥克萊倫忙著翻動文件，輸入電腦資料。傑克斯機長心不在焉地草草翻閱一本飛行手冊。他們坐在燈光明亮的玻璃隔間裡，裡面滿是圖表和手冊，電腦螢幕上顯示各種氣象圖表。在外面一個沒有點燈的昏暗機棚裡，停著一架閃亮的白色達索獵鷹公務機，雄姿有如猛禽。

「麥克萊倫，這算哪門子的白痴遊戲？我從沒聽說過這種指示。」

麥克萊倫對著電腦螢幕說：「老大，我也不知道。除非我把資料都輸入地圖系統裡面，不然葛林會不爽。」

傑克斯照說不誤。「我年輕時碰過很多鳥事，在灣區飛過幾次很詭異的任務——見鬼了，我還看過一次幽浮呢。但這次的任務實在怪透了。」

「是啊，老大。」

「每次遇到這種狀況，航空公司的差事看來就可愛多了，是吧？」

「是的，長官，沒錯。」

「所以現在是怎樣？幾點起飛？」

麥克萊倫按下「輸入」鍵，手勢有如要壓扁蒼蠅一樣。「好了，真抱歉。你剛剛說什麼，老大？」

「我們幾點出發？」

「噢，葛林要我們在東岸時間今天早上八點鐘到達航點，然後進入待命航道，等候後續的指示。」

「你算出航點在哪裡？」

麥克萊倫指著螢幕，上面的美國地圖顯示出許多光點。「看到這些點了嗎？每個點都是葛林給我們的城市。他要我們計算出和每個地點等距的航點，我不得不用猜的。」

「猜的？」

「對，猜的。」要是你肯破例幫忙，少在那邊發牢騷，地點可能會精準得多。「是的，老大。這項指示根本就沒道理。現在地圖上有一堆隨機的地點，怎麼可能找出一個與所有地點等距的中間點？一定會有一些點比較近，又有一些點比較遠。他們的意思是要我們找出一個能最快到達任何地點的地方，那不會是中間點，而是最靠近資料裡最多城鎮的地方。」

傑克斯機長倒是沒想過命令的語病，現在覺得有點糗。「那當然，你真聰明。很高興你發現問題。幹得好。」

「這是我算出來的航點。」麥克萊倫指著地圖上一個被放大的區域。

「第格比？」傑克斯問。

「對，這是往那邊航線的航點。依我看，如果我們維持三四〇的飛航高度，我們能避開這片冰層，而且可以省油。」

「看來似乎是在田納西那邊。」

「一點也沒錯，其實是曼非斯附近的城市，叫做巴利瓦。」

「要是我們最後的目的地是洛杉磯……」

「那飛行時間就會超過去沙洛特，但我們還能怎麼辦？」

「你說得對。我們的推算是依據機率。我最好聯絡葛林，確認他的認知和我們相同。嘿，別忘了時區的差別——我們向西飛的話可以節省時間，光是到田納西，我們就賺到一小時。」

「厲害哦，老大，但我已經把時區差異列入計算了。」

「好傢伙，查理•布朗①。我們要幾點出發，才能在八點到那裡？我聯絡葛林時，可以順便跟他說。」

「格林威治時間十一點三十分，跟他們講六點半。」

「好，我們最好也計算燃料。我得知道在加滿油的情況下，八點後能夠待命多久。別忘了把每個地點的天氣狀況納入考量，要留下足夠的存油飛到距離待命點最遠的機場。」

「沒問題，老大。」

傑克斯機長打電話給葛林。

麥克萊倫忙著計算、查閱飛航日誌，但瞥見機長放下電話時的臉色蒼白了點。「怎麼了，老大？他們大概不爽有人指出他們的指示狗屁不通吧！」麥克萊倫笑著說。

「沒有……不是那麼回事。」傑克斯遲疑起來，搖搖頭。「事情越來越怪了。我受夠了。明天我就要丟履歷去美國航空！」

「什麼？」麥克萊倫說。

「葛林剛說要多加一個乘客。」

「沒問題，我會修正文件。那是葛林和尼克以外的乘客嗎？」

「對，這個乘客全程都不能曝光，我們不能問他的名字，也不能讓任何人知道他上了飛機。」傑克斯雙手一攤，「不然我們兩個會被開除。」

「是喔？」麥克萊倫怯怯地問。

「沒錯。」

「好吧，但我得知道他的資料才能填艙單。他有行李嗎？」

「就我所知，艙單上不能有這傢伙的資料。懂嗎？」

---

①史努比善良又體貼的主人。

74

索妮雅衝進辦公室。崔維斯列印出蘿絲瑪麗寄來的傳真，等著索妮雅。她瞪著傳真不敢置信。「我……我不懂怎麼會這樣……」她囁嚅著。

「索妮雅，妳怎麼解釋？」崔維斯說。

沉默。

崔維斯說出心聲。「妳拿到的傳真少了這個部分，一個非常關鍵的部分，但怎麼會這樣？這份傳真看來像正本。妳看，筆跡吻合。」

她仍然靜靜瞪著傳真。

「索妮雅，妳怎麼從我的傳真機記憶體叫出傳真的？」

「一定是你傳真機記憶體惹的禍。不過你說得對——這一定才是完整版的。你從哪弄來的？」她問。

「我的管家轉寄到我線上帳號的。我們一直在盲目中摸索！」崔維斯說，隱然有了笑意。

「真是好消息！」索妮雅說。「我們來研究一下。」索妮雅坐下，讀起底部的訊息。

崔維斯和她一起研究傳真。「好，我想妳哥是一寫完下面這句，就發出傳真了。」

「要命！我就知道少了什麼。我就知道他不會讓我們想破頭。」她說，瞪大深綠的眼眸。

「別高興得太早，事情還沒結束呢。勒布蘭最初應是想找出對抗癌症的方法，大概是因為這是他最感興趣的議題，然後他將這份文件命名為『癌症之勁敵』。」

「我同意。」索妮雅說。

「他做研究時，發現癌症與甘迺迪之死的相似處。然後他發傳真給我，大概是認為我是接手他研究的恰當人選，或者認為將阿波羅檔案交給我處理最可靠。」

「言之有理。」

「好，可是後來他遇到壓力，意識到他不能讓阿波羅檔案落入葛林手中，於是他在這張紙下面寫了東西，並且傳真給我，以協助我找到阿波羅。」

「嗯，對，說得通。」

「現在我們得搞清楚傳真底下的話是癌症（cancer）還是蘭斯（Lancer）。我想他料到我看得出資料裡癌症和蘭斯的相似處。」

索妮雅在各個抽屜裡翻找。

「妳在找什麼？」崔維斯說。

「放大鏡。」索妮雅說，仍然在翻找。「拉蒙！」她對著門口大嚷。

索妮雅叫完幾秒後，拉蒙出現了。「怎樣？妳哪根筋又不對了，女人？」

「你這狗窩裡有放大鏡嗎，拉蒙？」

索妮雅的口吻活像他們是老朋友，或者是宿敵。她顯然仍在氣惱被拉蒙綁架來這裡，不過崔維斯主要是從受傷的自尊察覺她的不快。

「妳以為這是哪裡？Office Depot①？」拉蒙說，氣沖沖地走了。

「他什麼忙都幫不上！」索妮雅說，依舊火大地翻抽屜。「死毒販，他只是一個毒販。」

「這個嘛，妳的禮貌有待加強。」崔維斯說，笑著看她。「我們可能還需要他，對他客氣一點，他大概會樂於幫忙得多。」

索妮雅不理崔維斯。「來，用這個試試看。」崔維斯說，給她一個遺留在桌上的髒杯子。

「好，這可以。」她用杯子放大傳真上的字句。

崔維斯立刻明白她在做什麼。「妳看得出字母C和L的一致性嗎？」

索妮雅端詳傳真兩分鐘，然後將杯子塞還給崔維斯。「來，你看看。」她說。很好。她刻意不出言評論，以免影響我的判斷。這正是羅傑斯醫生所說科學成見的研究。

崔維斯接下杯子，不斷在傳真上移來移去。

「很難判斷。」他說。

「字母太模稜兩可？」索妮雅說。

「對，我覺得很難判斷。標題的字母比較大，看得比較清楚，但底下這句新的話寫得匆忙得多。而且，將標題解為『癌症之勁敵』合理多了，這句話則什麼都有可能。我們已經做過一次錯誤的假設，我不想重蹈覆轍。」

「那你有什麼提議？我們時間緊迫！」

「哇，妳冷靜點。我覺得還是只鑽研傳真裡已知的部分，希望那有助於釐清句子其他部分的意思。」崔維斯說，一手搭著她的肩膀撫慰她。

「好。先只看這句：『崔維斯：找出共同點。阿波羅在他起家的城市。』」她說，猛然吐了一口氣。

「對。我們來分析——這句已暗示共同點是一個人，而且是男人，起碼有頭緒了。」

「那他究竟是哪兩件事的共同點？」

「妳哥哥必然看出甘迺迪暗殺案、苦杏仁苷、製藥卡特爾之間的某種關聯及相似性——我相信他認為我只要研究過傳真上的資料，也能看出關聯所在。」

「這麼說……」

「我們要找出癌症和蘭斯之間的關聯——當然，一切得以傳真內容為依歸。這項關聯是一個男人，所以我們來擬出清單，把可能有共同點的男人全寫出來，調查他們起家的城市。這應該能讓我們知道妳哥把檔案寄到哪個城市，接著再想地址。這個辦法合理嗎？」

「是——好吧，來擬名單。」索妮雅回答。

崔維斯拿了一枝咬過的鈍鉛筆，抓起一張紙片，將能想到的相關男士姓名一概記錄下來。

「好，現在我們得上網搜尋這些名字，用不同名字組合交叉搜尋，看能搜到什麼。」

「好。」

「記著，關鍵字是癌症，不是蘭斯；我們來用與傳真標題相同的前提，因為妳哥哥是研究癌症的事情，查出了一個與甘迺迪暗殺有關的事——而這項關聯最有可能與DGI有關。我們來看能不能推論出妳哥哥做了什麼。」

索妮雅遲疑地說：「是，可是現在想想，傳真裡提到好多變數……」

「那我們就少說廢話了吧！」

①美國最大的辦公用品量販店。

75

特務瑞斯坐在辦公桌前椅子上轉來轉去，瞪著天花板。調查局從未如今晚那樣需要他，但只有他跟頂頭上司簡森知道原因。那為什麼簡森可以窩在喬治城溫暖的被窩裡，而他卻瞪著天花板，試圖不讓眼睛闔起來？

因為簡森的層級太高，而我則可以犧牲……

儘管如此，他對這一行從不存在幻想，而且在工作期間忠誠度也從未因此動搖。

電話響了。他瞪大了眼睛，從桌上一把抓起電話。

「我是瑞斯。」

「我是杜勒斯機場的飛行許可員①——您要求我在尾號N566SS的飛機提出飛航計畫時向您通報？」

「是的，沒錯！」瑞斯滿懷期待地從椅子上跳起來，笨手笨腳地去拿原子筆，把筆筒打翻了。「等一下！」

葛林的飛行員剛剛提出飛航計畫。「請說。」

「好的——這份計畫很不尋常。他們申請到田納西的一個航點，叫做第格比，他們準備在那裡待命。」

「待命？你是指待命模式？」

「對。」

「知道了。謝謝。還有其他的資料嗎？有起飛時間嗎？」

「我看看……東岸時間今天早上六點三十分。」

瑞斯掛斷電話，按下了十一個鍵。好戲上場了。

「哈囉，我是特務瑞斯。我需要機動行動公務機準備好在今天早上六點四十分離開杜勒斯。加滿油料，申請在盡可能靠近第格比的航點待命——那是在田納西。不要在第格比，要在那裡附近的。」

調查局飛行員確認他的命令。

瑞斯在飛行員掛斷電話前，補了一句：「機長——這次任務是高度機密。只有你知道這項任務，若是洩密，那我們都知道是誰走漏風聲。等我到了再跟你說明細節。」

瑞斯又敲了十一個數字鍵。

「我是簡森。」以這種大清早來說，簡森的嗓音出奇清晰。

「抱歉，吵醒您，長官。」

「我起床幾小時了，瑞斯，什麼事？」

「他出動了——應該算是出動了。他申請在田納西的一個航點待命。我要跟著他。」

---

①飛行許可員（Clearance Delivery）是塔台內的一個席位，飛行員向他提出飛航計畫，經其核准後，飛機才能取得飛行許可（clearance），獲准起飛。

「好，小心別讓他知道我們在盯他。」

「是的，長官，那當然。我和飛航管制中心設立了保密熱線，以監督他離開待命點後的動向，但我很擔心洩密的問題——他們是平民。可以請您給我……」

「AWACS②？沒問題，你還需要別的協助嗎？」

「沒有了，長官。謝謝您。等事態明朗，我再向您稟報。」

② AWACS 是 Airborne Warning and Control System 的縮寫，指「空中預警機」，用於偵測工作的飛機，偵測範圍最高可達四百公里，並能判定其他飛機是敵是友。

76

「聽好，我不想澆你冷水，可是就算我們找出地址，我們要怎麼迅速離開邁阿密，而且不讓葛林發現？」索妮雅問，在小辦公室裡踱來踱去。

她當然沒說錯，但崔維斯只專注於眼前的問題。「一步一步來。麻煩妳別走來走去好嗎？我還在研究傳真。」

「抱歉，但能試的我們全試過了——我們知道的每個交叉搜尋全試了。DGI或卡斯楚政府，與苦杏仁苷治療癌症沒有關聯。」她說，將一枝鉛筆扔到桌上，不理會崔維斯的要求，繼續踱步。

「目前我們還看不出關聯所在。」崔維斯說。

「什麼意思？」

「共同點**一定**存在——是一個男人，否則妳哥哥傳真上不會那樣寫。當我們知道那人是誰，便能去查他在哪裡起家，便能解決這件事了。」

「對對對，前提是我們能及時趕去檔案的所在地點……」

拉蒙忽然進來。「好了，等你們玩完文字遊戲，我要用我的辦公室。」他說，從老花眼鏡後瞪著索妮雅。「你們到底要在這裡待多久？這裡可不是什麼青年會！」

拉蒙的話不符合時代，儘管他只是在半開玩笑。

崔維斯看得出索妮雅即將發飆，但他說不出話來。

「拉蒙，去你的！」她大叫，挑釁地直視他的眼睛。崔維斯還沒見識過索妮雅這令人不安的一面。

「現在就給我滾出我的辦公室——還是，妳想回去坐輪椅呀？坐一輩子！」拉蒙不再嘻皮笑臉。

索妮雅沉著地回擊。「那好吧，告訴我這回我得把哪個白痴送進急診室——你沒有跟班保護，我一腳就把你踹回古巴，爛人……」

崔維斯擋在兩人之間。「好了，夠了！」

拉蒙打斷他，嘲諷地大笑。「妳給我仔細聽好，小姐，我打架可不講究公平。妳給我小心點——妳欠我一條命。」

崔維斯一手按在一人肩上，但他看著索妮雅。「聽我說，吵架無濟於事——別忘了我們來這裡的目的，鎮定下來，好嗎？」

索妮雅從他們兩人身邊擠過去，怒沖沖地出了辦公室。

「好迷人的小姐，你在哪裡認識的？」拉蒙說，在桌前坐下。

崔維斯嘆了口氣，頹然坐在辦公室角落的位子，旁邊的拉蒙忙著打電腦。他覺得拉蒙對他的處境不感興趣很奇怪，也令他感到挫敗。

崔維斯眼裡發出惡作劇的光芒。

「你怎麼了，拉蒙？」崔維斯說。

「你說什麼？」

「為什麼你對這個世界這麼不滿？」

拉蒙看著螢幕回答：「哎呀呀，少拿那套心理分析的鬼話來煩我，好嗎？我在忙。」

「是喔，你的生意一定應接不暇吧，拉蒙——而你的生意還真是造福世界。」

拉蒙將椅子轉過去面對崔維斯，臉上掛著壞壞的微笑。正如崔維斯的盤算，這句話引起了拉蒙的注意力。崔維斯只希望拉蒙不會一槍斃了他。

「你剛說什麼？」拉蒙回答，口吻像在停車場遇到人家挑釁鬥毆。

「我只是說你是毒販，而你確實在販毒……對吧？」

「是的話又怎樣？」

「不怎麼樣……但你犯了法，我只是納悶你怎麼會幹起這一行。克雷墨說你曾對這個國家貢獻良多。」

「聽好，克雷墨是好人，要不是你認識他，我才懶得跟你說這些。你小子什麼狗屁都不懂！」

「我懂法律。」崔維斯說，繼續對拉蒙下功夫。

「我說過了，你什麼屁都不曉得。」拉蒙轉回去面對桌子，但崔維斯不捨棄自己與拉蒙的初次有意義的互動，儘管內容充滿敵意。

「怎麼說？法律就是法律。」崔維斯爭辯。

拉蒙哈哈大笑，彷彿道理不辯自明。「朋友，法律是很主觀的——法律是政府規定的，而我想，政府可以違法，對吧？」

崔維斯靜靜坐著。拉蒙說得有理，但他裝出無法信服的表情，好讓拉蒙說下去，持續這個爭論。

拉蒙又轉身面對崔維斯，充滿熱勁地說下去：「我們政府可以謀殺別人，就像ZR/RIFLE？我不在乎中情局幹掉的人有多壞，如果你開槍打死強暴犯，你就得去坐牢，對吧？」

「應該吧。但你是做毒品生意，拉蒙。那是會害死人的成癮性違禁品。」

「毒品？我只是滿足市場的需求。朋友，這叫做選擇的自由——自由——所以我才會來這個國家，我以為這裡是自由之地。」

「是，但不能是會害死你的選擇！」

「什麼？菸草就不是會害死你的成癮性物質嗎？」

「話是不錯，可是……」崔維斯試圖打斷他，但拉蒙老練地長篇大論起來。

「還有一般的藥品呢？整天都有人去藥房拿藥——整個渾蛋國家都有癮頭，而藥商是推手！一堆人鬱鬱寡歡，我們全都有憂鬱症！你敢跟我說百憂解不會上癮，不是會讓你爽、讓你的問題煙消雲散的藥？該死，一個東西是否屬於違禁品其實很主觀，是要看政府跟贊助那些東西的權貴人物能不能從中牟利……要命，人工草皮在一堆國家還是合法的咧！」

「人工草皮？」

「那是黑話，就是指大麻啦。」

「喔。」崔維斯想起苦杏仁苷如何被禁。杏仁萃取物竟會是非法的違禁品？

「全世界四分之一的坐牢人口是在我們的監獄，蹲苦窯的人有一半人是因為違反了我們的白痴藥品法規。」拉蒙繼續說。

「我能理解你的論點……」

「那你就行行好，別教訓我是非對錯，朋友，你自己的政府也是非不分！」

「你說得對，拉蒙。」既然他清醒了，我們就深入聊一聊。「我想，你當中情局探員，讓對錯的分野變得很模糊，對吧？」

「那還用說！」拉蒙說，又回頭工作。

該死。DGI和古巴是解謎的關鍵，而此刻坐在崔維斯面前的人曾經滲透到古巴人的組織裡面。拉蒙為什麼不能幫忙？

他總知道些什麼的。

「克雷墨怎麼救你性命的，拉蒙？」

拉蒙回瞥崔維斯一眼。「說來話長，而且已經這麼晚了——他給了我一些消息，讓我免去一屁股的麻煩。」

「什麼消息？」

「噯，你這傢伙真的很討厭耶。」

「我是特大號的討厭鬼！據克雷墨所說，我從小就很惹人厭了。」崔維斯戒慎地咧嘴微笑。讓他繼續說話，回憶往事。

「在卡斯楚崛起前夕，也就是一九五〇年代晚期，我已經跟克雷墨和華盛頓那些人搭上線，當起了駐古巴的探員——但對認識我的每個人來說，我只是咖啡館老闆的兒子。」拉蒙泛出懷舊的笑容，頭歪到左邊。「島上最棒的調酒呀。」接著臉色迴然一變，表情凝重。「中情局知道有事情在醞釀，卡斯楚八成會掌權，還知道他是小共產黨，但他們袖手旁觀。別誤會，在卡斯楚之前的巴帝斯塔政府也是腐敗到不行，其實沒比卡斯楚好，但他們不是共產黨……」

「發生了什麼事？」

「你是指除了那些渾蛋偷走我的國家之外的事嗎？」

「對，我就是想問這個。」崔維斯說。

「你去過古巴嗎，丹尼爾？」

「沒去過。」

「那裡很美……總有一天，我會回去的。古巴人很重視家庭——非常重視。」拉蒙歡愉的表情忽然轉為極度悲痛，淚水湧上眼睛。

「發生了什麼事？」

「我哥哥……他……」

崔維斯靜靜坐著。他顯然很同情拉蒙，但這些談話內容卻毫無助益。還是繼續聽吧。「請繼續說……」

「是我的錯——我早該看出徵兆的——我哥哥瑞卡多就在我眼前受到卡斯楚運動的影響！你能相信嗎？但瑞卡多已經死了——被巴帝斯塔警察追捕，開槍打死了——老天，我算什麼中情局探員！」拉蒙咬著唇，止住嘴唇的顫抖。「不過，這讓我在新政府眼中，看來像卡斯楚支持者，因此我擔任中情局間諜倒是剛剛好。」

「你替什麼樣的任務提供情報？」

「各種情報……你知道，當時有件怪事，等我想透的時候已經太遲了。」拉蒙說。

「是哪件事？」

「照理說，巴帝斯塔政府應該不是那麼容易擊垮的，但卡斯楚卻能找到巴帝斯塔的軍武源頭，加以破壞。」

「他怎麼做的？」

「又是雙面諜。渾蛋KGB為卡斯楚訓練DGI，傾囊相授——他們對付巴帝斯塔綽綽有餘。你能相信嗎？其中一個雙面諜竟然是加拿大人！」

「真的？是誰？」

「想不起來了，那是陳年往事了。」拉蒙一臉茫然。

崔維斯嘗試新策略。「那你還參與過什麼任務……」

拉蒙的臉色忽然一亮。

「你想到什麼了？」崔維斯說，身體向前。

「該死，你閉嘴行不行？」

崔維斯像被甩了一記耳光般噤聲，默然坐著，看著拉蒙苦苦追想往事。

「再把那些名字念一遍。」拉蒙說。

「什麼名字？」

「那些你提過的名字，就是DGI那些名字。」

「沒問題，不過要做什麼？」崔維斯滿懷期待地向前坐。「有想到什麼事嗎？」

「也許吧，你再講一次來聽聽。」

「可以呀。好……開始了。恩斯特・克雷布斯、羅傑斯醫生、史隆凱特靈……」但拉蒙每聽一個詞，便迅速搖搖頭，揮手要崔維斯再講下一個。

「安德魯・麥諾頓、杉浦……」

「要命！就是這個！好小子！見鬼啦！你從哪裡聽來那名字的？」

「哪一個？杉浦？」

「不是，是麥諾頓！」

崔維斯翻翻他與羅傑斯醫生見面時做的筆記。「在這裡——好，麥諾頓是公認推廣苦杏仁苷的最重要人物，曾經在聯合國任職。一九六〇年代，有人引介他認識恩斯特·克雷布斯。」

「我不曉得你講的這些事情，但你問我麥諾頓和DGI有沒有關聯，關聯就在這裡了。」

「哪裡啊？」崔維斯努力保持冷靜，不去打擾拉蒙回想往事，但他實在焦急不已。

「安德魯·麥諾頓——聽你對他的說明，我知道這個安德魯·麥諾頓就是我印象中的那個人——他是卡斯楚的雙面諜。」

「什麼？沒開玩笑吧？」

「他與卡斯楚掌權大有關係。他是加拿大人，但卡斯楚讓他成為古巴的榮譽公民，以感謝他對革命的貢獻。」

「他為卡斯楚做了什麼？」

拉蒙讚賞地微笑。「他是個聰明的渾球——他以前幫巴帝斯塔政府提供槍火，賣他們軍武，假裝站在他們那一邊，但通知卡斯楚那些軍火的運送時間及地點，讓卡斯楚去攔截。」

「就是這個！那就是DGI的關聯！所以說，他支持卡斯楚？但這樣好像不太對——應該說，他是協助共產黨掌權的商人？」

「這個嘛，在當年，是非黑白的分野並不像史書上那麼清楚。對錯的界線很模糊。右翼的巴帝斯塔政府既邪惡又腐敗，而卡斯楚在掌權前沒公開說他是馬克斯主義者。麥諾頓真心以為他獻身高貴的志業，就像我哥哥瑞卡多也以為自己在做好事，不料那些巴帝斯塔渾蛋卻殺了他。我確知麥諾頓有一些非常好的朋友為了卡斯楚奮戰而死——他們對巴帝斯塔獨裁政府就是如此不屑。」

「原來如此。」崔維斯想起在三〇年代，英國詩人奧登、喬治・歐威爾等等知名作家，曾在西班牙內戰時參與過類似的爭鬥，協助共產黨推翻法西斯獨裁政權。看樣子，安德魯・麥諾頓有志同道合的夥伴。那些作家後來轉而反抗共產主義。

崔維斯猛吸一口氣，站起來，盯著拉蒙頭上滴答作響的時鐘。「拉蒙，謝啦！」

「不客氣！」他拍拍崔維斯的背，回去工作。

「你想聽歷史課的時候再跟我說一聲，瘋狂的朋友。」

崔維斯一把拉開門。「索妮雅！找到關聯啦！」

77

葛林和尼克坐在轎車後座，在天仍未亮的清晨飛馳到杜勒斯機場。葛林決定提早到機棚，以便和飛行員討論飛航計畫，並確保第三位乘客的祕密性。他利用在車上的時間，逼尼克給個說法。

「長官，我盡力而為，但我也說明過了，這真的無關乎解碼，傳真裡沒有密碼，因此無碼可解。」尼克從掛在肩上的黑色皮革筆電背包抽出傳真。

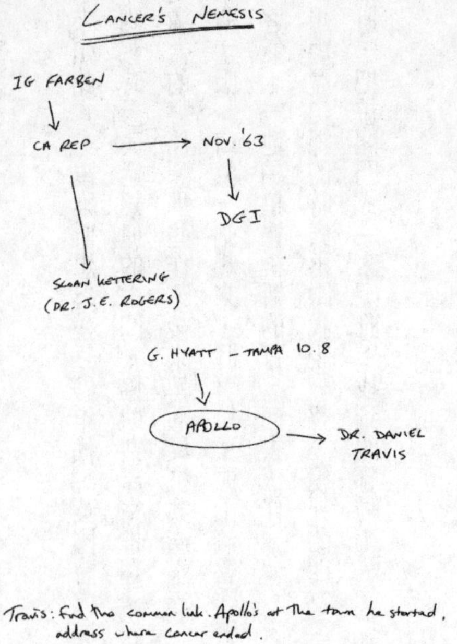

「您瞧，依據您告訴我的資料，我們知道整份傳真正如標題所說，是關於癌症的解藥。」

「是，我知道。」葛林氣呼呼的。

「我們知道整頁傳真每一則條目的意義，而底下兩行字則是給崔維斯的臨時留言。」

「繼續說，把話講清楚。」葛林說，牙齒咬著下唇。

「只有DGI這一條不符合傳真的內容，因此我們顯然漏掉了某些資訊。勒布蘭和崔維斯之間可能使用某種密碼，只有他們知道如何解讀。崔維斯可能知道什麼我們不知情的事，而那就是問題所在。」

「若真是如此，他怎麼會在邁阿密？我們確知阿波羅檔案不是寄到那一帶。」

「這個也不屬於我的專業領域，但我猜那代表他在找羅傑斯。因此，沒錯，我明白您的觀點——他不知道檔案的下落，但他可能有優勢。」

「他的優勢不存在了。他在邁阿密。總之，別去管崔維斯——我們專心縮減美國郵政清單的範圍。」

「好，地點的關鍵顯然是勒布蘭寫在底下的兩行字，他是在指示崔維斯去哪裡拿檔案。這點毫無疑問。」

「這點很清楚。」

「整份傳真是關於醫學，而依據這個基礎，DGI就是散播性淋球菌感染，也就是淋病。但我看不出要怎麼從癌症和淋病的關聯，推論出地址。」

「是，這些我都知道。但我們一定遺漏了某些資訊。」

尼克對著水氣濛濛的窗戶說：「當然，若您肯說明阿波羅檔案的內容，以及坦帕發生過的事，我可以……」

葛林眼色一暗。「聽著，我已經跟你說那是機密了。你該知道的事，你都已經知道了。那裡有過一場會議，而勒布蘭偷走了一些機密資訊。我跟你說整份傳真都是關於癌症，你知道這些就應該夠了——我看不出該死的淋病跟這有什麼關係！」

尼克在椅子上慢慢移動屁股。「是的，長官。我也看不出來，因為共同點顯然是一個人。也許這人是羅傑斯——他在紐約起家，也許檔案會出現在那裡？」

「這個我想過了，是有此可能，只是未免太簡單了。」

「有時候，最簡單的答案就是最佳答案。」

「只是有時候。」葛林說，瞪著黑暗的天空。

78

崔維斯在拉蒙辦公室門口遇到索妮雅。

「找到關聯了。」他說。「拉蒙說安德魯・麥諾頓是卡斯楚和 DGI 的雙面諜。他就是共同點。」

「羅傑斯醫生說推廣苦杏仁苷的人就是他嗎？」

「一定是！」

「我們還在等什麼？傳真呢？」

拉蒙在他的辦公室講電話。崔維斯傾身從桌上拿了傳真和筆記，催促索妮雅到倉庫另一端有咖啡漬的桌椅。

崔維斯主導討論。「好，把他套進傳真上的留言看看。」

「這是前半部。」他大聲念：「崔維斯：找出共同點。阿波羅檔案是在他起家的城市。」

「好，那麥諾頓是在哪裡起家的？」索妮雅問。

一聽到拉蒙說麥諾頓與 DGI 的關聯，崔維斯便在思考這一點。「這要看情況。」

「這話是什麼意思？」

「我是說，他到底是在哪裡起了什麼家？」

「天啊，怎麼感覺還是好難。」

「只要通盤考量就不難。我想，應該可以假設他從事的工作與傳真內容有關……這份傳真是關於『癌症之勁敵』。我們應該研究他與癌症的牽連。」

「好，羅傑斯說麥諾頓在哪裡發起苦杏仁苷的聖戰？」

崔維斯記得答案，但翻看筆記查證，以防記錯。

「在這裡……在這裡。對，第一家苦杏仁苷診所是在德州達拉斯創立。」

「所以，從這一點來看，阿波羅是寄去了達拉斯？」

「對。」崔維斯不敢相信他們剛剛可能已推論出檔案寄去的城市。「我們再依據相同的假設，把達拉斯視為可能的目的地，來推斷傳真底下兩行字的後半句。」

索妮雅抓起傳真念出：「『崔維斯：找出共同點。阿波羅在達拉斯，地址是癌症的結束點。』還是『崔維斯：找出共同點。阿波羅在達拉斯，地址是蘭斯的結束點。』？」

「我們來試第一個——癌症的結束點。那有可能是第一家苦杏仁苷診所的地址，但我想那裡應該不再是診所了。」

索妮雅起身踱步，眼裡充滿希望的光芒。「慢著。」她搖搖食指。「你要從我哥哥的角度來思考……」

「好，繼續說。」崔維斯說。

「他跟我一樣是特勤局探員。他大概清楚追捕他的人會從他的電腦和通聯記錄掌握到他的聯絡人。他不會笨到把檔案寄到那些地址去，我想他不會做那種事的。」

「但當時情況緊迫。」崔維斯爭辯。

「也許吧。儘管如此，他是專業人士，我知道他的思維模式。」

「當然，繼續說。」崔維斯同情她失去了哥哥，只是索妮雅似乎沮喪得一直不去想哥哥生前最後一刻的情況。

「那表示他得將檔案寄到通訊錄沒有的地址，一個他能憑記憶背出的地址。」

崔維斯身體向前傾。這是絕佳的推論。從理論上來說，非常符合情理。「沒錯！」

「照這樣看，他背得出苦杏仁苷診所的地址嗎？」

「不會，不太可能。」

「也許我們誤以為他在達拉斯起家？你說麥諾頓以前在聯合國大樓上過班。如果那是他起家的地點，我哥就可能記得住那個地址——我敢打賭，光是在信封上寫『紐約市聯合國大樓』，也能寄得到！」

「有可能。」崔維斯說，瞇著眼睛搓下巴。

「你覺得不是？」

「感覺就是不對勁。勒布蘭怎麼斷定檔案不會誤入壞人手中？聯合國的政客太多了，檔案內容會嚴重影響他們的利益。再說，聯合國也不符合傳真的內容。」

「那好，你有別的好主意嗎？」

崔維斯沉默不語，研究起傳真。索妮雅惱怒地一屁股坐下。

崔維斯指著他們無法確切判讀的字眼：癌症或蘭斯。「妳是否同意那個字是以大寫L或大寫C開頭？我是指，不管那是什麼字，這個神祕字眼是以L或C起頭的？這是大寫字母嗎？」

索妮雅端詳它。「對，我看那絕對是大寫。大寫L或大寫C。但知道這個有什麼用？」

「在句子中間的『cancer』，妳會用大寫C嗎？」

「不會，但……」

「沒錯，因為『cancer』不是專有名詞。」崔維斯繼續說。

「是。」

「妳寫Lancer的時候會用大寫L嗎？」

「會呀，應該吧……因為那是人名——所以標題確實是『蘭斯』嘍？」

「我想應該是。要命，不敢相信我們那麼笨。」

「別管那麼多了。」索妮雅說。「把它套到句子裡瞧瞧。」

崔維斯再次讀起傳真，將條目換成他們已經推論出的詞。「阿波羅在達拉斯，地址是蘭斯的結束點。」

他們倆看著傳真。索妮雅一臉茫然，但崔維斯一躍而起，速度快得令椅子砰然倒在水泥地板上。

「我的天啊！」

「怎麼了？」索妮雅問。

崔維斯闔上眼，舉起一隻手要索妮雅安靜。

崔維斯顫抖起來……在腦中測試他的猜測，得出相同的結論。好不容易，他開口說出索妮雅等得不耐煩的答案。

「索妮雅，如果我想的地點沒錯，妳哥哥寄出阿波羅檔案時不必從他的通訊錄抄地址。」

「好，請繼續說。」

「經歷那個年代的美國人，大概都記得那個地址。」

「那是哪裡？」

「用達拉斯當地點是說得通，說不通的地方在於共同點，亦即安德魯・麥諾頓創立的第一家苦杏仁苷診所。因此，如果勒布蘭夠聰明，沒把檔案寄給他通訊錄裡的人，就得寄到一個他背得出來的達拉斯地址。我覺得他不可能記得那裡第一家診所的地址，妳覺得呢？」

「大概不行，沒辦法。」

「妳知道哪一個達拉斯的地址呢？」崔維斯說，像以前教歷史課時露出促狹的笑容。

索妮雅不由得張開了嘴。「可是……」

「現在那裡是一間博物館，所以確實有這個地址。蘭斯的結束點是指甘迺迪遇刺的地點。他是在馬路上中槍，所以那裡沒有地址……」

索妮雅與崔維斯一樣在動腦筋。她打斷崔維斯。「但甘迺迪槍手所在的位置有地址——那就是蘭斯的結束點！」

崔維斯雙手拄著桌面，身體向前傾，口吻急切地證實索妮雅的懷疑。「勒布蘭把阿波羅檔案寄到達拉斯的德州教科書書庫六樓，也就是現在的六樓博物館！」

79

在連杜勒斯機場也冷冷清清的凌晨時段，葛林與尼克的車停在機棚。傑克斯機長和副駕駛麥克萊倫在現場迎接他們下車。

「晚安，長官。」傑克斯機長說。

「是早安。」葛林厲聲說。「我的飛行員分不清日夜，這會讓我擔心。」

傑克斯緊張地陪笑。「當然，長官，我是說……」

「你明白這趟飛行有多重要嗎？」葛林打斷他。

「是的，長官。」

「你最好是了解。」

傑克斯感到一股寒意，葛林與他擦肩而過，走向機棚辦公室，尼克尾隨在後。麥克萊倫害怕地瞥了機長一眼。

「怎麼回事？」麥克萊倫問。

「聽著，只管悶著頭做好分內事，我們一起完成任務，不要丟了飯碗，好嗎？」

「沒問題。」

「燃料數據和載重表都弄好了嗎？」

葛林從辦公室裡叫飛行員：「你們要不要進來啊？我提早到這裡，可不是為了枯坐在這油垢堆中。」

「馬上來，長官。」傑克斯向麥克萊倫說：「你待在這裡把工作做完。飛機要做好萬全的檢查。」

在玻璃牆面的簡報室內，葛林與尼克一起坐在灰色圓桌前等待。傑克斯機長慢慢坐到他們對面的座位。

「機長，以你豐富的飛航經驗，我想請教你的專業意見。」葛林說。

「請儘管問。」

葛林堆滿笑臉，向傑克斯說：「這是機密對話，你洩露出去，就用《愛國法》對付你。」

「我了解——我一向都了解，長官。」這太恐怖了吧。

「如果你忽然發現自己困在邁阿密，你要搭機離開，但不能被發現，你會怎麼做？」

傑克斯機長如釋重負。起碼他以為自己可以鬆一口氣。「要不被發現嗎？我想航空公司不是選項之一吧？」

「對。所有航空公司的訂位、報到櫃台都會接到通知，會注意你有沒有出現。」葛林抱著手臂向後靠著椅背，想找出圍堵崔維斯計畫中的漏洞。

「嗯，那只能搭GA，也就是普通航空。我會租一架，或用包機，避開航空公司。」

葛林的笑容更加燦爛。「航空管制中心也參與圍堵，所有普通航空離開邁阿密的飛航計畫都會送交給我。我一看到你的目的地，你就完了。」

但傑克斯不洩氣。現在正是修理這個渾球的大好時機。他可以讓葛林無法自鳴得意地笑下去，而且不必擔心丟掉飯碗。

「要是我飛VFR，不提出飛航計畫就不會！」

「VFR？」葛林問。

「就是目視飛行。如果我不飛到雲層，就能目視飛行，而且可以不用提出飛航計畫。我會直接起飛，離開邁阿密空域，您不會知道我的去向。」

「可以那樣做嗎？」葛林將座椅向前移。

「是的，長官。」傑克斯得意地說。

葛林起身走向辦公室角落，手指放在嘴上。眉頭深鎖，笑容消失不見。幸好我提早來，向飛行員打聽。

尼克反駁傑克斯。「那起飛機場的控制塔台呢？他們會知道你離開。」

「我照樣可以起飛，不成問題。」傑克斯說。

「怎麼做？」葛林問。

「我會用沒有控制塔台的機場。駕駛員自行起降——邁阿密周邊跟全國各地都有不少這種機場。」

「可以那樣嗎？」

「對。」但傑克斯忽然面露遲疑，又說：「但這樣做的話，我知道您可以怎樣逮到我。」

「怎麼樣？」葛林整個上身靠向桌面。

「我會出現在邁阿密雷達上，要是我關掉雷達答詢器……」

「雷達答詢器？就是向航空管制中心發送訊號，讓他們知道你是誰的東西？」

「是的，長官。但就算關掉它，邁阿密航空管制中心還是會收到初級信號。」

「你講白話文會死啊？」

「抱歉，長官。我是指他們會在螢幕上看到一個點，但不會知道我是誰。」

葛林兇巴巴地向尼克說。「尼克，你懂了沒？」

尼克點點頭。葛林詳細向他交代命令：「邁阿密雷達偵測到初級信號的飛機全都要回報，同時要說明他們飛行的方向。全程監視飛機動向。資料交給諾曼，由他負責跟我聯絡。」

尼克打開手機，向諾曼轉述命令，然後用手捂著話筒。「長官，我們怎麼不乾脆叫邁阿密航空管制中心下令在隨後二十四小時，強制目視飛行的飛機也提出飛航計畫？」

傑克斯熱忱地插嘴。「對，那會有助於防堵。」接著他轉向葛林。「但那阻止不了我從沒有塔台的機場起飛，並且關掉我的雷達答詢器。雷達螢幕上仍然會有光點。不過這麼做的前提是你能找到一個夠笨也夠缺錢的飛行員，說服他冒著被吊銷執照的風險飛這一趟。」

「怎麼說？」

「在邁阿密空域飛行，依法不能關掉雷達答詢器，也不能切斷無線電通訊，因為邁阿密是B級空域。以目前高度戒備的狀態，兩架F16戰鬥機一下子就出現在你機翼旁邊，逼你降落，我也不會太訝異的。」

「太好了。尼克，一知道終點站，我要那邊比照辦理，採用這套追蹤法，以防萬一。」

傑克斯接腔：「是的，長官，這樣大概就滴水不漏了——當然前提是最後目的地是像邁阿密那種大城市，那您就能逮到他了，長官，他會是甕中之鱉。」

80

崔維斯的歡喜短暫而空虛。索妮雅知道達拉斯距離邁阿密一千三百多哩，車程要花上二十幾小時。

「到處都找不到拉蒙！」崔維斯說。

「這樣行不通——就算我們現在就開車離開，也要明天深夜才會到。到時檔案就寄到然後又被搶走了。該死！」

「開車絕對來不及。」

「嗯，我也說過我們不能搭乘大眾運輸工具，因為葛林一定會防堵。」

「所以我才想找拉蒙啊。也許他有租飛機的門路……例如用別人的名字之類的。」

「假設葛林知道檔案在達拉斯，我看不出怎樣才能比葛林早到達拉斯。」

崔維斯拖來一張椅子，將椅子面向索妮雅放下，坐上去。

「聽我說，索妮雅，妳別跟拉蒙計較下去，不管怎樣，我們現在大概只能靠他了。」

「討厭，知道啦，我會冷靜。他到底跑哪去了？」

「他會出現的。記著，一報還一報。」

「我都說我知道了啦。要命。」

拉蒙恰恰在此時出現，原來他始終在洗手間。崔維斯一轉身從椅子站起來，打開辦公室門。

「拉蒙！」

拉蒙蹣跚地過來。「哎呀呀，你們暫時別進廁所。朋友，有需要我效勞的地方嗎？要我幫忙玩填字遊戲還是什麼？」

崔維斯領著他到辦公室。他一穿過門，索妮雅便和他和解。「拉蒙，我——」

「沒關係，但我本來想修理妳一頓呢。」拉蒙綻出笑容，伸出手來和解。儘管他八成沒洗過手，索妮雅仍是和他握手言和。

「拉蒙，我們需要代步的工具。」崔維斯說。

「代步工具？太好了，我還在想你們到底幾時才會滾蛋咧！我會替你們安排車子……」

「抱歉，拉蒙，車子不行。」

「為什麼不行？你們要去哪？」

「達拉斯。」

「一路開去達拉斯就結了。」

「但早上九點到得了嗎？」

「幹麼趕時間？」

「說來話長。事情結束後，我很樂意說明一切。我是在想，也許你有租飛機的門路？」

「唷，朋友，你想講究旅行的排場呀。美國航空哪裡不好？該死，我忘了，有個政府的傢伙四處找你們，對吧？」

「沒錯，一搭飛機就會暴露行蹤。」索妮雅說。崔維斯點點頭。

「你們以為租飛機就行得通嗎？」拉蒙大搖其頭。

崔維斯看著索妮雅。索妮雅點了點頭，坦承拉蒙的疑慮不無道理。「他說得對。這絕對很冒險，葛林不會漏掉出租飛機的。」

崔維斯頹然坐下，抱著頭。拉蒙踱進黑暗中。

「你看吧。」索妮雅說。

「什麼跟什麼啊？」崔維斯說，雙手攏過凌亂的頭髮。

「他那個人一點用都沒有。」

「現在講這種話也沒用。」

「對不起。」

「別擔心——反正木已成舟。」崔維斯看了看手錶。「快三點了。要在九點前到達拉斯？我看不可能。」他垂下頭。「可惡！」

＊＊＊

剛過三點時，拉蒙晃回倉庫，拉烏和另兩個手下跟著他。崔維斯以為他們只是來工作，但拉蒙從門口探進頭。

「你們兩個可以出來嗎？」他問。「裡面位子不夠大。」

崔維斯和索妮雅慢吞吞地出了辦公室。興奮之情已退，崔維斯感覺倦意襲來，拖著腳走路，眼皮漸漸沉重。

他心底掠過一線希望。也許拉蒙排除萬難，想出了解決辦法。

「好啊，拉蒙？」崔維斯挨著索妮雅走。

拉蒙邊說話，邊輪流看看他們倆。「拉蒙有辦法解決你們的問題！」拉烏點點頭，堅定地望進崔維斯眼底。

崔維斯心跳加速。「真的？是什麼辦法？怎麼可能？」他重新興奮起來，感覺到索妮雅也抱著一絲期望地走上前。

拉蒙瞥了拉烏一眼，轉身面對他們，綻出壞壞的笑容。「我們開飛機送你們去。不過得飛五個鐘頭左右，如果要九點到，就得趕快閃了。」

「拉蒙，太感謝你了。但我們能神不知鬼不覺地離開嗎？」

不容拉蒙接腔，索妮雅便插嘴：「是，謝謝你的好意，可是你得呈報飛航計畫，飛機也會出現在邁阿密雷達上。葛林會曉得我們要過去，在中途攔截我們。」

拉蒙和拉烏相視而笑，不過拉烏英語能力有限，他似乎不是真的明白笑話何在。

拉蒙陶醉地看崔維斯和索妮雅困惑的皺眉。

索妮雅眼神一亮，恍然大悟。

「好小子。」她說。「你們打算把我們當成你的貨物！我沒說錯吧？」

「你們倆是違禁品吧？」拉蒙說，得意地歪著頭笑。

崔維斯一頭霧水。「什麼意思？」他轉向索妮雅。

索妮雅說明：「這是走私毒品的老手法。他用兩架飛機，一架是合法的，有飛航計畫等等，另一架飛機則載著毒品，飛在合法飛機的正下方。航管站的螢幕上只能看到一個光點。」

「太妙了！」崔維斯大感讚嘆。

拉蒙笑了。「小姐真聰明，但完全猜錯了！」

「怎麼說？」她說。

拉蒙回頭瞥拉烏和另外兩人一眼。目前他們都不懂談話的內容。拉蒙用西班牙語為他們說明：「Ellos han estado viendo demasiada television! Creen que vamos a volar un avion debajo del otro!①」

崔維斯只認得一個字：television（電視）。他聽見他們的笑聲。拉烏又說了一句話，崔維斯只聽得懂幾個字，但大家笑得更大聲。「Ellos creen que es como Miami Vice! Nuestros pilotos no son tan buenos!②」

「現在要怎樣？」索妮雅問，完全拿他們沒轍。

「那是大驚喜。現在你們手腳快一點。拉烏，quien va a pilotar este?③」拉蒙問。

崔維斯和索妮雅雙雙後悔以前沒學西班牙語。

拉烏回答：「Todos nuestros pilotos estan en ruta--aunque tenemos uno listo para volar al Opa-Locka de Oeste.④」

拉蒙不高興。「De que vale un avion sin piloto, tonto?!⑤」他暴跳如雷。

「El unico piloto que tenemos es Huan , y tu dijiste……⑥」拉烏說。「啊，該死！Traelo. Donde esta!?⑦」拉蒙忿忿地說。崔維斯聽出拉蒙為某事生氣，還問起某人的去向。

「Esta a Mano's.⑧」拉烏說。

「啊，該死。Traelo y llevate estos dos para que te ayuden, necesitamos esos aqui.⑨」

「一切都沒問題吧？」崔維斯問，暗示來點翻譯比較好。

「應該啦。」拉蒙忽然泛出有點後悔的神情。

「怎麼了？」崔維斯問。

「我們剛剛以為沒有飛行員——不過現在有了。」

「問題都解決了嗎？」

「對，我兒子璜會載你們去。」

「謝謝。」

「先別謝我。他去近岸水道邊的小酒館喝酒，八成爛醉如泥。你跟你女朋友得去幫忙拉烏拖他出來——如果我們要安排你們的交通工具，我就不能分派人手過去。」

崔維斯努力掩飾擔憂。在這個節骨眼，有個宿醉的飛行員總強過沒有飛行員。「好，沒問題，你是指我們得幫忙抬他回來？」

---

①他們電視看太多了！還以為我們要躲在另一架飛機下面飛呢！
②他們以為這是〈邁阿密風雲〉！我們的飛行員才沒那麼神！
③現在有誰可以開飛機？
④我們的飛行員全都在飛耶——不過我們在西奧帕洛卡機場有一架飛機隨時可以起飛。
⑤我是問你還有誰可以當飛行員，白痴！
⑥我們唯一的飛行員是璜，而你說……
⑦去把他帶回來。他在哪裡？
⑧在曼諾酒吧。
⑨帶他們兩個去幫你忙，不然我們這邊挪不出其他人手了。

「不是。」拉蒙說。「只是以防那邊出狀況……曼諾酒吧的場面有時會有點火爆。」

「原來如此。」崔維斯說，臉垮下來的速度和喉結一樣快。「索妮雅也能一起去吧？」

81

副駕駛麥克萊倫在寒夜中瑟縮，匆匆爬上公務機的階梯到駕駛艙設定飛行計算機。但當他進入寒冷的黑暗機艙時，他察覺飛機上有人。這裡原本應該只有混雜噴射機燃料和剩餘食物的噁心氣味，但此時那股味道摻雜了更濃烈的味道：剛抹上的古龍水。

麥克萊倫聽到聲音。「有人嗎？」

更多聲響從機艙幽黑的後方傳來。

一道高大的人影從暗處出來，渾身泛出怪異的光芒，令麥克萊倫心臟怦怦跳。那人的行動有如鬼魅。

「哈——囉？是誰？」麥克萊倫驚恐地退向階梯。

「別緊張。」一個歐洲口音濃重的陌生人說。

「你是誰？你在飛機上做什麼……」

「你在等我。」

麥克萊倫現在看得清楚那個人。他身材高大，褐髮，面無表情，曬得很自然的膚色，西裝體面。麥克萊倫恍然大悟。

他就是我們新增的乘客。

「你是葛林說的乘客？」

「對。」那嗓音很冷靜。

「請問你要我……」

「你只要做好分內事，執行命令。我不在這裡。千萬別讓任何人到後機艙。在登機時間到之前，別打開機艙的燈光。」

「沒問題。」這太怪了，連這些細節要求也很怪。

「很好。」那冰冷的嗓音緩緩說：「你忙你的。」

麥克萊倫只是點點頭，溜進駕駛艙。那人遁入機艙後方的黑暗中。麥克萊倫將飛航計畫設定為沒有目的地。那名乘客的躲藏處傳來沉悶的金屬聲和咔嗒聲，似乎是槍械。

明天就投履歷到美國航空！

82

Mercury引擎猛然發動，蓋過蟋蟀唧唧的旋律，打破寂靜的熱帶夜晚。小艇停泊在破爛的倉庫外，拉烏在舵前等待。白色快艇的小駕駛台有一個天棚，船前後都有座位。拉蒙在甲板上向崔維斯和索妮雅叫嚷，跟低沉的船隻引擎聲比音量。

「好，如果要準時趕到達拉斯，你得在四點前和璜回到這裡。距離飛機的路程是半小時，到達拉斯要飛五小時。達拉斯的時間比這裡慢一小時，所以你們能在八點半到。如果從機場到市區是半小時，你們九點能到目的地。」

「知道了。」崔維斯叫道。「謝啦，我們欠你人情。」

「別記在心上。你是克雷墨的小朋友，而拉蒙欠他人情——所以你什麼都不欠我。如果你們肯趕快上路……」

「我們馬上把璜帶回來。」崔維斯說，朝著船走。

「我可沒那麼有信心，不過精神可嘉！」拉蒙由衷地笑了，朝崔維斯的背拍了一下，晃回倉庫。

拉烏伸手要扶索妮雅上船，但她不加理會，逕自跳上船。崔維斯隨即踏進船首，險些因為拉烏疾駛上邁阿密河而向後栽。

崔維斯過去和索妮雅坐在拉烏後面的座位上。他看著父親的手錶，將計時器設定為一小時倒數。

「怎麼開這麼慢？」他向拉烏叫道。

拉烏沒有回答。

「這是限速區。」索妮雅說，指著河邊的標誌。

「原來如此。曼諾酒吧到底在哪裡？他們有告訴妳嗎？」崔維斯問。

「說是在邁阿密海岸碼頭。應該約二十分鐘就到了。」

「好，二十分鐘去，二十分鐘回來，我們有……」

「我們有二十分鐘時間進酒吧找人。拉蒙擔心個什麼勁？我們只要進去，找到人再帶回來就行了。」

「天曉得。」崔維斯說。「但我們在酒吧時真的不能引人注意。」

岸上邁阿密的燈光慢慢流過，逐漸緩解崔維斯緊張的心情。他看著拉烏肥大光禿的後腦。拉烏小心地在內陸水道行駛，蜿蜒穿過城區。崔維斯走上前去。

「拉烏？」

他點了點頭。

「快一點？Rapido？」崔維斯說，指著油門桿示意要加速。

「不行。」他回答，一手離開了舵，搖搖一隻手指。

這些毒販不肯超速，感覺很奇怪。

「看！」拉烏說，指著兩艘有警笛的橙色船隻。兩艘船氣勢洶洶地駛來駛去，下城已經不遠了。崔維斯見到美國海巡隊，向拉烏打個手勢，表示他明白了，然後坐回索妮雅身邊。

「他們會在河上來回巡邏。」索妮雅說。「他們一定會巡邏這條河。這地方惡名昭彰——

看那邊。」她指著一棟褐色水泥建築上的大標誌：國土安全局。「等我們離開這條河，他就能加速了。」

索妮雅又一次掌控大局，沉著的模樣令崔維斯也鎮靜下來，感受到舒適的和風吹拂。他們的船駛上較寬闊的河面，邁阿密的摩天大樓矗立在兩側。儘管此行風波不斷，眼前仍困難重重，卻始終只想與索妮雅在一起。現在他無法想像沒有她的生活。真怪。他從不認識如此獨立自主的女人。而她做愛的方式更將她剛毅堅強的性情顯露無遺，令他耳目一新，完全不像平常在他身邊打轉的弱女子。

她蓬亂的頭髮翻飛，臉頰消腫。崔維斯回頭看著船尾的波流，讓她美麗的臉蛋維持在他的眼角。在清亮的熱帶月光下，她雪白的皮膚如天使般光潤，儘管你絕不會用天使來形容她。真是弔詭。當他想起索妮雅如何讓拉蒙的兩個手下進了醫院，隱然有了笑意。

「好似近在眼前，卻又遠在天邊。」她說。

「怎麼說？」他問，從胡思亂想中回過神。

「我們知道阿波羅檔案在達拉斯，卻在邁阿密這裡跟酒鬼廝混。」

回頭辦正事了，崔維斯心想。她是專業人士。她心裡根本沒有他。

崔維斯雙手放在後腦門，靠著椅背。「嗯，黎明前總是最黑暗的。」

「真詩意，但我看不出葛林怎麼可能不知道檔案的地點——我是說，難道答案不夠明顯嗎？地址是德州教科書書庫六樓？」

「那裡已經不叫德州教科書書庫，勒布蘭應該也清楚這一點。現在那裡稱為六樓博物館，也許他剛好知道街道名，甚至知道是達拉斯榆樹街四一一號。」

「要是他不知道這個，而把寄件地址寫成了德州教科書書庫呢？」

「還是寄得到——大家都知道那在哪裡，但那不是我心裡在想的事情。」

「那你心煩什麼？」索妮雅問，迎視他的目光。

「誰會收到那份檔案？勒布蘭會把它寄給誰？我只希望他博物館的朋友值得信賴。」

「沒差啦。我們只要去那裡拿檔案。我哥哥希望我們去拿檔案，因此他一定考慮過這一點。我們只要找到這個璜・馬汀尼茲，神不知鬼不覺地離開這裡。」

「有道理，妳說得對……」

深沉低鳴的船外引擎迸發尖銳的嘶吼，船加速駛入開濶的水域，令崔維斯的語音難以辨識。他們離開了邁阿密河，進入近岸水道，亦即分隔邁阿密海岸與大陸的小灣。

快艇疾駛過泡泡。照明不佳的拖網魚船停泊在碼頭，匆匆閃掠而過。吹拂在臉上的風令崔維斯來到船首，顫抖地握住護欄，望著邁阿密海岸的燈火。氣流令他難以呼吸，但他不在乎，整個人生龍活虎，充滿冒險犯難的精神。他有點想壓抑下這種感覺，但他忽略那股衝動。儘管置身險境，他覺得義無反顧，最重要的是他心滿意足，人生忽然有了目標。他感謝上蒼讓他仍然活著。

翹起的船首降低，引擎停下，邁阿密海岸碼頭到了。崔維斯放眼搜尋酒吧，並沒看到，倒是聽見了。水邊一個地方傳出唱得荒腔走板的響亮歌聲、吆喝、酒杯碰撞與狂野嘶吼的聲音。他們靠近時，霓虹燈像短路般閃爍：曼諾酒吧。

船停泊在曼諾酒吧邊的碼頭。索妮雅跳下船，幫忙拉烏繫上繩索，協助矮胖拉烏下船。他拍掉黑西裝上的灰塵，完全不像匪徒，朝著索妮雅和崔維斯舉起一隻手，彷彿他即將率領軍隊投入戰場。

他們大步踏上階梯，來到酒吧，崔維斯緊張地東張西望。

一個橢圓形雞尾酒吧台位於中央，後方有一座舞台。一個風華不再的西班牙女人似乎整個人陷於呆滯狀態，隨著卡拉OK伴唱機嘶吼，慢半拍地唱著REM的End Of The World As We Know It與其餘歌曲。沒有人搭理她，她的歌聲被吧台的人聲淹沒。店裡的時尚是男客抽著一呎長的雪茄，女孩則有紋身。茅草屋頂的吊扇吹得煙霧旋轉，吊扇下的客人笑語喧嘩，場面儼然現代版的海盜港口。崔維斯承認這不是他會光顧的那種店家，但看不出凶險所在，想必拉蒙又在開他玩笑了。

拉烏帶領崔維斯和索妮雅穿過人群。人群開始注意到店裡出現生面孔，盯著他們眼睛的時間長了一點，令崔維斯不太自在，因此他決定只看拉烏在煙霧中上下移動的後腦。拉蒙顯然不放心讓璜開飛機載他們到達拉斯，而崔維斯覺得原因不僅是他在這個鬼地方醉酒。

他們轉彎後，踉蹌的男人襲向索妮雅的胸部。但他還沒碰到索妮雅，索妮雅便從他背後抓住那隻想襲胸的手，將他推向一張桌位。酒潑到那一桌的男客。拉烏和崔維斯轉身。崔維斯拉著索妮雅到人群中，不理會拉烏對索妮雅的白眼。

經過舞台第二次後，拉烏的視線定在某處，直直走過去。幾步後，崔維斯見到他目光的焦點。有個人趴在角落桌位上，黑髮溼溼的。坐在他旁邊的人看來像西班牙人，雙手啪地打在桌面，大嚷：「Despierta degenerado! Me debes mis ganacias! ①」

空杯旁邊的桌面凌亂放著裸女圖案的紙牌。衝突似乎升溫。

「璜！」拉烏嚷道，走向桌位。

沒有回答。

拉烏快步上前，索妮雅和崔維斯尾隨在後。

「璜！」他又叫，拉起他的頭。一見到他的臉，崔維斯才明白拉蒙保養得有多好。這傢伙是拉蒙的兒子，而他隨便也年近五十歲。

拉烏拍打他臉孔周邊，但他毫無反應。

與璜坐在一起的男人向拉烏痛罵。「Quien en diablo eres? Quiero mi dinero! ②」Dinero ③？這跟錢有關嗎？崔維斯心想。

「De todas maneras, cuanto te debo, idiota? ④」拉烏回答。

「呃，我想拉烏剛罵他白癡。」崔維斯向索妮雅低語。

「El me debe dosciento cincuenta dolares! ⑤」那人說。

拉烏扔了三百元鈔票到桌上，那人拿了錢走開。顯然剛剛是為了賭債爭執。崔維斯鬆了一口氣，和索妮雅協助拉烏將璜拉起來。他簡直跟死人沒兩樣，一動不動。

這傢伙要載我們去達拉斯？

他們四人氣勢浩大，腳步踉蹌，從惹人厭的酒客間穿過去，邊走邊引來笑聲。起碼我們不會顯得格格不入，崔維斯心想。

只剩幾碼時，一隻汗溼的肥手攫住崔維斯的肩頭，深沉的嗓音傳過來。

「喂！你的臭女人打倒了我朋友！」崔維斯慢慢轉身。那人身高遠不止六呎，相當魁梧。

「我、我真的很抱……」

「抱歉有個鳥用。」那人說，將崔維斯推得倒退一步。

索妮雅站到崔維斯前面。

「索妮雅，別插手……」

但太遲了。她已經用膝蓋頂了他的鼠蹊。

拉烏扛著璜轉身，像肩頭掛著一個布娃娃。又有兩個男人衝著索妮雅過來。拉烏將璜扔向崔維斯。崔維斯接住了璜，卻被壓得坐倒在地。

崔維斯重拾平衡，吃力地再次扶著璜站起來。崔維斯抬眼一看，索妮雅不再被人包圍，有些人在對打，有些倒了八輩子楣的人則在和索妮雅纏鬥。他們被打得如蒼蠅紛紛落地，而索妮雅則在正中央拳打腳踢。

拉烏衝向他們，像保齡球出擊，矮胖的身軀踏過倒地不起的傷患。

崔維斯看見拉烏到了索妮雅身邊，便扶著璜穿過人群回到碼頭。璜離開了雪茄煙瀰漫的酒吧，吹了海風，神志似乎慢慢清醒。崔維斯沿著水邊踉蹌前進，不斷回頭看拉烏和索妮雅來了沒有。

---

①變態，快醒醒！把我賭贏的錢拿來！

②你算哪根蔥？把錢吐出來！

③錢。

④白痴，他總共欠你多少錢？

⑤給我兩百五十塊錢！

不見蹤影。他決定把璜架到船上，然後回去找他們。

崔維斯讓璜倚著繫船柱，然後回頭面對酒吧大門。拉烏和索妮雅衝出酒吧，一群人緊追在後面。

拉烏從後方抱起索妮雅，退離吧台。崔維斯不肯定拉烏是將她當成武器，還是設法在兩人中槍前帶她離開。他心想，大概兩者皆有吧。

崔維斯跳上船，然後將璜拖進來，讓他躺在後面座位。「快上船！」他向索妮雅和拉烏叫道。他們跑離一群憤怒的男人，那群人又是扔酒瓶，又是破口大罵。

拉烏跳上船，震得整艘船劇烈搖晃。索妮雅緊跟著跳上船，解開繫繩。她順手抄起最近的物品——是一把鉤鐮，以舉矛的姿態朝著追兵舉起。

那群人似乎只想驅離索妮雅和拉烏。他們放慢腳步，意識到再追也是白追。

快艇駛離碼頭，崔維斯聽到他們的叫嚷聲漸漸遠去。

索妮雅看看璜，然後抬頭怒視崔維斯，已經忘了吧台的騷亂。「看在老天份上。」她在引擎嘶鳴聲中不滿地說：「那是我們的飛行員？」

「緊張什麼？我們會幫他醒酒——看，他已經慢慢清醒了。」崔維斯反駁，看著璜抬起頭，吐得地板全是穢物。

索妮雅閃避嘔吐物。「你開玩笑吧？拉蒙到底是站在哪一邊的？」

83

拉蒙扠腰在倉庫邊的碼頭等待。拉烏將船慢慢駛進入水灣，關掉引擎。現在璜已經站起來了。吐完後又吹了海風，讓他腦袋清醒起來。

索妮雅繫好船，而拉烏則扶著璜下船。崔維斯看著手錶——計畫按時間表進行，但絲毫沒有保障。

「別罵我。」璜向父親說，抱著頭。

「什麼？我連個屁都沒放過，你怎麼會以為……」

「我就說吧！」璜說。

拉蒙伸出雙手推他，但璜繼續說：「抱歉唷，我讓你大失所望——把我找來這裡到底要做什麼？」

拉蒙的口吻慎重而超然中立，彷彿在跟手下說話。「你要去達拉斯——在當地時間八點趕到那裡，所以你要在四點半起飛。」

「你發神經啊？我醉得很難過！」

拉蒙咬著唇。「兒子，事態緊急，我需要你。」拉蒙不自在的變換重心。拉蒙今晚好像變了個人。

璜愣愣站著，沉默不語。

「你需要我？你是誰？你把我爸怎麼了？」

「閉嘴，你給我飛去就對了。」

璜兇巴巴的態度軟化。「好啦，爸。是去西奧帕洛卡機場？」

「對。」

「這次要載什麼貨？」

「他們兩個。」拉蒙指著在碼頭另一邊走動的崔維斯、索妮雅和拉烏。

「天啊，我們現在也走私人口？他們是非法入境還是怎樣？」

「他們是朋友，兒子。用最快速度把他們送去達拉斯。」

「好，不過借問一下，你最近是不是在用我們的貨？」

拉蒙很快抱了璜一下，陪他走向船。索妮雅和崔維斯正在上船。

崔維斯看著拉烏扯掉船上的防水帆布。他將船稱為「香菸船」。這艘船的設計理念顯然只有一個：追求速度。它有四具大型船外引擎。船身細長而尖，宛如匕首。它看來像比賽用的賽艇，唯獨缺了紅色條紋和數字，但色調與賽艇截然不同；它是暗淡的黑色。

崔維斯納悶是否又要下雷雨了，隨後意識到那只是拉烏在發動引擎。

索妮雅跟著璜跳上隆隆作響的香菸船。

拉蒙走近崔維斯。「好啦，丹尼爾，看樣子要分道揚鑣了。」

「再次感謝你的大力協助。」崔維斯說，一手搭著拉蒙的肩頭。

「先別謝我。事情還沒了呢。我說我會幫忙，我可沒說這是簡單差事！」

「不過……」

「好了，你仔細聽好，」拉蒙說，「拉烏要從水路帶你們到內地。前往機場最快的路是搭這艘船——這條河連到邁阿密運河，可以直通跑道。你照璜的吩咐做。我在達拉斯的朋友會在目的地等你，幫你準備好進城的車，好嗎？」

「謝謝你做的一切……」

「快上路啦！」拉蒙拍了他的背一下。

崔維斯上了船，向拉蒙點一下頭，表情肅穆堅毅。

不到一秒後，轟隆聲增大，宛如匕首的船緩緩駛到河面又停下。

「我們在等什麼？」索妮雅問。

拉烏指著他們去曼諾酒吧時搭的船。拉蒙上了那艘船，發動引擎。

「掩護。」璜說。

崔維斯一頭霧水。「怎麼回事？」

「我大概知道。」索妮雅得意地笑道。「這些傢伙真狡猾，放輕鬆，他們是行家。」

香菸船發揮威力，衝力讓崔維斯、璜、索妮雅倒向後座。引擎轟隆作響，船首翹起，黑匕首衝向內陸，拉蒙努力追上去。

河岸急速後退。強勁的氣流吹襲他們的臉孔，令他們窒息。速度真快。暗黑色的船身不會反射月光，與幽暗的河水融為一體。偽裝古怪，卻有效。

璜晃回小船艙。索妮雅猜測他八成是再去嘔吐。索妮雅的黑髮水平飛起，風令她噘著嘴。

「那速限呢？」崔維斯叫道。「海巡隊會攔下我們。」

「除非他們逮得到我們。」索妮雅回頭看著四具引擎猛打水面。「再說，我有預感，他們不是第一次做這種事。」

香菸船飛馳深入邁阿密。水道變窄。他們經過了邁阿密國際機場，速度之快，令開車去機場的念頭顯得滑稽。

崔維斯回頭看。*拉蒙仍然緊跟在後。即使速度飛快，我們的黑船一定不是全速前進。*他匆匆朝油門桿瞄一眼，證實自己猜想正確。

崔維斯看到拉蒙衝過一個水灣，後方便出現了藍色閃光。

海巡隊。

崔維斯扯扯拉烏在風中翻飛的花襯衫，但拉烏只指著照後鏡，表示他已經看到了，將油門桿向前推。崔維斯被衝力拋回座位。船頭上揚，掠過狹窄水道的速度更快了。

崔維斯回頭看拉蒙。拉蒙減慢了船速，等待海巡隊。

他是幌子。

索妮雅笑著猛然回頭。「就跟你說吧。」她說。「總之，我看半數海巡隊，應該是領拉蒙的薪水吧！」

璜從下方出來。

「比較舒服了嗎？」崔維斯問。

「是啊，謝謝關心。」璜說，看來確實比較不滑稽了。「馬上就到了。」

「太好了。」索妮雅說。「你開飛機沒問題嗎？」

「No problemo.①」璜回答，擺擺手。兩分鐘後，香菸船的嘶吼減為深沉的隆隆聲，速度放慢，上了邁阿密運河的河岸。這裡看來像鳥不生蛋的地方，一片黑暗，邁阿密的燈光遠遠拋在後方。

崔維斯看見車輛的頭燈。拉烏毫不意外，繫好黑匕首。

他轉身跟崔維斯、索妮雅握握手，協助他們上岸，再用力拍拍璜的背，給他一根胖雪茄。

璜行了個舉手禮。

「我們走。」璜下令，點燃香菸。「到機棚只有一哩。」

①沒問題。

84

「您需要什麼飲料嗎，長官？」

今天早上，瑞斯已經跟飛行員簡報過這次特殊的任務。告訴飛行員「跟著那架飛機」似乎是很蹩腳的命令，但他暫時只能說這麼多。葛林會雙手奉上調查局要的東西，但前提是瑞斯不能犯錯。他得當機立斷，靈活應變，妥協折衷。他的機組人員只能設法應付含糊不清的命令。

「不用了，謝謝你，機長。」他說，搖動一杯幾乎見底的咖啡，瞪著咖啡。

「好的，需要什麼飲料時再告訴我。」

「沒問題。」瑞斯說。「現在我只需要你保證我們不會機械故障導致延誤——我要準時起飛，還要飛機加滿油。」

「是的，長官，沒問題。」

機長拋下瑞斯。瑞斯要飛機能隨時起飛，以防葛林的行程有異動，但杜勒斯機場塔台仍然沒回報消息，飛機停在停機坪上。

瑞斯拿出簡森給他的檔案，第十一次研究起內容。他免不了一場硬仗：他從未處理過這樣的任務。而且，現在他得孤軍奮戰。

85

一輛車載著三個人進入西奧帕洛卡機場。位於北邁阿密的奧帕洛卡機場規模不如其他機場，始終搶不過鋒頭，最近已經棄用。機場地處邁阿密西北隅艾弗格累茲的邊緣，外表毫不起眼，只有幾個機棚和一些小建築物，但有一條跑道，而且緊臨邁阿密運河，正是拉蒙運送貨物的絕佳地點。由於沒有塔台，在這座機場棄用之前便讓拉蒙如魚得水。現在機場廢棄，更是方便他做生意。

他們車燈關掉後又行駛了半哩，才停在一小棟波形鐵皮機棚外。崔維斯和索妮雅跟著璜・馬汀尼茲下車，司機便逕自離開，沒等他們起飛。

璜摸出一把鑰匙，打開機棚門前厚實鐵鍊上的掛鎖，咿呀一聲開了大鐵門。他鑽進去，他的兩名乘客尾隨在後，然後他將門關上。裡面一片漆黑。崔維斯聽到璜蹣跚地走到另一端的牆壁。機棚明亮起來，崔維斯見到他們要搭乘到達拉斯的交通工具。

這架飛機的外觀古怪，是崔維斯生平僅見。他皺起眉頭，看索妮雅會作何反應。她一臉惡作劇的興奮表情。

璜開始檢查飛機。崔維斯緩緩跟在璜後面，也將飛機看了一回。

那只是一架小型飛機，前面兩個座位，後面兩個座位，後面有一些載貨空間，尺寸就像停在小機場的那些輕型飛機，但尺寸是這架飛機與輕型飛機的唯一相似處。

想當然耳，飛機漆成黑色。長長的機體呈圓柱狀，一具引擎在機鼻，另一具引擎在機尾，各有木製螺旋槳。機翼位於後方，似乎兼具直尾翅或方向舵的功能。兩側較小的翼狀物就位於風擋前方。整架飛機看來像黑色鯰魚。前翼下方有一個閃亮的斜體字：Defiant。

璜不時偏頭、彎腰，做起飛前的檢查。索妮雅在機艙內，將她從拉蒙倉庫搜刮來的補給品搬到後座。

「這玩意兒能飛嗎？」崔維斯說，跟璜開玩笑。

「飛得很讚，朋友。」璜說，檢查油位。「而且有副油箱，所以我們可以直飛達拉斯，中途不必停下來加油，酷吧。」

「對，是很酷。」崔維斯說，佯裝熱切，緊張得肚腹一陣翻攪。他試圖阻斷想吐的感覺。真是瘋了！我沒帶暈機藥。不過，小飛機跟大飛機應該不會差太多吧？

「這飛機要怎麼避免被偵測到？」

璜輕笑。「在這種繁忙空域飛行的飛機，都需要雷達答詢器。答詢器會發送訊號給航空管制中心，讓他們知道你是誰。我們當然不使用雷達答詢器，但他們還是可以在雷達上見到回波，也就是一個小光點，只不過，光點不會顯示我們的身分。」

崔維斯凝神傾聽，璜則從機翼下汲取某種液體，崔維斯猜那是燃油。璜注視著那藍色液體，繼續說明。

「航空管制中心會進行雷達掃描，雷達波束碰到金屬物就會反彈回去他們那裡，對吧？所以他們螢幕上會出現光點。」

「是。」崔維斯好歹還知道這些。

「這架飛機沒有暴露在外的金屬。」璜得意地笑著說。

「什麼？怎麼會？」

「機身是輕質複合材質，不是鋁。你看。」他指著引擎罩。「尾噴管也縮到機身裡面，沒有暴露在外面——」

「所以螺旋槳是木頭做的！」崔維斯推斷。

「沒錯。金屬螺旋槳會發出最大的回波到雷達上，所以也捨棄不用。」

「這飛機是你們自己打造的嗎？」崔維斯問。

「才不是咧！這是真正的飛機，Rutland 製造。這是一架 Rutland Defiant，最初是為了爭取軍方合約。好了，我很樂意多聊一點航空學，但我們已經準備好上路了。請。」璜招手要崔維斯從飛機後方進去。崔維斯爬上去，到後座和索妮雅坐在一起。索妮雅遞給他一副耳機。他戴上耳機，將麥克風放在嘴前。崔維斯看著璜拉開機棚門，外面就是黑暗的機場。

保持冷靜，不過是另一趟飛行嘛。我怎麼沒帶暈機藥來！

璜讓門開著，將飛機向前駛出藏匿地點，向沉寂的夜色前進，滾壓過機棚門的滑軌後停下。璜解除拖桿，在左前座坐下，一邊繫安全帶，一邊轉頭向崔維斯和索妮雅說話。

「準備好了嗎？」璜問，豎起拇指。「扣好安全帶了嗎？」

「好了。」他們異口同聲，像兩個孩子。

「不是應該說明逃生事項之類的嗎？」崔維斯問，璜臉紅了。

璜順從地說：「是，逃生事項非常簡單。如果你看到我跳下飛機，拔腿就跑，你就跟著我跑就對了，懂嗎？」他面容嚴肅。

崔維斯的心往下掉，看著索妮雅。

「有道理。」索妮雅也正經八百。

我跟兩個瘋子同機。

「對了，什麼都別碰。你們可以用後面的對講機講話——直接講就可以了，好嗎？」

「謝啦。」索妮雅說。

接著，璜發動了前引擎。整個機身晃動，隨著嘈雜的引擎震動。他們已經無法使用正常音量交談，而兩具引擎才發動了一具。

幾秒後，他們後方的第二具引擎也發動了。那噪音之大、震動之強烈，令崔維斯感到離譜。他不敢相信，他得這樣飛行五小時。

黑色 Rutland Defiant 滑行到黑暗中，沒有燈光照明。璜顯然是依據印象在駕駛，似乎熟門熟徑。崔維斯看出窗外，注意到這架飛機完全沒有一般飛機的燈光；翼尖沒有紅、綠燈光，也沒有閃爍的燈光。

這架飛機純粹是為了祕密行動而打造。

璜將飛機停下來，在黑暗中，只能勉強看出飛機是停在跑道旁邊。他增加引擎轉速，但沒解除煞車。轉速陡然降低，聽來苗頭不對。崔維斯滿頭大汗。克難的機艙沒有空調，正是誘發崔維斯眩暈的完美條件。

這裡的情況絕對失控了。

崔維斯肚腹翻攪，心臟狂跳。保持鎮定。璜一定清楚自己在幹麼。

引擎轉速回到閒置，璜向前滑行，對齊漆黑的跑道，場面頗為古怪。

引擎轉速增加，比上一次快得多。璜握住煞車，飛機劇烈晃動，像一匹憤怒的賽馬被關在鬧門前。

璜放開煞車，崔維斯覺得像有人用鏟子敲他後腦。要起飛了。他猛吸一口氣，身體感覺得到廢棄跑道的每個小顛簸。

飛機朝天空升起，起飛了。

他抓住索妮雅的手。

「你還好嗎？」索妮雅細小的聲音從對講機傳來。

「我想吐……我眩暈……」

「天啊。」她說，開始東翻西找，八成在找嘔吐袋。找得到才怪。

崔維斯一手伸向索妮雅，另一手捂著嘴，深呼吸。坐小飛機完全不像大型飛機。他能感覺到天空中的每個小顛簸。飛機似乎也感受到空中的崎嶇，不斷搖來晃去。

幸好，過了緊張的幾分鐘後，空路平順起來。

崔維斯定下心神。窗外看得到羅德岱堡之外的燈光。他覺得看著邊窗要比前面擋風玻璃要好，比較像坐在航空公司的座位上。

「你有沒有比較好？」索妮雅問。

「嗯，謝謝。剛剛不好意思。」他仍然想吐，但暗禱否認一切能消滅噁心。

「沒關係。聽著，我們應該睡一下。我們有五小時要消磨，而且我們需要休息。」索妮雅說，拿起染著油漬的抱枕看他要不要用。

崔維斯看著窗外。

「隨便你。」她說，將一條毯子塞在窗口，頭靠上去，閉上眼睛。

崔維斯將頭靠回座椅，也闔眼，但他看不出在這種環境下怎麼能休息。不出幾分鐘，他便進入夢鄉。

86

天剛破曉，葛林的公務機劃破籠罩著華府陰灰的早晨。

「你有跟葛林和那個尼克提起後艙的事嗎？」傑克斯機長問。

「有啊。」麥克萊倫回答。「我跟他們說後艙不開放，別去那邊——葛林好像知道我是刻意講給尼克聽的。老天，那是我載過最怪的貨。」

「別窮緊張——我說了，我們完成任務，全身而退。」

機艙內，葛林坐在尼克對面，兩人努力推敲結論。葛林拿出一疊文件，啪的摔到桌面。

「阿波羅的下落就在這疊清單裡。勒布蘭傳真下面那兩行字，好歹給我提個說法出來。」

「我知道，但……」

「聽著，放輕鬆。我知道你不想把話說得太死，免得你犯了錯，我會踹爛你的蛋蛋，但給我一些想法，嗯？」

尼克深呼吸，躊躇起來，看見葛林眼裡的真摯。「是。姑且不管留言裡提到的共同點，因為那跟傳真內容完全連不起來。好，『地址是癌症的結束點』這一句應該能告訴我們一切答案。我們知道加州報告在一九六三年十一月查禁了苦杏仁苷，因此我們能假設勒布蘭相信苦杏仁苷是所謂的『癌症之勁敵』？」

葛林向前傾，怒視尼克的眼睛。「對，沒錯。」

「什麼？這整件事是關於癌症和苦杏仁苷？」

「回到你剛才的話，繼續說下去。」

「是。因此，『癌症的結束點』應該屬於同一個範疇，也就是應該與苦杏仁苷很有關係，或有點關係。」

「然後呢？」

「史隆凱特靈事件符合這個條件，但那裡不在美國郵政的收件人清單裡。墨西哥有苦杏仁苷診所，但檔案一定是在美國國境內，才能用美國郵政限時信信封寄到。」

「還有別的可能地點嗎？」

尼克在筆記型電腦上輸入資料，遲疑地用一根手指敲著桌子。

「你在做什麼？」葛林等待著。

尼克將筆電轉過去，讓葛林看。

「這是什麼？」葛林說。

「地址是癌症結束的地方可能是指霍賽診所──那是苦杏仁苷被禁之前美國第一個使用苦杏仁苷的地方。

「好，地點在哪裡？」

「診所已經不在了，關門了。」

「那是在哪裡？」葛林繼續追問。

「達拉斯。」

葛林皺眉。「你能幫我調出美國郵政清單裡所有的達拉斯人名和地址嗎？」

「當然沒問題。」

87

飛行高度，九千八百呎，Rutland Defiant 掠過墨西哥灣清朗的天空，直飛達拉斯。升起的太陽打斷了崔維斯短暫的睡眠。

他揉揉眼睛，看著下方晨光在深藍的波浪上跳躍，感覺還不太壞。起飛後不久，飛行便很順暢。而且，聽慣了兩具引擎嗡嗚的旋律後，他便沉沉入睡了。機艙中的空氣現在倒是涼爽宜人，不再像邁阿密的溼黏。

崔維斯舒舒服服地伸伸手臂，然後拍拍飛行員璜的肩膀。

璜嚇了一跳，搖搖頭。

天啊，璜也在睡覺。

「呃，璜……一切都還好嗎？」崔維斯愛睏的眼睛猛然瞪大。

「對，很好，別擔心，現在是用自動駕駛系統。」璜沒元氣的嗓音從對講機傳來。

崔維斯將手錶調整成中部時間。星期三早晨六點五十一分。爸爸的手錶。今天就會曉得媽媽的狀況。崔維斯摩搓著手錶的邊框。崔維斯捲進阿波羅檔案的風波，意識到母親與檔案也有關聯。癌症的解藥？我可以救她！我們得拿到檔案。

「嘿，璜，我們大概再一小時四十分鐘能到，對吧？」崔維斯說，希望能飛得快一點。

「到不了——可惡的逆風整路都在減慢我們的速度。照衛星定位系統來看，會在早上八點五十五分落地。好了，我不想太操引擎，不然會增加油耗。照現在的情況，我們降落時油箱只會剩油氣。」

他講那麼詳細要死啊。

索妮雅動了動。崔維斯對著她敲敲自己的耳機。她戴回耳機。

「妳聽到了嗎？」

「沒有，怎麼了？」她說，睡眼惺忪，拿起地板上的水瓶。

「等降落後，再五分鐘就是九點。我們沒辦法在博物館開門時趕到。」

「該死，我們也沒別的法子。」

對講機傳來璜的深沉嗓音。他指著擋風玻璃下方說：「看——紐奧爾良！每次飛機回到陸地上，我總是很高興。」

聽到李・哈維・奧斯華在一九六三年夏天待過的城市，令崔維斯記起從查出安德魯・麥諾頓事情後便擻下的思緒。

「你知道嗎，」崔維斯開口。「甘迺迪之謎的關鍵，正是奧斯華在東京女王蜂俱樂部被吸收。如果他被蘇維埃吸收，一切就蓋棺論定。很少人不認為他與暗殺案多少有牽連，會這麼想很合理，因為證據太多了。如果他被蘇維埃吸收，或許他的終極任務就是參與溼行動。他的一舉一動都是典型的俄國風格——誤導與欺騙，就像伊果・奧洛夫在戰爭晚期的作風。」

「這樣啊。」索妮雅說，雙手撐著臉頰。

「但有件事一直讓我覺得怪怪的。妳有仔細想過麥諾頓的關聯嗎？」

「沒有，但你想過了。」她慍慍地說。

崔維斯確實注意到她興趣缺缺。「是，沒錯，而我不禁要納悶，甘迺迪暗殺案是否有我不知道的隱情。也許命案不僅是一場政變。也許奧斯華的任務其實重要得多。」

「比方說？」現在他引起了索妮雅的注意。

「商業間諜。」

索妮雅在座椅上一震，彷彿這個詞觸發了她的想像力。

崔維斯繼續說。「安德魯．麥諾頓的越軌行為也很有俄式風格——供應武器給一方，告訴另一方武器在哪裡。整件事都充滿誤導與欺騙，正如同奧斯華和奧洛夫。」

「唔，如果他替卡斯楚效勞，他就會和蘇維埃訓練出來的 DGI 有關聯，因此那也符合邏輯……你想說什麼？」

「也許甘迺迪的兇手動機不僅在於政治，也在於經濟。」

「我不懂。」

「卡斯楚亟需革命資金。麥諾頓在美國倡導苦杏仁苷，卡斯楚付錢酬庸。卡斯楚直接或間接，透過麥諾頓在美國贊助苦杏仁苷。卡斯楚是否認為這是一石二鳥之計，既能籌錢，又能破壞敵人的經濟？但加州報告終止了這種情況，而它發布的時間與甘迺迪遇刺是同年同月。也許加州報告只是另一個暗殺甘迺迪的理由。」

索妮雅嚥嚥口水。「但這一切只是猜測。」她口吃。

「是沒錯。」

「反正，那怎麼會動搖美國的經濟？」

崔維斯說出羅傑斯醫生的話，說得像是自己的想法。「如果癌症有天然解藥，癌症產業便會崩潰，而在癌症產業工作的人超過病患。不僅如此，更嚴重的問題是相關藥品因而變成多餘，脆弱的癌症醫療體系就垮了。醫療保健是龐大的產業。在漣漪效應之下最終會影響所有的產業。」

索妮雅瞇起眼，凝神傾聽。

崔維斯繼續說：「許多國家害怕得罪美國，是因為美國經濟制裁的能力。這些制裁有很多是醫藥。還有武器。醫藥與武器，這兩者從商業立場來看是完美的組合——傷害與治療，這能顧及所有市場。如果削弱美國的醫療，不僅美國經濟會大受打擊，美國最有力的籌碼之一也會從檯面消失。」

「說得有道理。」索妮雅說，語調空洞。

「很高興妳能懂，但我想多數美國人不會喜歡這樣。」崔維斯抱著手臂。

「不喜歡怎樣？」

「如果我們將阿波羅檔案公諸於世，世人將擁有的選擇。」

「什麼選擇？」

「妳要癌症的解藥，還是妳要保住工作？」

索妮雅氣呼呼地說：「原來你是問這個。政客會選哪一個就不用說了——選民需要工作，才會在選舉時把票投給他們。」

崔維斯繼續說，盯著擋風玻璃外面。「我在想……假設這是明天的頭版新聞——妳我揭發隱瞞癌症解藥的陰謀。報紙接著解釋這對經濟的影響。大家會作何感想？」

索妮雅默不作聲。

崔維斯移動視線，迎視她的眼睛。「假設這是一本書，到處都有人在讀我們的故事，知道如果阿波羅檔案被我們先拿到，他們可能會失去工作。」

「永遠都不會有人相信的。」

「也許吧，但讀者會支持哪一邊？」

「也許你我是壞人。」索妮雅說，裝出鬼怪的姿態。「也許書的結局最好是葛林贏了。」

「如果我們是書裡的壞人，讀者就是陰謀者。」

「你選擇哪一邊？」索妮雅問。

「嗯——經濟可以起死回生——人不行。」

「你真是理想主義者。」索妮雅輕笑說。「你是困在險惡世界的好人——而且想像力天馬行空。你再多休息一下啦！」

88

葛林的公務機在曼非斯上方六哩繞著橢圓形盤旋，比預定時間早三分鐘到達等待點。一個多小時後，葛林坐著讀地址清單——全都是美國郵政從華盛頓寄限時信到達拉斯的收件人姓名。

名單上只有四個名字。葛林將名單放在距離桌緣一吋的地方。

約翰・簡金斯，神盾工業系統有限公司，休士頓北大道二八〇〇號。

海倫・梵德比，榆樹街四一一號，一二〇室。

珍妮・霍爾，羅斯大道四六二一號。

亞瑟・柏羅斯醫師，蘭開斯特路三三七八號，四五一室。

這些全是德州達拉斯的人名和地址，但全都不是位於霍賽診所舊址。*地址是癌症的結束點。值得一猜。名單很短，但誰曉得這名單是否正確？達拉斯真是目的地？*

葛林總覺得不太對勁。從長年的經驗中，他知道不能忽視那種感覺。

葛林知道他的達拉斯探員會過去查這些地址，但他要第一個到場——他要親眼見見收件人，確保崔維斯的小共犯沒玩花招。他的同伴很棘手。

尼克・梅納德在睡覺。葛林盯著窗戶下方遮掩田納西的雲層。過不了多久，這場風波都會結束，不論是他或他的探員尋獲檔案，檔案都會尋獲並銷毀。

他總覺得哪裡不對勁。

葛林又一次瀏覽達拉斯名單。

柏羅斯醫生在美國郵政清單上，但他是整形醫生，與癌症無關。此外，整份清單裡還有很多醫生。神盾工業系統生產電子產品。珍妮·霍爾是家庭主婦。海倫·梵德比是公務員。勒布蘭傳真裡的DGI到底是指什麼？

公務機又一次右彎。達拉斯、DGI、癌症、苦杏仁苷、癌症的結束點、結束點、點？用一個「點」來當成地址還真奇怪。

葛林拉出傳真，放在桌上的達拉斯地址清單旁邊（每份文件間隔一吋）。然後他扯出勒布蘭的檔案。

當甘迺迪中槍時，勒布蘭的父親在達拉斯——那天他擔任隨扈。

在我們失去蘭斯那一天。

蘭斯？

席克斯突襲崔維斯的家、找到傳真時是怎麼說的？似乎是傳真標題為「蘭斯之勁敵」？

葛林一見到傳真，便明白席克斯根本誤讀了標題。這點，是葛林依據梅爾探員報告比爾德堡會議事件時知道的。

又轉了一個右彎。

蘭斯不是在榆樹街中槍的嗎？

葛林看著檔案、傳真和地址清單。他的目光閃亮，抬起頭來。

「尼克……醒醒，幹活了。」

尼克聽見葛林喊他名字，立刻驚醒。「長官？有消息嗎？」

「別管醫療不醫療的。在網路搜尋結果裡，還有什麼東西的縮寫也是DGI？」

「等一下。」尼克說，掀開筆記型電腦。「是古巴情治單位。」

葛林眉頭鎖得更深，傾身越過桌面。

「這個地址。」葛林說，敲敲美國郵政清單上的海倫•梵德比。「這地址是什麼地方？」

「等等。」尼克說，敲了幾個鍵。

葛林絞著手，瞪著尼克運動夾克上的一片頭皮屑。

尼克從筆記型電腦後抬起頭，差點嚇到葛林。「地址的門牌號碼是六樓博物館，以前是德州教科書書庫。」

葛林砰然坐回椅子，目光疏遠。

「有什麼新想法嗎？」尼克問。「我們得有十足的把握——如果我們去了一個地點，而這個地點是錯的，我們可能會距離檔案的實際地點更遠……」

不會吧。葛林向尼克搖搖食指，要他少說廢話。

巧合未免太多了。

回顧始末。勒布蘭的父親失去了蘭斯——在達拉斯——兇手是DGI——而奧斯華開槍的地點就是……

葛林又看起傳真。

他的頭猛然抬起，目光灼灼。

「該死！」葛林跳起來，竄向駕駛艙。

尼克在座位上連忙轉身。

駕駛艙門咔啦開了。

麥克萊倫僵住。傑克斯差點被咖啡嗆到。

「去達拉斯！」葛林大嚷：「立刻去達拉斯！」

「馬上辦，長官。」傑克斯說，朝麥克萊倫點頭。「哪個機場？」傑克斯問。

「什麼？」葛林問，想到了許多機場。「我到底要怎麼……離市區最近的！」

「那就是愛田機場，長官。」

「那就去愛田機場啊——快飛過去！」

葛林衝出駕駛艙，摔上門。飛機因改變航向而忽然轉彎，使得葛林不得不抓著東西來穩住身形。

葛林看著尼克。「白痴。」

「長官？」

「那不是癌症（cancer），而是**蘭斯**（Lancer）！」葛林斥喝，拿了衛星電話。他很樂意用電話砸這小子。

「蘭斯？」尼克說，臉皺成一團。

「閉嘴。」葛林怒斥，目光冰冷。

「長官？」諾曼疲倦的聲音從電話另一端傳出。

「達拉斯——達拉斯榆樹街四一一號，東西就在那裡，諾曼，我知道東西在那裡。聽著，叫達拉斯的人不要過去，懂嗎？我說不要過去那個地址——他們只會搞砸事情，叫他們待命就好了。」

「是的，長官。我是不是該叫全國各地的其他探員解除任務？」

「不用……不用，他們的任務維持不變——這是命令，諾曼。別搞砸了。吩咐他們派一輛車去達拉斯愛田機場等我，知道嗎？」

「馬上辦，長官。」

一想到崔維斯在邁阿密，開車絕不可能及時趕到達拉斯，葛林臉色發亮。

「諾曼？」

「是。」

「聯絡達拉斯航空管制中心，讓他們比照邁阿密機場的那套防堵辦法。」

咔一聲掛斷。

下一件事：斃了尼克。

尼克之所以能得救，全是因為副駕駛麥克萊倫從駕駛艙冒出來。「長官，我來通報預定到達時間。」

「幾點？」

「我們將在中部時間上午八點三十二分在達拉斯愛田機場著陸。」

「謝謝，六樓博物館幾點開門？」葛林向尼克吼。

麥克萊倫走回駕駛艙，尼克用筆記型電腦查資料。「是九點，長官。」

「太好了。我們勝利在望。」

葛林的笑容燦爛無比，和藹地注視尼克的眼睛，對著坐在椅子上發抖的尼克說：「幹得好，小子！」

＊＊＊

特務瑞斯剛接到一通期待已久的電話，現在在噴射機的駕駛艙，給機組人員新命令。

「達拉斯愛田機場，盡快趕到，機場。」

瑞斯衝回駕駛艙，抄起衛星電話，呼吸沉重。「是，我是瑞斯，幫我接達拉斯調查站主任，動作快！」

89

在達拉斯邊緣的蘭開斯特機場，Defiant 開始進行最後降落。崔維斯看看手錶，抓著手錶希望時間倒轉。*博物館很快就會開門，而我們甚至還沒落地，*他心想，瞪著自己的腳拍著地板。亂流震得他抬起頭，也差點讓他把早餐吐出來。

「看。達拉斯。」索妮雅說，指著前方擋風玻璃外。

崔維斯見到市區的天際線出現在前方。「是啊，我真心希望拉蒙的手下已經備好車子了。」他因為事關重大而激動。

「他們會在那裡的。」索妮雅說，點點頭。

「好，繫上安全帶。」璜說。「會有點顛簸！」

「還會更糟？」崔維斯說。

駕駛員沒有回答。

「放輕鬆。」索妮雅說。「我們很快就降落了。」

跑道出現在前方。崔維斯張望愈來愈近的機場。機場位於農地中央，連控制塔台都沒有。璜降下 Defiant，朝跑道前進。最後，飛機與停機坪平行，放下輪胎。崔維斯總算呼了一口氣，如釋重負，緊繃的情緒緩解。

飛機在停機坪滑行，崔維斯依稀看見輕型飛機與作物噴粉機之間有一個停車場。他開始尋找人影，希望會見到拉蒙的人。

一無所獲。

璜停下 Defiant，關掉引擎。兩個螺旋槳陡然停止，引擎不再嘶鳴，一片沉寂。

「謝啦，璜，我們真的得趕路了。你的人到了沒？」

「好，我們去找他。」

璜拉開薄薄的艙門跳出去，將他的座椅向前扳，以便讓索妮雅和崔維斯下飛機。恐怖的飛行結束了；柏油地從未如此可親。崔維斯步履不穩地站上德州土地，沉浸在乾暖的空氣中。天氣絕佳，太陽在清澈的藍天閃耀，和風不斷減弱強光的熱勁。

璜小跑步到一個停車場，東張西望。索妮雅和崔維斯追上去，和他一起找人。

他們聽見車子喇叭聲。一輛白色的道奇 Neon 裡有個西班牙人向他們揮手。璜也揮揮手，如釋重負地呼出一口氣走上前去。待索妮雅和崔維斯走過去時，這人正從後車廂搬出一輛迷你機車。

「這是借你們的車。」璜說。「用完車後，打這個電話找艾都華，他會把車開回去。」璜給崔維斯一張有電話號碼的名片及車鑰。「保重啦。」

沒時間依依不捨話別了。艾都華騎著迷你機車離開。

「謝啦，璜。」崔維斯說，小跑步到乘客座，準備擔任領航員的角色。

「對啊，謝謝。」索妮雅說。

璜晃回 Defiant。

索妮雅把車呼嘯駛出停機坪，崔維斯再看黑色鯰魚般的飛機最後一眼，竟意外充滿感激。車子轉個彎，便看不見 Defiant。

「好，到市區是十八哩。」崔維斯說，研究著他從拉蒙辦公室拿來的地圖。「從這裡右轉，應該很快就能上四十五號州際公路，我們要北上，妳要注意速限——要是被警察攔下來，一切便玩完了。」

90

葛林在早晨的車陣中，從愛田機場前往附近的迪利廣場。這正是甘迺迪遇刺當天走的路線。儘管尼克已無用武之地，葛林仍然帶著他。葛林要他下機，別礙事，因此他靜靜坐在那裡。另一位探員坐在前座駕駛旁邊。他叫做史雷特，虎背熊腰，穿著筆挺的黑西裝。「好了，諾曼，你有什麼消息？」葛林對電話說。

「長官，探員都還沒有回報。依我看，他們看守的地點至少涵蓋到八成。」

「太好了——檔案在這裡，一定是。」葛林猛搓大腿。

「是的，長官。我已經比照邁阿密的作法，命令探員們去搜查有初級雷達信號的飛機，而且強制提出飛航計劃。沒有崔維斯的蹤影。達拉斯渥斯堡機場和愛田機場的所有普通航空降落後，也都有探員過去檢查，以防萬一。」

「你想得真周到，諾曼。暫時別讓達拉斯探員到六樓博物館。這件事由我親自處理。」

葛林掛斷電話。「還有多久能到迪利廣場？」

「五分鐘，長官。」

葛林安然坐好，心中的滿足一如談妥了一大筆生意，然後拍了尼克的腿一下。尼克緊張地笑了笑。

結束了。我贏了。我當然會馬到成功！

葛林凝視窗外達拉斯市區的玻璃帷幕大樓。他思忖甘迺迪與阿波羅檔案的關聯。狡猾的渾球勒布蘭，竟發傳真給崔維斯。

但還不夠狡猾。

葛林回想一九六三年那重大的一天。當時他非常年輕，但一切仍歷歷在目。沒錯，大家都記得聽見甘迺迪遇刺的那一刻自己在哪裡、在做什麼，但葛林對當時情況記得比多數人清楚。這也是應該的，因為他的特勤局忙著瞞天過海。他的職責也包括確保新生代的探員對那些內幕一無所知。他的精神導師曾私下告訴過他真相。那席話浮現在葛林腦海，有如錄音機：

「甘迺迪喜歡引人注目，跟民眾接觸……我們叫那個蠢蛋把禮車的車頂蓋上。車頂不防彈，但再怎麼不濟事，好歹也能減少槍手的機會……我們在鑑識人員到達前清掉禮車的血跡，叫帕克蘭紀念醫院的醫生別擋路，便從車上移出總統的遺體——那時候，要不是射殺總統違反了聯邦法律，才懶得管他的案子。我們得跟時間賽跑，保住特勤局，並且替一堆笨蛋掩飾過失。調查局那群白痴！在暗殺前，奧斯華還給了他們一封短箋呢。他們卻沒跟我們說那傢伙在城裡。怪不得暗殺後，那封短箋就被銷毀了。」

葛林記得看著賈姬・甘迺迪爬出禮車車廂——他把澤普魯德影帶看過一千遍了。

多數人以為她想躲避槍擊，其實甘迺迪致命的那一槍擊飛了一塊後腦的骨頭，賈姬是想撿回骨頭。若司機在第一槍後踩下油門，青草丘上的槍手便不會有時間幹掉蘭斯。時速僅十一點二哩。車隊從休士頓大道拐上急轉彎、到榆樹街的速度，就是那麼慢。而勒布蘭的父親呢？他跟一堆隨扈在前夜出去買醉。怪不得他們認為第一槍聽來像爆竹。葛林搖著頭暗想：真誇張。一般美國人以為他的夢想在那一天死亡。真是狗屁。他根本不知道暗殺案後幾星期的局勢多麼危急。

「長官，快到了。」司機說。

葛林望出前方的擋風玻璃。他們已經下了高速公路，駛上城區的單行道系統，通過著名的三線地下道，經過上坡的榆樹街到迪利廣場。葛林看著左邊的青草丘和甘迺迪中槍地點馬路上的白色十字。那裡是確切的命案現場。

左轉到休士頓大道走一小段，再左轉一次便來到六樓博物館門外。

博物館以所謂的奧斯華開槍窗口為核心，展館在六樓，但管理辦公室及入口位於一樓的增建部分。

葛林勒令史雷特「閉嘴」，領著他踏上大門台階，一把推開玻璃門，直直走向他看見的第一個館方人員。那是售票櫃台的年輕職員，名牌寫著蘿冰，是二十出頭的古銅色肌膚年輕小姐。她瞥見葛林，便迅速結束個人的電話。

「我找海倫・梵德比，麻煩通報一下，蘿冰？」葛林說，彷彿像是來赴求職的面試。「我姓葛林。不會佔用她很多時間。」葛林向她亮出徽章。

「是，可以請您稍等嗎？」

「沒問題，謝謝妳……蘿冰。」

蘿冰慢慢走向另一位職員，那人打了內線電話。

葛林在等待時打量周遭環境。大廳大部分是以褐磚砌成，視覺焦點是一幀與牆面相同尺寸的照片，攝於甘迺迪在車隊裡中槍前一刻。

「先生，請跟我來。」蘿冰說。

葛林打手勢示意史雷特留在原地，自己則跟著蘿冰走。「我們是要去海倫・梵德比的辦公室，對吧？」

「對。」

蘿冰帶著葛林到車隊大照片後方的一扇褐色門，門上標示著非請勿入。她刷了卡，帶葛林走到館長辦公室。「到了。」蘿冰指出辦公室的門口。

葛林禮貌地敲門，將頭探到門口，露出狡猾的笑容：「海倫・梵德比嗎？」

「我就是。您是葛林先生？」

「對，謝謝您接見我。」

葛林同時伸出手，打量海倫。他試圖直視她的眼睛，但她避免四目相對。

她絕對清楚我的來意。

她比葛林想像的年老許多，可能六十幾歲，銀髮整理成鮑伯頭，長著雀斑，一副綠色的橢圓框眼鏡用一條鏈子掛在脖子上。她有圖書館館員的氣質，頗有威嚴。八成是自由黨的渾球，他心想。

「有何貴幹，葛林先生。」

葛林出招了，爽朗的表情化為晦暗。「館長，我知道您今天早上有收到一封從華府寄來的限時信。」

「應該沒有吧。不過我有可能記錯……要我查一下嗎？」

「麻煩了。」葛林說，忽然擔心自己的推論錯誤。他驅趕自我懷疑的陰影。檔案曾經在這裡。我知道檔案曾經在這裡，或者仍在這裡。

海倫按下免持聽筒，撥打內線。電話接通了。「喂？」

「安琪拉，今天早上有收到從華盛頓來的限時信嗎？」

電話另一頭遲疑了片刻。「沒有耶。郵差已經來過了，今天沒有信，可是……」

「這樣就可以了，安琪拉。」海倫掛斷電話。

葛林注意到她沒讓安琪拉說完話。

「抱歉，葛林先生，看來今天沒有信件。」

葛林只是望進她眼底，默不吭聲。她別開眼睛。

她甚至沒問我的來意或信件的內容，鐵定在撒謊。

「妳不精於此道，是吧，海倫？」

「您是指？」

「妳和克林頓·勒布蘭是什麼關係？」

「抱歉，葛林先生，我今天有很多工作……」

「如果有必要，我會封閉這個變態的鬼地方，拆個稀巴爛。」葛林沉著地說，但他深色的眼眸狠狠盯著海倫。

「你敢！」海倫霍然站起。「請你離開，我要提出申訴……」

「請便。」葛林反唇相譏，站起來，聳立在威嚴的她面前。「申訴函會送到我辦公桌上。現在妳要不要合作？」

「合作什麼？」她厲聲說。

「我知道妳收到了克林頓·勒布蘭寄來的資料光碟，是用限時信寄來的。妳現在把東西交給我，否則妳就會遭到拘留。妳不合作，就是與我為敵。」

「什麼罪名？」她質問。

「妨礙國家安全，妳已經直接威脅到國家。依據《愛國法》，可以無限期拘留，無須任何理由，而且妳也不能打什麼電話給該死的律師！」

「太過分了！請你離開。」

葛林沉著地再次坐下，抽出手機。

「諾曼，叫那些探員來博物館，我們要封館，拘留梵德比。帶她到調查站問訊。」他闔上手機，拉開外套，亮出手槍。「妳要跟我走，副館長呢？」

海倫態度軟化，既害怕，也不肯定自己的處境。「她、她在隔壁辦公室。」

「叫她進來。」

海倫再次撥內線給安琪拉。

一個女人來到辦公室，衣著也一樣保守。

「妳是安琪拉，對嗎？」葛林說。

「呃……對。」

「好，安琪拉，海倫因為國家安全事宜必須拘留。博物館現在要封閉。所有員工留在大樓裡，沒接到通知前不許離開，否則就得和海倫一起走，懂嗎？」

安琪拉不禁摀住嘴，看著海倫。

「我問妳懂了沒有！」葛林大嚷，站起來。

海倫向安琪拉溫順地點頭。「是……我懂。」

葛林領著海倫‧梵德比出了辦公室，到博物館大廳。安琪拉跟在後面。「史雷特，這裡要封館，不准任何人離開。還有探員在路上。這位安琪拉會鎖上門。檢查各個出入口，然後上鎖。什麼東西都不准碰！等我回來再說。」

史雷特點點頭，拉著安琪拉到前面櫃台，一小群員工聚在大廳竊竊私語。

在大樓外面，葛林讓海倫坐在黑色轎車的後座。若要擊潰海倫的防衛，就得讓她離開自己的地盤。

91

索妮雅開著小道奇車疾駛。離開機場十九分鐘後便下了高速公路，朝博物館前進。已經九點二十七分了。

「在那裡！」崔維斯說，指著位在榆樹街和休士頓大道口角落的紅磚建築。「德州教科書書庫。」

「好，車子要停哪裡？」索妮雅說。

「我看看……那裡！有停車場的標誌。過了榆樹街口左轉，停在博物館前面。」

輪胎嘶吼，索妮雅急轉彎，停在青草丘後的停車場。下車直奔博物館大門，衝上階梯……

……大門深鎖。

「你說這裡幾點開門？」

「九——是九點——看，門上寫九點。」崔維斯退離建築物，尋找其他入口。

索妮雅拉拉另一扇門，都打不開。她從玻璃往內看，見到一個看來茫然無措的中年女子在踱步。她瞥見了索妮雅。

女人走近時，索妮雅辨識出她名牌的名字：安琪拉・波斯托茲。安琪拉揮揮手，用嘴形無聲地說：「我們關門了。」

索妮雅更加使勁地拉著門。崔維斯加入她。

安琪拉左右看看，像在看是否有人在看她，繼續走過來，開了鎖，從門縫探出頭：「我們關門了，不好意思。」

崔維斯察覺索妮雅大概沒想到要怎麼應付這種情況，便率先開口。「小姐，我們不是來參觀的。」

「那你們有何貴幹？」安琪拉搖搖頭，這是今天另一件怪事。

「我相信這裡有給我們的東西，我們只是來拿東西的。我們是館長的朋友？」

「你們是海倫的朋友？」

「對，海倫的……」海倫必然是館長。

「好，你們要拿什麼？只是恐怕你們不能進來。」

索妮雅和崔維斯互看一眼。怎麼回事？感覺苗頭不對。

「你們為什麼關門？」索妮雅問。

安琪拉鬼祟地往裡面偷瞄，然後從門縫裡低語：「有些政府探員把她帶去問訊——別的探員在路上了。」

葛林！糟了。

索妮雅垮下臉。崔維斯保持鎮定，思緒飛快。假如葛林帶走了她，他們大概沒拿到想要的東西。就問問看吧，反正除了時間，也不會有任何損失。他開口：「安琪拉，我的朋友克林頓・勒布蘭寄過一份東西，他要我到這裡拿……東西可能是在館長那裡？」

安琪拉一臉慌亂，回答：「好……貴姓大名？」

崔維斯感覺到這是最後機會。該是放手一搏的時刻。

豁出去了。「崔維斯……丹尼爾・崔維斯。」

安琪拉似乎認得這個名字。「等等，我想確實是有一份要給你的東西。海倫昨天早上放在我桌上的。等一下。」安琪拉鎖上門走了。

崔維斯和索妮雅萬分激動：安琪拉剛透露的消息很重要。她即將交出阿波羅檔案嗎？

他們貼著門邊牆壁站立，試圖不讓人看到。

四分鐘過去了。沒有安琪拉的蹤影。

七分鐘過去了。怎麼回事？

事態有異。時間不夠了。

「她出事了。」索妮雅說。

「我知道，有什麼主意嗎？」崔維斯問，東張西望，覺得暴露了行蹤，彷彿這是陷阱。

「我們先離開這裡，不然等於坐以待斃。」

「好。」

崔維斯和索妮雅低著頭，匆匆離開博物館大門，退回停車場。

「找個看得到大門又不會引人注目的地方。」索妮雅說。

崔維斯看來很懷疑。「在停車場附近徘徊大概不是很……慢著……跟我來！」

「去哪裡？」索妮雅問，加快腳步，跟上崔維斯。

「我知道該去哪裡了……事實上，全世界大概只有那裡可能任你在停車場徘徊，卻不顯得行跡可疑的地方。」

他們來到將停車場與榆樹街、迪利廣場隔開的柵欄。上面有用黑色噴漆寫的塗鴉：**是調查局幹的**。另外三個人站在那裡。

「到了。」崔維斯說。「這裡可以清楚看到入口。」

索妮雅看著欄杆另一側的榆樹街，意識到他們是在第二名槍手站立的青草丘。她忍不住稍稍停步，仔細看著自己踩著誰的腳步。

從這個位置，你可以看到榆樹街及馬路對面甘迺迪中槍的地方。那距離似乎比想像中近。從這裡開槍要比書庫容易多了；連小孩也能從這裡擊中他。

總之，崔維斯說得沒錯。在停車場角落徘徊，感覺再自然不過了。

他們倆在植物的掩護下掃視博物館大門，但仍然沒有動靜。觀光客七嘴八舌，川流不息，每群人都在爭論槍手的數目及哪個美國政府機構是幕後主腦。

一輛黑色雪佛蘭 Suburban 呼嘯著停在大門外，四名男子跑下車，竄上台階，其中一人拍打著門。

「葛林的人。」索妮雅說。

崔維斯杵在那裡，瞪大了眼睛，像被對方來車的頭燈嚇呆的鹿。

玩完了。

「給我博物館的電話，我打電話給她。」

崔維斯急忙報出號碼，只恨他們沒早點打電話。他附耳過去，以便聽見交談。

「六樓博物館。」那嗓音似乎很緊繃，並不是這種地方會有的那種歡迎的口吻。這是可以理解的，索妮雅心想。

「麻煩請找安琪拉・波斯托茲。」

「我是安琪拉。」她必然接管了電話。否則便是現在所有電話都轉接到她辦公室。無論如何，這樣最好。

「丹尼爾・崔維斯在我旁邊——妳說妳有……」

「是，你們到狙擊點下面等。」安琪拉掛斷電話。

「走吧。」崔維斯說。他聽見了安琪拉的回答，催促索妮雅離開欄杆。

「狙擊點在哪裡？」索妮雅問，跟著崔維斯快步離開停車場。

崔維斯邊走邊指著博物館六樓。

「有看到那裡嗎？」他說。

索妮雅瞇起眼睛，舉起一隻手遮擋德州炫目的豔陽。

崔維斯繼續說：「六樓的角落窗戶就是狙擊點，也就是奧斯華開槍的地方。」

＊＊＊

博物館裡一片紊亂。探員們把守各個出入口，對著袖口說話。職員們聚集在大廳，有些人在接受問訊，大家都一頭霧水。

安琪拉砰地放下聽筒，拍拍塞在口袋的信封。信封封口黏起來，標明給丹尼爾・崔維斯。海倫・梵德比昨天將信交給安琪拉，說：「如果丹尼爾・崔維斯來拿這個的時候我不在，麻煩妳幫我代轉。」

安琪拉知道現在要做的事可能害自己被捕，但海倫昨天跟她說話的口吻急切。也許這能解決這位好朋友的麻煩。很難相信這麼做何錯之有。

對。這麼做是對的。

安琪拉心裡湧現了多數甘迺迪迷的反抗精神，昂首闊步地走出她的辦公室，抬頭挺胸。

她開門進入大廳，向右急轉彎到電梯。

一個探員擋住她的去路。

「妳上哪去，小姐？」

「到博物館樓上。」

「去做什麼？」

「去保養兩件展覽品——恐怕有些事是不能等的。你知道這是歷史地標。」

探員對著袖口的無線電麥克風說：「一人上樓。」他揮手要安琪拉進敞開的電梯門。

安琪拉走入電梯，意識到還得通過樓上探員那一關。她按下「七樓」的按鈕，七樓是「行動呼籲」展。她打算辦完事後，走樓梯到六樓。希望如此一來，能假裝她本來就在六樓，唬過在六樓等她的探員。

片刻後，電梯門「叮」一聲開啟，她踏上昏暗的展覽室，步下一段樓梯到六樓博物館。

六樓只有一扇窗能打開。這扇窗周遭都堆疊著箱子，維持原貌。那是奧斯華開槍的窗戶。據說是如此。

不見任何探員。目前為止一切順利。安琪拉走近保護這扇著名窗戶的平板玻璃，竊笑這裡有現成的完美掩護。奧斯華當年用那些箱子來躲藏，如今仍維持原狀的箱子也能讓她藏匿行蹤，儘管她不認為自己要做的事有多罪大惡極。

她用鑰匙打開玻璃門上的小鎖，輕輕推開門。

輕而易舉。現在只要……

「慢著！」她身後傳來一個聲音。

是一位探員。

安琪拉立刻轉身。「什麼事？」她目中無人地說。安琪拉討厭擺架子，尤其是在自己擔任主管的地方。

「妳做什麼？」金髮探員說。

「我跟你樓下的同事說過了。展覽會館的例行檢查。這裡是美國國家歷史地標。你聽著，如果你以為我會乖乖坐著，枯等你們……」

「是的，小姐。」他說。「別發火——妳忙妳的。」

安琪拉開門進入，再關上門。她感覺到探員注視的目光，便假裝在檢查，視線上下移動，將幾個箱子挪移一、兩吋，撥弄牆面的裝置，然後才走向窗戶。

她身影消失在奧斯華藏身的箱子後面。

這下子他絕對看不到我了。

她打開這扇老舊的窗戶兩吋，站起來讓探員能看見，撫摸窗框上緣裝出檢查窗戶的模樣。

然後她再次消失在箱子後面。

現在機會來了。她從口袋抽出信封，揉成一團，從開啟的窗戶扔出去，暗禱崔維斯聽懂了她的指示。

她從玻璃門走回來，鎖好門，察覺自己在冒汗。

「妳還好嗎？」探員眼裡閃過一絲狐疑。「妳臉色好像有點紅。」

「更年期。」她低聲說。

探員臉紅了，點點頭，不去看她。

＊＊＊

漫長的八分鐘過去了。

崔維斯和索妮雅站在榆樹街盯著狙擊點，輪流指著窗戶聊天，裝出正牌遊客的模樣。

但沒有東西掉下來。

「我們還得演出鬧劇多久？」索妮雅咬著牙說，擠出笑臉，指著上面。

「天啊，那就是奧斯華開槍的地方嗎？哇！不可思議。」崔維斯說，注意到一個行人從他們身邊路過。

「我發誓，這句話你再講一遍，我就……」

「噓！」崔維斯說。「看！窗戶開了。」

索妮雅抬頭看。就在那一刻，兩人看到一團紙翻滾下來，掉在他們幾呎外的地面。

索妮雅抓起紙團，朝停車場慢慢走。崔維斯跟上去，直視前方不發一語。

他們唯一能做的就是**不要**奔跑。

92

砰地關上白色道奇車的車門後，索妮雅將紙團遞給崔維斯。索妮雅發動引擎，開動車子。崔維斯既緊張又興奮，身體不禁僵直起來。他們盯著前方，試圖假裝若無其事，內心卻覺得他們像才剛偷了 Tiffany 鑽石出來。「很難相信這就是阿波羅檔案。」他說。

「拆開看看。」索妮雅說，駛出停車場。

崔維斯攤平皺成一團的紙，信封上的收件人寫著他的名字。

他拇指塞進封口下方，覺得像神話中的潘朵拉抱著寶盒。他遲疑起來，想到稍早的思緒：世人真的要癌症的天然解藥嗎？世人是否介意為了解藥，而失去工作？在希臘神話中，潘朵拉從寶盒中釋放出所有的疾病和瘟疫。阿波羅會將這些疾疫都帶回寶盒中，治癒他們。阿波羅檔案能埋葬這些世紀以來，潘朵拉所攜帶的惡魔。

崔維斯抽出信封裡的紙，打開。

他像被澆了一桶冷水。上面只有一行字：

德州達拉斯愛思頓路一一〇七號

「上面說什麼？」索妮雅問。

「是一個地址。」

「什麼？」她停下車。「我看看。」

崔維斯將紙條給她，伸手拿地圖。

「我、我不明白。」索妮雅說，瞪著地址。「我哥哥就寄了這個？這個地址有什麼？」

「不知道，但我們得查出來。」崔維斯說，研究街道索引。「而且不能被葛林搶先一步。找到了……右轉到榆樹街……那裡靠近下城的邊緣。」

＊＊＊

愛思頓路是那種你寧願自己沒駛過的街道。除非你是當地人，否則只有迷路才會意外到那裡。街道老舊破敗。廢棄車輛停放在路邊，人行道邊是頹圮的二層木造房屋，舊沙發擺在門廊上任其朽爛。

「好，應該在右邊，隨時會到……就是那棟！」崔維斯叫道。

索妮雅繼續駛過兩棟房屋才停車。崔維斯知道她的作風，甚至不想過問原因——她不想將車直接停在屋外。

他們下車，上了人行道，緩緩走回一一〇七號。街道空盪盪。細看之下，這些房屋並不低劣。屋舍大概和達拉斯鬧區幾乎一樣古老。

一一〇七號的窗戶的百葉窗全部關閉。門廊年久失修，不穩固的木造車庫在後院。

他們走近時，看到車道上有輛車與周遭氛圍格格不入：新的黑色福特 Mustang GT。

「這裡已經有人了。」

「繞到後面。」索妮雅說，直截了當地走向後院。崔維斯跟隨索妮雅加快腳步。

崔維斯和索妮雅靈巧地走到泛白藍色木屋側邊，拐過角落到後門。紗門後的內門沒關。

「妳聽說過鬨空門嗎？也許我們應該敲個門看看？」崔維斯緊張地低語。

「我們不清楚誰在這裡——說不定是陷阱。」索妮雅說。「不管敵友，我不要給他們任何優勢——你在這裡等一下，等我跟你說安全了你再過來，好嗎？」

「好。」

索妮雅消失到裡面。

崔維斯倚牆站著等，觸目淨是歡樂時光的遺跡。他細審乾枯的草坪。樹幹繫著一條破爛繩索，吊著一個橡膠輪胎做成鞦韆。宛如穀倉的老舊車庫邊擺著一輛生鏽的三輪車。朽爛的木製野餐桌擺在角落，旁邊有一具老式烤肉架，是那種煙很多的舊油桶材質烤肉架。

索妮雅去得太久了。*她在做什麼？*

崔維斯沒聽到屋裡有任何打鬥聲。我該進去看看了。如果他只是枯等，就太過分了，也太過冒險。

崔維斯推開紗門。門咿呀開了，裡面是有待修繕的廚房。若水槽中的髒碗盤還能用，顯然仍有人在這裡煮食。

沒有索妮雅的蹤影或聲音。

他輕手輕腳往裡走。

廚房再進去是放滿照片的飯廳。崔維斯細看照片。黑白的、彩色的一應俱全，通通裝在過時的相框中。

屋裡的一切都困在另一個時空。有一張父子並肩而立的雙人照片，隔壁架子上放著的那張相片裡則是一支足球隊，旁邊是一座獎盃。有一張照片是三十幾歲的高大魁梧金髮男子，穿著訂製的黑色西裝。

仍然沒有索妮雅的聲音或蹤影，但他不想叫她。

崔維斯繼續研究照片。下一張是年長男子的照片——他猜應該是父親。這人站在甘迺迪總統旁邊，看來像特勤局探員。

這是勒布蘭父母的房屋。

崔維斯腦海掠過許多猜想，急呼呼地掃視更多照片，瞥見一張兒子的照片，他在照片裡也是穿西裝。崔維斯目光定在照片下的文字說明：**克林頓．勒布蘭，特勤局，一九九九年。**

崔維斯渾身發冷，整個人起了雞皮疙瘩。*勒布蘭一定將檔案寄來這裡了。但安琪拉怎麼會有那張紙條？為什麼給她紙條？是誰寄出……*

此時，崔維斯見到了答案。

崔維斯瞪大眼睛，一切彷彿變成慢動作。他感覺到每一口氣令他的胸膛鼓起。

天啊。

這是幻覺嗎？他又一次看著特勤局的照片。

一個幽魂槍口對準索妮雅。索妮雅舉起手，走向他。

不！不會吧！真的是他。

克林頓．勒布蘭。

他穿著運動服，沒有刮鬍子，手臂裹著繃帶。

「勒布蘭？」崔維斯說。

金髮男子動也不動，槍口繼續對準索妮雅。她反常地靜默，也不看崔維斯。

勒布蘭看不到她的臉，而她不說話是怕刺激他開槍。

「克林頓・勒布蘭，我知道你是誰。聽著，沒事的，我是丹尼爾・崔維斯，而那女人是你妹妹！」

那人沒有動，不言不語，槍口更靠近索妮雅。

崔維斯確信眼前的男人就是那些照片裡的人。對，他絕對是勒布蘭！

經過難捱的漫長兩秒後，勒布蘭說：

「我什麼時候有妹妹了！」

93

一切恍如幻夢。崔維斯的視覺周圍模糊。

一個從幽冥世界回來的人站在他面前，宣稱索妮雅根本不是他妹妹。

在那短暫的沉默裡，他們都等著看誰會先開口。崔維斯回想過去幾天的經歷，開始起了疑心。他並不確知勒布蘭是否死亡。索妮雅也只假定他死了。若這人是勒布蘭（沒錯，他就是勒布蘭），崔維斯不明白為何他說索妮雅不是他妹妹。忽然間，崔維斯意識到那些照片中少了一項重要細節：索妮雅。

而且索妮雅不認得這個地址！

崔維斯仔細一看，見到索妮雅雙手被銬，放在頭頂上。

「索妮雅？」崔維斯問。

她一言不發。

「崔維斯博士。」勒布蘭說。「我知道你心裡充滿疑問，而我也會回答你的問題，但現在我有件事得問你：她究竟是誰？你在哪裡認識她的？」

「她說是你妹妹。」崔維斯說。「索妮雅？」她仍然默不作聲。

「請過來這邊，崔維斯博士。我需要你幫忙制住她。」勒布蘭的口吻沉著，似乎清楚索妮雅的能耐。他戒慎地待在安全距離，雙手持槍對準她，冷漠而自制。

崔維斯又一次看著索妮雅，頭疼地思忖她竟不是過去幾天認識中的人。他們共同經歷的一切——索妮雅幫了他。若她是敵人，為何幫助我？敵人又是誰？她出手相助是為了檔案嗎？她為誰工作？

不敢相信我會遇到這種事。

「拜託你，博士——小心地過來這邊，將她送進這個小房間。」勒布蘭指著索妮雅右邊的一扇白門。

此刻我只確知勒布蘭寄出了檔案，而他就在我眼前。崔維斯決定照勒布蘭的吩咐行事。

崔維斯小心地走過去，打開櫃門。

索妮雅沒有反抗，也沒看崔維斯。無論勒布蘭使出什麼威脅手段制住索妮雅，他的手段奏效了。

「好，請關上櫃門。」勒布蘭說，仍然待在一邊，在關門過程中始終用槍對準房門。崔維斯服從他的指示，但想到索妮雅是敵人，仍然感到心驚。房門關上後便自動上鎖。門板是厚厚的金屬防火門。

勒布蘭放下槍，吐了一大口氣。「現在她哪裡也去不了了。」然後他向崔維斯熱忱地伸出手。「先生，能見到你真是榮幸。」

崔維斯和他握手，震驚得恍惚起來。

這一切太過荒誕不經。問題紛紛襲向崔維斯的腦海，但他脫口而出的問題答案倒很明顯：

「我以為你死了？」

「我也是。」勒布蘭說，指指客廳一張破爛的草履蟲圖案沙發。

崔維斯跟著他到客廳，坐下。勒布蘭正是崔維斯想像中特勤局探員的模樣：得體而精準。

現在回想，索妮雅的氣質並不相同。討人厭的後見之明不總是百分之百正確嗎？

崔維斯必須慢下思緒，敞開心扉。傾聽勒布蘭的話。

勒布蘭坐到崔維斯對面。「別擔心，檔案很安全。」他露出苦笑。「我們在這裡也很安全。這房子遺世獨立。這是我父母的房子，過世時留給了我。我仍然不時回來維修房子，捨不得賣掉。我老爸以前負責保護甘迺迪，一九六三年甘迺迪中槍那一天，我爸也跟著毀了，整個心裡只有這件事，甚至帶著我們搬到命案發生地點達拉斯。他就是無法放下陰影，困死在一九六三年，一直沒回來。他怪自己讓總統中槍，非常自責，很快就得癌症過世，不久我媽也跟著去了。」淚水湧上勒布蘭的雙眼，但他緊咬下唇，逼退了眼淚。

「為什麼不乾脆把檔案寄來這裡？」崔維斯問，努力不要一次就問人家一百個問題。

「限時信得有人簽收，這裡沒人——我知道他們會查我的通聯紀錄和通訊錄。我不能把檔案寄給任何在清單上的人，就寄給了博物館的海倫。她是我們家的老朋友，我跟她失去聯絡有一段時間了，但她的地址不難記。而且我知道我可以信任海倫，她不但是老朋友，而且如果我死了，她也知道該怎麼處置檔案。老天，我真高興你來了——我的傳真成功了……」

「你從他們手中逃出來。**他們是誰？**」崔維斯問。

「是葛林。」

「葛林是誰？」崔維斯斷然插嘴，急著多了解這個整星期都在追捕他的人。

「葛林是我的老闆——特勤局局長，一個不折不扣的渾蛋。我星期一回家時，察覺他們盯上我了，還發現有人去過我的公寓，但我不肯定——」勒布蘭停口看看關著索妮雅的小房間。

「我看到他們找上門了，我得想法子送走檔案，以防我被抓——我也想聯絡你，所以我就撕下研究筆記的第一頁，在下面寫了指示，傳真給你。」

勒布蘭講來雲淡風輕——他不知道崔維斯吃盡了苦頭，才來到這裡。說來話長，太多問題要請教勒布蘭，沒空興師問罪。

「你把阿波羅檔案寄到博物館給海倫——這麼說，檔案還在那裡？因為葛林已經……」

「是昨天寄到的，不是今天。限時信要花一到兩天寄到，幸好它一天就寄到了。上帝保佑美國郵政，我只能說——海倫昨天就收到檔案，交給我了。為了怕你後來才出現，我寫下這個地址裝在信封裡，收件人寫你，請她轉交給你。」

崔維斯想到另一個明顯的問題。「你怎麼逃過葛林的？」

「我去了鄰居家，她有一個郵資已付的限時信封，大剌剌放在那裡。我拿出她的信，把我的文件放進去——爬出她家陽台，跑到最近的郵筒。我的同僚開槍打我，真不敢相信！我掉進河裡，他們以為我死了。我也以為自己死了——河裡好黑又好冷。然後，我看到了父親，我發誓這是真的——還有亮光。我游向亮光，到了河的對岸。」勒布蘭目光迷濛而疏遠。

「然後呢？」

勒布蘭眨眨眼，回到現實。「那天我執行保護勤務，所以掉進河裡時身上還穿著防彈背心。我已經打你手機打了幾天了，你去哪裡了？」

「我手機掉了。那真是太不可思議了。」崔維斯是指勒布蘭的經歷。「你怎麼會打破保密的規矩？」

「可惡的特勤局誤入了歧途——我們簡直像祕密警察！」

勒布蘭鎮定下來，回答問題。「我朋友布魯斯特執行第一夫人的保護勤務。好，沒人知道這件事，但不久前她被診斷出羅患癌症，她到墨西哥一家另類療法診所，治好了病。布魯斯特把這件事一五一十告訴我。我當然感興趣，我父親是癌症過世的。我開始做研究。由於我父親的關係，我熟知與甘迺迪暗殺案相關的事情，而我發現一些有意思的巧合，甘迺迪命案有些細節吻合……」

「苦杏仁苷？」崔維斯說。「麥諾頓是你說的共同點，對吧？」

「是的。總之，幾天前，食品藥物管理局的人忽然找上我，給了我更多資料！時機巧到不能再巧。原來我保護的那傢伙，也就是副總統庫克，要出席坦帕的比爾德堡會議，而討論主題正是苦杏仁苷。」

崔維斯靠向舊沙發的椅背，嚐到了遲來的安慰，原來自己的預感始終正確無誤。崔維斯繼續注視勒布蘭。從星期一便開始折磨他的謎團在眼前逐漸解開。

「我從情報處拿到一個微型監視裝置，架設在會議室。不過，我的搭檔梅爾一定看到我了，那個雜種！我怎麼能對這種事睜隻眼閉隻眼？我或許是發過誓，但我有所為有所不為——特勤局應該保護總統的生命和國民，但我們竟變得像是可惡的禁衛隊！」

崔維斯察覺到勒布蘭岔開話題，便打斷他。「那麼……阿波羅檔案在哪裡？」

「檔案很安全——就在附近。」

崔維斯驚異地抬起頭。他剛剛說阿波羅檔案在附近嗎？感覺上，他追逐這一刻已經追逐到地老天荒，對抗逆境，排除萬難才走到這一步。

但勒布蘭依然態度保留。

「那個叫索妮雅的女人到底是誰？她來這裡幹什麼？」看來，他要先確認安全無虞，才會透露檔案的下落。

崔維斯聳聳肩。「她在紐約找上我，自稱是你妹妹，也是特勤局探員——她知道你和你父親的一切，瞭如指掌——沒有她，我也撐不到這裡。」崔維斯垂下頭。索妮雅的一言一行開始像黑白新聞影片一般在他腦海重播。

「嗯，那絕對不是她的真實身分，這點是可以確定的，而這令人擔心。」勒布蘭說，揉揉後頸。

「擔心什麼？」

「她的目標顯然是阿波羅檔案，而她利用你來找檔案。問題在於她為誰賣命？他們從何得知檔案的事？她這個人，或她做過的事有沒有任何奇怪或可疑的地方？」

崔維斯努力回想。「想不出來——只不過……」

「只不過怎樣？」

「她的行事作風跟你不像。」

「反正，」勒布蘭開口，「想染指檔案的人多得是。我們可是費了一番苦工，才幫檔案找到一個可愛的家。」

「是嗎？」崔維斯說。

「沒錯，我是指報社或電視台都不會播報這個——他們全隸屬跨國集團，有太多利益要保護。當然，也不會有任何政府機關會感興趣，慈善機構也一樣——」

「你怎麼會知道這些？」勒布蘭話言之成理，但他不像是知道這種事的人。

「你看過檔案就明白了。」

勒布蘭當然是對的。崔維斯常主張若是水門醜聞在今天發生，絕對不會由媒體播報；在這個年頭，伍華德與伯恩斯坦挖掘大獨家的做法已經太幼稚了。

崔維斯思忖了片刻，便有了靈感。這是他已經想過的事。

「那就只有一個辦法了——自由言論的最後堡壘。」崔維斯說。

「那是什麼？」勒布蘭問。

「網路。」

94

終於和簡森聯絡過後，瑞斯坐在特勤局達拉斯調查站外面的車上。簡森今天早晨在白宮，直到此刻才聯絡得上。

「達拉斯？」

「是的，長官，在達拉斯。今天早上大約七點半他停止在曼非斯的待命飛行模式，前往愛田機場，然後他進入六樓博物館，封閉了博物館，拘留海倫・梵德比館長。我正在他的調查站外面，等待進一步指示。」

電話另一頭遲疑起來。瑞斯幾乎能聽見簡森電話的電子雜音。「你讓我們的達拉斯調查站介入了嗎？」簡森問。

「沒有，長官。局裡是否很篤定我們鎖定的對象能讓我們逮到人？」

「若有誰能讓我們完成任務，那就是他了。瑞斯，我們只要耐著性子，小心以對。記著，我們一定要成功。」

「我需要飛機，請您向達拉斯……」

「沒問題。」

「應該只要一架直升機和兩個探員就夠了。所有人員都只要提供必要資訊就好了。」

「好。」

瑞斯還沒來得及回答，簡森便掛斷了。

＊＊＊

兩哩外，操著外國口音的西裝男子鳳凰在電話亭裡。

「我是葛林。」

「是我。」

他立刻要求葛林先支開附近的人。「我在待命。」他說。「你現在在哪裡？」

「在附近。」

「你安排好空中運輸工具了嗎？」

「好了——一架直升機，呼號①是鳳凰。」

「很好，保持在指定頻率，目標地點仍然不明，但準備好隨時行動。」

「知道了。」鳳凰掛斷。

＊＊＊

德威特走回小小的偵訊室。海倫．梵德比坐著啜泣。「好了，海倫，妳剛說克林頓．勒布蘭昨天來過？」

①通訊時使用的代號。

95

「這裡沒有網路連線。」勒布蘭說。

「好——但唯有透過網路，才能讓公眾、讓全世界看到阿波羅檔案！我們要架設一個網站，循環播放影片。人家搜尋癌症之類的關鍵詞時，就會搜到我們的網站。」

崔維斯與網路關係良好。他早期的著作便是用同樣的辦法，迅速躍升為暢銷書榜第一名。這稱為「病毒式行銷」，而它像疾病一樣自動散播。他清楚網路能提供什麼樣的曝光率。

「好。」勒布蘭說。「第一步要怎麼做？」

「先處理第一要務。我們得複製檔案——檔案在哪裡？你可以信任我。」崔維斯說，直視勒布蘭的眼睛。

勒布蘭點點頭，拿出一個小珠寶盒，裡面有一張小光碟片。「這就是阿波羅。」他的口吻活像在將崔維斯引介給總統。

崔維斯接下小盒，感覺手上拿的是外星人的物品。他心想，這個檔案對世界的衝擊，必然不亞於在其他星球找到生命的跡象。

「這裡有電腦嗎？」崔維斯問。

「我有一台筆電。我來這邊的路上沒空複製檔案——我要保持低調，盡快來到達拉斯。但我在硬碟裡存了一份檔案。」

勒布蘭領著崔維斯回到廚房，角落小桌上有一台筆電。「你現在不需要那個。」崔維斯說，緊張地指著勒布蘭仍然握在手中的槍。

「抱歉。」他將槍放在客廳的櫃子上。

「好。」崔維斯說。「我要看一下光碟的內容，然後架設一個網站。」

崔維斯打開光碟機，放入阿波羅檔案再關上。電腦啟動。崔維斯緊盯著螢幕，感覺到萬分緊張。

幾秒後，阿波羅檔案開始播放。

＊＊＊

這也是勒布蘭第一次有機會看檔案。筆電螢幕變成黑色，接著出現影像，是一個有大會議桌的空房間。每個座位都備有水、薄荷糖和筆記紙。那是坦帕君悅的一間會議室。

勒布蘭和崔維斯拉來凳子，看影片。攝影鏡頭的角度能清楚拍到整張會議桌。

「他們關閉整間旅館，就只是為了這場會議？」崔維斯說。

「哎呀，別誤會──這只是一場小會議。出席的人還有很多。這是沒有列入議程的會議，只有幾個與會者獲邀出席。」勒布蘭說。

不久，傳出進入會議室的人聲，接著是一連串的人。崔維斯認得出某些人，也有些是不認得的。勒布蘭是最早出現的人，一個看來也像特勤局探員的年輕人與他同行。

「那是我的搭檔梅爾。」

接著，副總統里查．庫克走進來，到了另一端的桌首。勒布蘭和搭檔各就各位，站在他兩側。四名西裝男子尾隨在他後方進來，所有人都超過五十歲。最後，一個白髮男人進來，身上的西裝最為昂貴，坐在另一頭的座位。鏡頭拍不到他的臉。他率先開口，向所有人發言，彷彿他是發起這場會議的人。主持這場會議，意味著他是老大。

「庫克副總統，容我向您介紹。」白髮男說，指指桌邊另外四個人。

每個人被點到名字時都點頭微笑。「美國醫藥協會會長喬瑟夫・李查森博士，美國癌症協會會長彼德・莫衛茲，食品藥物管理局局長麥克・梅頓，以及美國國家癌症研究所所長馬汀・克雷蕭。」

老人絕對主掌大局。其他五人等他開場。

「各位。」他開口。「我們面臨的事既是危機，也是轉機。副總統先生，您的政府民調目前正在下降，而您希望明年能連任。」

「是的，沒錯，謝謝您慷慨的支持……」

「我想您希望能連任？」庫克對面的人說。

他打斷了美國副總統的話。他是誰？

「這是每一任政府都想要的：連任。」庫克輕笑。沒有人跟著笑，因為庫克的臉色迅速恢復嚴肅。

其他四人靜靜坐著。

「那麼我們務必立刻解決這件事。」會議主席接腔。「從我今天請到的人來看，您也猜得出事關癌症。副總統，您的上級——總統先生即將公開支持苦杏仁苷，這會是一大失策。」

「但他沒……」

「他是沒有，但他有此打算，而我們的會議目的是確保他不會這麼做。雷根擔任總統時犯過同樣的錯，而我們得——嗯，採取行動。我召集這場會議，省得我們故技重施。」

雷根遇刺，崔維斯邊看邊想。

「但第一夫人……」庫克結結巴巴。

「對，她是問題所在。我們知道她因為乳癌而去墨西哥，現在成了苦杏仁苷的狂熱分子。但她根本搞不清楚狀況。如果她也希望連任成功，你得確保他們明白。」

「究竟是明白什麼？」庫克問，他望著無臉男人的眼神猶如小狗望著主人。

「美國經濟會遭受沉重的打擊，貿易逆差將會居高不下。情況已經失控，你們會在國際協議中失去重大籌碼。連任就會泡湯。」

「我了解，我會……」

「我要確定你完全明白。你也不是這裡唯一一個需要放聰明的人。」白髮會議主席說，面向另外四個在座椅上挪動身子的人。

「各位，正如我所說的，這是危機，但也是轉機。我們從轉機開始說起。如果市場上的癌症成長的速度不變，癌症很快便能取代心臟病，成為美國的頭號殺手。目前，每三人就有一人會罹患癌症。假設目前的年成長率持續下去，幾十年後，百分之百的市場都會罹患癌症。不消說，這是利益豐厚的市場，而且後勢行情看俏。」

崔維斯噁心地插嘴。「這傢伙是在做推廣癌症的行銷簡報！」崔維斯現在確知主席是卡特爾的代表。

「但危機形成的原因有幾個，主要是疑心愈來愈重的大眾投入無法與我們共存的市場。也就是說，競爭對手跟我們的產品槓上了。」

「抱歉……什麼產品？」庫克插嘴。

「就是化療的藥品和設備，這些產品帶來的收益對於今天在場各位貢獻良多，包括你自己的選舉活動。醫院投注在放射線設備的資金有數十億。這個產業規模每年一千一百億美元。正如我說過的，如果癌症產業消失，漣漪效應將不堪設想。想想出口藥品如何大幅縮減我們失控的貿易逆差吧。即使不管這個，僅僅是醫療保健提供者便佔了總體經濟的百分之十五。」

「是，我懂。」庫克說。「而競爭對手是苦杏仁苷？」

「那是潛在的競爭對手，這點待會兒再說。」老大說，揮揮骨瘦如柴的手。「此外，網路持續破壞我們散播的訊息。大多數媒體受到控制，但網路需要規範。儘管我們操縱媒體，逼迫他們報導網路與兒童色情及恐怖分子招兵買馬的關聯，政府仍然無法規範網路。當然，多數媒體是我們的旗下集團，因此不乏施予他們的壓力。」

「是，但是很難……」庫克說。

「我知道這不容易，因此我們必須努力控制網路提供的資訊，確保人們用網路查資料時，苦杏仁苷的網頁會排在很後面，但那只是一種策略。我們現在要做的是釜底抽薪。」

「苦杏仁苷真的有療效？」庫克打斷他。

會議室裡陷入沉靜，與會人士面面相覷，沒人想回答如此不得體的問題。庫克剛剛問了不該說出口的問題。

「我晚點再回答。」白髮男繼續說，怒視食品藥物管理局局長。「梅頓，你的單位狀況百出。」梅頓默不作聲。

白髮男從公事包拿出一張紙。「你的機構收了幾億美元核發藥物許可證，我們承擔不起以下的這種背叛：一九七〇年，食品藥物管理局的前局長赫柏特・賴博士說：『讓我於心不忍的是人們認為食品藥物管理局保護他們。其實不然。食品藥物管理局的所作所為，與公眾認為他們從事的工作，根本天差地別。』我知道這件事年代有點遠，但在網路上，這種事永遠陰魂不散。不止如此，梅頓你知道在一九七四年，十一個食品藥物管理局科學家甚至向參議院作證『每次他們建議拒絕核准某些新藥上市……就會被局裡的管理階層騷擾。』這可不妙，是吧？我們承受不起讓這種事傳揚出去。」

梅頓抱著手臂，保持沉默。

那人繼續說：「還有一九八九的醜聞，食品藥物管理局藥品審查員被逮到收受藥商賄賂，加速核准他們的藥品。」

梅頓總算出聲了。「我了解，但每年都有幾千人死於副作用……」

「梅頓，副作用永遠都會存在，你大概不懂副作用是好事。」

「好事？」副總統庫克插嘴。

「從商機來說，這是好事。」白髮會議主席說。「如果一種藥品緩解了病人的一種病症，但副作用讓身體出現不同的狀況，那是重複性的商機，因為病人需要另一種藥來治療副作用等等。此外，病人必須持續服用原本的藥，才能繼續得到那種藥物提供的效益，這是剩餘利潤。」他的口吻不帶感情，就事論事，但庫克看來很不安。

「副總統、各位，我們要講究實際。製藥是一門生意，我可以補充一點，你們的薪水全來自製藥業，而做生意很簡單，就是要靠行銷。隨時都有新市場出現，有了你的幫助，我們都能生意興隆。多虧了醫學機構，我們將某些不適重新塑造為疾病。比方說，胃灼熱現在成了胃酸逆流的病，而過重已經成為一種稱為肥胖症的疾病。人人是贏家。大家可以將身體不適怪到疾病頭上，推卸自己的責任。這套辦法運作良好。而且，我們創造出全新的市場。」

「對不起。」庫克說。「你說創造新市場是指什麼？新的疾病嗎？」

梅頓回答：「無法以掃描或樣本判別的疾病，例如注意力欠缺症候群或 HIV 之所以是疾病，只是因為我們說那些是病。」

龍頭老大插嘴。「我只是說，如果我們合作維持現狀，大家便能各取所需。電視廣告是另一個成果豐碩的行銷手段……」

美國醫藥協會會長喬瑟夫．李查森說：「電視造成問題，或許可以說，電視導致大家意見分歧？」

「是嗎？」會議主席問。「你們的醫生只要乖乖使用《醫師藥師藥品使用手冊》就行了，這就是我們設計手冊的目的，也是我們訓練醫生的方法。他們每次開藥都能得到紅利，問題到底在哪？」

「我無意冒犯，但事情沒那麼簡單。」美國醫藥協會的李查森說。「由於電視廣告，沒病的人也開始相信自己生病了……」

「我無意冒犯，但博士，你不是商人。人們越是詢問醫生某種藥是否適合自己，廣告越有說服力，藥物銷售量越高。這套辦法在感冒藥上運作很成功，現在不過是要套用到其他產品上。既然你也加入了討論，我們來談談美國醫藥協會。你們有能力撤銷醫生砸下大錢、拚命取得的執照，你卻說你控制不了他們？」

「這個嘛，我……」

「你們單位的紀錄也沒比食品藥物管理局好多少吧？」會議主席從公事包取出一疊文件，從中抽出另一張紙。「一九七三年，兩位前任局長及一位副局長在國會作證說美國醫藥協會是『製藥工業的俘虜，對製藥工業有義務』。一九八七年，美國醫藥協會因為二十年來圖謀摧毀整脊醫學被判有罪。」

「是，這些我都知道，但我們的醫生會員減少，而且……」

「管好你們的醫生！在最近做的一份調查中，七十九個醫生受訪回答如果他們罹患癌症，他們是否願意使用化療，而百分之七十三說他們敬謝不敏，以避免高度的毒性效應。拜託你，管好你們的醫生！現在化療藥品的年銷售量是一百多億。會員減少不是理由。私人醫生慢慢被保健機構、聯合診所和研究中心取代，而他們大部分受到我們控制，或受到我們的影響。」

「大眾對醫療體系愈來愈沒信心了。」李查森辯解。「HIV 居家檢測包禁賣後，HIV 就成了等著爆炸的定時炸彈。可惡的病毒根本不存在。」

崔維斯看著螢幕，李查森的態度令他感到鼓舞。感覺上，李查森看不慣這場可憎的陰謀。好傢伙。總算有一個有良心的人。

「什麼？」副總統庫克說。

李查森解釋道：「根本沒有 HIV。那個號稱發現 HIV 的人羅柏特‧蓋洛因為科學詐欺而被起訴。是這樣的，要判別病毒是否存在，你必須拍攝照片，以便進行辨識分類。至今還沒有科學研究報告證實 HIV 和 AIDS 有關聯。」

「但我看過 HIV 病毒的照片……」

「那是提供給媒體的模擬圖片。」李查森說。「HIV 測驗只是驗T細胞數。如果你免疫系統變弱，你可能會驗到 HIV 陽性；等你狀況比較好時，又會驗到陰性。就是因為這樣，食品藥物管理局才得撤回那些家庭測試盒。沒有錯，一直有人死於愛滋，但愛滋病只是一個統稱，用來指任何因為免疫系統變差而出現的病痛。愛滋病在第三世界如此盛行，是因為營養不足。而愛滋病毒不符合判別病毒性病原體的兩大基本醫學標準：柯霍氏法則或法耳定律。人們死於愛滋和 HIV，最主要是因為醫生開給他們治病的各種藥物。」

崔維斯不敢置信地看著勒布蘭。「呃……看得出來為什麼這張光碟可能會讓幾個人失眠幾個晚上。」

「這麼說，HIV 不會導致愛滋病？」庫克問。

「如果會的話，怎麼會有一堆愛滋病患者是 HIV 陰性？而沒有治療的 HIV 陽性嬰兒，怎麼會有百分之八十七在十八個月後變成陰性？」李查森反駁。

「各位，請不要離題好嗎？」白髮男插進來，將矛頭指向下一個人：美國國家癌症研究所所長。

「克雷蕭，美國國家癌症研究所也有問題，對吧？你們也是問題一堆，有了一九九四年它莫西芬①臨床試驗那種醜聞，實在不能再出岔子了。」

「它莫西芬臨床試驗？」庫克問。

「對。」白髮人說。「他們真的搞砸了，連當時的所長也被迫辭職。在試驗中，英國和義大利科學家證實它莫西芬毫無益處，而且本身就是致癌物，但美國國家癌症研究所沒能封住這些科學家的嘴。這不完全是壞事。美國國家癌症研究所讓納稅人支付藥物研究的經費，然後將專利權交給製藥公司。例如汰癌勝（Taxol，紫杉醇）合資企業就是絕佳範例，我希望能多看到這種合作模式。但你們其中一位卸任所長迪恩波克博士，卻是批評美國國家癌症研究所最坦率的人，而且同情苦杏仁苷支持者！」

「是，但我無能為力……」

白髮人不允許反駁，翻過更多文件。「你們自己的迪恩波克博士被公開引述：『苦杏仁苷對許多種癌症有療效，包括肺癌，而且完全不具毒性。』你曉得這種事不會船過水無痕，尤其他本身即是聲譽卓著的專家。他還公開說：『儘管有前述證據……美國癌症學會，甚至是美國國家癌症研究所仍持續向大眾說約四分之一的癌症病例已**治癒或受到控制**。這種陳述很容易誤導人，因為以傳統的五年衡量標準來看，無論是全身癌症或轉移性癌症，控制率連二十分之一都不到。』我要問一下，你們怎麼還在用五年當成是否康復的基準？」

「我們能改變期間。」克雷蕭說。

「五年期間是指什麼？」庫克問。

克雷蕭說明：「如果癌症治療後五年沒有復發，我們就說癌症病患康復了。如果病患六年後有癌症，我們可以說那是新的癌症，才不會牴觸統計數字。我們能把期間縮短為三年嗎？」

「那對你的統計數字大有助益，對吧？」會議主席的語氣強悍，轉向美國癌症協會的會長

①它莫西芬是乳癌藥物。

彼德・莫衛茲。

「莫衛茲先生，美國癌症協會是慈善機構，必須遵循某些指導原則——如果你違反規定，我們全部都丟臉。你不該花錢進行政治遊說，而你卻砸下幾千萬去做。把遊說的事留給我們就好！你是要被攤在陽光下檢視的。迪恩波克博士公開指控你『滿口謊言』絲毫不令人意外，誰叫你說法誇大『如果發現得夠早，乳癌的治癒率接近百分之百。』還有預算的問題：你們收到的捐款只有百分之五是用在癌症病患身上，其餘的用來支付薪水和管理費用。就像我說的，你會被攤在陽光下檢視，你得動動腦筋，發布數據的時候要有創意一點。」

莫衛茲點頭。

「各位，第一要務是整頓你們各自的單位。現在，來討論勢力日漸增加的競爭對手。我想請各位提出建議。有人要發言嗎？」

「我們比以往更嚴加取締討厭的苦杏仁苷郎中。」食品藥物管理局局長梅頓說。「販賣杏仁等等營養補充品的人不能直接說它能治癒、預防、診斷或治療任何疾病，但他們會鑽漏洞。我們需要更嚴格的立法。」

「杏仁？」庫克說。

「對，它含有苦杏仁苷。」梅頓說。

「原來如此……」

「對。」白髮人說。「讓人害怕的氰化物就在苦杏仁苷裡面，用這一點打壓他們！」

梅頓點點頭。「我們確實是這麼做的，而且基本上這招有效——你只要說杏仁含有氰化物的事實，大家就自己推斷它有毒，連碰也不敢碰。」

「那就擴大宣傳啊！應該要有更多媒體報導杏仁導致的氰化物中毒。」會議主席說。

「這對我們倒是有利。」梅頓說。「有這麼多人賣神奇解藥，要貶抑苦杏仁苷支持者很容易。但如果我們勒令健康食品店將杏仁下架，給人的觀感並不好……」

「如果苦杏仁苷沒有效，我們又怕什麼？」副總統問。

會議室陷入沉默。經過漫長的八秒後，白髮男說：「證據顯示苦杏仁苷確實有效。」他給大家時間思忖這句話。「但那無利可圖——」

「那氰化物釋放藥品呢？」美國醫藥協會會長問。

「等一下。」副總統插嘴。「氰化物？要釋放氰化物的藥物幹什麼？」

白髮人重新掌控會議。「苦杏仁苷的療效就是來自氰化物。我們一直在設法研製具有相同效果的藥物，以便取得專利，但安全釋放氰化物的機制還不完美——實驗鼠幾乎都會在實驗期間死亡。我們仍然懷抱希望。研究中心同情我們，通常會發表有利的結果。他們是拿人的手軟。各大學也樂於配合，一般大學的作法是發布聳動的研究發現，以確保能拿到補助。」

「但人們越來越懷疑這一切。」梅頓說。「網路帶來很多問題。美國人很快就看到幾萬人在許多國家的合法苦杏仁苷診所接受治療，其中很多是西方國家，像瑞士、德國和……」

「別那麼篤定。」老大說。「美國人心胸仍然很狹隘。他們多數人連護照都沒有，而且高傲，不認為國境之外還有任何東西。我會建議你加強宣導，警告大眾提防天然藥物，並且多掃蕩行銷方式不正確的營養補給品。」

「我們需要替代化療的療法。」梅頓說，似乎想讓白髮男也承受一些指摘。「化療已經過時了，而且療效太差，無法跟苦杏仁苷競爭。實情是化療是不分青紅皂白的殺手，它甚至殺死你對抗癌症所需的細胞，看在老天份上，那是從芥子氣研發出來的……」

「是沒錯，而我也說過了，我們在研究氰化物釋放藥物，在研究成功前……」

「研究不會有成果的。」美國醫藥協會會長李查森說。有了梅頓那席怨言，李查森的反抗口吻更強烈了。「苦杏仁苷的釋放機制無法複製，而且要是醫生試圖開出我們確知含有氰化物的藥品的話，便枉費我們說因為它含有氰化物，所以不能用來治療癌症。那對苦杏仁苷支持者有利！」

「癌症沒有解藥。」會議主席說。「只有存活率。氰化物釋放藥物只是我們實驗方向之一。好了，我有一些資料，你應該加入宣導裡面：向苦杏仁苷診所求醫的人是死馬當活馬醫，癌症已經非常嚴重，以致苦杏仁苷診所的存活率降低到百分之十五。在他們開始苦杏仁苷療程時，癌症已經是比較末期了。」

「但若以相同程度的癌症來比較，苦杏仁苷的療效仍然比化療高一百倍。」梅頓回答。

白髮男看來活像會議已失控，而他需要重申自己的威嚴。「各位，這樣解決不了問題。現在，我想大家都同意在現階段，貶抑苦杏仁苷要比貶抑化療有用多了。」

「只是行事要小心，別讓苦杏仁苷引起太多注意，被人注意到了準沒好事。」梅頓說。

「正是如此。不能做得太過火。」白髮男說，現在重拾主導權。「恐懼是決定人類行為的關鍵，各位。恐懼正是推動世界的力量。恐懼讓電視網與報社能經營下去，恐懼讓百姓乖乖聽話，向政府及其他機構求助。當然，我們這種企業會售出更多產品，我們欣欣向榮。這正是社會運作的基本方式——一切皆出於恐懼。回到食品藥物管理局，梅頓，這件事在你的管轄範圍。你得為大眾樹立價值觀。請告訴我，目前對推銷杏仁的規定。」

「這和所有的營養補充品一樣。你不能說它可以預防、治療、診斷或治癒任何疾病。但是，他們的反擊方法是說補充品有助於緩解疾病帶來的症狀。」

「比方說？」

「嗯，能用天然營養補給品治療的疾病不只癌症，還有很多疾病。不過，來回答你的問題，如果有人要為協助糖尿病的營養補給品做行銷，廣告會說它有助於調節血糖濃度。」

「此風不可長。」白髮人說。

「我同意。」梅頓說，他們倆看著副總統庫克盡責地做筆記。

「不遵守這些規定的人會怎樣？」會議主席問。

「他們的資產會遭凍結，被我們起訴，甚至坐牢。」梅頓說。

「很好。萬一科學證據證明了廣告詞宣稱的效果呢？」

「無妨，他們仍然犯法。」

「太好了。得讓這些江湖郎中曉得我們是玩真的。我要看到更多逮捕行動、更多公司關門大吉、更多非法營養補給品遭取締……」

「問題是苦杏仁苷歸類為維生素，取名維他命 B17。」李查森說。

「是，但它真的是維生素嗎？」克雷蕭問。

「對，它基本上是一種 nitriloside，一種食物中的化合物，因此本身不是食物。它也不能歸類為藥品，因為它無毒，而且是水溶性。它是維生素，而這種維生素屬於維他命 B 群。」

「那我們也得處理維他命的問題。」老大說。「我以為我們正透過立法管制維他命。不該讓大家能自由購買維他命，應改由醫生處方。」

副總統庫克發言了。「這個恐怕會遭到強力反彈。營養補給品工業有他們自己推動的政治遊說，因此我們最好將炮口對準其他方向。你說我們要討論苦杏仁苷的運作方式？」

「這是理論，不過很健全。」李查森開口。「男女體內都有動情激素。當一個人生病或有某種創傷時，動情激素濃度便大幅提高，可能是用作刺激或催化新細胞的產生，以取代損壞的細胞。我們確知的是，人體正常細胞接觸到動情激素時便會複製，就像子宮裡的受精卵。基本上，這是修復機制。如果修復機制在修復完成後繼續下去，便會形成癌症。若考慮到癌症形成的原因，諸如吸菸、致癌物或任何會破壞組織的事物，那麼人體的修復機制便說得通了。從避孕藥丸的內在風險，便能證明動情激素確實是有影響力的。服用避孕藥的婦女罹癌的風險變成三倍。」

李查森啜了一口水，又說：「總之，癌症形成後，身體的自然反應是用更多新細胞來封住患部，進而形成腫塊，也就是腫瘤。如果身體的策略成功，腫塊會成為良性，否則就變成癌症。因此，腫瘤僅由少數的癌細胞構成，也因此我認為，我們的一個問題是在於一心只想拿腫瘤尺寸縮小視為衡量療效的標準。我們不從病因對症下藥。腫瘤只是症狀。如果你有聽懂這整套理論，你會明白為何免疫系統對癌症沒轍。癌症是人體運作的結果，因此人體不會將它視為異物。諷刺的是，癌症本身也是修復過程的一個環節。」

「但那只是一個理論。」美國國家癌症研究所的克雷蕭迅速說明。

「坦白講，」李查森回答，「無論喜歡與否，這理論剛好吻合我們對癌症的知識。」

「請繼續說明。」副總統庫克催促。

李查森從命。「基本上，苦杏仁苷不過就是精製的 B17 nitriloside。B17 分子包括兩份葡萄糖，一個是苯乙醛，一個是氰化物，兩者鏈結在一起。只有一種物質能夠打開結合鍵，也就是稱為貝他解苷酶（Beta-glucosidase）的酵素。人體沒有貝他解苷酶，但癌細胞例外，因此只有在癌細胞裡面，氰化物會從B17分子釋出。氰化物的毒性反應，可以由另一種叫做硫氰酸酶的酵素中和。全身都有硫氰酸酶，唯獨癌細胞沒有。結果便是癌細胞被殺光。」

「如果癌症病因是不當的飲食。」克雷蕭說。「為什麼第三世界跟西方國家比起來，幾乎沒有癌症？因為他們不像我們有致癌物、污染等等。」

李查森回答：「你的論點是有道理，但如果關鍵在致癌物，你要怎麼解釋一個從不吸菸、而且不住在污染城市的人也會得肺癌？還有，杏仁含有極高的B17，但第三世界的常見飲食也富含B17，例如堅果和漿果等等……」

「各位，既然這是苦杏仁苷分子使用的理論，我們便要加以破壞。」白髮會議主席說，招架不了李查森對苦杏仁苷的辯解。「有建議嗎？」

克雷蕭提議：「我們可以用臨床試驗一勞永逸平息爭論。當然，試驗得由我們監督。」

「在史隆凱特靈事件之後還要再用這套？」李查森說。

「就我所知，苦杏仁苷的療效非常仰賴劑量——過與不及都不行。那正是史隆凱特靈醫院最後推翻杉浦初步結果的方法。」克雷蕭回答。

忽然間，一個令人驚駭的聲音，令崔維斯無法繼續看完駭人的阿波羅檔案。

96

一個耳熟的聲音說：「你還沒死的唯一原因是……」

「搞什麼——」崔維斯說，和勒布蘭轉身去看說話的人是誰。

他們當場愣住。

索妮雅。

她舉著勒布蘭的槍，槍口對準他們。「你現在還沒死的唯一原因，是我只會在絕對必要時才殺你。關掉筆記型電腦，把光碟留在裡面，放在流理台上。」

「妳利用我。」崔維斯說。

索妮雅射出一發子彈，以強調她的命令。一顆子彈從勒布蘭和崔維斯之間掠過，嵌入牆壁中。槍口冒出裊裊青煙。「手銬鑰匙也給我。」

「喏。」勒布蘭照辦。他拔掉筆電插頭，放到枱面鑰匙旁邊。

索妮雅舉槍，抄起枱上的鑰匙和筆電。「我開來的道奇已經弄壞了。我要開走另一輛車，所以你們不能跟蹤我——放棄吧，丹尼爾。」當她說到崔維斯的名字時，臉上的冷漠表情暫時軟化。

她拿掉手銬，扔向他們兩人。「銬上，你們兩個銬在一起。」

他們聽命行事。「現在面對牆壁跪下。」他們笨拙地照她的命令下跪。崔維斯思忖他的生命忽然間變得像電影情節。

廚房恢復沉寂幾秒。

她走了嗎？

車道傳來引擎發動的聲音。「她走了！」勒布蘭嚷道，拖著崔維斯跟他一起站起來。手銬扯得崔維斯發疼。

「啊！可是……」

「跟我來！」勒布蘭說，拖著腳朝後門走，到了後院。

「什麼？要去哪裡？」

「我爸的老車在車庫裡，快走！」他們衝向陽光，勒布蘭邁開大步，拖著崔維斯飛奔。兩人盡量讓被銬住的手臂打直，以免將另一人拉倒。

勒布蘭扯開車庫的木門，門差點因力道過猛而掉下來。

車子舊歸舊，但看來挺能跑的。

勒布蘭從乘客座拖著崔維斯上車，鑽到配備賽車座椅的紅色 Stingray Z06 駕駛座。

勒布蘭翻下遮陽板，鑰匙落到他另一雙手。「這是手排車。你的手放到我的手上，這樣我才能打檔。你的手要放輕鬆。」勒布蘭說，轉動鑰匙。

引擎聲像沉睡的巨人硬被吵醒。崔維斯左手被扯向前到一檔，Stingray 衝出車庫，穿過後院到路上。

勒布蘭將車子開上了路面又猛然停下，左右看看。賽車的八汽缸引擎不耐地轟響。

沒有黑色 Mustang 的蹤影。

「到市中心去了！」勒布蘭叫道，加速駛上馬路，前往索妮雅唯一可能去的合理方向。

97

葛林砰然打開達拉斯調查站的偵訊室門口，跑出來說：「備車！」海倫・梵德比則在偵訊室坐著啜泣。

「遵命。」史雷特回答。「只有我們嗎？」

「對！快！」

葛林和史雷特飛奔出電梯，跑向一輛黑色雪佛蘭Suburban。

「愛思頓路一一〇七號，快！」葛林鑽進後座，史雷特加快車速，輪胎的嘶鳴在地下停車場迴盪。

安全門舉起，葛林的座車竄入達拉斯的陽光，前往勒布蘭與外界隔絕的住所。

葛林確認他和駕駛史雷特之間的黑色玻璃隔板已關上，然後將左袖口舉到嘴巴。

「鳳凰，聽到請回答。」

回覆難以辨識：不僅有外國口音，而且有背景噪音，聽來必是直升機無疑。

「鳳凰。」

「愛思頓路一一〇七號——複述，愛思頓路一一〇七號！」

「知道了。」

＊＊＊

「在那裡！」勒布蘭大聲一喊，扯著崔維斯的手向下打二檔。引擎的音量上揚，崔維斯順著勒布蘭的目光看過去，從掀起的紅色車蓋後方認出了 Mustang 特有的尾燈：一輛新的黑色 Mustang。

他們距離索妮雅只有幾秒車程——Stingray 拉近了兩車的距離。但主要還是得歸功於勒布蘭在特勤局練出來的第六感。

「我看到她了！」崔維斯叫道。

他們急速進入達拉斯市區。車流愈來愈多，陰影愈來愈長。距離縮短。

再近一點，再近一點，不要太近。

絕對是索妮雅。他們看到了車牌。

「不能讓她知道我們跟在後面。」勒布蘭說。

不過就崔維斯與索妮雅相處的經驗，他知道不敗露行蹤可沒那麼簡單。他扭動沒被銬住的手，摸找安全帶，迅速繫上安全帶。

索妮雅右轉。

再轉一次。又轉一次。

她只是不斷地右轉。

「她在做什麼？我們只是在打轉……」

「該死。」勒布蘭說，眨著眼，意識到自己的錯誤。

「怎麼了？」崔維斯問，但他的問題已得到答案。

Mustang 加快車速，排氣管噴出褐色的煙。

勒布蘭放馬去追，扯著崔維斯的手打二檔。引擎發出嘶吼，勒布蘭也跟著嚷。

「她槓上我們了。抓好，會有點顛簸！」

＊＊＊

瑞斯坐在調查局直升機駕駛的旁邊。直升機飛過達拉斯的天空，一對望遠鏡抵在他的雷朋太陽眼鏡上。與他同行的探員只知道自己必須聽他的指揮行事。除了駕駛，只有兩位探員坐在後面。他們穿著黑色戰鬥服，攜帶各式軍火。

原本，瑞斯的目光始終跟隨葛林的黑色 Suburban。但現在他注意到別的東西：另一架直升機似乎飛行路徑一樣。

「那邊的直升機。」瑞斯看著駕駛，朝著對講機嚷。「那是特勤局的直升機嗎？」

「請稍候。」駕駛員說。「不是的，長官，那是民機——是民間的出租飛機。」

瑞斯再次舉起望遠鏡，看著那架直升機。「怪了。」

然後，這架民間直升機似乎是在達拉斯鬧區附近的住宅區上方盤旋。

「他盤旋的地方下面是什麼路？」瑞斯問。

駕駛員沒吭聲，查看起衛星定位系統。

「是愛思頓路，長官——看來我們的目標車輛也朝著那個方向前進。」他指著葛林的 Suburban 說。

「好，我不要這些人發現我們。你隨意去飛，但別讓他們離開我們的視線。假裝成我們在做別的事。」

「比方說什麼事？長官。」

「我哪知道是什麼鳥事——就隨你高興飛，假裝我們是電視台之類的。保持距離。」

＊＊＊

燃油和橡膠的刺鼻味竄入崔維斯鼻孔。他顛來顛去，左手隨著勒布蘭換擋而被扯來扯去。Stingray 疾馳過達拉斯下城，追著索妮雅。他們距離拉近到不及一百呎。崔維斯能從索妮雅車上的照後鏡看見她的臉，他們就是那麼近。

「我們的車比較快！」勒布蘭叫道，綻出意志堅決的笑容。

「沒錯。」崔維斯說，嚇得睜大眼睛。他們只需稍稍蛇行，避開路上不多的車流，但這對崔維斯來說已經夠嚇人了。

索妮雅踩下緊急煞車，讓 Mustang 來個激烈的一百八十度大轉彎。

勒布蘭只能加速衝過她呼嘯輪胎造成的煙。

勒布蘭也比照索妮雅的路線轉彎，令 Stingray 的後輪震動。崔維斯倒抽一口氣，皺起眉頭。感覺上，似乎即將翻車。崔維斯從側視鏡看見煙，轉頭看勒布蘭。他掌控全局，車子四平八穩地行駛在路面上。崔維斯驚恐不已，面對這條單行道上的對向來車。

崔維斯感覺到他的手推向二檔，引擎怒吼，讓 Stingray 宛如飛彈射出。距離再度拉近。

索妮雅逆向行車。車輛猛烈轉向，閃著車燈、按喇叭，但他們只是她去路上的障礙物。閃過她的車不久，又遇上紅色 Stingray 緊跟在後。

勒布蘭也料到會有對向來車。他增加踩油門的腳勁，險些撞上一位機車騎士。崔維斯見到那人臉上的驚恐。他不明所以。

忽然間，索妮雅右拐到一條側街，轉彎的衝力令車子甩尾，但索妮雅精湛地止住甩尾，讓車子加速駛下窄路。

索妮雅又右轉一次，再左轉。

行人紛紛閃避，躲向停著的車輛、街燈、路標等等任何東西，尖聲大叫，跑著尋找掩護。

「她知道跑直線的話，會跑不過我們！」勒布蘭叫道。「她一直轉彎，是想拖慢我們的速度！」感覺上，勒布蘭是在自言自語。其實根本沒差。崔維斯只能坐視局勢變化，用沒被銬住的手臂穩住身體。

前方出現雙岔路。索妮雅駛上左邊的路。勒布蘭開到右邊。

「這邊的路比較短，而且兩條路在幾百碼後會合！」勒布蘭說。崔維斯希望勒布蘭沒有說錯──他們猛衝下一條路，前方沒有索妮雅的蹤影。

他們閃開一輛速度較慢的車。在他們衝過去時，崔維斯聽見喇叭聲。

馬路向左彎。「就是這裡！」勒布蘭叫道。

崔維斯抱著自己。

勒布蘭稍微調整行車方向，回到索妮雅駛過的街道。勒布蘭原本想縮短距離，但現在她失去了蹤影。

「沒看到她！不！這裡沒有出路……」勒布蘭的話被車尾的低沉重擊打斷。兩人的頭向前撞去，Stingray 失控。勒布蘭拚命用單手要穩住打滑的車，而崔維斯回頭望出狹窄的後窗。

他看到一輛黑色 Mustang，憤怒的頭燈正對著他。

他們搶到她前面，現在她想將他們逼下路面。

獵人淪為獵物。

「渾蛋！」勒布蘭叫道，仍然在抵擋索妮雅 Mustang 的車頭。

勒布蘭將煞車踩到底，咬著下唇，再次放開煞車。索妮雅彎到左邊，與他們擦肩而過。改打二檔，紅色飛彈再次飛向 Mustang。

崔維斯聽到逐漸增強的警笛尖嘯，從側視鏡看到閃爍的藍燈。

＊＊＊

葛林從勒布蘭空無一人的房屋跑出來，跳回他的雪佛蘭汽車。「立刻派一組人去守著那間房子——我回來前不許任何人進出！」

「遵命，長官。」史雷特從駕駛座說。

葛林關上隔板。正當他要對著袖口說話時，他手機響了。

「長官，達拉斯調查站的哥梅茲報告。」

「哥梅茲，什麼事？」

「博物館沒有那張給崔維斯的短箋。梵德比的助理——一個安琪拉．波斯托茲顯然把短箋交給他了。我們的探員正在偵訊……」

「崔維斯？你肯定嗎？」簡直是他媽的難以置信。

「是的，長官。還有，您指示要通報達拉斯的交通事故與不尋常……」

「好了，怎麼了？」

「達拉斯警方在市區追捕兩輛車。一輛是二〇〇六年的黑色福特 Mustang GT，另一輛是一九六三年份的紅色 Stingray Z6。他們顯然把市區搞得雞飛狗跳，上次看到是在北上……」

「車籍資料呢？」

「Stingray 的登記車主是克林頓．勒布蘭，Mustang 則是失竊車輛。」

葛林掛斷電話。他知道這些就夠了。他打開了黑色玻璃隔板。

「接到達拉斯警用無線電，我要去下城的飛車追逐事件現場。快！」

Suburban 呼嘯著疾駛。葛林關閉隔板，對著袖口說話。

「鳳凰？」

「鳳凰收到。」

「警方在市區追一輛紅色 Stingray 和一輛黑色 Mustang ——紅色 Stingray 是我們的主要目標！」

＊＊＊

「Suburban 和民間直升機都在移動，長官。」瑞斯的直升機駕駛說。

「我看得出來。」瑞斯舉著望遠鏡說。「跟著車和直升機。」

「如果他們分道揚鑣呢？」

「到時再說吧。」瑞斯說，向後面的探員們豎起拇指，表示行動開始。他們也豎起拇指。瑞斯檢查自己的槍。

調查局直升機機身一歪，轟鳴著跟著葛林朝下城前進。

＊＊＊

雙方持續對峙。

目前為止，索妮雅試圖甩掉 Stingray 未果。崔維斯聽見的警笛聲已淡去，但他知道達拉斯警方也捲入其中。

勒布蘭從一輛卡車後面彎出來，但卡車同時開始轉彎。

「該死！」崔維斯閉上眼睛，靠上椅背，儘管他明知這麼做無濟於事。

勒布蘭轉動方向盤，踩下油門，但兩車距離太近。Stingray 擦撞到卡車的側面，刮花了烤漆，發出尖利的金屬摩擦聲。崔維斯看著他那一邊的側視鏡被扯掉。

卡車司機似乎察覺苗頭不對，停下了車。勒布蘭繼續開著 Stingray 離開與卡車擦撞處，又駛回索妮雅後面。

一輛達拉斯警車從一條小路開出來，與索妮雅並行。警車的藍燈閃爍。他們並行時間很短，因為黑色 Mustang 無情地將警車逼下路面。警車猛力撞上停著的車輛。勒布蘭疾駛過警車殘骸。

「可惡！再這樣下去不是辦法。置物箱裡有一把槍。」勒布蘭說。「把槍拿出來。」

「槍？你開玩笑吧？這算什麼？某種……」

「把槍給我，但你得負責開車——別緊張——我只是想打她的輪胎，就這樣。」

崔維斯打開置物箱。勒布蘭甚至將父親的槍放在車上。崔維斯將那把槍放在儀表板中央。

「給你。」

「謝了。我們只需要一條直的馬路，你可以用右手開車，我用左手開槍。」勒布蘭說，尾隨索妮雅駛過另一個急轉彎。

「你平常是用左手開槍的嗎？」

「不是——」

＊＊＊

「我是鳳凰。我看到了目標——還有你。」

「鳳凰，待命！」他用手機聽著華盛頓的諾曼說話。

「長官，達拉斯警方已照我們要求的回應了。一旦他們攔截下兩輛車，他們會扣住嫌犯，等您到場。但目前為止，他們好像一直攔不下他們。」

葛林掛斷電話。

「鳳凰？」他對著袖口說。

「是。」

「等目標停下來時，我要你就位，瞄準目標後就告訴我。」

「知道了。」

葛林結束通話，放下隔板。「長官，他們應該就在前面。」史雷特說。

「跟上去！」

＊＊＊

索妮雅往前駛向通往迪利廣場的三線地下道。就在道路開始變窄的地方，索妮雅橫超車到兩輛卡車的前方。兩輛卡車正好並排行駛，隔開了索妮雅和勒布蘭的車。

「看不到她！」勒布蘭叫道。

「這樣行不通。」崔維斯大嚷。

「過不去——我們會跟丟她，抓穩了！」

「你做什麼……」

勒布蘭駛過安全島。賽車的懸吊系統令崔維斯猛地彈起來，頭撞到車頂，手則被拖下一檔。通過了卡車後，他們卻已太靠近三線地下道——他們得選一條車道。

太遲了。可惡！

有煙。有火。他們無助地看著前面那台黑色 Mustang 撞上三線地下道的水泥柱，化為一團火球。

黑色濃煙吞噬了 Stingray 的駕駛室——令人盲目、窒息的煙。

勒布蘭失控了。

崔維斯感覺車頂狠狠撞到東西，車身一側翹起，開始翻滾。

崔維斯看不見東西。勒布蘭很安靜——太靜了。

感覺上，他們在草地上。車子在草皮上打轉，他看不見東西……

咔啦！

崔維斯的頭撞上窗框，車子向前滑，停在白色支柱和灌木邊的路基。

一片模糊。

崔維斯聞到汽油味。我得下車！

他用力推開車門，但手腕一陣疼痛，拖絆住無法離開，這才想到他仍和勒布蘭銬在一起。

「勒布蘭！」

沒有回應。勒布蘭甚至不像有呼吸的模樣。崔維斯看到他的金髮染著血污。

他撲向勒布蘭，打開車門，將他推出去。他們滾到地面，髒污，瘀血。崔維斯劇烈咳嗽，勒布蘭一動不動。

＊＊＊

「那是他們！天啊，一定不會有活口的。」葛林說，瞪著索妮雅黑色 Mustang 的燃燒殘骸。「快到那邊去！」他下令，指著迪利廣場草皮中間的紅色 Stingray。「鳳凰，就位，目標是紅車。」他向袖口低語。

黑色 Suburban 駛到草皮上。他們前面的 Stingray 像受傷的動物倒地。警方還沒到。

「史雷特，跟我來。」葛林下令，從槍套拔出槍，跳下 Suburban。

「滾開！」葛林朝著一小群看熱鬧的人叫道。他們看到他的槍和徽章便跑了。

葛林和史雷特舉著槍，走近殘骸。葛林聽到警笛逼近。這倒是無妨。他找鳳凰來就是為了預防這種狀況。

「崔維斯！勒布蘭！」葛林叫道，史雷特小心地跟在後面。

「這裡？」崔維斯嘶啞地說。

聲音來自地下道一根支柱的後方。葛林和史雷特向後轉，面對說話的人。崔維斯蹲在支柱後面，利用支柱當掩護。與他銬在一起的勒布蘭一動不動。崔維斯用勒布蘭的槍對準葛林。史雷特瞄準崔維斯，但葛林揮手要他退開。

「放下槍，不然你永遠拿不到檔案。」崔維斯虛張聲勢。他持槍的手在打顫。

「好。」葛林說，向史雷特點點頭，示意他也放下槍。他們放下了槍，雙手舉起。

葛林走上前，向崔維斯滿臉堆笑。「檔案安全嗎，崔維斯？」

本地新聞直升機在上空盤旋。看熱鬧的人回來了，看得入神。警笛愈來愈近。

「別再過來了。」崔維斯說，努力不流露出緊張。

「馬上就定位。」鳳凰的聲音在葛林的耳機響起。

葛林繼續絆住崔維斯。「你以為檔案內容是什麼？」

崔維斯保持沉默。無計可施了。葛林似乎在拖延時間。但目的何在？

葛林持續刺探他。「你以為大家真的會想要看到檔案嗎？看看那邊看熱鬧的人吧。看看那些頭腦簡單的可憐渾帳！該死，崔維斯，他們想要好好過日子。他們要的只是安定的生活，而不是……」

「那真相呢？選擇的自由呢？大家應該自己作主。」崔維斯叫道，氣憤葛林所主張的不公不義。

「真相？自由？你這種人大談自由，質疑我這種人是透過什麼方式，提供你自由的生活。自由是有代價的！」

「輪不到你或任何政府來賦予或剝奪別人的自由。自由是天賦人權！」

「是嗎？你跟我一樣清楚，他們是一群智障。」指著旁觀的群眾。「選擇的自由太複雜了，不能給他們這種權力！要命，他們還有選舉權就該偷笑了——光是想到他們有選舉權，就嚇得我屁滾尿流！」

葛林靠得更近了。

「那可難說。」崔維斯說。「但就算你是對的，他們是白痴，他們也應該受到照顧，而不是被虐待或大屠殺……」

「崔維斯，你知道世人不想看到你手上的東西。你往上看，崔維斯。你要在電視上向我開槍嗎？那會是頭版新聞——但你的臭檔案可不會是頭條。大家真正想看的是槍戰！」

「已就位，已瞄準。」葛林耳機裡的聲音說。

葛林沒聽到崔維斯的回答，有沒有聽到都無妨，反正交談已結束，他只是在拖延時間。就在這一刻，葛林雇來的槍手已就位，步槍瞄準了崔維斯。現在葛林只要對著袖口下令，崔維斯的頭便會染紅迪利廣場。一切都結束了。

崔維斯看著葛林放低一隻手到嘴巴。他做什麼？「停下來！別動——」

葛林不聽他的話。

「開槍。」葛林對著袖口說，等著看大勢已定的結局。葛林的笑容燦爛，嘴巴咧得足以撐破臉頰。

但什麼都沒發生。

葛林提高音量再次下令——在這個距離，崔維斯仍然聽不見。「開槍，開槍啊，可惡！」

仍然沒有動靜。搞什麼鬼……

崔維斯聽見身後傳來斥喝。「我們是調查局！別動！放下武器，手舉起來！」

崔維斯僵住。一切都結束了。調查局也介入了這件事？他扔掉槍，轉身，盡量將被銬住的手舉高。他面前出現一個體格健美的男人。這人穿著黑西裝，紅褐髮，曾經斷過的鼻梁上戴著太陽眼鏡，舉槍對準崔維斯。

葛林轉頭去看，鬆了一口氣，舉起他的徽章。「我是特勤局的葛林。你是調查局的？」

「是的，長官。我是特務瑞斯。」他說，舉起徽章，目光始終盯著崔維斯。瑞斯走向崔維斯，將槍踢開。

葛林隨機應變，持續下一步棋。「瑞斯，你不曉得我真是鬆了一口氣——」

現在崔維斯沒有了武器，瑞斯將槍口對準葛林。

「你幹什麼，瑞斯？」

「德威特・葛林，你被捕了。」

一名穿著黑色戰鬥服的男人從葛林背後冒出來，抓住他的雙手，用手銬銬在他背後。

「你待在這裡。」瑞斯向崔維斯說。

「我哪裡都不會去。」崔維斯低語，垂眼看勒布蘭。

警笛聲近了。警車和救護車擠滿迪利廣場。崔維斯看著瑞斯帶著葛林，走到剛剛降落在草地上的直升機。直升機後面有一個高瘦的男人，他跟一個穿著黑色戰鬥服的探員銬在一起。

98

「你可以走了。」醫護人員為崔維斯包紮好傷口後說。但崔維斯知道最大的傷口永遠不會癒合：他最近三天蒙受的侵擾。他覺得被人踩在腳底。受虐待。

「謝謝。」崔維斯說，低頭瞪著染上油污和血跡的襯衫。他垂頭瞪著地面，哭了，覺得如釋重負、興高采烈、疲憊與悲傷，情緒難以負荷。

崔維斯擦掉眼淚，瞪著三線地下道下的焚毀殘骸。消防隊已撲滅火勢。他意識到索妮雅和阿波羅檔案都付之一炬。勒布蘭的 Stingray 被拖吊離開，而勒布蘭則送到了帕克蘭紀念醫院。

崔維斯仍然活著，但從調查局探員守在一邊的情況看來，並不能自由離開。

崔維斯看著原先站在警車邊的瑞斯，朝他走來。

「崔維斯博士，你好嗎？」瑞斯一邊嚷，一邊走上前來。

「不太好。」崔維斯仍然不知道瑞斯的來頭和來意，但他打算絕口不提阿波羅檔案的事。崔維斯已學會誰都不能信任。

「我得請你合作，回答幾個問題。」瑞斯說。

「我也有事請教。」崔維斯回擊。

「比如？」

「葛林。他被捕的罪名是什麼？這是怎麼回事？」

「那是機密，而且我也真的沒有……」

「我不是非得合作不可。」崔維斯挑釁地瞪著瑞斯。夠了。

瑞斯皺起眉頭，將崔維斯帶到一邊，離開群聚的大批人馬和緊急救護人員。「好吧，這純粹是私下講的。如果有人問起，我會否認一切。要命，大部分的內情最後還是洩露出去，但我一樣不會認帳的，你懂嗎？」

「是。」

「葛林被捕是因為濫權、誤捕，並且雇用傭兵執行未經授權的目標。這個傭兵以前是調查局探員，在直升機後座的人就是他，你有看到嗎？」

崔維斯燃起希望。「你怎麼會知道這些？」

「我們已經起疑了一段時間了，但葛林在華盛頓是大人物。想也知道，這不是一般的逮捕行動。我們得先握有確切的證據，而這次的事情提供了鐵證。星期一時，葛林開始犯下一連串錯誤，我們才能將他定罪。他到底為什麼追捕你？」

消息好壞參半。瑞斯不知道阿波羅檔案的事，但我得說明一切，也許不用說明。

「你怎麼找到我們的？」崔維斯問。

瑞斯訊問的經驗太豐富，不可能不注意到崔維斯用問題代替回答。但他暫時配合。「我想你在華盛頓跟葛林有點小衝突？」

崔維斯沒有回答。

「你和索妮雅？葛林採集了索妮雅的指紋要查她的身分。葛林已經知道你的身分，但不知道索妮雅的。總之，特勤局用中情局的資料庫查這種資料。她的指紋一從中情局總部資料庫跳出來，就啟動警戒了，中情局便得通知調查局，也就是我。」

「為什麼？」

瑞斯垂下頭，向崔維斯湊得更近，而且先回頭看一看才開口。「你認識的索妮雅・勒布蘭其實是娜塔莎・尤瑞索夫。她是我們已經追查一陣子的 SVR 探員，一個臥底的間諜。」瑞斯等著看崔維斯的反應。

崔維斯垂眼掩飾表情。天啊！索妮雅——娜塔莎是俄國間諜——她是為了阿波羅檔案來的。他恢復自持後，立刻抬頭。「這就是中情局通報調查局的原因？」

「對，在美國境內的間諜屬於調查局的管轄範圍：娜塔莎是我來的原因。我就是在追捕她。我也在追捕葛林，但她才是大魚。也不只是指紋——上星期一，中情局接到一個老員工的通風報信，警告他們葛林的事，說他懷疑可能有一個 SVR 探員逍遙法外，而且他能追蹤她的位置。這全是星期一晚上的事。」

「是誰通知你們的？」

「我無可奉告，博士。」

崔維斯微笑。

克雷墨。

瑞斯回頭看焚毀的 Mustang。「你親眼看到娜塔莎，也就是索妮雅，始終在車上，直到車子撞毀？」

「對——等等，不對——不對，不能那麼說。為什麼這樣問？」

瑞斯面色凝重起來。「我是說，你是一路追著她到撞擊，還是你們到撞擊前一刻才沒看到車子？」

Thursday
星期四

99

在大使館的辦公室裡，亞力士．艾達卡坐在桃花心木辦公桌前，閱讀他忠心探員親手奉上的檔案。他需要再次確認事實，因為這次任務極為成功，甚至超過探員自己的預料。

「娜塔莎，妳又為國家立了大功。」

「多謝誇獎。」她說，坐在他辦公桌對面的皮椅。

「妳的傷勢……比較好了嗎？」

「只是一點皮肉傷，沒什麼大不了的。」

「特勤局揀在那個時間突襲勒布蘭的公寓，實在是很不幸。否則埃納托利應該能輕輕鬆鬆拿回……」

「埃納托利怎麼會失敗？為什麼會要我出手？」

艾達卡一向不太在乎別人插嘴，但他決定這次例外。「埃納托利在勒布蘭的公寓裡找不到比爾德堡的錄影。看樣子，他太早去找了。他在等待勒布蘭回家的時間裡，複製了一些勒布蘭提到那份錄影的筆記。」

「那就是勒布蘭傳真給崔維斯的筆記紙？」

「對。」

「所以我拿到的傳真版本，並沒有勒布蘭寫在下面的留言。勒布蘭是在埃納托利複製筆記後才寫了留言。而你依據這份傳真，判定崔維斯是一個關係人？」

「沒錯，娜塔莎。妳表現優異，讓崔維斯相信妳是從他家拿到傳真的。」

「人們什麼話都會相信。在旅館吧台時，崔維斯打電話給管家，他說勒布蘭發給他一份傳真。」娜塔莎得意地笑了。「抱歉我堅持來華盛頓這裡親自見面，我只是需要知道葛林和克雷墨的身分。」

「這我能了解。對了，埃納托利親眼見到勒布蘭中彈，因此妳得到的消息沒有錯誤，他穿了防彈背心。」艾達卡將文件推到一邊，以暗示會議結束了。

「還有一件事。」娜塔莎說。「要是你當初告訴我阿波羅檔案的內容，事情會好辦得多。我那時不知道檔案是關於甘迺迪還是……」

「要是我跟妳說了，會減弱妳言談舉止的逼真程度。」艾達卡厲聲說。

「是，我當然了解。」

「妳會需要新的身分和任務，離開美國一段時間。當然了，娜塔莎，妳的國家感謝妳。我們可以這麼說：對抗美國帝國主義的戰爭不會是軍事戰，得從經濟打勝仗，而妳在這場戰爭中扮演了重要角色。妳應該自豪。妳可以離開了，休息一下。」

娜塔莎離開了辦公室。

艾達卡將娜塔莎的報告放入卷宗，將一份光碟放在上面。光碟上標示著娜塔莎在出任務、取回它的期間給它取的名字：

файл аполлона
阿波羅檔案

阿波羅檔案安返一手策劃、催生檔案的人手中。

勒布蘭不過是美國人講的替死鬼，艾達卡心想，坐在辦公桌前。勒布蘭受到了擺布，自以為他是為了自己錄影，但其實完全是替 SVR 辦事。

第一夫人使用苦杏仁苷的消息傳到俄國情報單位時，他們逮住了機會。一位 SVR 探員假扮食品藥物管理局的內部人員，將苦杏仁苷的消息洩露給負責保護副總統的克林頓・勒布蘭等等特勤局探員，為這次行動布線。SVR 無法滲透到政府最高層，因此他們決定利用高層最不信任的特勤局探員。

SVR 得知第一夫人使用苦杏仁苷的事造成了內部騷動，副總統庫克因而獲邀參加一場危機處理會議。勒布蘭的職務以及他父親死於癌症的事，使他成為替 SVR 錄製阿波羅檔案的完美人選。冒牌的食品藥物管理局人員事先向他透露，副總統會出席坦帕的會議。

任務最難的部分在於讓勒布蘭執行任務。若勒布蘭如他們所料受到良心驅策，紀錄下會議，那麼只要派埃納托利從勒布蘭的公寓偷回檔案，任務便能結束。不料，特勤局似乎發現勒布蘭的舉動，拚命捍護聲譽。而勒布蘭也準備為檔案奮力一搏。

無論如何，任務已達成。

我們終於擁有利器，能破壞美國呼風喚雨的製藥廠，進而危及美國經濟。現在，我們置身科技與資訊的時代，這回必然會成功。資訊時代曾令俄國強權崩解，如今美國也將步上後塵，艾達卡如此暗想著，內心充滿著復仇的快意。

但阿波羅檔案的命運如何，已不是艾達卡所能操縱。他撥電話給莫斯科的長官，這是他一直希望能打的電話。

冷戰從未結束，只是武器變了。

Friday
星期五

100

崔維斯盯著克雷墨客廳嗶嗶剝剝的爐火。室內縈繞著肅穆而猶疑的氛圍。

「丹尼爾，我可是主持過中情局反情報組的。我知道你不會有事的。如果她要你死，相信我，早在你出現在我家門前就會動手了。要是當時我動了聲色，她會做掉我們兩個。再說，讓你跟著她走，你最有可能脫困。你不過是被她利用的工具。」

「你向中情局通風報信，還舉報了葛林？」

「對，你們走了以後，我打電話給倫奎斯特——你的老叔叔又得出馬救你。多虧了倫奎斯特，調查局也得閃到一邊。只有葛林、你和我知道阿波羅的事。」

「我仍然看不出葛林怎麼會牽扯其中。」崔維斯仍能清楚看到槍口後的葛林深色眼睛。

克雷墨看來很驚訝。「開什麼玩笑？一九五一年以前，特勤局還得每年由國會更新維安小組——執行保護勤務是他們的一切，簡直著了魔。幾十年來，調查局一直想幹掉特勤局。自從我們失去甘迺迪，他們就拚了命要維持榮譽，繼續保護官員。若讓人得知他們的探員做出勒布蘭那種事，特勤局就完了，因此葛林拚命不讓其他情治單位涉入其中。他不能透露阿波羅檔案的內容究竟是什麼，也不能說檔案公開對製藥業的影響。他只是在設法保住特勤局的顏面。」

「就像掩飾甘迺迪暗殺案的真相？」

「正是如此。說穿了，就只是有人想要自保，避免出糗難看，一切都只是華府的權力遊戲和狗屁。」

克雷墨試圖轉移話題，不再提崔維斯最近受過的磨難。「你媽沒事，恭喜呀！」

崔維斯強顏歡笑，卻皺了眉頭——尚未痊癒的傷痕和瘀血仍然作痛。「謝謝，她很感謝你送的花。她最愛鬱金香了。」

「我就知道她一定沒事。派蒂是鬥士，不會錯的，哈！」

但崔維斯想到了不如母親幸運的人。「真可惜了勒布蘭。」

崔維斯低頭看著左腕上的擦傷，那是他和勒布蘭銬在一起的部位。儘管他與這位桀驁不馴的探員相處時間有限，崔維斯仍然感覺得到他的存在。第一次見面時，他相信勒布蘭是幽魂。看來，現在他真的成了幽魂了。兩人之間隱伏的共鳴，隨著勒布蘭頭部重創身亡而消散。

克雷墨雙手拄著枴杖頭，身體向前傾。「勒布蘭已經偽死一次。在這場遊戲裡，你只有一條命。」

崔維斯覺得惋惜與背叛的狂潮席捲而來。他凝視著爐火，而克雷墨則不斷試圖提振「姪子」的心情。

「丹尼爾，他清楚風險。他死了，就這樣。」

「但他是為何而死？」

克雷墨撫過嘴唇，沉默而不自在。

克雷墨通常對凡事都能說出一套，崔維斯抬眼卻看到他心不在焉，近乎神遊。克雷墨盯著旁邊桌上的一瓶關節炎藥物。

「喬治？」

克雷墨探身調整旁邊桌上一個玻璃櫃的位置，櫃中展示一塊徽章。「他為了自己的信念捐軀，不是枉死。」

「你肯定嗎？」

「你什麼意思？」克雷墨斥喝，不習慣別人質疑他的觀點。

「勒布蘭創造了阿波羅檔案，現在檔案極可能已經落入俄國人手中。他們會拿檔案做什麼？只是拿來當討價還價的籌碼嗎？如果真相永遠不見天日，他才是白死了！」

克雷墨再次傾身倚著枴杖，目光煩憂。「俄國人回來了，丹尼爾。他們打算拿阿波羅當武器，否則不會為了檔案大費周章。」

「武器？真相幾時變成武器了？若是外來敵人能把真相當成對付我們的武器，那我們還算什麼？」

「你要明白，有更重要的事情——」

「喬治，年代不一樣了。你當年對抗的是邪惡的獨裁政權。按壓下阿波羅檔案，是要對抗誰呢？現在是為何而戰？」

克雷墨沉默不語。

由於氣氛緊繃，崔維斯起身踱到窗前。

克雷墨用枴杖在酒紅色的地毯上畫圈圈。

屋外，一個中年男子牽著一條獅子狗慢悠悠地散步。崔維斯盯著他。

屋外的陌生人停在克雷墨屋前，讓小狗嗅著一棵樹。然後他轉身，從窗外直視崔維斯。

崔維斯和那人四目相對片刻，然後那人舉步離開，獅子狗尾隨在後。

崔維斯沉吟：「總之，也許俄國人還沒考慮過我們現在的人自私貪婪到什麼地步。就算他們透過網路或任何方式，將阿波羅檔案交給市井小民，他們仍然需要大家相信檔案內容，把話傳出去才行。如果那是會讓大家失業的事，誰會這麼做啊？」崔維斯攤開手心，比向遛狗人的方向。「人人都是共謀！」

克雷墨揚聲反駁，舉起枴杖。「不會的。美國人的內心深處沒那麼卑下，而俄國人清楚這一點。將潘朵拉的寶盒交給路人，他們就會打開寶盒。」

崔維斯轉頭看克雷墨。「你真的認為得到資訊的人會相信它……並且告訴別人嗎？」

「嗯，如果是你，你會怎麼做？」

謝辭

感謝以下諸多人士協助我完成本書：英勇的第二意見地下組織醫師們（姓名保密）、艾利斯島公園警局（謝謝他們和氣地護送我離島）、中央車站、水門旅館、無畏的邁阿密船長麥克（Mike）、邁阿密港美國海巡隊、達拉斯警察局、烏蘇拉（Ursula）、德魯・內德佩爾特（Drew Nederpelt）；我的編輯蕊秋・崔斯海姆（Rachel Trusheim）與艾瑞克・厄文（Erich Erving）為我提供深刻的見解；尼可拉・藍古（Nicola Lengua）及 Cambridge House Press 所有同仁；托比・安溫（Toby Unwin）先生出借具高度顛覆性的藏書；潔拉汀・羅伯茲（Geraldine Roberts）。

●國家圖書館出版品預行編目資料

潘朵拉處方／詹姆斯・薛利丹（James Sheridan）著
謝佳真譯 -- 初版 --台北市：三采文化，2008・10（民97）
面：公分 . --（iREAD 10）
譯自：The Pandora Prescription

ISBN 978-986-229-014-9（平裝）

874.57 97017375

suncolor 三采出版集團

iREAD 10

潘朵拉處方

原作者	詹姆斯・薛利丹（James Sheridan）
譯者	謝佳真
責任編輯	何玉美
校對	渣渣
封面設計	藍秀婷
排版	晨捷印製股份有限公司
發行人	張輝明
總編輯	曾雅青
發行所	三采文化出版事業有限公司
地址	台北市內湖區瑞光路513巷33號8樓
傳訊	TEL:8797-1234 FAX:8797-1688
網址	www.suncolor.com.tw
郵政劃撥	帳號：14319060 戶名：三采文化出版事業有限公司
初版發行	2008年10月15日
定價	NT$320

THE PANDORA PRESCRIPTION
Originally published by Sterling & Ross, Cambridge House Press,

suncolor

suncolor

suncolor